LA BÊTE NOIRE

Collection dirigée par Glenn Tavennec

L'AUTEURE

Rhys Bowen, auteure best-seller du *New York Times*, a été nommée dans tous les plus grands prix de romans policiers, et en a gagné de nombreux, dont les Agatha et Anthony Awards. Elle a écrit entre autres la série *Son Espionne royale*, qui se déroule dans les années 1930 à Londres, la série *Molly Murphy Mysteries*, au début du XXe siècle à New York, et la série *Constable Evans Mysteries*, au pays de Galles. Elle est née en Angleterre et partage aujourd'hui son temps entre la Californie du Nord et l'Arizona.

RHYS BOWEN

SON ESPIONNE ROYALE ET LA FIANCÉE DE TRANSYLVANIE

Tome 4

Traduit de l'anglais par Blandine Longre

LA BÊTE NOIRE
Robert Laffont

Titre original : ROYAL BLOOD

ISSN : 2431-6385
ISBN : 978-2-221-24262-9
(éd. originale : ISBN 978-0-425-23446-4, The Berkley Publishing Group, a division of Penguin Group, New York, 2010)

Dépôt légal : avril 2020

Je dédie ce roman à ma belle-sœur Mary Vyvan,
qui nous accueille toujours aussi chaleureusement
dans son beau manoir de Cornouailles – une demeure
où lady Georgiana se sentirait parfaitement à son aise.

1.

Rannoch House
Belgrave Square
Londres
Mardi 8 novembre 1932
Temps brumeux depuis des jours. Seule, coincée dans notre résidence londonienne. Ne vais pas tarder à devenir folle.

Il n'y a pas plus emmerdant qu'un mois de novembre à Londres. Oui, je sais, une lady n'est pas censée employer pareil langage, mais je ne vois pas comment qualifier autrement le brouillard humide, glacial et à couper au couteau qui s'était abattu sur Belgrave Square voici une semaine. Bien que notre résidence londonienne, Rannoch House, ne soit pas des plus riantes et chaleureuses, même dans les plus propices des circonstances, elle est au moins supportable quand la famille y séjourne, qu'il s'y trouve quantité de domestiques et que de joyeux feux de cheminée sont allumés. Cependant, vu que j'étais seule dans la maison, privée de personnel, il était tout simplement impossible de m'y sentir au chaud. N'allez pas croire que je suis une jeune fille frêle et délicate qui craint d'ordinaire le froid. À dire vrai, au château de Rannoch, notre demeure ancestrale située en Écosse, je suis vigoureuse comme pas une. Je fais de longues promenades à cheval par de froides matinées, et je dors avec la fenêtre ouverte qu'il pleuve ou qu'il vente. Mais le froid londonien était différent de tout ce que j'avais pu connaître. Il me glaçait jusqu'aux os. Et j'étais tentée de rester au lit toute la journée.

Non que j'eusse beaucoup de raisons de me lever en ce moment, et seule l'éducation stricte que j'avais reçue de ma nourrice – laquelle s'opposait à toute grasse matinée sauf en cas de double pneumonie – m'incitait à sortir du lit, à enfiler trois couches de pull-overs et à me précipiter à l'office, au sous-sol, où il faisait relativement meilleur.

Ce matin-là, j'étais justement blottie dans la cuisine, en train de boire une tasse de thé, quand j'entendis du courrier atterrir sur le sol, dans le vestibule du rez-de-chaussée. Le facteur était passé. Étant donné que presque personne ne me savait à Londres, c'était un événement de taille. Je me ruai à l'étage et ramassai non pas une, mais deux lettres sur le paillasson de l'entrée. Deux lettres ! me dis-je, enthousiaste, avant de reconnaître l'écriture en pattes de mouche de ma belle-sœur sur l'une des enveloppes. Oh, flûte alors ! Que diable me voulait-elle ? Fig n'était pas femme à écrire sans raison. Elle rechignait à dépenser un timbre pour rien.

La seconde enveloppe m'angoissa davantage encore. Elle arborait les armoiries royales et venait du palais de Buckingham. Je n'attendis même pas d'avoir regagné la chaleur de la cuisine pour la déchirer. La lettre avait été rédigée par le secrétaire privé de Sa Majesté la reine.

Chère lady Georgiana,

Sa Majesté la reine Mary me demande de vous transmettre ses meilleurs sentiments et espère que vous serez disponible ce jeudi 10 novembre afin de déjeuner en sa compagnie au palais. Elle vous prie de bien vouloir vous présenter un peu plus tôt, disons autour de midi moins le quart, car elle souhaite discuter avec vous d'une affaire assez importante.

— Mince alors ! marmonnai-je.

(Je devais perdre l'habitude d'employer des interjections aussi puériles. Peut-être fallait-il également que j'acquière quelques gros mots supplémentaires pour un usage strictement personnel.)

Vous pensez sans doute qu'une invitation à déjeuner avec la reine à Buckingham est un honneur. En réalité, cela arrivait beaucoup trop souvent à mon goût. Le roi George est mon cousin, voyez-vous, et depuis que je vivais à Londres, la reine Mary n'avait de cesse de me confier quelques menues tâches. Bon, pas si menues que cela, en fin de compte : il m'avait entre autres fallu épier la nouvelle amie américaine du prince de Galles ; et, quelques mois auparavant, Sa Majesté m'avait imposé une princesse bavaroise et sa suite – une mission qui s'était révélée plutôt délicate. Mais on ne peut rien refuser à la reine, naturellement.

Peut-être vous demandez-vous aussi pourquoi quelqu'un d'apparenté à Leurs Majestés en est venue à vivre seule et sans un sou. Notre branche de la famille est complètement fauchée, c'est la triste vérité. Mon père a dilapidé au jeu la majeure partie de sa fortune avant de perdre le reliquat lors du krach boursier de 1929. Mon frère Binky, le duc actuel, vit en Écosse, sur le domaine familial. Je pourrais loger chez lui, je suppose, mais Fig, sa tendre épouse, m'a bien fait comprendre que je n'étais pas la bienvenue.

Je me rappelai alors la lettre de cette dernière et poussai un soupir. Que pouvait-elle bien me vouloir ? Il faisait décidément trop froid pour rester plus longtemps dans le vestibule. Je redescendis à la cuisine et m'installai de nouveau devant le poêle avant d'ouvrir l'enveloppe.

Chère Georgiana,

J'espère que vous vous portez bien et que le temps est plus clément à Londres – les orages sont ici incessants.

Je tiens à vous informer de nos projets. Cette année, nous avons décidé de passer l'hiver à Rannoch House. Binky est encore affaibli après avoir gardé le lit si longtemps à la suite de son accident, et Podge ne cesse d'attraper de gros rhumes. Par conséquent, un peu de culture et de chaleur s'imposent. Nous prévoyons d'arriver dans le courant de la semaine prochaine. Binky m'a parlé de vos prouesses ménagères, je ne vois donc aucune nécessité de faire des dépenses supplémentaires en envoyant des domestiques avant notre arrivée, sachant que vous vous y prendrez à merveille pour préparer la maison. Je peux compter sur vous, Georgiana, n'est-ce pas ? Et quand nous serons installés, Binky envisage d'organiser quelques soirées pour vous – quoique je lui aie rappelé les frais considérables déjà occasionnés par votre première saison mondaine, l'année dernière. Il est impatient de vous savoir convenablement établie, et je reconnais que cela serait un souci de moins pour la famille en ces temps éprouvants. J'espère que vous tiendrez votre rôle, Georgiana, et que vous ne snoberez pas les jeunes hommes que nous vous présenterons ainsi que vous l'avez fait avec le pauvre prince Siegfried, un garçon extrêmement bien élevé, semble-t-il, et qui héritera peut-être même d'un royaume un de ces jours. Est-il utile de vous rappeler que vous ne rajeunissez pas ? Passé vingt-quatre ans – et vous vous en approchez –, une femme est considérée comme une vieille fille, ne l'oubliez pas. Elle a perdu de son éclat.

Aussi, faites en sorte que la résidence soit prête pour notre arrivée. Seul un nombre restreint de domestiques nous accompagneront, puisqu'il est si coûteux de voyager ces temps-ci. Votre frère me demande de vous transmettre ses sentiments chaleureux.

Votre belle-sœur dévouée,
Hilda de Rannoch

Je fus surprise qu'elle n'eût pas fait précéder son nom de son titre de duchesse. Oui, elle s'appelle bel et bien Hilda, même si tout le monde la surnomme Fig. Franchement, si j'avais été baptisée ainsi, j'aurais de loin préféré Fig. Quoi qu'il en soit, la perspective de son arrivée prochaine me poussa à agir. Je devais trouver de quoi m'occuper afin de ne pas finir coincée à la maison à l'écouter me réprimander et répéter que j'étais un fardeau pour la famille.

Il aurait été formidable d'avoir un travail, mais j'avais pratiquement renoncé à tout espoir de ce côté. Certains des chômeurs qu'on voyait au coin des rues possédaient toutes sortes de compétences et de diplômes. En revanche, l'instruction que j'avais reçue aux Oiseaux, une école suisse terriblement sélect, réservée aux jeunes filles, ne m'avait pas préparée à grand-chose – je savais par contre marcher avec un livre sur la tête, placer un évêque à table et parler un bon français. J'avais été préparée au mariage, c'était tout. Du reste, ma famille aurait considéré d'un mauvais œil la plupart des emplois auxquels j'aurais pu postuler. Si je m'étais retrouvée vendeuse dans un grand magasin comme Woolworth's ou serveuse au pub du quartier, j'aurais déshonoré les miens.

J'avais besoin d'une invitation dans un endroit lointain. De préférence à Tombouctou ou, à défaut, dans une villa méditerranéenne. Cela me permettrait aussi d'échapper aux petites missions que la reine ne cessait de me confier. « Je suis navrée, madame, pourrais-je alors lui annoncer. J'espionnerais volontiers Mme Simpson pour vous, mais je suis attendue à Monte-Carlo en fin de semaine. »

En des circonstances aussi fâcheuses, il n'y avait qu'une personne vers laquelle je pouvais me tourner – mon ancienne camarade d'école, Belinda Warburton-Stoke. Elle fait partie de ces gens qui parviennent toujours à retomber sur leurs pieds – ou du moins sur le dos, en ce qui la concerne. Elle est constamment invitée en week-end à la campagne ou en croisière sur un yacht, vu qu'elle est extrêmement délurée et sexy – contrairement à moi, qui n'ai pas encore eu l'occasion de faire montre de ces deux qualités.

À mon retour à Londres, quelques semaines plus tôt, après un séjour écossais au château de Rannoch, j'étais allée la voir dans sa maisonnette de Knightsbridge, un quartier proche de Belgravia, sans y trouver personne. Sans doute était-elle repartie pour l'Italie avec son dernier amant en date, un superbe comte italien, malheureusement fiancé à une autre. Mais il était possible qu'elle fût rentrée depuis, et la situation était suffisamment urgente pour justifier une sortie dans le pire brouillard qui soit. Si quelqu'un était capable de me sauver face à la menace prénommée Fig, c'était bien Belinda. Je m'emmitouflai donc dans plusieurs couches d'écharpes et m'aventurai dans la purée de pois. Bonté divine, qu'est-ce que c'était lugubre, au-dehors ! Tous les sons étaient étouffés, et l'air était imprégné de la fumée que dégageaient des milliers de feux de charbon, lesquels laissaient dans la bouche un goût métallique infect. Les maisons qui bordaient Belgrave Square avaient été englouties dans l'obscurité, et je distinguais à peine les grilles entourant le jardin situé au milieu de la place. Alors que j'en faisais le tour à pas prudents, je ne vis pas âme qui vive.

Je faillis renoncer plusieurs fois, en me disant qu'une jeune bohème de la haute comme Belinda ne pouvait pas se trouver à Londres par une météo pareille et que je perdais mon temps. Mais je poursuivis ma route avec obstination. Nous autres Rannoch sommes réputés pour notre ténacité, peu importe les conséquences. Je songeai à Robert Bruce Rannoch qui, lors de la bataille des plaines d'Abraham[1], avait continué son ascension des buttes même après qu'on lui avait tiré dessus à plusieurs reprises ;

1. Cette bataille de la guerre de Sept Ans (1756-1753) eut lieu le 13 septembre 1759 à Québec et opposa l'armée française à l'armée britannique, victorieuse. *(N.d.T.)*

arrivé au sommet aussi troué qu'une passoire, il avait réussi à tuer cinq ennemis avant de périr à son tour. Une histoire guère réjouissante, j'en conviens. La plupart des récits mettant en scène l'un de mes vaillants ancêtres s'achevaient invariablement sur la mort dudit ancêtre.

Il me fallut un moment pour me rendre à l'évidence : j'étais complètement perdue. Belinda n'habitait qu'à quelques rues de Belgrave Square, or je marchais depuis une éternité. J'avais certes été obligée d'avancer à petits pas circonspects, tout en me retenant aux grilles longeant les maisons, mais j'avais dû m'égarer à un moment ou à un autre.

Pas de panique, me dis-je en mon for intérieur. Je finirais bien par atteindre un endroit que je reconnaîtrais, et tout s'arrangerait. Il n'y avait cependant personne à qui demander mon chemin, et il était impossible de lire les plaques des rues, qui avaient elles aussi disparu dans les ténèbres. Je n'avais d'autre choix que de pousser plus avant. Je gagnerais bientôt Knightsbridge et Harrods, dont les vitrines allumées seraient visibles. Ce grand magasin ne fermerait pas à cause d'un peu de brouillard. Il y avait à Londres assez de gens désireux de se procurer leur foie gras et leurs truffes quel que soit le temps qu'il fasse. Mais Harrods n'apparut pas. Je finis par atteindre une sorte de jardin – du moins me sembla-t-il. Étais-je vraiment arrivée à hauteur de Hyde Park ? Si j'avais traversé l'avenue de Knightsbridge, je m'en serais tout de même aperçu.

Je commençais à me sentir terriblement angoissée. Je distinguai alors un bruit de pas derrière moi – des pas lents, réguliers, qui suivaient avec exactitude le rythme des miens. Je me retournai sans voir personne. *Ne sois pas bête*, me réprimandai-je. Le brouillard produisait sans doute un écho étrange de mes propres pas. Je me remis à marcher, puis m'immobilisai brusquement ; les pas qui me suivaient s'arrêtèrent à leur tour avec deux ou trois secondes de décalage. Je repris mon chemin en pressant l'allure et en évoquant toutes sortes de choses qui, dans les histoires de Sherlock Holmes, se déroulaient généralement en plein brouillard. Je trébuchai sur le rebord d'un trottoir, poursuivis ma route et heurtai soudain une sorte de barrière solide qui semblait me séparer d'un vide béant.

Où diable avais-je atterri ? J'explorai à tâtons ce qui m'avait paru être une barrière tout en essayant de la visualiser. C'était de la pierre froide, rugueuse. La rivière Serpentine, dans Hyde Park, était-elle entourée d'un mur semblable ? Un air humide et glacial montait jusqu'à moi, de même qu'une odeur désagréable de végétation pourrissante. J'entendais également des clapotis. Je me penchai en avant afin d'identifier ce son. Valait-il mieux tenter d'escalader cet obstacle afin d'échapper à la personne qui me suivait ? Tout à coup, une main m'agrippa fermement l'épaule, et je sursautai violemment.

2.

— À votre place, je ferais pas ça, mademoiselle, déclara une voix grave à l'accent cockney[1].

— Faire quoi ? m'exclamai-je en me tournant vivement.

Je distinguai alors les contours du casque d'un agent de police.

— Vous étiez sur le point de sauter dans le fleuve, pas vrai ? Je vous ai suivie. Vous alliez monter sur la balustrade. Vous vouliez en finir avec la vie.

J'étais encore en train de digérer le fait que j'avais pris la direction opposée et marché jusqu'à la Tamise sans m'en apercevoir, et il me fallut un instant pour comprendre ce que cet homme cherchait à me dire.

— En finir avec la vie ? Absolument pas, monsieur l'agent.

Il posa de nouveau la main sur mon épaule – gentiment, cette fois.

— Allons, ma jolie, vous pouvez m'avouer la vérité. Pour quelle autre raison vous seriez dehors par un temps pareil, à essayer de vous hisser sur cette balustrade ? Je vois ça tous les jours, en ce moment. C'est la crise économique qui déprime tout le monde. Mais je tiens à vous

---

1. Ainsi désigne-t-on ce qui se rapporte aux Cockneys, les habitants de l'East End, quartiers populaires de l'Est londonien. *(N.d.T.)*

dire que la vie vaut toujours la peine d'être vécue, quoi qu'il arrive. Venez donc avec moi jusqu'au poste, et je vous ferai une bonne tasse de thé.

Je ne savais s'il me fallait rire ou m'indigner. Ce fut la seconde solution qui l'emporta.

— Écoutez un peu, monsieur l'agent, répliquai-je. Je voulais simplement me rendre chez une amie et, avec ce brouillard, j'ai dû me tromper de chemin. J'ignorais que j'avais atteint le fleuve.

— Si vous le dites, mademoiselle.

Je fus tentée de lui dire que j'étais une « lady », pas une demoiselle, mais je me sentais à présent si gênée que j'avais seulement envie de m'en aller.

— Pourriez-vous juste m'indiquer la direction de Knightsbridge ou de Belgravia ? Je viens de Belgrave Square.

— Mince alors, vous en avez fait, du chemin. Nous sommes tout près du Chelsea Bridge[1].

Il me prit par le bras et m'escorta de l'autre côté du Chelsea Embankment, puis jusqu'à une rue qu'il me dit être Sloane Street, laquelle menait à Sloane Square. Il me proposa de nouveau d'aller prendre une tasse de thé au poste, mais je déclinai.

— Tout ira bien, maintenant que je sais où je suis, ajoutai-je.

— Si j'étais vous, je rentrerais directement chez moi, conseilla-t-il. C'est pas un temps à traîner dehors. Vous avez qu'à lui passer un coup de bigophone, à votre copine.

Il avait évidemment raison. Je ne me servais toutefois du téléphone de Rannoch House qu'en cas d'urgence ; Fig élevait des objections dès qu'il fallait payer la facture, et je n'avais pas d'argent pour la régler. Et puis, même

1. Ce pont franchissant la Tamise, à deux kilomètres environ de Belgrave Square, se trouve dans le quartier de Chelsea, dont la célèbre voie principale est Sloane Street. *(N.d.T.)*

s'il aurait été en effet plus judicieux d'appeler Belinda ; c'était avant tout de chaleur humaine dont j'avais besoin, je l'admettais. À force de camper dans une grande maison sans même une femme de chambre à qui parler, on souffre affreusement de la solitude, or je suis du genre à aimer la compagnie. Je me mis donc en route depuis Sloane Square et finis par arriver chez Belinda, sans incident cette fois. Je découvris cependant qu'elle n'était pas là, ainsi que je m'en étais doutée.

Je tâchai de revenir sur mes pas pour rejoindre Belgrave Square, regrettant sincèrement de ne pas avoir écouté le policier, qui m'avait recommandé de rentrer directement chez moi. À travers la brume, j'entendis un bruit que je reconnus – le sifflement d'un train. Certains continuaient de fonctionner en dépit du brouillard, et la gare de Victoria était droit devant moi. Si je parvenais à l'atteindre, je serais capable de m'orienter plus aisément. Je me retrouvai soudain devant une file de gens, pour la plupart des hommes à l'air découragé, le bas du visage enveloppé dans une écharpe, les mains enfoncées dans les poches. Que faisaient-ils là ? J'humai alors une odeur de chou bouilli et compris qu'ils attendaient devant une soupe populaire installée devant la gare.

J'eus aussitôt une idée de génie. Je n'avais qu'à me porter volontaire pour aider le personnel : ma famille approuverait cette décision – la reine en personne m'avait en effet déjà suggéré d'apporter mon soutien à des œuvres de bienfaisance –, et j'aurais ainsi droit à un repas chaud et nourrissant une fois par jour jusqu'à l'arrivée de Fig et Binky. Je n'avais pas mangé à ma faim depuis une éternité. Justement, j'avais en ce moment même une horrible sensation nauséeuse au creux de l'estomac. J'entrepris donc de remonter la file afin de parler à un responsable. Tout à coup, une main jaillit dans ma direction et me saisit le bras.

— Attendez un peu ! Où est-ce que vous allez, comme ça ? me demanda un grand gaillard costaud.

Vous essayez de passer devant tout le monde, hein, c'est ça ? Pourquoi vous faites pas la queue comme tout le monde ?

— Je souhaite simplement parler aux personnes chargées de cette association, protestai-je. Je tiens à travailler ici.

— Ouais, c'est ça… C'est la pire excuse que j'ai jamais entendue. Allez, repartez au bout de la file.

Je revins sur mes pas, morte de honte, m'apprêtant à rentrer discrètement chez moi, quand l'homme se tenant derrière celui qui m'avait tancée intervint.

— Regarde-la, Harry. Elle a plus que la peau sur les os, et ça se voit bien que c'est une demoiselle de bonne famille qu'est tombée dans la débine. Passez devant moi, mon canard, me dit-il. On dirait que vous allez tourner de l'œil si vous avalez pas quelque chose.

Je m'apprêtais à décliner son offre quand l'odeur de la soupe servie ce jour-là m'allécha de nouveau. Oui, j'étais affamée au point que du chou bouilli me paraissait dégager un agréable fumet. Quel mal y avait-il à goûter au menu avant de proposer mes services ? J'adressai un sourire reconnaissant à l'homme qui avait eu pitié de moi et me glissai dans la file. Nous avançâmes lentement pour finir par entrer dans la gare elle-même. L'endroit me donna d'abord l'impression d'être anormalement désert, puis j'entendis le sifflement d'une locomotive à vapeur, et une voix désincarnée annonça le départ du train pour Douvres, lequel effectuait la correspondance avec le ferry – cela éveilla en moi une certaine nostalgie. Si seulement je pouvais monter dans ce train et partir pour le continent… Ce serait tellement épatant !

Mais mon voyage s'acheva quelques mètres plus loin, sur le côté d'un quai, devant une table couverte d'une toile cirée. On me tendit une cuiller et une assiette, dans laquelle fut lâchée une grosse tranche de pain ; je m'avançai ensuite vers une grande marmite remplie de ragoût. Des morceaux de viande et de carottes flottaient à la surface d'une épaisse sauce marron. Je vis la louche descendre vers mon assiette avant de s'immobiliser brusquement au-dessus d'elle.

Je levai des yeux agacés, lesquels croisèrent ceux, extrêmement troublants, de Darcy O'Mara. Ses boucles sombres étaient plus rebelles encore qu'à l'ordinaire, et il portait un pull-over de pêcheur, bleu roi, parfaitement assorti auxdits yeux. En bref, il me parut aussi superbe que d'habitude. J'esquissai un sourire.

— Georgie !

Il n'aurait pas été plus consterné si je m'étais tenue complètement dévêtue devant lui. Bon, en réalité, connaissant Darcy, il aurait sans doute trouvé très plaisant de me voir nue au milieu de la gare de Victoria.

Me sentant rougir comme une tomate, je décidai de jouer la carte de la désinvolture.

— Salut, Darcy. Cela faisait un bail.

— Georgie, où avez-vous la tête ?

Il m'arracha mon assiette des mains comme si celle-ci avait pu me les brûler.

— Ce n'est pas ce que vous croyez, Darcy, dis-je en lâchant un rire qui sonna faux. Je suis venue voir si je pouvais me porter volontaire, et l'un des hommes s'est imaginé que j'avais faim ; il a donc insisté pour me céder sa place dans la file. Il s'est montré si gentil que je n'ai pas eu le cœur de le détromper.

Tout en parlant ainsi, je pris conscience que les gens qui attendaient derrière moi s'étaient mis à grommeler. Eux non plus n'étaient pas indifférents aux bonnes odeurs qui émanaient des plats.

— Allez, bougez-vous de là ! lança une voix furieuse.

Darcy dénoua alors son grand tablier bleu.

— Relayez-moi, Wilson, d'accord ? dit-il à l'un des autres bénévoles. Il faut que j'aide cette jeune dame à quitter les lieux avant qu'elle ne s'évanouisse.

Il passa par-dessus la table en bondissant presque, s'empara de mon bras et m'escorta fermement vers la sortie.

— Où m'emmenez-vous ? demandai-je, sentant tous les regards converger vers moi.

— Loin d'ici, afin d'éviter que quelqu'un ne vous reconnaisse, naturellement, siffla-t-il à mon oreille.

— Je ne comprends pas pourquoi vous en faites toute une histoire. Si vous n'aviez pas réagi ainsi, personne ne m'aurait remarquée. Et je m'apprêtais réellement à proposer mes services, vous savez.

— C'est fort possible, répondit-il tout en continuant de m'entraîner d'un pas rapide. Mais il n'est pas rare que des messieurs de la presse rôdent dans les grandes gares londoniennes dans le seul espoir de prendre quelques célébrités en photo, déclara-t-il de sa voix râpeuse, dotée d'une légère pointe d'accent irlandais. Vous êtes facilement reconnaissable, lady de Rannoch. Je n'ai eu aucun mal à savoir qui vous étiez le jour où je vous ai croisée dans un salon de thé londonien, vous vous souvenez ? Imaginez un peu si les journalistes découvraient un membre de la famille royale sur le pavé, ils feraient leurs choux gras de cette affaire : « Du palais de Buckingham à la mendicité ! » Pensez à l'embarras que vous causeriez à vos illustres parents.

— Je ne vois pas pourquoi je m'en soucierais, rétorquai-je. Ils ne subviennent pas à mes besoins.

Nous étions sortis de la gare noire de suie par une petite porte. Darcy me lâcha le bras et me dévisagea avec attention.

— Vous aviez vraiment envie de cette soupe dégoûtante qu'ils qualifient de ragoût ?

— Si vous voulez tout savoir, oui, vraiment. Depuis que j'ai cherché à entamer une carrière prometteuse l'été dernier – carrière à laquelle vous avez coupé court, me semble-t-il –, je n'ai pas gagné un sou et, aux dernières nouvelles, il est nécessaire d'avoir de l'argent pour manger.

Son expression se radoucit.

— Ma pauvre, chère petite. Pourquoi n'avez-vous rien dit ? Pourquoi n'êtes-vous pas venue me voir ?

— Darcy, je ne sais jamais où vous trouver. De surcroît, vous êtes fauché la plupart du temps, vous aussi.

— Contrairement à vous, j'ai appris à survivre. Je loge actuellement chez un ami afin de veiller sur sa maison de Kensington pendant son absence. Il possède une cave à vins d'exception et m'a laissé la moitié de son personnel. Je ne me débrouille donc pas trop mal. Vous êtes de nouveau seule à Rannoch House, si je comprends bien ?

— Oui, toute seule.

Maintenant que je m'étais remise du choc de nos retrouvailles et qu'il me regardait si tendrement, je me sentais au bord des larmes.

Il me conduisit vers un taxi garé le long du trottoir.

— Pensez-vous pouvoir rejoindre Belgrave Square ? demanda-t-il au chauffeur.

— Ouais, je peux toujours essayer, m'sieur, répondit l'homme, à l'évidence ravi d'avoir des clients. Au moins, on aura pas à s'inquiéter des embouteillages, hein ?

Darcy me poussa sans ménagement à l'intérieur avant de s'installer près de moi, et l'auto démarra.

— Pauvre petite lady Georgie, dit-il en me caressant gentiment la joue, ce qui me troubla davantage encore. Vous êtes décidément mal armée pour affronter le vaste monde, pas vrai ?

— Je fais de mon mieux, répliquai-je. Et ce n'est pas facile.

— La dernière fois que j'ai eu de vos nouvelles, vous étiez chez votre frère, au château de Rannoch. Ce n'est pas l'endroit le plus réjouissant qui soit, mais au moins, vous aviez droit à trois repas par jour. Pour quelle drôle de raison en êtes-vous partie pour revenir à Londres à cette période de l'année ?

— En un mot : Fig. La méchanceté naturelle de ma belle-sœur a repris le dessus. Elle ne cessait de faire allusion au fait qu'elle avait trop de bouches à nourrir.

— Rannoch est votre demeure ancestrale, pas la sienne, fit observer Darcy. Votre frère vous est tout de même reconnaissant de tout ce que vous avez fait pour eux, je suppose ? Sans vous, leur fils serait mort et Binky aurait pu périr lui aussi.

— Vous le connaissez. C'est un garçon plutôt sympathique, mais il est trop accommodant. Il se laisse marcher sur les pieds par sa femme. Sans oublier qu'il a été alité à cause de son affreuse infection à la cheville, et cela l'a extrêmement affaibli. Bref, l'un dans l'autre, j'ai pensé qu'il était plus judicieux de déguerpir. J'espérais pouvoir trouver une occupation rémunérée.

— Il n'y a pas de travail, et personne ne gagne sa vie, à part les bookmakers sur les champs de courses et les propriétaires de casinos. Non qu'ils parviennent à se faire de l'argent sur mon dos, ajouta-t-il avec un grand sourire suffisant. J'ai gagné cinquante livres sterling lors des steeple-chases de Newmarket la semaine dernière. Je ne sais peut-être pas grand-chose, mais je m'y connais en chevaux, c'est déjà ça. Si mon père n'avait pas vendu notre écurie de course, je serais à l'heure qu'il est en Irlande, occupé à la diriger. Vu les circonstances, je mène une vie nomade, comme vous.

— Vous avez toutefois des activités secrètes, n'est-ce pas, Darcy ?

— Comment avez-vous pu vous mettre pareille idée en tête ? rétorqua-t-il en me décochant un sourire provocateur.

— Vous disparaissez pendant des semaines entières sans me dire où vous allez.

— J'ai peut-être une petite chérie à Casablanca ou en Jamaïque.

— Darcy, vous êtes incorrigible ! fis-je en lui donnant une tape sur la main.

Il s'empara de la mienne et la retint fermement.

— Il y a certains sujets que l'on n'aborde pas dans un taxi, déclara-t-il.

— Je crois qu'on est arrivés à Belgrave Square, annonça le chauffeur en ouvrant la cloison vitrée qui nous séparait de lui. C'est quelle maison ?

— À l'autre bout, au centre, indiqua mon compagnon.

L'automobile s'arrêta devant Rannoch House. Darcy en descendit et vint ouvrir ma portière.

— Écoutez, dans ce brouillard, il n'y aurait aucun intérêt à sortir ce soir. Nous ne trouverions pas de taxi après la tombée de la nuit. Mais le temps devrait s'améliorer un peu demain. Je passerai vous chercher à dix-neuf heures.

— Qu'avez-vous prévu de faire ?

— Un bon repas, naturellement. Enfilez une robe chic.

— Nous n'allons pas jouer aux pique-assiettes à un mariage, j'espère ? demandai-je, car c'était justement ce qui s'était passé lors de notre première rencontre, quelques mois plus tôt.

— Bien sûr que non, dit-il, me tenant par la main tandis que je gravissais le perron de la maison. Nous irons au dîner de la Société des experts-comptables, cette fois.

Il me dévisagea, puis éclata de rire.

— Je vous fais marcher, ma petite.

3.

Rannoch House,
Mercredi 9 novembre 1932
Le brouillard s'est levé. Dîner avec Darcy. Hourra.

Je passai la journée à préparer la maison en prévision de l'arrivée prochaine et tant redoutée des miens. J'ôtai les housses de protection des meubles, balayai les parquets et fis les lits. Je décidai de m'occuper des feux de cheminée un autre jour – je n'avais pas envie d'avoir de la poussière de charbon plein les cheveux avant mon rendez-vous avec Darcy. J'étais devenue une merveilleuse ménagère, n'est-ce pas ? Je n'arrêtais pas de me précipiter vers la fenêtre afin d'être certaine que le brouillard n'était pas retombé, mais une forte brise s'était levée et, quand je commençai à m'apprêter pour la soirée, il s'était mis à pleuvoir.

Puisque j'avais récemment séjourné en Écosse, mes robes chics avaient été lavées et repassées par ma femme de chambre. J'en choisis une en velours vert bouteille et m'efforçai même de dompter ma chevelure pour lui donner un aspect ondulé. Je pris alors la décision de faire les choses en grand et de m'attaquer à mon visage au moyen de rouge à lèvres, de mascara et de fard à joues. Je parachevai le tout avec une étole en fourrure de castor – un vieux machin dont ma mère s'était débarrassée –

et, sur le coup de dix-neuf heures, j'avais une allure tout à fait civilisée. Bien entendu, je commençai à m'inquiéter : Darcy allait-il réellement venir ? Il arriva cependant pile à l'heure, avec un taxi qui nous attendait sur la place. L'auto fila le long de Pall Mall, fit le tour de Trafalgar Square et pénétra dans le méli-mélo de ruelles situées derrière Charing Cross Road. Ce quartier mal éclairé me paraissait peu recommandable.

— Où m'emmenez-vous ? demandai-je.

— Dans mon antre, ma chère, où je compte parvenir à mes fins avec vous, répliqua Darcy en imitant une voix de vaurien. Non, en fait, nous allons chez Rules.

— Rules ?

— Vous connaissez tout de même ce restaurant, non ? C'est le plus ancien de la capitale. On y sert de la bonne nourriture anglaise traditionnelle.

Le taxi s'arrêta devant une vitrine à petits carreaux qui ne payait pas de mine. Quand nous entrâmes, une chaleur délicieuse nous enveloppa. Les murs étaient richement ornés de lambris de bois, les nappes blanches amidonnées, et les couverts étincelaient. Nous fûmes accueillis par un maître d'hôtel en queue-de-pie.

— Bienvenue, monsieur O'Mara. Enchanté de vous revoir, dit-il en nous conduisant rapidement jusqu'à une table placée dans un coin de la salle. Comment va votre père, lord Kilhenny ?

— Il se porte bien, en dépit de la situation, Banks, répondit Darcy. Vous avez dû apprendre qu'il lui a fallu vendre le domaine et l'écurie de course à des Américains. Il vit maintenant dans l'ancien pavillon du gardien.

— J'en avais en effet entendu parler, monsieur. Les temps sont durs. Plus rien ne fait sens, désormais. Sauf Rules. Ici, rien n'a changé. Et je suppose que voici la fille de l'ancien duc de Rannoch. C'est un honneur que de vous recevoir en ce lieu, lady de Rannoch. Feu votre père était l'un de nos clients réguliers. Nous le regrettons beaucoup.

Il tira une chaise pour moi pendant que Darcy prenait place sur une banquette de cuir.

— Tous les gens qui ont fait partie de l'histoire de Londres ont mangé ici, dit-il en indiquant les murs, couverts de caricatures, d'autographes et de programmes de théâtre.

En les examinant, je distinguai entre autres les noms des romanciers Charles Dickens et John Galsworthy, de l'ancien Premier ministre Benjamin Disraeli, et même de Nell Gwyn, la maîtresse de Charles II. Tandis que j'observais les murs, essayant de voir si on y trouvait les photographies signées de mon père ou de ma mère, Darcy étudia la carte.

— Je crois que nous allons commencer par une douzaine d'huîtres de Whitstable chacun, proposa-t-il. Quant au potage, nous prendrons la soupe de pommes de terre et de poireaux. La vôtre est si réussie. Ensuite, du haddock fumé et, bien sûr, du faisan.

— Un choix admirable, monsieur, répondit le serveur. Puis-je vous suggérer un excellent bordeaux pour accompagner le faisan ? Et une bouteille de champagne pour les huîtres, peut-être ?

— Pourquoi pas ? Cela me semble parfait.

— Darcy, ce repas va vous coûter une fortune, sifflai-je quand le serveur se fut éloigné.

— J'ai gagné cinquante livres aux courses, je vous l'ai dit.

— Mais vous ne devriez pas tout dépenser d'un coup.

— Vraiment ? s'exclama-t-il en riant. À quoi bon avoir de l'argent, sinon ?

— Vous devriez en mettre de côté pour les mauvais jours, conseillai-je.

— C'est absurde ! On finit toujours par trouver un moyen de se débrouiller. *Carpe diem*, ma petite Georgie.

— Je n'ai pas étudié le latin. Seulement le français et des choses inutiles telles que le piano et les bonnes manières.

— Cela signifie qu'il faut « cueillir le jour ». Ne remettez pas au lendemain ce que vous avez envie de faire et ne vous souciez pas des conséquences. C'est ma devise. Je vis en accord avec ce principe, et vous devriez prendre exemple sur moi.

— J'aimerais en être capable. Vous semblez toujours vous en sortir, mais ce n'est pas aussi facile pour une jeune femme à qui l'on n'a enseigné que des futilités. On me considère déjà comme un cas désespéré – une vieille fille de vingt-deux ans.

Allait-il me promettre qu'il m'épouserait un jour ? Je l'espérais, je suppose. Il se contenta toutefois de répondre :

— Oh, j'imagine qu'un roitelet finira bien par vous demander en mariage.

— Darcy ! J'ai déjà repoussé le prince Siegfried de Roumanie, au grand mécontentement de ma famille. Ces souverains sont tous aussi affreux les uns que les autres. Et ils se font assassiner avec une régularité remarquable.

— Ma foi, ne seriez-vous pas tentée d'étrangler Siegfried ? dit-il en riant. Pour ma part, chaque fois que je le vois, les doigts me démangent. En revanche, j'apprécie certains Bulgares. J'étais en pension avec Nicholas, l'héritier du trône. Un demi de mêlée sacrément doué dans notre équipe de rugby.

— Et à vos yeux, cela fait de lui un bon parti ?

— Évidemment.

Le serveur ouvrit la bouteille de champagne, dont le bouchon sauta avec un agréable *pop*. Darcy leva sa coupe pleine.

— Je propose un toast à la vie. Qu'elle soit joyeuse et aventureuse.

— À la vie, murmurai-je en entrechoquant ma coupe contre la sienne.

Je ne suis pas une grosse buveuse et, après mon troisième verre, je commençai à me sentir résolument insouciante. Je me rendis à peine compte des plats qui défilaient

– d'abord le potage, puis le haddock. La bouteille de bordeaux apparut à son tour pour accompagner le faisan, qui nageait dans une épaisse sauce d'un brun rouge, agrémenté d'oignons grelots et de champignons. Je décidai soudain que j'avais été bête d'essayer de subvenir à mes besoins seule. La vie était en effet faite pour la joie et l'aventure. C'en était fini de la morosité.

Je terminai jusqu'au dernier morceau de viande dans mon assiette avant de m'attaquer au pudding de pain beurré et de vider un verre de porto. Pendant le trajet du retour en taxi, je me sentis réconciliée avec la terre entière. Darcy m'aida à gravir le perron de Rannoch House, puis à ouvrir la porte – j'eus en effet un peu de peine à trouver le trou de la serrure. Dans ma tête, une petite voix me chuchota que j'étais sans doute un tantinet ivre, tandis qu'une autre me murmurait que je ne devrais probablement pas inviter Darcy à entrer dans la maison si tard le soir, alors que j'étais seule.

— Sainte mère de Dieu, qu'est-ce qu'il fait froid et sombre, là-dedans ! s'exclama-t-il en refermant la porte derrière nous. Il n'y a donc pas une pièce chauffée dans cette fichue baraque ?

— Si, ma chambre, répondis-je. Je tâche d'y avoir toujours un feu allumé.

— Votre chambre. Bonne idée, déclara-t-il avant de m'escorter jusqu'à l'escalier.

Il passa son bras autour de ma taille, et nous montâmes ensemble. Je ne me rappelle pas avoir grimpé les marches, vu que je flottais à moitié, grisée par le vin et la proximité de Darcy.

Les dernières braises d'un feu rougeoyaient dans l'âtre de ma chambre, diffusant une chaleur agréable après l'atmosphère glaciale du reste de la demeure.

— Voilà qui est mieux, dit Darcy.

À la vue de mon lit, je m'y affalai.

— Ah, quel bonheur, fis-je.

Il me regarda d'un air amusé.

— Je dois dire que le vin a miraculeusement dissipé vos inhibitions, c'est certain.

— Vous saviez parfaitement quel effet il aurait sur moi, répliquai-je en agitant l'index dans sa direction. Je connais vos intentions scélérates, monsieur O'Mara. N'allez pas croire que je ne vous ai pas percé à jour.

— Et pourtant, vous ne m'avez pas encore ordonné de partir, semble-t-il.

— Vous affirmez que la vie doit être simplement joyeuse et aventureuse, repris-je en me débarrassant d'une chaussure d'un coup de pied, si brutalement qu'elle fut projetée à l'autre bout de la pièce. Et vous avez raison. Cela fait trop longtemps que je suis malheureuse et assommante. J'ai vingt-deux ans, et je suis toujours vierge. À quoi cela rime-t-il ?

— À rien, en effet, répondit Darcy d'une voix douce, tout en ôtant son manteau pour le poser sur le dossier d'une chaise.

Sa veste suivit, puis il desserra sa cravate.

— Ne me laissez pas seule ici, Darcy, dis-je d'une voix que j'espérais irrésistible.

— On ne m'a jamais vu refuser une invitation pareille.

Il s'assit pour enlever ses souliers avant de se jucher au bord de mon lit.

— Vous allez chiffonner cette jolie robe. Je vais vous aider à l'enlever, lady Georgiana.

Il me souleva le buste afin que je puisse me rasseoir – ce qui fut loin d'être simple, étant donné que mes bras refusaient maintenant de m'obéir ; je dois aussi avouer que la chambre commençait à osciller légèrement autour de moi. Je sentis les mains de Darcy dans mon dos tandis qu'il dégrafait ma robe et la passait au-dessus de ma tête ; j'eus soudain froid dans ma combinaison de soie. Je lui en fis part.

— Venez me réchauffer, ajoutai-je, frissonnante.

— Vos désirs sont des ordres, répondit-il en me prenant dans ses bras.

Je tournai mon visage vers lui, et ses lèvres trouvèrent les miennes. Notre baiser fut si fougueux et insatiable que j'avais de la peine à respirer. Sa langue explorait l'intérieur de ma bouche, et je flottais sur un nuage rose, en extase.

C'est le bonheur suprême, songeai-je. *C'est ce que j'ai tant attendu.*

Je m'élançai sur ledit nuage rose et me mis à voltiger au-dessus de prairies avec Darcy à mes côtés, quand je m'aperçus soudain que ses lèvres n'étaient plus sur les miennes et que j'avais de nouveau froid. Je rouvris les yeux. Il était assis au bord du lit, occupé à renfiler ses chaussures.

— Que se passe-t-il ? demandai-je, les yeux troubles. Vous ne voulez donc plus de moi, Darcy ? Vous essayez de m'attirer dans un lit depuis l'instant où nous nous sommes rencontrés, et maintenant que nous sommes seuls dans une grande maison vide, vous vous en allez ?

— Vous vous êtes endormie. Et vous êtes bourrée.

— Je suis quelque peu pompette, je le reconnais, mais n'était-ce pas ce que vous aviez prévu ?

— Si, c'était mon idée quand j'ai commandé les huîtres et le champagne. Cependant, je me rends compte que, s'agissant de vous, je possède un sens moral que je ne me connaissais pas, précisa-t-il avec un rire presque amer. Le jour où je ferai l'amour avec vous, ma douce Georgie, je veux que vous soyez bien réveillée et pleinement consciente de vos actes. Je ne veux pas que vous vous endormiez au beau milieu et que vous vous imaginiez que j'ai profité de vous.

— Cela ne me viendrait pas à l'esprit, dis-je en m'asseyant. Pourquoi est-ce que tout tourne soudain autour de moi ?

— Allez, il est temps de vous coucher. Seule. Je passerai vous voir demain matin. Vous aurez probablement un terrible mal de tête.

Il m'aida à retirer ma combinaison.

— Vous êtes vraiment ravissante, dites donc. J'ai décidément besoin d'un examen psychiatrique.

Tout à coup, il se figea.

— Vous avez entendu ?

— Non, quoi ?

— On aurait dit la porte d'entrée. Il n'y a personne d'autre dans la maison en ce moment, vous en êtes certaine ?

— Oui, je suis seule, dis-je en me redressant, l'oreille tendue.

Je crus distinguer un bruit de pas et des éclats de voix au rez-de-chaussée.

— Je vais voir ce qui se passe, déclara Darcy.

Il sortit sur le palier, pendant que je me levais non sans mal pour attraper ma robe de chambre accrochée derrière la porte – à laquelle je dus m'agripper pour ne pas perdre l'équilibre. Puis j'entendis Darcy prononcer des paroles qui me dégrisèrent instantanément :

— Binky, Fig, vous êtes de retour.

4.

Rannoch House
9 et 10 novembre 1932

Je sortis sur le palier en titubant, consciente que le plancher ne cessait de se soulever comme pour venir à moi, et que l'escalier paraissait s'éloigner en flottant vers l'infini. Je descendis la première volée de marches en me cramponnant à la balustrade. En contrebas, sur le carrelage de marbre noir et blanc du vestibule, je vis deux formes floues en manteaux de fourrure, surmontées de têtes roses. Je distinguai peu à peu leurs contours et me rendis compte qu'il s'agissait de visages horrifiés qui nous regardaient bouche bée.

— Seigneur, que faites-vous là, O'Mara ? demanda Binky.

— Cela devrait être plutôt clair, il me semble, même pour quelqu'un disposant d'une imagination aussi limitée que la vôtre, répondit Fig d'une voix outrée. Comment avez-vous osé, Georgiana ? Vous avez trahi notre confiance. Nous vous avons généreusement offert la jouissance de notre demeure et vous la transformez en maison de… en maison de quoi, Binky ?

— De repos ? suggéra l'intéressé.

Sa femme soupira en roulant des yeux.

— Désespérant, marmonna-t-elle.

— De débauche ? proposa alors Darcy, apparemment le seul à ne pas être le moins du monde déconcerté par la situation.

J'étais pour ma part toujours en train de descendre l'escalier et ne pouvais me risquer à lâcher la rampe – ni à prendre la parole.

— Exactement ! aboya ma belle-sœur. Une maison de débauche, Georgiana. Dieu merci, nous n'avons pas amené le petit Podge. Il aurait été profondément traumatisé.

— De quoi ? s'enquit Darcy. Du fait qu'il arrive aux gens normaux de vouloir avoir des rapports sexuels ?

À la mention de ce dernier mot, Fig porta la main à sa gorge.

— Dites quelque chose, Binky ! s'exclama-t-elle en le poussant devant elle. Parlez à votre sœur.

— Comment va, Georgie ? Content de te revoir.

— Mais non, espèce d'idiot ! le tança son épouse, qui trépignait presque de colère à présent. Dites-lui que son attitude est tout simplement inacceptable. Une Rannoch ne se comporte pas ainsi. Elle est en train de devenir comme sa mère, après tout ce que nous avons fait pour elle et tout l'argent que nous avons dépensé pour son éducation.

— Hé, dites donc, intervint Darcy.

Fig s'en prit aussitôt à lui.

— Dites donc vous-même, monsieur O'Mara, rétorqua-t-elle en avançant d'un pas, menaçante, tandis que le vaillant Darcy refusait de reculer. Je présume que vous êtes à blâmer. Georgie a été élevée dans du coton. Elle n'a pas l'expérience du monde, et elle a certainement manqué de discernement en vous invitant ici alors qu'elle y était seule. Je crois que vous feriez mieux de partir avant que j'en dise davantage. Je crains toutefois que le mal ait déjà été fait. Le prince Siegfried ne voudra assurément plus d'elle, désormais.

Pour une raison mystérieuse, je trouvai ces paroles fort amusantes. Je m'assis soudain sur une marche et fus prise d'un fou rire.

— Ne vous inquiétez pas, je m'en vais, répondit Darcy. Mais je tiens à vous rappeler que Georgie a plus de vingt et un ans et qu'elle mène sa vie comme elle l'entend.

— Pas dans notre maison.

— Cette demeure appartient aux Rannoch, n'est-ce pas ? Et cela fait un bout de temps que Georgie en est une, contrairement à vous.

— Elle appartient maintenant au duc actuel, mon mari, répliqua Fig de son ton le plus glacial, insinuant clairement « je suis une duchesse et pas vous ». Georgiana vit ici aux frais de la princesse.

— Sans chauffage ni domestiques. Cela ne vous coûte pas grand-chose, madame la duchesse. N'oubliez pas non plus que, sans Georgie, votre cher époux le duc serait sans doute à présent six pieds sous terre aux côtés de votre petit garçon. Il me semble que vous lui devez davantage que de simples remerciements.

— Ma foi, oui, nous lui sommes bien sûr reconnaissants pour tout, répondit Binky. Extrêmement reconnaissants.

— Naturellement, mais c'est sa moralité qui nous préoccupe, ainsi que la réputation de Rannoch House, s'empressa d'ajouter Fig. Si des hommes vont et viennent à toute heure du jour et de la nuit, les habitants de Belgrave Square ne manqueront pas de le remarquer.

Ces paroles déclenchèrent de nouveau mon hilarité. Fig me scruta alors attentivement. Je venais de m'apercevoir que je n'avais pas très bien noué ma robe de chambre et que je ne portais rien en dessous. Je m'efforçai de m'y envelopper afin de sauver ce qui me restait de dignité.

— Êtes-vous ivre, Georgiana ? demanda ma belle-sœur.

— Juste un peu, avouai-je avant de pincer fermement les lèvres pour éviter de pouffer encore une fois.

— Le champagne lui est monté à la tête, j'en ai bien peur, précisa Darcy. Raison pour laquelle je l'ai ramenée chez elle et j'ai jugé préférable de la mettre au lit, au cas où elle ferait une chute et se blesserait – vu qu'elle n'a pas de bonne pour veiller sur elle. Par conséquent, si vous tenez à connaître les sordides détails de ce qui s'est passé, les voici : je l'ai aidée à se coucher, elle s'est promptement endormie, et j'étais sur le point de partir.

— Oh, dit Fig, avec l'air de quelqu'un à qui l'on vient de couper l'herbe sous le pied. Je regrette de ne pouvoir vous croire, monsieur O'Mara.

— Croyez ce que vous voulez, répondit-il avant de lever les yeux vers moi. Je vous souhaite une bonne nuit, Georgie, ajouta-t-il en m'envoyant un baiser. À bientôt. Prenez soin de vous, et ne laissez pas votre belle-sœur vous mener à la baguette. Rappelez-vous que vous avez du sang royal, contrairement à elle.

Il m'adressa un clin d'œil, tapota l'épaule de Binky et s'éclipsa.

— Ma foi, c'est incroyable, finit par déclarer Fig, rompant un long silence.

— Il fait bigrement froid, ici, fit observer mon frère. Je suppose qu'aucun feu n'a été allumé dans notre chambre ?

— En effet, tu supposes bien, répliquai-je.

J'étais enfin sortie de mon état d'hébétude, suffisamment pour avoir des pensées cohérentes, et autant dire que j'étais carrément furieuse.

— Vous aviez prévu d'arriver dans le courant de la semaine prochaine, et non deux jours après votre lettre. Et comment se fait-il que vous voyagiez sans domestiques ?

— C'est une visite éclair, pour l'instant, expliqua Fig. Binky a pu prendre rendez-vous avec un spécialiste de

Harley Street[1] pour sa cheville, et je souhaite moi aussi consulter un médecin londonien. Voilà pourquoi nous avons évité des frais en venant sans personnel. Votre frère m'a dit que vous vous débrouilliez comme une cheffe pour tenir une maison. À l'évidence, il exagérait, comme d'habitude.

Je me levai, les jambes encore un peu flageolantes. Mes pieds nus étaient glacés.

— Je ne crois pas que mon père m'imaginait devenir un jour femme de chambre dans notre propre résidence familiale, rétorquai-je. Je retourne me coucher.

Sur ces entrefaites, je remontai l'escalier – un départ qui aurait été majestueux si je n'avais trébuché sur la ceinture de ma robe de chambre. Par conséquent, je m'étalai de tout mon long en travers du palier du premier étage.

— Oups ! m'exclamai-je.

Je me redressai promptement, puis me hissai jusqu'au second. Après avoir grimpé dans mon lit, je m'y pelotonnai comme un chat. Je regrettais de ne pas avoir de bouillotte, mais il n'était pas question de redescendre, pour quelle que raison que ce fût. Du reste, savoir que Fig allait devoir se coucher dans un lit tout aussi glacial me procurait une certaine satisfaction.

★

J'ouvris les yeux et ne vis qu'une lumière grise, froide ; je les refermai aussitôt. Darcy ne s'était pas trompé : j'avais la gueule de bois. Ma tête me lançait de manière inimaginable. Quelle heure était-il ? Dix heures et demie, d'après le petit réveil posé sur ma commode. Le souvenir des événements de la veille au soir me vint en mémoire. Oh, Seigneur, cela signifiait que Fig et Binky étaient dans la maison et qu'ils avaient sans doute déjà découvert que

---

1. Rue londonienne célèbre pour ses médecins, ses dentistes et ses hôpitaux privés. *(N.d.T.)*

le garde-manger était vide. J'enfilai à la hâte une jupe et un chandail, puis descendis l'escalier d'un pas presque aussi chancelant que la nuit précédente.

Je m'apprêtais à pousser la porte tapissée de feutre qui menait à l'office quand j'entendis des voix venir du petit salon, sur ma droite.

— Ce n'est pas un problème pour vous, disait Fig en claquant légèrement des dents. Vous avez toujours la possibilité de vous rendre à votre club, où vous serez confortablement installé. Mais que faites-vous de moi ? Je ne peux rester ici.

— C'est seulement pour deux nuits de plus, ma vieille, répondit Binky. Et il est important que vous voyiez ce médecin, n'est-ce pas ?

— Oui, en effet, mais un froid pareil ne peut pas me faire de bien. Nous allons être contraints de descendre dans un hôtel, tant pis pour les frais occasionnés. Nous avons de quoi nous offrir le Claridge's pour deux nuits, tout de même.

— Vous vous sentirez mieux après un bon petit déjeuner, déclara Binky. Il serait temps que Georgie se lève, vous ne croyez pas ?

Je choisis cet instant pour passer la tête par la porte du salon. Enveloppés dans leurs manteaux de fourrure, mon frère et sa femme avaient tous deux l'air hagard et bougon. Ils paraissaient également fort négligés sans bonne ni valet pour les aider à s'habiller.

Quand Fig m'aperçut, l'atmosphère se fit plus glaciale encore, mais Binky parvint à me sourire.

— Ah, te voici enfin debout, Georgie. Ma parole, il fait un froid de canard, dans cette maison ! J'imagine qu'il n'est pas possible d'allumer un feu ?

— Plus tard, peut-être, répondis-je. Préparer une cheminée prend du temps, tu sais. Il faut aller gratter à tâtons dans le trou à charbon. Sauf si vous voulez m'aider ?

Ma belle-sœur frémit comme si j'avais prononcé une grossièreté.

— Bon, dans ce cas, tu auras peut-être la gentillesse de nous apprêter un petit déjeuner ? Cela nous réchauffera agréablement, pas vrai, Fig ?

— J'étais justement sur le point d'aller faire des toasts et du thé, répondis-je.

— Et des œufs ? suggéra mon frère, plein d'espoir.

— Il n'y en a pas, je le crains.

— Du bacon ? Des saucisses ? Des rognons ?

— Il n'y a que des toasts. On ne peut se procurer de la nourriture quand on n'a pas le sou, Binky.

— Mais, enfin..., bafouilla-t-il. Nom d'un chien ! Georgie, tu n'en es tout de même pas réduite à manger des toasts arrosés de thé ?

— Et où aurais-je trouvé de l'argent, cher frère ? Je n'ai pas de travail. Je n'ai pas d'héritage. Aucun membre de la famille ne m'aide. Quand Fig affirme qu'elle est sur la paille, cela signifie qu'elle ne peut plus s'offrir de confiture de chez Fortnum & Mason. De mon côté, je n'ai même pas de quoi m'acheter de la marmelade quelconque. Là est toute la différence.

— Eh bien, c'est inouï, dit Binky. Mais alors, pourquoi diable ne reviens-tu pas vivre au château de Rannoch ? Au moins, nous avons de quoi manger à notre faim, n'est-ce pas, Fig ?

— Ta femme m'a clairement fait comprendre que j'étais une bouche de trop à nourrir. En outre, je refuse d'être un fardeau. Je veux faire mon chemin toute seule et mener ma vie comme je l'entends. Simplement, c'est affreusement difficile en ce moment.

— Vous auriez dû épouser le prince Siegfried, déclara Fig. C'est ce que l'on attend des jeunes filles de votre rang. C'était la volonté de vos parents royaux. La plupart des demoiselles auraient donné n'importe quoi pour devenir une princesse.

— Siegfried est un exécrable crapaud. J'ai l'intention de faire un mariage d'amour.

— Quelle idée ridicule, répliqua sèchement ma belle-sœur. Et si c'est votre M. O'Mara que vous avez en tête, vous feriez bien de l'oublier. J'ai appris qu'il n'avait pas un sou vaillant. Sa famille est sans ressources. Il leur a même fallu vendre leur domaine, imaginez un peu. Il ne sera pas en mesure de subvenir aux besoins d'une épouse – du moins, si jamais il compte s'établir. Vous perdez donc votre temps avec lui.

Voyant que je gardais le silence, elle continua :

— C'est une question de devoir, Georgiana. Personne n'y échappe, pas vrai, Binky ?

— Oui, tout à fait, ma vieille, répondit mon frère d'un ton distrait.

Fig lui décocha un regard si réfrigérant que je fus étonnée de ne pas le voir se transformer sur-le-champ en glaçon.

— Quoique certains aient la chance de trouver l'amour et le bonheur une fois mariés, n'est-ce pas, Binky ? insista-t-elle.

Devant la fenêtre, mon frère contemplait le brouillard qui tombait de nouveau lentement sur Belgrave Square.

— Bon, et cette tasse de thé, Georgie ? demanda-t-il.

— Venez donc la boire à la cuisine, conseillai-je. Il y fait meilleur.

Ils me suivirent, pareils à deux enfants derrière le joueur de flûte de Hamelin. J'allumai le poêle à gaz et mis la bouilloire à chauffer, tandis qu'ils m'observaient comme si j'étais un prestidigitateur capable d'un tour de magie spectaculaire. Je posai ensuite ce qui me restait de pain sur le gril pour faire des toasts. Binky soupira.

— Nom d'un chien, Fig, appelez Fortnum & Mason pour qu'ils nous livrent un panier garni. Dites-leur qu'il s'agit d'une urgence.

— Si tu me donnes de l'argent, je remplirai volontiers le garde-manger de la cuisine. Et ça te coûtera moins cher qu'un panier garni acheté dans un grand magasin de luxe.

— Vraiment, Georgie ? Tu nous sauves la vie. C'est rudement sympa de ta part.

— Je croyais que nous avions décidé de nous installer à l'hôtel, intervint sa femme en lui lançant un regard furieux.

— Nous dînerons au restaurant, ma chère, proposa Binky. Cela vous ira ? Je sais que Georgie saura nous préparer un petit déjeuner succulent si nous lui fournissons les ingrédients nécessaires. Cette fille est absolument géniale.

Ils burent leur thé et avalèrent leurs toasts en silence. J'essayai de les imiter, mais chaque coup de dents me donnait l'impression que des cymbales résonnaient sous mon crâne. J'étais en train de me demander quand Belinda rentrerait chez elle – il serait en effet beaucoup plus agréable de dormir sur son sofa, si inconfortable soit-il, que d'être ici –, quand on sonna à la porte.

— Qui peut bien venir à cette heure-ci ? s'étonna Fig en me dévisageant – elle devait s'imaginer que c'était mon amant suivant qui me rendait visite. Mieux vaut que Georgiana réponde. Il serait inconvenant d'aller ouvrir nous-mêmes, n'est-ce pas, Binky ? Cela s'apprendrait aussitôt.

Je montai au rez-de-chaussée, aussi curieuse qu'elle de savoir qui était là. J'espérais à moitié que Darcy était venu me secourir, tout en le soupçonnant de ne pas être du genre à se lever avant midi. Dès que j'ouvris, je vis une Daimler garée devant la maison et, sur le seuil, un jeune homme en uniforme de chauffeur.

— Je viens chercher lady Georgiana, annonça-t-il sans se douter le moins du monde que j'étais autre chose qu'une domestique. C'est le palais qui m'envoie.

Je remarquai alors l'étendard royal fixé à l'automobile. Oh, mince ! On était jeudi. Le jour prévu pour mon déjeuner avec la reine. Mon cerveau imbibé d'alcool l'avait complètement oublié.

— Je vais l'en informer, marmonnai-je avant de refermer la porte.

Complètement paniquée, je m'apprêtais à m'élancer vers ma chambre quand le visage de Fig apparut dans l'escalier de l'office.

— Qui était-ce ?

— Le chauffeur de la reine. Je suis invitée à déjeuner à Buckingham, précisai-je, d'une voix sous-entendant que c'était pour moi une situation parfaitement normale.

Le fait que j'ai des liens de parenté avec la famille royale agace toujours ma belle-sœur au plus haut point, vu qu'elle n'est associée à Leurs Majestés que par alliance.

— Je ferais mieux d'aller me changer sans tarder, ajoutai-je. Je ne voudrais pas faire attendre le chauffeur.

— À Buckingham ? répliqua-t-elle en me foudroyant du regard. Rien d'étonnant à ce que les placards de la cuisine soient vides si vous passez votre temps à festoyer en haut lieu. Avez-vous entendu cela, Binky ? lança-t-elle vers le bas des marches. La reine a envoyé une automobile pour votre sœur. Elle va déjeuner au palais. Vous êtes le duc. Pourquoi n'avons-nous pas été conviés ?

— Sans doute parce que Sa Majesté souhaite s'entretenir avec Georgiana, répondit mon frère. Du reste, comment la reine aurait-elle été informée de notre arrivée à Londres ?

Fig semblait encore hors d'elle, comme si j'avais arrangé ce petit tête-à-tête exprès pour la contrarier. Et je dois dire que cela me procura un plaisir extrême.

5.

Palais de Buckingham
Jeudi 10 novembre 1932

Même si j'avais un mal de tête atroce et que je continuais à voir trouble, je parvins à prendre un rapide bain et à me donner une allure respectable en seulement un quart d'heure. Je me retrouvai bientôt assise à l'arrière de la Daimler royale, qui fila à toute vitesse vers le palais. Belgrave Square n'est situé qu'à une courte distance de Buckingham en passant par Constitution Hill, une avenue que j'avais empruntée à pied à d'autres occasions. J'étais toutefois fort heureuse d'être en voiture ce jour-là, car le brouillard avait de nouveau cédé la place à une affreuse pluie automnale. On ne rend pas visite à Sa Majesté la reine avec une allure de rat mouillé.

Tout en observant le monde lugubre qui s'offrait à ma vue derrière la vitre striée de gouttes, je m'interrogeai sur les motifs de cette convocation et commençai à m'inquiéter. La reine d'Angleterre était une femme occupée. Elle ne cessait d'inaugurer des hôpitaux, de visiter des écoles et de recevoir des ambassadeurs de passage. Par conséquent, si elle prenait le temps de convier une jeune cousine à déjeuner, c'est qu'il s'agissait d'une affaire d'importance.

Je m'attends toujours à ce qu'un entretien à Buckingham présage le pire. Pourquoi ? Parce que jusqu'à présent cela avait toujours été le cas, je suppose. Mon cœur battait ainsi à tout rompre lorsque la voiture franchit les grilles de fer forgé du palais, fut saluée par les gardes et traversa la place d'armes, avant de passer sous le porche qui menait à la cour intérieure.

Un valet de pied s'empressa d'ouvrir ma portière.

— Bonjour, lady de Rannoch. Par ici, je vous prie, dit-il en gravissant le perron d'un pas vif.

Je le suivis avec une extrême prudence – il arrive en effet que mes jambes refusent de m'obéir quand je suis particulièrement anxieuse.

Vous pourriez imaginer qu'une petite-cousine du roi George V serait blasée à l'idée d'une énième invitation à Buckingham ; je dois pourtant admettre que j'étais toujours très intimidée lorsque je montais les escaliers d'honneur et longeais les couloirs ornés de statues et de miroirs. En vérité, j'avais la sensation d'être une enfant arrivée par erreur dans un conte de fées. J'avais certes grandi dans un château, mais Rannoch était très différent – une sévère bâtisse de pierre, froide et dépouillée, dont les murs étaient décorés de boucliers et de bannières, vestiges des batailles d'antan. En revanche, conçu pour impressionner les visiteurs étrangers et les gens de petite condition, le palais de Buckingham incarnait la royauté dans tout ce qu'elle avait de plus majestueux.

Cette fois, on m'autorisa à emprunter le grand escalier plutôt que de me faire passer par des corridors dérobés. Nous émergeâmes dans une vaste pièce où l'on donnait les réceptions, située entre le salon de musique et la salle du trône. Je me demandai s'il me faudrait assister à quelque cérémonie, mais le valet de pied poursuivit son chemin jusqu'à une porte menant aux appartements privés du couple royal. Je m'aperçus que je retenais mon souffle – je dus bientôt le reprendre alors qu'on me faisait entrer dans un salon agréable et des plus ordinaires. Il n'avait rien de la magnificence des salles de réception, et c'était dans ce lieu que Leurs Majestés pouvaient se détendre lors des rares occasions où elles avaient du temps libre. Au moins, cela signifiait probablement que je n'aurais pas à affronter des visages inconnus pendant le déjeuner, et ce fut un soulagement.

— Lady Georgiana, madame, annonça le valet avant de s'incliner et de sortir de la pièce à reculons.

Je n'avais d'abord pas remarqué la reine, car elle se tenait près de la fenêtre, depuis laquelle elle contemplait les jardins. Elle se tourna vers moi, la main tendue.

— Georgiana, ma chère. C'est très aimable à vous de venir au pied levé.

Comme si j'avais pu lui refuser quoi que ce fût. Les souverains avaient cessé de faire trancher des têtes, mais on continuait néanmoins de leur obéir.

— Je suis ravie de vous voir, madame, répondis-je en traversant la pièce.

Je pris sa main, exécutai une révérence et l'embrassai sur la joue ; cette série de manœuvres requérait une synchronisation minutieuse que je n'avais pas encore maîtrisée, et je finissais toujours par me cogner le nez contre son visage.

La reine regarda de nouveau par la fenêtre.

— Les jardins semblent toujours bien mornes à cette période de l'année, n'est-ce pas ? Et nous avons un temps affreux. D'abord le brouillard, et maintenant la pluie. Le roi est de mauvaise humeur à force d'être enfermé depuis tant de jours. Le médecin lui a interdit de mettre le nez dehors, voyez-vous. Ses poumons fragiles seraient exposés à la suie qui imprègne l'air.

— Je comprends parfaitement, madame. Je suis sortie en plein brouillard cette semaine, et c'était atroce. Rien à voir avec la brume que l'on a à la campagne. J'ai eu l'impression de respirer de la suie liquide.

Elle hocha la tête et, me tenant encore par la main, me conduisit jusqu'à un canapé.

— Et votre frère… s'est-il remis de son accident ?

— Presque, madame. Du moins, il peut de nouveau marcher. Il est venu consulter un spécialiste londonien.

— Ce qui lui est arrivé est vraiment abject. Dire que cette personne a aussi tiré sur Elizabeth. C'est votre présence d'esprit qui l'a sauvée.

— Et le fait qu'elle ait gardé la tête froide, ajoutai-je. C'est déjà une excellente cavalière, n'est-ce pas ?

Un grand sourire illumina le visage de la reine. Il suffisait de lui parler de ses petites-filles pour la rendre heureuse.

— Vous devez vous demander pour quelle raison je vous ai invitée à déjeuner aujourd'hui, Georgiana, reprit-elle.

Je retins encore une fois mon souffle. Un sort terrible allait me frapper d'une seconde à l'autre, songeai-je. Mais Sa Majesté semblait plutôt enjouée.

— Un verre de sherry ? proposa-t-elle.

Je trouve habituellement ce vin délicieux ; cependant, à la simple perspective de boire de l'alcool, j'eus un haut-le-cœur.

— Non merci, madame, très peu pour moi.

— Un choix des plus sages, si tôt dans la journée, déclara la reine. J'aime moi aussi garder les idées claires.

Elle ne se doutait évidemment pas que mes idées, à cet instant, étaient loin de l'être.

— Mettons-nous donc à table, en ce cas, suggéra-t-elle. Il est toujours plus aisé de discuter autour d'un bon repas, n'est-ce pas ?

Je pensais pour ma part exactement le contraire. J'ai toujours trouvé compliqué de faire la conversation tout en mangeant. J'ai constamment tendance à avoir la bouche pleine au mauvais moment ou à lâcher ma fourchette par nervosité. La reine agita une clochette, et une bonne surgit comme de nulle part.

— Lady Georgiana et moi allons déjeuner, lui annonça-t-elle. Venez, ma chère. Nous avons besoin de plats rassasiants par un temps pareil.

Nous passâmes dans la pièce voisine, une salle à manger familiale, où une table – qui ne mesurait pas trente mètres de long – avait été dressée pour deux convives. Je m'assis à la place qu'on m'indiqua, et le premier plat fut apporté. Ma bête noire : un demi-pamplemousse servi dans une coupe de cristal taillé. J'ai toujours l'impression de me retrouver avec une moitié dont les quartiers ont été mal prédécoupés. Je regardai la mienne d'un air horrifié, pris une profonde inspiration et m'emparai de ma cuiller.

— Ah, du pamplemousse, fit la reine en me souriant. Un fruit si rafraîchissant en hiver, n'est-ce pas ?

Au moyen de sa cuiller, elle préleva un quartier tranché à la perfection. Un espoir naquit en moi – peut-être le personnel avait-il fait son travail correctement, pour une fois. Je m'attaquai alors au mien. Il glissa de côté dans le verre, manquant atterrir sur la nappe. Je le rattrapai à la dernière seconde et dus le maintenir en place à l'aide d'un doigt discret pour y enfoncer de nouveau ma cuiller. Je parvins à libérer le premier quartier sans trop de peine. La chance cessa de me sourire avec le deuxième. Je retins ce satané pamplemousse, y enfonçai ma cuiller, puis la soulevai. Cette fois, deux quartiers vinrent en même temps. Je tâchai de les séparer, et du jus me gicla dans l'œil. Je dus attendre que la reine ait détourné le regard pour le tamponner avec ma serviette et apaiser le picotement. Au moins, aucune goutte n'avait atteint Sa Majesté.

Je terminai cette entrée avec un soulagement indescriptible. On nous servit ensuite une soupe au roux brun, puis le plat principal, une tourte au bœuf et aux rognons – d'ordinaire l'un de mes mets préférés. Il était accompagné de chou-fleur à la sauce blanche et de minuscules pommes de terre au four. J'en avais déjà l'eau à la bouche. Deux bons repas en l'espace de deux jours. Je découvris toutefois dès la première bouchée que ce plat allait lui aussi me poser des problèmes – les morceaux de viande étaient très gros et j'eus en effet bien du mal à les faire passer.

— J'ai un grand service à vous demander, Georgiana, dit la reine en levant les yeux de son assiette. Le roi voulait que cela se fasse de manière officielle, mais j'ai réussi à le convaincre qu'une discussion en privé serait préférable. Je n'avais pas envie de vous créer des ennuis, au cas où vous déclineriez.

Les pensées se bousculaient à présent dans mon esprit, bien entendu. Leurs Majestés m'avaient-ils trouvé un autre prince ? Ou, pire encore, Siegfried leur avait peut-être expressément demandé ma main, ce qui signifiait qu'un refus de ma part provoquerait une crise diplomatique. Je me figeai sur place, la fourchette en suspens entre mon assiette et mes lèvres.

— Un mariage royal doit être célébré ce mois-ci. Vous en avez sans nul doute eu vent.

— Non, madame, glapis-je.

— La princesse Maria Theresa de Roumanie va épouser le prince Nicholas de Bulgarie. Il est l'héritier du trône, ainsi que vous devez le savoir.

J'opinai du chef, comme si les familles royales d'Europe discutaient régulièrement de leurs projets de mariage avec moi. Dieu merci, ce n'était pas du mien dont il était question. Je portai ma fourchette à ma bouche et recommençai à mastiquer.

— Il faut naturellement que nous y soyons représentés, continua-t-elle. Nous sommes après tout apparentés des deux côtés. Nicholas appartient à la même lignée des Saxe-Cobourg et Gotha que votre arrière-grand-mère la reine Victoria, et Maria Theresa est une Hohenzollern-Sigmaringen. Si les noces avaient été célébrées en été, nous aurions été enchantés d'y assister. Mais il est hors de question que mon époux se rende à l'étranger en cette rigoureuse saison.

Je hochai la tête, aux prises avec un morceau de bœuf particulièrement difficile à mâcher.

— Sa Majesté le roi et moi avons donc décidé de vous demander d'y aller à notre place, Georgiana.

— Moi ? parvins-je à articuler d'une voix perçante.

Je me trouvais dans une situation délicate, et ce, à plus d'un titre : j'étais incapable d'avaler ce bout de viande, et il m'était impossible de le recracher. J'essayai de boire une gorgée d'eau afin de le faire descendre, en pure perte. Il me fallut avoir recours à la vieille astuce consistant à feindre une toux ; je plaquai alors ma serviette contre ma bouche pour y rejeter la viande.

— Je m'excuse, madame, dis-je en me ressaisissant. Vous souhaitez que je vous représente lors d'un mariage royal ? Mais je ne suis qu'une petite-cousine de Sa Majesté le roi. Les familles concernées n'y verront-elles pas un affront si vous envoyez quelqu'un d'aussi peu important ? Il serait sans doute plus opportun que l'un de vos fils s'y rende ; ou votre fille, la princesse royale.

— Dans d'autres circonstances, j'aurais été d'accord avec vous, mais figurez-vous que la princesse Maria Theresa a spécifiquement demandé à ce que vous soyez l'une de ses demoiselles d'honneur.

Je me retins de m'exclamer « Moi ? » une seconde fois.

— J'ai cru comprendre que vous aviez été de bonnes amies à l'école, précisa la reine.

Vraiment ? Mon cerveau se mit à tourner à toute allure. J'avais autrefois connu une Maria Theresa ? Et je m'étais liée d'amitié avec elle ? Je passai rapidement en revue la liste des jeunes filles que j'avais fréquentées aux Oiseaux. Aucune princesse n'y figurait.

Je ne pouvais cependant pas accuser de mensonge une aristocrate étrangère, d'autant plus que nous étions apparentées. J'esquissai un sourire. Soudain, une image refit surface dans mon esprit, et je revis une fille potelée au visage rond qui traînait derrière Belinda et moi, tandis que mon amie disait : « Matty, arrête de nous suivre partout, s'il te plaît. Nous avons envie d'être seules, Georgie et moi, pour une fois. » Matty – ce ne pouvait être qu'elle. Je ne m'étais jamais rendu compte que c'était un diminutif de Maria Theresa. Ni non plus qu'elle était princesse. Dans mon souvenir, cette fille était une petite créature plutôt pitoyable et ennuyeuse. (Bon, pas si petite que cela, en réalité, car elle n'avait qu'un an de moins que nous.)

— Ah, oui, dis-je en souriant maintenant franchement. Cette chère Matty. Comme c'est aimable à elle de m'inviter. J'en suis extrêmement flattée, madame.

J'étais décidément très contente de moi-même à présent. On m'avait demandé d'assister à un mariage royal et, de surcroît, d'être demoiselle d'honneur. C'était assurément mieux que de mourir de froid et de faim à Rannoch House. Je pris tout à coup conscience de ce que cela impliquait. Le coût d'un billet. Les vêtements dont j'aurais besoin… La reine ne prenait semble-t-il jamais en considération l'aspect financier des choses.

— Il faudra que je me fasse confectionner une robe avant mon départ, je suppose ?

— Je ne pense pas. On vous propose de vous rendre en Roumanie avec quelques jours d'avance afin que vous puissiez essayer votre tenue au préalable. La princesse a fait venir de Paris une grande couturière.

M'étais-je trompée de personne ? Matty, qui avait toujours eu l'allure d'un sac de pommes de terre dans son uniforme scolaire, avait maintenant une couturière parisienne ?

— Mon secrétaire personnel s'occupera de réserver vos billets, à vous et à votre femme de chambre, poursuivit Sa Majesté. Vous disposerez d'un passeport royal officiel, ce qui évitera certaines formalités. Et je vais également vous assigner un chaperon. Il serait inconvenant d'entreprendre seule un si long voyage.

Toutes ces informations me parurent claires, à l'exception de quelques mots qui allaient poser un léger problème. « Votre femme de chambre. » Une lady de mon rang était parfaitement capable de survivre sans domestique, ce dont la reine n'avait pas la moindre idée. J'ouvris la bouche pour le lui expliquer, mais préférai finalement dire :

— Je crains de ne pouvoir trouver une femme de chambre disposée à m'accompagner. Ma bonne écossaise refuse même de venir à Londres.

La reine acquiesça d'un signe de tête.

— Oui, j'ai conscience de cette difficulté éventuelle. Les jeunes Anglaises et Écossaises ont l'esprit tellement étroit, n'est-ce pas ? Ne lui laissez pas le choix, Georgiana. Ne laissez jamais le choix aux domestiques. Cela leur monte à la tête. Si votre femme de chambre actuelle est désireuse de rester à votre service, elle doit être prête à vous suivre au bout du monde. La mienne n'hésiterait pas, je le sais, déclara-t-elle en s'attaquant à son chou-fleur. Soyez ferme. Il vous faut apprendre à gérer votre personnel si vous voulez un jour tenir une grande maison, voyez-vous. Si vous donnez aux serviteurs la moindre occasion de vous marcher sur les pieds, ils ne s'en priveront pas. À présent, terminez donc votre tourte avant qu'elle ne refroidisse.

6.

Principalement chez Belinda Warburton-Stoke
Jeudi 10 novembre 1932

L'automobile m'attendait dans la cour pour me ramener à Rannoch House. Mon retour aurait été triomphant, à un détail près : en une petite semaine, il me fallait mettre la main sur une femme de chambre qui accepterait de m'accompagner jusqu'en Roumanie sans recevoir de gages en échange. Je présumais que rares seraient les jeunes Londoniennes qui se précipiteraient pour répondre à une telle offre d'emploi.

Quand j'entrai, Fig apparut dans le vestibule.

— Vous vous êtes absentée un long moment, Georgiana. J'espère que Sa Majesté vous a offert un bon repas.

— Oui, merci, dis-je, préférant ne pas mentionner le désastre qui avait manqué survenir avec le pamplemousse et la tourte au bœuf.

Je ne parlai pas non plus du blanc-manger qu'on nous avait servi au dessert, un plat que je ne peux pas davantage avaler que la gelée et qui réveille en moi une phobie pour tout aliment spongieux.

— C'était donc une invitation officielle ? Avez-vous rencontré beaucoup de monde ? demanda-t-elle avec une feinte désinvolture – alors qu'elle mourait de curiosité.

— Non, il n'y avait que la reine et moi, dans sa salle à manger personnelle.

Oh, je pris un tel plaisir à répondre de la sorte ! Ma belle-sœur n'avait jamais été conviée dans les appartements privés de la reine pour un tête-à-tête avec Sa Majesté.

— Bonté divine. Que vous voulait-elle ?

— Parce qu'il lui faudrait une raison précise pour inviter une parente à déjeuner ? Bon, puisque vous tenez tant à le savoir, elle souhaite que je représente la famille royale au mariage de la princesse Maria Theresa de Roumanie.

Le visage de Fig prit une teinte violacée peu commune.

— Vous ? Elle souhaite que *vous* représentiez la famille ? Lors d'un mariage royal ? Où a-t-elle la tête ?

— Voyons, vous ne croyez tout de même pas que je me tiendrai mal ? Que je vais me mettre à parler cockney ou à laper ma soupe ?

— Vous ne faites même pas partie de la ligne de succession, lâcha-t-elle.

— Si, justement. Quand bien même je serais la trente-quatrième héritière de la couronne.

— Alors que Binky est trente-deuxième, et il est duc, au moins.

— Ah, mais mon frère aurait l'air malin dans une robe de demoiselle d'honneur, avec un bouquet à la main. La princesse tient tout particulièrement à ce que je sois présente.

— Vous ? s'exclama Fig, écarquillant davantage les yeux encore. Pourquoi diable compte-t-elle ainsi sur vous ?

— Parce que nous étions de très bonnes amies aux Oiseaux, répliquai-je sans sourciller. L'éducation affreusement coûteuse contre laquelle vous ronchonnez sans cesse a ses avantages, après tout.

— Binky ! hurla-t-elle d'une manière indigne d'une lady. Binky ! Georgiana va représenter la famille royale à un mariage.

Mon frère, qui n'avait pas enlevé son manteau et son cache-nez, émergea de la bibliothèque.

— Qu'y a-t-il ?

— On lui a demandé de remplacer Leurs Majestés à un mariage royal en Roumanie. C'est parfaitement incroyable, n'est-ce pas ?

— Ils ne veulent sans doute pas y envoyer l'un des héritiers directs par crainte d'un assassinat, répondit Binky avec décontraction. Cela arrive sans arrêt dans cette région du monde.

Fig trouva cette réponse à son goût, c'était flagrant. On m'expédiait en Roumanie non pas parce que j'étais digne de ce rôle, mais parce que je n'étais pas indispensable. Ma mission prenait maintenant un tout autre aspect.

— Et quand a-t-il lieu, ce mariage ? s'enquit ma belle-sœur.

— Je dois partir la semaine prochaine.

— Vraiment ? Cela ne vous laisse que peu de temps, n'est-ce pas ? Qu'en est-il de vos tenues ? Attend-on de vous que vous vous fassiez confectionner une robe de demoiselle d'honneur ?

— Non. Par chance, la princesse tient à ce que je sois habillée par une grande couturière parisienne. C'est pourquoi je dois m'y rendre en avance.

— Et votre diadème ? Il est resté en Écosse, dans la chambre forte. Devons-nous demander à ce qu'il vous soit envoyé ?

— J'ignore s'il me faudra le porter. Je me renseignerai auprès du secrétaire de la reine.

— Et qui paie votre voyage ?

— Le secrétaire de la reine s'occupe de tout, justement. Je dois simplement me dénicher une femme de chambre.

Fig nous dévisagea tour à tour, Binky et moi.

— Et comment comptez-vous vous y prendre ?

— Je n'en ai pas la moindre idée encore. J'imagine qu'aucune des bonnes du château de Rannoch ne sera tentée par une virée en Roumanie ?

Fig s'esclaffa.

— Ma chère petite, il est déjà assez difficile de convaincre les domestiques de venir jusqu'à Londres, un lieu qu'ils considèrent dangereux et immoral. Si vous avez bonne mémoire, Maggie, votre femme de chambre, a refusé de vous y rejoindre. Sa mère le lui a interdit.

Je haussai les épaules.

— Dans ce cas, je verrai si je peux emprunter une bonne à l'une de mes connaissances londoniennes. Et si j'échoue, je devrai en engager une auprès d'une agence.

— Comment ferez-vous ? Vous n'avez pas d'argent.

— Précisément. Il faut pourtant que j'en trouve une. Je serai peut-être contrainte de vendre quelques-uns des bijoux de famille. Demandez donc à ce qu'on m'envoie un ou deux diamants en sus de mon diadème.

Je plaisantais, évidemment, mais ma belle-sœur me fusilla du regard.

— Ne soyez pas ridicule. Les bijoux de *famille* doivent rester dans la *famille*. Vous le savez pertinemment.

— Auquel cas, que suggérez-vous ? Je ne peux décliner cette invitation. Ce serait un affront suprême envers la princesse Maria Theresa et Sa Majesté la reine.

Fig dévisagea de nouveau son mari.

— Je ne vois pas qui accepterait de se défaire d'une bonne pour une aventure aussi exotique. Et vous, Binky ?

— Ce n'est pas vraiment mon rayon, ma vieille. Navré. Vous feriez mieux de régler cette affaire entre femmes. Georgie ne peut refuser, c'est clair. Si cela s'avère nécessaire, il nous faudra fournir de quoi payer une femme de chambre.

— Vous voulez que nous lui procurions de l'argent ? répliqua Fig, sa voix montant dans les aigus. Et de quelle manière ? En vendant des bijoux de famille, ainsi que Georgiana le propose ? En privant le petit Podge d'un précepteur, peut-être ? C'en est trop, Binky. Elle est majeure, n'est-ce pas ? Nous ne sommes plus responsables d'elle.

Mon frère s'approcha et posa la main sur son épaule.

— Ne vous tracassez pas ainsi, ma chère. Le docteur vous a recommandé de rester calme et de chasser toute pensée désagréable de votre esprit, vous le savez.

— Comment y parviendrais-je, alors que nous n'aurons même pas de quoi régler les honoraires du médecin et les frais de la clinique ? s'écria-t-elle d'une voix dangereusement stridente.

Et, sans prévenir, elle eut une réaction que je ne lui avais jamais vue – et que je n'avais jamais pu observer dans mon entourage. Elle fondit en larmes et se précipita dans l'escalier. Une lady apprend normalement à ne pas montrer ses émotions, même dans les plus pénibles des circonstances.

Bouche bée, je la regardai s'éloigner. Je me rappelai alors qu'elle avait en effet mentionné une consultation médicale la concernant, mais je ne m'étais pas figurée que cela relevait peut-être de la psychiatrie. Sa mauvaise humeur coutumière avait-elle une raison plus sombre ? Peut-être y avait-il des cas de folie dans sa famille ! Quelle idée délectable. Je ne pouvais manquer cela.

— Elle est un peu contrariée aujourd'hui, dit Binky avec embarras. Et pas vraiment dans son assiette.

— Elle a vu un médecin à cause de ses nerfs fragiles ?

— Non, pas exactement.

Il lança un coup d'œil en direction de l'escalier et parut se demander si la colère divine allait s'abattre ou non sur lui ; puis il se pencha vers moi.

— Si tu veux tout savoir, Georgie, elle est enceinte, me confia-t-il. Elle attend un autre petit Rannoch ! C'est une bonne nouvelle, hein ?

J'étais stupéfaite. Il était déjà suffisamment ahurissant qu'ils aient réussi à passer une fois à l'acte afin de produire un rejeton. Mais une deuxième fois ? Il allait falloir que je m'habitue à cette idée. J'avais le plus grand mal à imaginer qui que ce soit couchant de son plein gré avec Fig. Bon, il faut dire que les lits du château de Rannoch sont particulièrement froids. C'était la seule explication possible.

— Félicitations, dis-je. Vous aurez un héritier de réserve.

— C'est l'une des raisons qui nous ont incités à passer l'hiver à Londres, expliqua mon frère. Fig n'est pas au mieux de sa forme, et le médecin lui a conseillé du repos et une vie calme. Et puis, notre manque de ressources la préoccupe un peu, hélas. J'ai l'impression d'être un vrai raté, si tu veux tout savoir.

J'eus de la peine pour Binky.

— Ce n'est pas ta faute si papa s'est tué en te laissant sur les bras un domaine avec des droits de succession exorbitants à payer.

— Je sais, mais je devrais être capable de faire davantage. Je ne suis pas des plus futés, comme garçon, et je suis malheureusement incompétent en tout, à part traînasser sur nos terres, inspecter le domaine, ce genre de choses.

— Écoute, repris-je en posant la main sur son bras. Ne t'inquiète pas à propos de cette histoire de femme de chambre. Je trouverai bien quelqu'un, d'une manière ou d'une autre. Je vais aller voir Belinda. Elle connaît le Tout-Londres et voyage sans cesse en Europe. Quant à toi, tu ferais mieux de monter rejoindre Fig.

Il poussa un soupir, puis s'engagea d'un pas lourd dans l'escalier. Je n'avais pas envie de ressortir : au cas où Darcy téléphonerait ou viendrait en personne, il lui faudrait de nouveau affronter l'hostilité de ma belle-sœur. Je n'avais cependant aucun moyen de le contacter et, par expérience, je le savais imprévisible – c'était le moins qu'on puisse dire. Je devais m'occuper sans attendre de cette affaire de bonne, décidai-je. Belinda était peut-être rentrée à Londres maintenant que le brouillard s'était levé. Jugeant qu'il était sans doute plus sage de ne pas contrarier Fig davantage en utilisant le téléphone, je me rendis à pied, sous la pluie, chez mon amie.

À ma grande joie, la bonne de Belinda ouvrit aussitôt.

— Oh, lady de Rannoch. Je suis rudement désolée, mais ma maîtresse fait la sieste. Comme elle a prévu de sortir ce soir, elle a demandé à ne pas être dérangée.

J'étais péniblement venue jusqu'ici en dépit d'un crachin glacial, et je n'avais pas l'intention de repartir bredouille.

— Oh, quel dommage ! m'exclamai-je d'une voix retentissante, la projetant en avant ainsi qu'on nous l'avait enseigné durant nos leçons d'élocution. Quand elle apprendra que je suis passée, elle sera navrée. Dire que je comptais lui parler du mariage royal auquel j'ai été conviée !

Je patientai un bref instant et, comme de bien entendu, un bruit de pas traînants se fit entendre à l'étage. Vêtue d'un peignoir garni de plumes, un masque de nuit en satin rejeté sur le front, une Belinda aux yeux ensommeillés apparut en haut de l'escalier, qu'elle entreprit de descendre précautionneusement.

— Georgie, je suis tellement ravie de te revoir. J'ignorais que tu étais de retour à Londres. Ne laisse donc pas lady de Rannoch sur le pas de la porte, Florrie, ajouta-t-elle à l'intention de sa bonne. Fais-la entrer et va nous préparer du thé.

Elle tituba sur les dernières marches et m'étreignit.

— Je suis vraiment contente de te trouver chez toi, dis-je. Je suis passée il y a deux jours, mais il n'y avait personne.

— C'est la faute de Florrie, qui n'a pas pu venir travailler à cause du brouillard, précisa-t-elle en lançant un regard noir à la domestique qui s'éloignait vers la cuisine. Elle m'a laissée en plan. Ces gens de maison n'ont ni sens du devoir ni cran. Nous n'aurions pas hésité, toi et moi, n'est-ce pas ? Même s'il nous avait fallu marcher depuis Hackney[1] ! Je me suis efforcée de survivre sans elle, mais j'ai fini par n'avoir d'autre choix que de prendre une chambre au Dorchester en attendant que le brouillard se lève.

Elle me conduisit dans son salon où régnait une chaleur délicieuse, et j'ôtai plusieurs couches de vêtements.

— En réalité, ta présence à Londres me surprend. Je croyais que l'Italie était beaucoup plus agréable à cette période de l'année.

Son visage se crispa brièvement.

— Le climat italien est soudain devenu nettement plus glacial, rétorqua-t-elle, agacée.

— C'est-à-dire ?

— L'horrible fiancée de Paolo a appris mon existence et a mis le holà à notre liaison. Elle a annoncé qu'elle désirait se marier sans plus attendre. Le père de Paolo lui a donc ordonné de rentrer dans le rang et de faire son devoir. Et puisque c'est papa qui tient les cordons de la bourse, Paolo a dû dire *arrivederci* à la pauvre petite Belinda.

— J'ai l'impression d'entendre ma mère, tu sais. J'espère que tu ne vas pas finir comme elle.

— Elle mène une vie merveilleuse, pourtant. Tous ces jeunes séducteurs, ces coureurs automobiles et ces millionnaires texans !

— D'accord, mais que lui restera-t-il au bout du compte ?

— De beaux bijoux, au moins, et une petite villa dans le sud de la France.

— Je voulais parler des gens qui l'entourent. Elle n'a que mon grand-père et moi, et elle nous ignore.

1. Quartier du nord de Londres, situé à plus de dix kilomètres de Belgravia, où vit Georgie. *(N.d.T.)*

— Chérie, ta mère s'en sortira toujours, tout comme moi, affirma Belinda. Quand Paolo m'a mise à la porte, j'en ai été affectée pendant un ou deux jours, puis je me suis dit que c'était un de perdu, dix de retrouvés. Mais assez parlé de moi. Qu'est-ce que c'est que cette affaire de mariage royal ? s'enquit-elle en s'affalant dans son fauteuil Art nouveau, tandis que je prenais place sur son sofa. Ne me dis pas qu'on t'oblige à épouser Face de Poisson ?

— Jamais je n'accepterais, même s'il était le dernier homme au monde ! répliquai-je. Non, c'est plus palpitant encore. On m'a invitée à assister à un mariage en Roumanie en tant que représentante officielle de Leurs Majestés. Et je serai demoiselle d'honneur.

— Ma parole ! fit Belinda, fort impressionnée. Quel beau coup. C'est un grand pas pour toi sur le plan social, pas vrai ? Tu vivais jusqu'alors de pain sec, et tu te retrouves soudain à représenter la couronne britannique à l'étranger. Comment cela s'est-il produit ?

— La fiancée tient à ce que je sois là, vu que nous sommes d'anciennes camarades d'école.

— Ah bon ? Elle était à la pension des Oiseaux ?

— C'est le seul établissement que j'ai jamais fréquenté. Auparavant, je n'avais eu que des gouvernantes.

Belinda fronça les sourcils, pensive.

— Une ancienne camarade d'école, qui vient de Roumanie ? Qui est-ce ?

— La princesse Maria Theresa.

— Maria Theresa… Oh, mon Dieu, la grosse Matty ?

— J'avais oublié que tu la surnommais ainsi, Belinda. Ça n'était pas très gentil, tout de même.

— Ma chérie, je disais simplement la vérité. Du reste, elle n'était pas très gentille, elle non plus.

— Ah bon ? Je me souviens seulement qu'elle était ennuyeuse à nous suivre partout et à vouloir participer à toutes nos activités. Je l'appelais Matty la Maboule, à cause de son visage rondouillard et de son air niais.

— Et elle me cassait sans arrêt les pieds pour que je lui parle de sexe. Elle était complètement ignare. Elle ne savait même pas d'où venaient les bébés. En revanche, quand nous la laissions à l'écart, elle nous trahissait et allait prévenir Mlle Amélie. Elle a bien failli me faire renvoyer.

— Vraiment ?

— Oui, la fois où j'ai fait le mur pour rejoindre un moniteur de ski.

— C'est Matty qui t'a dénoncée ?

— Je n'ai pas de certitude, mais je l'ai toujours soupçonnée. Elle avait un petit air suffisant quand on m'a traînée dans le bureau de Mlle Amélie.

— Ma foi, espérons qu'elle s'est bonifiée avec le temps. Elle a engagé une couturière parisienne pour confectionner nos tenues.

— Oh, Seigneur. Elle va ressembler à une énorme meringue dans sa robe de mariée. Qui est l'heureux élu ?

— Le prince Nicholas de Bulgarie, apparemment.

— Pauvre garçon. J'avais oublié qu'elle était princesse, mais je suppose que nombre de nos camarades de classe appartenaient à des familles royales, n'est-ce pas ? J'étais l'une des rares roturières.

— Une roturière ? Tu plaisantes. Tu es l'honorable Belinda Warburton-Stoke. C'est un titre, il me semble.

— Mais je ne t'arrive pas à la cheville, ma chérie. Ma parole, c'est désopilant… tu vas être l'une des demoiselles d'honneur de la grosse Matty ! Espérons que les autres ne seront pas aussi potelées qu'elle, ou tu risques de finir écrabouillée parmi elles.

— Belinda, tu es affreuse, dis-je sans pouvoir m'empêcher de rire.

Nous nous interrompîmes, car Florrie entrait avec le thé. Je la regardai nous servir avec efficacité avant de ressortir.

— Ta bonne n'aurait pas une sœur, à tout hasard ? demandai-je.

— Florrie ? Aucune idée. Pourquoi ?

— Sa Majesté la reine exige qu'une femme de chambre m'accompagne en Roumanie. Et comme je n'en ai pas, il va falloir que j'en mendie, en emprunte ou en vole une. Sinon, je devrai en engager une dans une agence. Tu ne pourrais pas te passer de la tienne pendant une semaine environ, j'imagine ?

— Absolument pas. Je suis presque morte de faim pendant cet épisode de brouillard. Si je n'avais pu aller chercher en vitesse du pâté et des fruits au rayon alimentation de Harrods, je n'aurais pas survécu. En outre, si Florrie n'ose pas se risquer dans les rues de Londres à cause des intempéries, je ne pense pas qu'elle aura le courage de traverser la Manche, sans parler de se rendre jusqu'en Roumanie.

— Et comment fais-tu quand tu pars à l'étranger ?

— Je la laisse ici. Je n'ai pas vraiment les moyens de lui payer des voyages. Il y a généralement assez de domestiques pour s'occuper de moi dans les villas où je réside.

— Dans ce cas, que me suggères-tu ? Connais-tu quelqu'un qui a prévu de partir en croisière ou sur la Côte d'Azur sans emmener sa femme de chambre ?

— Les dames fortunées emmènent toujours leur femme de chambre, déclara mon amie. Tu pourras probablement en embaucher une à Paris, si tu pars avec quelques jours d'avance.

— Et comment trouverai-je une bonne dans cette ville ? Je n'en ai pas la moindre idée, Belinda. J'y suis seulement allée à deux ou trois reprises avec ma mère quand j'étais petite, et nous y avons fait un voyage scolaire une fois. Du reste, avec quoi paierais-je une femme de chambre ? Je n'ai pas un sou.

— C'est vrai, admit Belinda. Et ces Françaises sont hors de prix. Mais elles en valent la peine. Si je ne menais pas cette misérable existence, j'en engagerais une sans hésiter. Ma chère belle-mère en a une – mon père lui offre tout ce qu'elle veut, précisa-t-elle en lâchant un morceau de sucre dans son thé. À ce propos, pourquoi ne demandes-tu pas à ta mère de cracher l'argent dont tu as besoin afin d'employer une bonne française ?

— Je ne sais jamais où elle est. En outre, je répugne à faire appel à elle pour quoi que ce soit.

Une pensée me traversa alors l'esprit.

— Crois-tu que Florrie a des amies au chômage qui ont un penchant pour l'aventure ?

— Cela m'étonnerait fort, affirma Belinda en sonnant toutefois pour appeler la bonne. C'est sans doute l'une des créatures les plus assommantes qui soit.

Florrie revint précipitamment dans le salon.

— Ai-je oublié quelque chose, mademoiselle ? s'enquit-elle en triturant son tablier avec anxiété.

— Non. Lady de Rannoch souhaite te demander quelque chose. Vas-y, Georgie.

— Je cherche une femme de chambre, expliquai-je. À tout hasard, connaîtriez-vous des jeunes filles convenables en quête d'un emploi ?

— Oui, c'est possible, lady de Rannoch.

— Et seraient-elles prêtes à vivre une aventure à l'étranger ?

— En France, par exemple ? C'est ce que vous voulez dire ? Il paraît que c'est extrêmement dangereux, là-bas. Les hommes vous pincent les fesses, ajouta Florrie, les yeux écarquillés.

— Plus loin encore que la France, et dans un pays plus dangereux encore, à l'autre bout de l'Europe, dit Belinda.

— Oh… non, mademoiselle, je ne connais personne qui ferait une chose pareille. Désolée, lady de Rannoch.

Elle exécuta une révérence maladroite et s'enfuit de la pièce.

— Pourquoi as-tu insisté sur le fait que ce serait risqué ? repris-je. Nous voyagerons en train et logerons dans une résidence royale.

— Tu ne veux pas d'une fille risquant de perdre son sang-froid au beau milieu de ton séjour et te suppliant, en larmes, d'être renvoyée chez elle. De surcroît, le train pourrait être attaqué par des brigands… ou des loups.

— Belinda ! m'exclamai-je avec un rire nerveux. Ces choses-là n'arrivent plus de nos jours.

— Si, dans les Balkans, c'est très fréquent. As-tu aussi entendu parler du train enseveli sous une avalanche ? Il a fallu des jours aux sauveteurs pour retrouver des survivants.

Belinda me dévisagea, puis éclata de rire.

— Pourquoi cette tête d'enterrement ? Tu vas faire un voyage formidable !

— Du moins si je n'étouffe pas sous une avalanche ou si je ne suis pas agressée par des bandits ou des loups.

— Et la Transylvanie fait désormais partie de la Roumanie[1], n'est-ce pas ? poursuivit-elle avec un enthousiasme grandissant. Tu croiseras peut-être un vampire.

— Oh, arrête Belinda, les vampires n'existent pas.

— Imagine à quel point ce serait fascinant. Il paraît que c'est pure extase que d'être mordue dans le cou. Encore plus stimulant qu'une nuit d'amour. Évidemment, je pense que l'on se transforme ensuite en mort-vivant, mais l'expérience doit en valoir la peine.

— Je n'ai aucun désir de devenir une morte-vivante, merci infiniment, répliquai-je avec un rire gêné.

— Justement, je crois me souvenir d'une chose : la demeure ancestrale de Matty est située dans les montagnes de Transylvanie. Tu vois ? Il y aura des vampires

1. La Transylvanie appartient officiellement à la Roumanie depuis le traité de Trianon (4 juin 1920), signé à l'issue de la guerre de 14-18. *(N.d.T.)*

partout. Comme je t'envie ! Si seulement je pouvais m'y rendre avec toi.

Elle se redressa brusquement sur son fauteuil, manquant presque renverser la table basse où nos tasses de thé étaient posées.

— J'ai une idée de génie, annonça-t-elle. Et si je t'accompagnais en tant que femme de chambre ?

Je la regardai, puis m'esclaffai.

— Enfin, Belinda, c'est absurde. Pourquoi diable voudrais-tu être ma femme de chambre ?

— Parce que tu es invitée à un mariage royal en Transylvanie et pas moi, parce que je m'ennuie et que ce voyage sera sans aucun doute follement divertissant, et enfin parce que je brûle de rencontrer un vampire.

— Tu parles d'une femme de chambre ! répondis-je, encore hilare. Tu ne sais même pas faire du thé.

— Ah, mais je sais repasser, grâce à mon atelier de styliste de mode. C'est le plus important, n'est-ce pas ? Je pourrais donner un coup de fer à tes vêtements et t'habiller. En outre, au cas où tu l'aurais oublié, j'ai déjà joué le rôle de ta bonne et je m'en suis sortie à merveille. Alors, pourquoi pas ? Je suis partie prenante pour une aventure, et tu m'en fournis une sur un plateau. Tu n'aurais même pas besoin de me payer.

Je dois admettre que j'étais fort tentée.

— Ce serait en effet amusant de séjourner à l'étranger avec toi, Belinda. Et, dans d'autres circonstances, j'accepterais ton offre sur-le-champ. Tu omets néanmoins un léger détail : Matty te reconnaîtrait d'emblée.

— N'importe quoi. Personne ne prête attention aux domestiques. Je serais dans ta chambre ou à l'office. Son Altesse et moi ne nous croiserions pas. Allez, sois chic et dis oui.

— Je te connais trop bien, répondis-je. Tu te lasserais vite de rester à l'écart des festivités, je me trompe ? Tu jouerais à la femme de chambre pendant dix minutes avant de rencontrer un séduisant prince étranger, de lui dévoiler ta véritable identité et de me laisser en plan.

— Je suis piquée au vif, rétorqua-t-elle. Je te fais une proposition généreuse et désintéressée, et tu ne cesses de trouver de bonnes raisons de la rejeter. On rigolerait bien toutes les deux, non ?

— Évidemment, ce serait fabuleux, acquiesçai-je. Et si j'y allais en tant que personne ordinaire, j'accepterais sans hésiter. Mais puisque je serai la représentante de la famille royale et de notre pays, je dois observer le protocole à la lettre. Tu peux tout de même le comprendre, non ?

— Tu deviens aussi guindée que ton frère.

— Justement, à ce propos, tu ne devineras jamais… Fig est de nouveau enceinte.

Belinda afficha alors un grand sourire.

— Dans leur cas, c'est certainement Binky qui est obligé de fermer les yeux et de penser à l'Angleterre lorsqu'ils s'accouplent. Tu vas donc reculer d'une place dans la ligne de succession. Tu ne parviendras manifestement jamais à monter sur le trône.

— Qu'est-ce que tu es bête, répondis-je en riant. Ce sera une bonne chose pour Podge d'avoir un frère ou une sœur. Enfant, je me souviens d'avoir souffert de la solitude au château de Rannoch, ajoutai-je en reposant ma tasse et en me levant. Quoi qu'il en soit, je dois repartir en quête d'une femme de chambre. Je me demande bien où je vais en trouver une.

— J'ai proposé mes services et tu as choisi de t'en passer, répondit Belinda. Mais si tu n'as encore engagé personne à la fin de la semaine, mon offre tiendra toujours.

7.

Mayfair, puis une maison mitoyenne ornée de nains de jardin
Jeudi 10 novembre 1932 (encore)

Mon problème commençait à devenir épineux. Il n'y avait personne, parmi mes connaissances londoniennes, à qui j'aurais pu emprunter une femme de chambre. À bien réfléchir, je me rendais compte qu'il aurait fallu un sacré toupet pour se présenter chez quelqu'un et demander à repartir avec l'une de ses domestiques, même s'il s'agissait de bons amis. Peut-être pourrais-je voyager seule, et expliquer à mon chaperon que ma bonne avait attrapé les oreillons la veille de notre départ ? Matty devait tout de même avoir assez de femmes de chambre dans son château pour que l'une d'elles s'occupe de moi. Mais même si je me débrouillais désormais très bien pour m'habiller sans l'aide de personne, il s'agissait cependant de tenues ordinaires, pas du genre de robes munies d'une centaine d'agrafes dans le dos que l'on revêt pour un mariage. Bon, il n'y avait pas moyen d'y échapper : je devais me rendre dans une agence pour y engager une fille convenable, en espérant que j'aurais trouvé de quoi la payer à notre retour en Angleterre.

Comme je portais encore l'ensemble que j'avais enfilé pour ma visite au palais, je me mis en route pour le quartier de Mayfair en quête d'une agence de domestiques pouvant faire l'affaire. Je n'osais retourner dans celle où j'avais brièvement engagé Mildred Poliver quelques mois plus tôt. La propriétaire des lieux avait une allure si majestueuse que même la reine aurait eu l'air d'une simple bourgeoise à côté d'elle. J'errais sur Piccadilly avant de me rendre jusqu'à Berkeley Square. Par chance, il pleuvait maintenant moins fort, et seul persistait un crachin brumeux. Je finis par arriver devant une agence de Bond Street qui me parut satisfaisante. La femme installée derrière son bureau ressemblait elle aussi à un dragon – mais peut-être était-ce une condition requise pour exercer cette profession.

— Entendons-nous bien, lady de Rannoch, me dit-elle après que je m'étais présentée et avais expliqué ce que je recherchais. Vous souhaitez embaucher une femme de chambre pour un voyage en Roumanie ?

— C'est exact.

— À partir de quand, au juste ?

— De la semaine prochaine.

— La semaine prochaine ? s'étonna-t-elle, haussant brusquement les sourcils. Il est extrêmement improbable que je parvienne à vous trouver en si peu de temps une domestique capable d'occuper ce poste. Il y en a bien une ou deux que je pourrais convaincre, mais il faudrait leur verser une prime.

— Quel genre de prime ?

Elle mentionna alors une somme qui, me sembla-t-il, aurait suffi à faire tourner le château de Rannoch pendant une année entière. Elle dut remarquer ma stupeur, car elle ajouta :

— Nous ne proposons que des jeunes femmes particulièrement qualifiées, voyez-vous.

Profondément abattue, je quittai l'agence. Même si Fig le lui permettait, jamais mon frère ne me donnerait autant d'argent. Je n'avais d'autre choix que d'accepter l'offre de

Belinda. Tout en déambulant dans le crépuscule qui descendait peu à peu, j'imaginais mon amie en femme de chambre ainsi que tous les ennuis que cet arrangement était susceptible d'entraîner. J'étais condamnée à un triste sort, quoi que je fasse. J'entendis alors un petit crieur de journaux annoncer les gros titres du jour avec un accent cockney prononcé. Ce qui me fit aussitôt penser à la seule personne vers laquelle je ne m'étais pas encore tournée : mon grand-père, lequel avait toujours une solution, même aux problèmes les plus délicats. Et même s'il ne pouvait faire apparaître une femme de chambre comme par magie, cela me remonterait le moral de le voir. Je courus presque jusqu'à la station de Bond Street. Un instant plus tard, le métro m'emportait à vive allure vers le fin fond de l'Essex.

Je suppose que je devrais préciser une chose : tandis que mon père avait été le petit-fils de la reine Victoria, ma mère, elle, était la fille d'un agent de police cockney. Elle était devenue une célèbre comédienne, puis avait laissé son passé derrière elle en épousant mon père – avant de déguerpir rapidement, alors que j'avais deux ans.

La rame était déjà bondée quand elle quitta le centre de Londres et, lorsque j'arrivai à destination, je n'étais plus très fraîche. Il pleuvait de nouveau à verse. J'étais toujours heureuse de revoir la petite maison de mon grand-père avec sa pelouse bien entretenue, de la taille d'un mouchoir de poche, et ses joyeux nains de jardin, mais ce soir plus encore qu'à l'ordinaire. En remontant l'allée d'un pas lourd, je remarquai une lumière derrière les carreaux de verre dépoli de la porte d'entrée. Je frappai et attendis. Le battant finit par être entrebâillé, et deux yeux brillants, en tête d'épingle, se posèrent sur moi.

— Qu'est-ce que vous voulez ? demanda une voix râpeuse.

— Grand-papa, c'est moi, Georgie.

La porte s'ouvrit à toute volée. Le visage radieux de mon grand-père apparut devant moi.

— Ça alors, ça m'en bouche un coin ! Mais tu fais peine à voir. Entre donc, mon canard. Allez, entre.

Je pénétrai dans son vestibule exigu, où il me serra contre lui en dépit de mon manteau trempé.

— Merde, t'es un vrai rat mouillé ! s'exclama-t-il en me tenant à bout de bras, un grand sourire aux lèvres, la tête inclinée sur le côté comme un moineau guilleret. Qu'est-ce que tu viens faire ici par un sale temps pareil, nom d'un chien ? Bon, t'as pas d'ennuis, j'espère ?

— Pas exactement, répondis-je. Mais j'ai besoin de ton aide.

— Enlève ton manteau, ma chérie, et viens donc t'asseoir dans la cuisine, tu dois en avoir plein les guibolles.

— Plein les quoi ?

— Les guibolles. Les jambes, si tu préfères, ma chérie. Ça veut dire que tu dois être fatiguée. Tu connais pas cette expression ? Et moi qui croyais t'avoir appris l'argot !

Après avoir accroché mon manteau, il me conduisit au bout du couloir, dans sa cuisine minuscule.

— Regarde un peu qui pointe son nez, Hettie, annonça-t-il.

C'était sa voisine, Mme Huggins – elle avait jeté son dévolu sur grand-papa et semblait enfin avoir réussi à lui mettre le grappin dessus.

— Contente de vous revoir, lady Georgie, dit-elle en exécutant une révérence, même s'il y avait si peu de place qu'elle eut du mal à plier ses larges hanches. J'prends soin de votre grand-papa depuis qu'il a eu une vilaine bronchite.

— Oh, non. Tu vas mieux, à présent ? demandai-je à l'intéressé.

— Moi ? Ouais. Je me porte comme un charme, mon canard. Je pourrais pas mieux aller, et c'est grâce à Hettie. Elle me gave comme une oie. Justement, on était sur le point de déguster son ragoût, pas vrai, Hettie ? Tu veux te joindre à nous ?

— C'est une lady, elle voudra pas dîner avec nous, Albert. Ils mangent autre chose, les gens de la haute.

— Je serais ravie de goûter à votre plat. Mais une petite portion seulement, ajoutai-je, au cas où ils en auraient juste assez pour deux.

Mme Huggins me servit pourtant un grand bol de souris d'agneau accompagné d'orge et de haricots blancs. J'engloutis le tout, tandis qu'ils m'observaient avec satisfaction.

— À croire que t'as pas fait un seul repas copieux depuis la Saint-Glinglin, fit remarquer mon grand-père. Ta croissance est finie, tout de même ?

— Je l'espère, répondis-je. Je suis plus grande que certains de mes cavaliers. Mais je ne peux résister à un bon ragoût.

Il échangea un regard ravi avec Mme Huggins.

— Bon, comment ça se passe, à la grande ville ?

— C'est enfumé. Nous avons eu des brouillards affreux. Je suis à peine sortie.

— Ça a été pareil ici, dit Mme Huggins. C'est pour ça qu'Albert a eu des problèmes de bronches.

— Bon, qu'est-ce que je peux faire pour toi, ma chérie ? demanda grand-papa en me regardant d'un air affectueux.

Je pris une profonde inspiration.

— Je cherche une femme de chambre, et c'est un peu pressé, je le crains.

Il éclata de rire.

— Ça m'a pas dérangé de jouer au majordome pour toi, mon canard, mais pas question de porter un tablier et une toque, même pour te faire plaisir !

— Ce n'est pas ce que j'attends de toi, dis-je en pouffant. Je veux juste savoir si tu connais une jeune fille sans emploi qui a de l'expérience dans le domaine.

— J'imagine qu'on pourrait te trouver une demi-douzaine de gamines qui sauteraient sur l'occasion, hein, Hettie ?

Cette dernière opina du chef.

— Une femme de chambre, lady Georgie ? Qui s'occuperait que de vous ?

— Oui, c'est cela.

— Ça devrait pas être bien compliqué, à mon avis. Y'a des tas de filles qui se précipiteraient pour entrer au service d'une aristo. Pourquoi vous passez pas une annonce dans le journal, tout simplement ?

— C'est un peu plus compliqué que cela, répondis-je, tout en prenant conscience que son idée d'annonce était des plus judicieuses – pourquoi n'y avais-je pas pensé plus tôt ? Tout d'abord, il s'agit d'un poste temporaire. Il me faut une femme de chambre qui m'accompagnera en Europe, où je dois assister à un mariage royal.

— En Europe ?

— En Roumanie, plus précisément.

— Mince alors, fit mon grand-père, incapable d'en dire davantage.

— Et je ne peux lui verser des gages importants. J'espère pouvoir la rémunérer à notre retour.

Grand-papa secoua la tête en marmonnant d'un air désapprobateur.

— T'es dans de beaux draps, hein ? Ton frère et sa snobinarde de femme peuvent pas te prêter une de leurs bonnes ?

— Aucune jeune domestique du château de Rannoch n'accepte de venir à Londres. Et encore moins de voyager à l'étranger. Je cherche une fille aventureuse, mais je ne peux pas me permettre de la payer beaucoup.

— À mon avis, il faudrait quelqu'un qui se serve de ce poste pour que tu lui fournisses ensuite de bonnes références. Qu'elle puisse dire qu'elle a été la femme de chambre d'une lady appartenant à la famille royale. À ses yeux, ça vaudrait peut-être plus que de l'argent.

— Tu as raison, grand-papa. Tu es formidable !

Il me décocha un sourire éclatant.

— Justement, la gamine de ma nièce Doreen cherche du travail, s'empressa d'annoncer Mme Huggins – il était clair que son cerveau tournait à toute allure depuis que mon grand-père avait lancé son idée. C'est une gentille petite, poursuivit-elle. Elle est pas très vive d'esprit, mais si une aristo comme vous la recommandait, ça devrait l'aider à trouver une bonne place. Je peux lui en parler, si vous voulez ; et si ça la tente, elle passera chez vous.

— Sensationnel, dis-je. J'ai eu raison de venir vous voir, tous les deux, je le savais. Vous avez toujours des solutions à tout.

— Vous allez donc assister à un mariage royal, lady Georgie ? reprit Mme Huggins.

— Oui, comme demoiselle d'honneur. Mais je dois partir dès la semaine prochaine, ce qui me laisse peu de temps pour embaucher quelqu'un. La fille de votre nièce a déjà été en service, je suppose ?

— Oh, pour sûr. Elle a eu plusieurs postes. Pas dans des maisons aussi distinguées que la vôtre, évidemment. Ça sera une vraie promotion pour elle, si vous l'embauchez. Mais comme je vous l'ai expliqué, c'est une gamine réservée, pleine de bonne volonté. Et vous aurez pas à vous inquiéter côté garçons, vu qu'elle a pas un brin de sex-appeal, comme on dit aujourd'hui. Elle est laide comme un pou, la pauvre gamine. En revanche, elle est désireuse de se perfectionner, vous verrez.

Mon grand-père gloussa.

— Si elle faisait du théâtre, c'est pas toi que j'emploierais comme son impresario, Hettie !

— Ma foi, je préfère être franche avec lady Georgie.

— Je n'ai pas l'intention de la juger sur son physique, affirmai-je. Du reste, au point où j'en suis, je ne vais pas faire la difficile.

— Je peux donc lui dire de vous rendre visite à Rannoch House ? suggéra Mme Huggins.

— Oui, ce serait parfait. J'ai hâte de faire sa connaissance.

Je terminai mon bol de ragoût et me levai.

— Il faut que je rentre, maintenant, même si je dois dire que je n'en ai pas très envie. Mon frère et ma belle-sœur sont arrivés hier.

— Tu peux toujours dormir dans la chambre d'amis, proposa mon grand-père. Il fait un temps de chien, dehors.

Je fus tentée de rester. Que choisir ? La sécurité et la chaleur de la maisonnette de grand-papa, ou l'atmosphère doublement glaciale de Rannoch House qu'occupait à présent Fig ? J'avais cependant un voyage à organiser et, si je découchais, ma belle-sœur s'imaginerait sans doute que je passais la nuit avec Darcy.

— Non, il faut vraiment que j'y aille, je le crains. Cela m'a fait plaisir de te voir.

— Il faudra que tu nous racontes tout ça à ton retour de je sais pas où, d'accord ? Et fais attention à toi, à l'étranger.

— Je regrette de ne pas être un homme. Je t'aurais emmené comme valet de chambre, ajoutai-je, mélancolique à l'idée de ne pouvoir voyager si loin en sa compagnie.

— Je refuserais de mettre le pied dans ces pays barbares, tu peux me croire, déclara-t-il. J'ai été en Écosse cet été, et c'était déjà l'étranger pour moi ; ça m'a suffi pour toute une vie, merci beaucoup.

Je pris congé de lui en riant.

8.

Rannoch House
Jeudi 10 et vendredi 11 novembre 1932

Dès que je fus rentrée, glacée et trempée, une Fig presque jubilante m'annonça que M. O'Mara était passé : on lui avait dit que lady Georgiana partait assister à un mariage en Europe à la demande de Leurs Majestés et qu'il fallait la laisser en paix afin qu'elle puisse s'occuper de ses préparatifs. Ma belle-sœur me fit aussi entendre qu'elle l'avait réprimandé, lui suggérant de cesser de s'en prendre à une jeune fille innocente et de me faire obstacle, m'empêchant ainsi de mettre la main sur un parti convenable.

Ces paroles me mirent en rage, naturellement, mais il était trop tard. Le mal était fait. Je pouvais toutefois me consoler en pensant que Darcy avait dû trouver extrêmement amusant le sermon de Fig.

Binky et elle s'en allèrent le lendemain matin, m'abandonnant dans la maison pour passer leur dernière nuit londonienne au Claridge's, un endroit chauffé et luxueux. Je poussai un long soupir soulagé. Il me restait à présent à faire mes bagages en espérant que la femme de chambre promise se matérialiserait sur mon palier. Un coup de téléphone du palais m'informa que mon chaperon avait dû avancer la date de départ ; on s'attendait donc à ce que je sois prête à partir le mardi suivant. On me ferait livrer mes billets et mon passeport chez moi, et j'appris également qu'il me faudrait porter un diadème. J'appelai ensuite Binky au Claridge's pour demander à ce qu'un domestique m'apportât mon diadème depuis l'Écosse ; j'imagine que Fig dut grincer des dents à l'idée des frais que cela allait occasionner, mais on ne pouvait tout de même pas le faire venir par voie postale. Je pris alors conscience qu'il était trop tard pour placer une annonce dans le *Morning Post* ou le *Times*. Je devrais par conséquent soit me contenter de la petite-nièce de Mme Huggins soit me passer de bonne.

Pendant un moment, je crus bien que la seconde hypothèse allait se confirmer, et j'étais sur le point de partir chez Belinda à la hâte pour lui avouer que j'avais changé d'avis quand on toqua timidement à la porte de service. Si je ne m'étais pas trouvée dans la cuisine à cet instant, jamais je ne m'en serais aperçue. Sur le seuil, dans la pénombre humide d'un mois de novembre, je découvris une apparition qui ressemblait à s'y méprendre à un gigantesque hérisson à la Beatrix Potter[1] – mais en moins adorable. Je me rendis alors compte que cette créature portait un vieux manteau de fourrure mangé par les mites et quelque peu hérissé ; le tout était surmonté d'un chapeau cloche rouge vif et, au-dessous, je vis un visage rond dont les joues étaient presque assorties à la couleur du couvre-chef. Un large sourire le fendit d'une oreille à l'autre.

— Salut, ma jolie. J'suis venue voir l'aristo qui habite là, c'est pour le poste de femme de chambre. Et me v'là ! Allez donc lui dire fissa que j'suis arrivée.

Je m'efforçai de dissimuler mon amusement.

1. Beatrix Potter (1866-1943), naturaliste et écrivaine anglaise, fut célèbre pour ses contes animaliers illustrés. *(N.d.T.)*

— Il se trouve que je suis l'aristo qui vit dans cette demeure, déclarai-je du ton le plus hautain qui soit. Je suis lady Georgiana de Rannoch.

— Mince alors, ça m'en bouche un coin ! J'vous demande pardon, dans ce cas, mais je m'attendais pas à ce qu'une lady m'ouvre la porte de service, hein ?

— Non, en effet. Vous feriez mieux d'entrer.

— J'suis vachement désolée, mam'zelle. Vous m'en voulez pas, j'espère ? Je veux pas qu'on parte sur de mauvaises bases, toutes les deux. C'est Hettie, la tante de ma mère, qui connaît votre grand-papa : elle m'a dit que vous cherchiez une femme de chambre et elle a pensé que j'pouvais toujours me présenter.

— Je cherche une femme de chambre, c'est exact. Mettez-vous à votre aise. Je vais vous faire passer votre entretien ici, c'est la pièce la plus chaude de la maison, en ce moment.

— Pas d'problème, mam'zelle, acquiesça-t-elle en ôtant son manteau de fourrure, qui dégageait à présent de la vapeur et une odeur de mouton mouillé.

Au-dessous, elle portait un chandail moutarde, tricoté maison et un peu trop moulant, ainsi qu'une jupe violette. Le mariage harmonieux des couleurs n'était manifestement pas son fort. Je lui indiquai une chaise devant la table, et elle s'assit. C'était une grande fille aussi bien charpentée qu'un cheval de trait, qui affichait en permanence une expression surprise, ahurie. Elle devait coûter cher à nourrir, songeai-je brièvement.

— Vous connaissez maintenant mon nom, dis-je. Quel est le vôtre ?

— Queenie, mam'zelle. Queenie Hepplewhite.

Pourquoi tous les gens des classes inférieures avaient-ils apparemment des patronymes commençant par « h », alors que c'était une lettre que, par manque évident d'instruction, ils ignoraient ou étaient incapables de prononcer ? Quant à son prénom…

— Queenie ? répétai-je avec circonspection. Ce n'est pas un surnom ?

— Non, mam'zelle. C'est mon nom de baptême, j'en ai pas d'autre.

Une femme de chambre ainsi prénommée me créerait peut-être des ennuis lors d'un mariage où plusieurs reines seraient présentes, mais je songeai que la plupart d'entre elles ne parleraient pas notre langue et n'auraient sans doute jamais l'occasion de croiser ma bonne.

— Dites-moi, Queenie, j'ai cru comprendre que vous aviez de l'expérience, n'est-ce pas ? repris-je en m'attablant face à elle.

— Oh, oui, mam'zelle. J'ai déjà été employée dans trois maisons, mais pas aussi majestueuses que celle-ci, pour sûr.

— Était-ce un poste de femme de chambre qu'on vous y avait confié ?

— Pas exactement, mam'zelle. J'étais plutôt la boniche à tout faire, pour être franche.

— Et combien de temps êtes-vous restée au service de vos employeurs précédents ?

— Trois semaines environ.

— Pas plus de trois semaines ? Avec lesquelles de vos maîtresses, exactement ?

— Toutes, mam'zelle.

— Et pourquoi si peu de temps, je vous prie ?

— Eh bien, la dernière, c'était la femme d'un boucher, et elle avait seulement besoin de moi pendant qu'elle était en couches. Dès que son bébé est arrivé, elle m'a dit de ficher le camp.

— Et les deux autres ?

Elle se mordilla la lèvre avant de répondre :

— En fait, la première s'est pas mal énervée, vu que j'ai renversé sa bouteille de parfum pendant que j'époussetais. Ça s'est répandu sur sa coiffeuse en acajou et ça l'a abîmée, mais ce qui l'a vraiment mise en rogne, c'était le prix de la bouteille, apparemment. Elle l'avait rapportée de Paris. Oh, mam'zelle, si vous aviez entendu ce qu'elle m'a dit ! Même une poissonnière de l'Old Kent Road[1] parle pas comme ça.

— Et votre deuxième maîtresse ? me risquai-je à demander.

— Ma foi, j'aurais eu du mal à rester, vu que j'ai mis le feu à sa robe de soirée.

— Comment cela s'est-il produit ?

— J'étais en train d'allumer les bougies quand une allumette est tombée par accident sur la robe. Ça aurait été moins grave si elle l'avait pas portée quand c'est arrivé. Sans compter qu'elle en a fait toute une histoire, alors qu'elle a à peine été brûlée.

— Autant dire que vous êtes une catastrophe ambulante, Queenie, déclarai-je. Mais il se trouve que je suis prête à tout. Hettie Huggins a dû vous expliquer que je suis attendue à l'étranger pour assister à un mariage important, et que le départ a lieu ce mardi. Il est essentiel que j'emmène une femme de chambre qui s'occupera de mes tenues, m'aidera à m'habiller et me coiffera. Pensez-vous que vous en serez capable ?

— J'peux toujours faire de mon mieux, mam'zelle, même si c'est vachement dur.

— Dans ce cas, entendons-nous sur quelques points. Premièrement, je vous interdis de jurer comme un charretier ou d'employer autre chose qu'un langage châtié. Deuxièmement, vous m'appellerez lady Georgiana, et pas « mam'zelle », est-ce clair ?

— Ouais, j'ai pigé, mam'zelle. Euh... lady Georgiana.

— Par ailleurs, avez-vous bien compris que vous allez m'accompagner dans un autre pays ?

— Oh, oui, mam'zelle. Lady Georgiana, j'voulais dire. J'suis partante pour tout. Ça va être une sacrée rigolade.

---

1. Artère urbaine située dans le sud-est de Londres et traversant un quartier industriel et populaire à partir de l'époque victorienne. *(N.d.T.)*

Attendez un peu que j'boive un verre avec Nellie Huxtable au pub des Trois Cloches, elle qui se vante toujours de son voyage d'une journée à Boulogne.

Au moins, elle possédait un cran admirable – à moins qu'elle ne comprenne tout simplement rien à rien.

— Quant à vos gages… je ne compte pas vous les verser dans l'immédiat. Vous voyagerez avec moi, vous aurez un uniforme et vous serez logée et nourrie, naturellement. Si vous me donnez satisfaction, je vous paierai à notre retour, en fonction de la qualité de votre service. En outre, je vous remettrai une lettre de recommandation qui vous garantira de trouver un bon emploi n'importe où. C'est donc à vous de décider, Queenie. Qu'en dites-vous ? Acceptez-vous mes conditions ?

— Topons là, mam'zelle, déclara-t-elle en tendant vers moi une grosse et épaisse main.

Je m'organisai afin qu'elle me rejoigne à Rannoch House le lundi suivant. Elle enfonça sur sa tête son chapeau informe, renfila son manteau et, une fois sur le seuil, se tourna vers moi.

— Vous allez pas le regretter, mam'zelle. J'vous jure que j'serai la meilleure femme de chambre que vous avez jamais eue !

J'allais donc entreprendre un voyage présentant de multiples dangers – avalanches, brigands, loups – en compagnie d'une jeune fille qui était sans doute la pire femme de chambre au monde, et qui risquait de mettre le feu à ma robe. Allais-je survivre à ce périple ? Il serait intéressant de le découvrir.

9.

Rannoch House, puis la gare de Victoria
Lundi 14 et mardi 15 novembre 1932
La vie est parfois d'un pénible…

Quand vint le lundi matin, je n'avais toujours pas eu de nouvelles de Darcy. J'allais devoir partir pour la Roumanie sans l'avoir revu. Quel homme exaspérant, tout de même ! Je ne savais toujours pas quoi penser de lui. Parfois, je croyais vraiment l'intéresser ; d'autres fois, il disparaissait tout bonnement de la circulation. Quoi qu'il en soit, je ne pouvais rien y faire. Puisqu'il avait apparemment décidé de ne pas me donner son adresse et de ne pas non plus repasser afin de savoir si j'avais survécu à la visite de Binky et Fig, tant pis pour lui.

Queenie arriva peu après neuf heures. Je fouillai un long moment dans le placard de la gouvernante pour trouver un uniforme convenable qui aille à cette fille si costaude ; je finis par mettre la main sur une robe noire, un tablier et une toque blanche. Queenie parut très contente d'elle-même en se regardant dans le miroir.

— Ça alors ! Je ressemble à une vraie femme de chambre, maintenant, hein, mam'zelle ? Euh… lady Georgiana.

— Espérons que vous en aurez le comportement, répliquai-je. Je présume que vous avez apporté une valise contenant vos effets personnels. Vous pouvez à présent monter dans ma chambre et faire mes bagages. Prenez du papier de soie afin d'y emballer mes vêtements sans les froisser, ajoutai-je.

Nous passâmes une matinée plutôt tendue – je dus entre autres empêcher Queenie d'envelopper mes bottines dans ma robe de soirée en velours –, mais tout finit par être prêt. Le palais fit livrer billets, passeports et lettres d'introduction. Mon diadème arriva par coursier depuis le château de Rannoch ; Binky avait généreusement glissé quelques souverains[1] dans le paquet, avec un message : « Je suppose que tu auras quelques frais au cours de ton voyage. Désolé de ne pouvoir te donner davantage. »

Mon frère était un gentil garçon – bon à rien, mais gentil.

Cet argent nous permit en tout cas de prendre un taxi jusqu'à la gare de Victoria au matin du mardi 15 novembre. Alors que je suivais un porteur nous conduisant jusqu'au quai réservé au train qui effectuait la liaison avec le ferry, j'éprouvai un soudain élan d'enthousiasme. Je partais à l'étranger. Pour de bon. J'allais assister à un mariage royal, même s'il s'agissait de celui de Matty la Maboule.

Le portier trouva mon compartiment, puis me laissa avec mes bagages à main afin d'aller ranger mes malles dans le fourgon. En temps normal, j'aurais confié mon coffret à bijoux à ma bonne, mais je préférai le garder près de moi – Queenie était capable d'emprunter mon diadème pour se déguiser ou de laisser mes rubis tomber dans le lavabo des toilettes.

— Vous devriez aller chercher votre place, maintenant, lui dis-je. Tenez, voici votre billet.

— Ma place ? répondit-elle, une expression paniquée sur le visage. Vous voulez dire que j'peux pas rester avec vous ?

---

1. Pièce d'or anglaise d'une valeur équivalente à la livre sterling (laquelle équivaut à vingt shillings). *(N.d.T.)*

— C'est un compartiment de première classe. Les domestiques voyagent toujours en troisième. Ne vous inquiétez pas. Je vous retrouverai sur le quai avec nos bagages quand nous atteindrons Douvres. Et la femme de chambre de mon chaperon va vous tenir compagnie, j'en suis sûre. Vous aurez donc quelqu'un avec qui bavarder. Au fait, ne lui dites pas que vous n'êtes à mon service que depuis hier ni que vous avez mis le feu à la robe de votre précédente maîtresse.

— Pas d'problème, mam'zelle, répondit-elle avant de plaquer la main sur sa bouche et de glousser. Je m'habitue pas encore à « lady Georgiana ». J'ai toujours été un peu bête. D'après mon vieux papa, j'suis tombée sur la tête quand j'étais bébé.

Oh, formidable. C'était bien le moment de me l'avouer. Elle était sans doute également encline aux crises de panique et aux évanouissements. Je commençais à regretter d'avoir refusé l'offre de Belinda, finalement. Depuis notre dernière rencontre, j'étais passée la voir pour lui relater mon entretien cocasse avec ma nouvelle femme de chambre, mais ni elle ni sa bonne n'étaient là. La connaissant, elle était probablement repartie quelque part au soleil. Qui aurait pu lui en vouloir ?

Ce fut une Queenie extrêmement nerveuse qui s'éloigna sur le quai à la recherche des wagons de troisième classe. Tout en la regardant s'en aller, je méditai sur l'ironie de la situation : ma domestique était vêtue d'une fourrure, alors que je ne possédais qu'un bon manteau écossais de gros tweed. Certaines jeunes filles recevaient une fourrure pour leur vingt et unième anniversaire. J'avais été tentée d'en acheter une avec le chèque que mon ancien beau-père, sir Hubert Anstruther, m'avait envoyé à l'époque (de tous les maris et amants de ma mère, il avait été mon préféré) ; mais, fort heureusement, j'avais décidé de le déposer à la banque. Cet argent m'avait permis de subsister pendant une bonne année avant de venir à manquer. Je me rappelai alors que sir Hubert était encore dans un sanatorium suisse, où il se rétablissait à la suite d'un accident affreux (à moins que ce n'eût été une tentative de meurtre – mais jamais nous ne le saurions). Je pourrais lui rendre visite sur le trajet du retour, songeai-je avec plaisir. Je lui enverrais un mot dès mon arrivée en Roumanie.

Seule dans mon compartiment, je pris conscience de deux choses : tout d'abord, mon chaperon n'était toujours pas là ; ensuite, je n'avais pas la moindre idée de notre destination exacte. J'ignorais complètement dans quelle gare roumaine il me faudrait descendre. Oh, mon Dieu, que d'inquiétudes supplémentaires !

L'heure du départ approchait et, angoissée, je me mis à faire les cent pas. Pour la énième fois, j'étais en train de vérifier que mon coffret à bijoux était bien rangé sur le porte-bagages quand une voix lança tout à coup derrière moi :

— Hé vous, jeune fille ! Que faites-vous là ? Les bonnes voyagent en troisième classe. Où est votre maîtresse ?

Je me retournai et me retrouvai face à une femme au visage émacié et chevalin qui portait une longue cape d'astrakan. Un peu en retrait se tenait une créature vêtue de noir, à la mine des plus hautaines qui soit, chargée de diverses valises et boîtes à chapeaux. Toutes deux me regardaient comme si j'étais une saleté qu'elles venaient de découvrir sous la semelle de leur soulier.

— Je crois que vous faites erreur. Je suis lady Georgiana de Rannoch, et vous êtes dans mon compartiment.

Le visage chevalin pâlit franchement.

— Oh, je suis terriblement désolée. Je vous ai d'abord vue de dos, et vous conviendrez que votre manteau n'est pas des plus élégants… J'ai naturellement supposé que…

Elle parvint à afficher un franc sourire et me tendit la main.

— Middlesex, déclara-t-elle.

— Je vous demande pardon ?

— C'est mon nom. Lady Middlesex. Votre compagne de voyage. Sa Majesté la reine ne vous a donc pas informée ?

— Elle m'a dit qu'elle me trouverait un chaperon sans me donner de nom.

— Vraiment ? C'est extrêmement décevant de sa part. Cela ne lui ressemble pas. Elle est d'ordinaire si pointilleuse sur les détails. L'état de santé du roi la préoccupe, évidemment. Il ne va pas bien du tout.

Tout en parlant, elle me serra vigoureusement la main. Pendant ce temps, la créature en noir se faufila près de nous et s'affaira à placer les valises de sa maîtresse sur le porte-bagages.

— C'est fait, lady Middlesex, annonça-t-elle avec un fort accent français. Je vais rejoindre ma place.

— Excellent. Merci, Chantal, dit mon chaperon avant de se pencher plus près de moi. Une véritable perle. Je ne pourrais voyager sans elle. Elle m'est entièrement dévouée, bien entendu. Oui, elle m'adore. Elle se moque de savoir où nous nous rendons ou quelles difficultés il lui faut endurer. Nous sommes en route pour Bagdad, voyez-vous. Un endroit affreux, vous pouvez me croire. On y cuit en été, on y gèle en hiver. Mais mon mari y a été nommé ambassadeur par le gouvernement britannique. Il est toujours envoyé dans des lieux où couvent des conflits. Lord Middlesex est un homme courageux. Il ne tolère aucune absurdité de la part des autochtones.

Je me demandai comment Chantal et Queenie allaient s'entendre. La portière de notre compartiment fut refermée à toute volée, et un sifflet retentit.

— Ah, le signal du départ. Pile à l'heure. Tant mieux ! J'apprécie la ponctualité. J'insiste absolument sur ce point dans ma maisonnée. Nous dînons toujours à vingt heures sonnantes. Les invités qui osent avoir du retard savent que nous commençons sans eux.

Je me retins de lui rappeler qu'elle-même avait failli manquer le train. Je me consolai à l'idée qu'elle ne m'accompagnerait pas au mariage. En effet, quand j'arriverais en Roumanie, elle poursuivrait sa route jusqu'à Bagdad, où elle pourrait mener les autochtones à la baguette comme elle l'entendrait. Le train se mit en branle, d'abord lentement en passant devant des bâtiments gris et miteux, puis franchit la Tamise et prit peu à peu de la vitesse, tant et si bien que les petits jardins que nous longions devinrent bientôt une masse indistincte pour ensuite céder la place à des parcs et à la vraie campagne. Il faisait un temps splendide – le genre de journée d'automne qui me donnait envie d'aller chasser. Les nuages filaient dans un ciel bleu dégagé, et il y avait des moutons dans les prés. Lady Middlesex énumérait sans discontinuer tous les endroits où lord Middlesex avait fait maintenir l'ordre public typiquement britannique et où elle-même avait enseigné aux femmes autochtones les règles d'hygiène typiquement britanniques.

— Elles m'adoraient, naturellement, continua-t-elle. Je dois toutefois dire que vivre à l'étranger est un sacrifice que je fais pour mon époux. Je n'ai pas été invitée à une partie de chasse digne de ce nom depuis des années. Nous avons participé à une chasse à courre à Shanghai, mais celle-ci s'est déroulée dans des champs cultivés, et cela ne vaut pas la belle campagne anglaise, n'est-ce pas ? Sans parler de tous ces imbéciles de petits paysans qui braillaient en agitant le poing et effrayaient les chevaux.

Ce voyage allait me paraître extraordinairement long.

À Douvres, nous descendîmes du train et retrouvâmes nos bonnes respectives.

— Bonté divine, qu'est-ce donc ? s'exclama lady Middlesex à la vue de Queenie, qui portait son manteau de fourrure hérissé et son chapeau cloche rouge vif.

— Ma femme de chambre.

— Vous lui permettez d'être accoutrée de la sorte ?

— Elle n'a pas d'autres habits.

— Auquel cas vous auriez dû lui procurer des tenues convenables. Ma chère petite, si vous laissez vos domestiques ressembler à de gigantesques pots de fleurs, vous vous couvririez de ridicule. J'interdis à Chantal de porter autre chose que du noir. Les couleurs sont réservées aux gens de notre classe, déclara-t-elle avant de se tourner vers sa bonne. Allez donc vous occuper de mes bagages, Chantal. Et j'exige que vous ne quittiez pas les porteurs des yeux jusqu'à ce que les malles soient en sécurité à bord du navire, est-ce clair ?

— Suivez son exemple, Queenie, dis-je.

— J'suis jamais montée sur un bateau, mam'zelle, sauf sur le *Saucy Sally* qui fait le tour du port de Clacton, répondit l'intéressée, déjà blafarde. Et si j'ai le mal de mer ?

— C'est absurde, rétorqua lady Middlesex. Il suffit de vous persuader que vous ne serez pas malade et vous ne le serez pas. Votre maîtresse ne vous le permet pas. Allez, filez, à présent, et sans lambiner, ordonna-t-elle avant de s'adresser de nouveau à moi. Il va falloir lui apprendre à rentrer dans le rang, à cette fille.

Après quoi, elle s'éloigna à grandes enjambées vers la passerelle d'embarquement, et je la suivis. La traversée fut agréable, juste assez houleuse pour deviner que l'on se trouvait sur un bateau. Nous déjeunâmes dans la salle à manger (dotée d'un solide appétit, lady Middlesex dévora tout ce qui lui fut présenté), et sortîmes à temps sur le pont pour apercevoir la côte française. Queenie s'y trouvait déjà, se cramponnant au bastingage comme si c'était là son seul espoir de survie.

— Ça secoue pas à moitié, hein, mam'zelle ?

— Vous devriez appeler votre maîtresse « lady Georgiana », la réprimanda mon chaperon, horrifiée. Où a-t-elle pu dénicher une femme de chambre aussi incompétente que vous ? Ressaisissez-vous donc, ma fille, ou nous vous renverrons en Angleterre par le prochain ferry.

J'imaginais que Queenie ne trouverait pas l'idée si désagréable, à en juger par son air pâlot.

— Elle est encore en apprentissage, me hâtai-je de préciser. Je suis convaincue qu'elle sera bientôt parfaitement compétente.

Lady Middlesex fit la moue.

Nous entrâmes dans le port de Calais ; puis, grâce à mon chaperon et aux documents fournis par le palais, qui nous permirent d'éviter les longues files, nous passâmes sans encombre la douane et l'immigration. Lady Middlesex était assez incroyable, je devais le reconnaître – terrifiante mais digne d'admiration tandis qu'elle forçait porteurs et dockers français à s'activer –, et ne fut satisfaite qu'une fois nos bagages chargés dans l'Arlberg Orient Express et nous-mêmes bien installées dans nos compartiments couchettes.

— Sauvez-vous, maintenant ! lança-t-elle à Chantal en la chassant d'un geste, comme elle l'aurait fait avec une mouche agaçante. Et emmenez la bonne de lady Georgiana avec vous.

Je fus soulagée de constater que j'avais ma propre couchette et que je n'aurais pas à en partager une avec mon chaperon. J'étais sur le point de sortir dans le couloir quand j'entendis, venant de la cabine de lady Middlesex, des paroles que je n'aurais jamais cru pouvoir sortir de sa bouche :

— Ah, vous voilà enfin, biquette.

Je ne pouvais tout simplement pas l'imaginer appelant quiconque ainsi ; brûlante de curiosité, j'ouvris ma porte coulissante. Agrippée à une valise encombrante et bosselée, une femme d'âge moyen, franchement mal fagotée, longeait le corridor. Portant un béret et une écharpe manifestement tricotés à la main par-dessus un manteau informe, elle semblait agitée.

— Oh, j'ai fait une traversée horrible, lady M. Parfaitement horrible. Je jure que les deux hommes affreux assis en face de moi étaient des criminels recherchés par toutes les polices – ils avaient le teint si basané ; et ils n'ont pas cessé de marmonner entre eux. Dieu merci, ce n'était pas une traversée de nuit, ou j'aurais été assassinée dans ma couchette.

— Cela m'aurait fort étonnée, biquette, dit lady Middlesex. Ah, lady Georgiana, permettez-moi de faire les présentations. Voici ma dame de compagnie, Mlle Bickett.

— Honorée de faire votre connaissance, lady Georgiana, dit celle-ci avec une révérence d'une extrême gaucherie – sans doute parce qu'elle était encore cramponnée à sa valise. Je suis sûre que nous aurons de joyeuses conversations au cours de notre voyage européen. Espérons simplement qu'il n'y aura pas de tempêtes de neige, cette fois, et qu'aucun de ces épouvantables pays des Balkans ne décidera de déclarer la guerre à l'un de ses voisins.

— Toujours aussi lugubre, Bickett, commenta lady Middlesex. Un peu de courage ! Et cessez de gémir ainsi. Votre cabine est de ce côté. Pourquoi ne pas avoir demandé à un porteur de se charger de votre bagage ? Cela dépasse l'entendement.

— Vous savez que je ne comprends rien à l'argent étranger, lady M. Je suis terrorisée à l'idée de me tromper et de leur donner une livre sterling au lieu d'un shilling. Et ces gens ont un air tellement sinistre avec leurs moustaches noires. J'ai toujours peur qu'ils ne s'enfuient avec mes affaires.

— Je vous l'ai déjà dit, personne n'en voudrait, de vos affaires, répliqua lady Middlesex. Maintenant, pour l'amour du ciel, allez donc vous installer. Ensuite, nous partirons en quête du wagon-restaurant pour boire une tasse de thé.

Dès qu'elle eut terminé de parler, elle lança un coup d'œil dans le couloir et ouvrit la bouche, effarée.

— Seigneur, qu'est-ce que c'est ?

Queenie se précipitait dans notre direction, comme à l'aveuglette, en bousculant d'autres passagers. Dès qu'elle m'eut rejointe, elle s'agrippa à ma manche à la manière d'une personne en train de se noyer.

— Oh, lady Georgie ! s'exclama-t-elle. J'peux pas voyager avec vous ? Impossible de rester là-bas. Y'a que des étrangers. J'comprends rien à ce qu'ils racontent et à ce qu'ils font. J'ai peur, lady Georgie.

— Tout ira bien, Queenie. Vous êtes avec Chantal, qui a déjà pris le train à de nombreuses reprises. Si vous avez besoin de quoi que ce soit, demandez-le-lui.

— Chantal ? Celle qu'a un long visage tout maigre ? Quand elle me regarde, ça me glace le sang. Et elle parle comme les étrangers. J'avais pas idée que ça allait être aussi… différent, avec tous ces gens bizarres.

Lady Middlesex scruta la bonne terrifiée.

— Un peu de sang-froid, ma fille, et cessez de faire des histoires. Vous embarrassez votre maîtresse. Il est hors de question que vous voyagiez en première classe avec vos supérieurs. Vous ne craignez absolument rien avec Chantal. Elle m'accompagne dans le monde entier. Retournez dans votre compartiment, à présent, et tenez-vous tranquille jusqu'à ce que Chantal vous dise de descendre du train. Me suis-je bien fait comprendre ?

Queenie laissa échapper un geignement, hocha cependant la tête et déguerpit dans le couloir.

— Il faut être ferme, avec ces filles, affirma mon chaperon. Ce sont de vraies chiffes molles, voilà le problème. Elles déshonorent les Anglais. Bon, allons maintenant voir si ces Français sont capables de préparer une tasse de thé digne de ce nom.

Sur ce, elle s'éloigna dans le couloir, et je la suivis.

10.

Dans le train, à travers l'Europe
Mardi 15 et mercredi 16 novembre 1932
Dieu merci, lady Middlesex se rend à Bagdad. Je ne crois pas que je serai capable de supporter sa compagnie plus d'une soirée. Cela me rappelle un épisode bref et fâcheux, lorsque j'ai voulu devenir girl-scout et que j'ai raté le test d'entrée.

Nous fûmes bientôt assises dans le wagon-restaurant, à boire ce qui passait pour du thé en France – une sorte d'eau sale marron clair agrémentée d'une rondelle de citron.

— Ces Français n'ont pas le moindre sou de jugeote, déclara lady Middlesex. Je ne sais comment ils peuvent vivre sans vrai thé. Rien de surprenant à ce qu'ils aient le teint aussi terreux. J'ai essayé de leur montrer comment le préparer, mais ils refusent tout simplement d'apprendre. Ma foi, il faut accepter de souffrir lorsque l'on doit voyager à l'étranger. Ne vous inquiétez pas, Bickett, vous pourrez boire un bon thé une fois que nous aurons gagné notre ambassade à Bagdad.

— Et quelle est votre destination, au juste, lady Georgiana ? s'enquit la dame de compagnie en se servant d'un biscuit – le cinquième, au bas mot.

— Lady Georgiana va représenter Leurs Majestés lors d'un mariage royal en Roumanie, répondit lady Middlesex.

— En Roumanie ? Bonté divine... un pays si curieux. Et si dangereux.

— Balivernes, l'admonesta lady Middlesex. Et je croyais l'avoir mentionné la dernière fois que je vous ai écrit.

— Sans doute, mais le vilain chien-chien de ma mère, Towser, a grignoté un coin de votre lettre. Un vrai chenapan.

— Peu importe, Bickett. Nous sommes dans ce train, à présent, et nous allons accompagner lady Georgiana jusqu'au château où elle est attendue, dans les montagnes de Transylvanie.

— Il est inutile que vous interrompiez votre voyage pour moi, m'empressai-je de préciser. Je suis certaine qu'une voiture m'attendra à la gare.

— Ne soyez pas ridicule. La reine m'a expressément demandé de vous conduire à votre destination finale, et je ne suis pas femme à me dérober à mes devoirs.

— Mais enfin, lady M., imaginez donc ! Un château perdu dans la montagne, surtout à cette époque de l'année..., commença Mlle Bickett d'une voix chevrotante. Nous serons attaquées par des loups, sans parler des vampires.

— Allons donc, ce sont des sornettes, rétorqua lady Middlesex. Des vampires ! Et puis quoi encore ?

— Chacun sait que la Transylvanie est un véritable repaire pour ces créatures.

— Oui, dans les contes de fées et les légendes. Ils n'existent pas dans le monde réel, Bickett, à moins que vous ne vouliez parler des chauves-souris qui vivent en Amérique du Sud. Quant aux loups, je ne vois pas comment ils pourraient s'en prendre à une automobile bien carrossée sur une route fréquentée.

Sur ces mots, mon chaperon vida sa tasse et contempla par la vitre le paysage hivernal et crépusculaire. Des rangées de peupliers aux branches nues et des champs mornes défilaient sous nos yeux. Des lumières brillaient déjà aux fenêtres des fermes. Je ressentis un frisson d'excitation en songeant que j'étais de nouveau dans un pays étranger.

— Que regardez-vous ainsi, Bickett ? demanda soudain lady Middlesex de sa voix tonitruante.

— Ce couple, assis un peu plus loin, chuchota la dame de compagnie, comme en aparté. Je suis sûre qu'ils ne sont pas mariés. Voyez l'effronterie avec laquelle il lui tient la main par-dessus la table. On assiste à tant de manigances de ce genre dès qu'on met le pied sur le continent. Avez-vous également remarqué cet homme barbu, dans ce coin ? Un assassin recherché par toutes les polices, assurément.

— Pourquoi voyez-vous des dangers partout où nous allons ? répliqua lady Middlesex avec irritation.

— Parce qu'ils existent bel et bien.

— Sottises ! Je n'ai jamais été en péril de toute ma vie.

— Avez-vous oublié ce qui nous est arrivé en Afrique orientale ?

— Ce n'étaient que quelques guerriers massaï qui ont agité leurs lances dans notre direction. Franchement, vous vous tracassez pour rien. Vous êtes un paquet de nerfs, Bickett. Secouez-vous un peu.

Je réprimai un sourire. Ces deux-là étaient liées par une amitié improbable – pourquoi diable l'autoritaire et exubérante lady Middlesex avait-elle choisi pour dame de compagnie une femme aussi timorée et affectée ? Et pour quelle raison Mlle Bickett avait-elle accepté un emploi qui l'obligeait à passer d'un lieu inconfortable et dangereux à un autre ?

Le train s'approcha de Paris alors que le soir tombait. Je regardai par la fenêtre dans l'espoir d'apercevoir la tour Eiffel ou tout autre monument familier ; mais, dans l'obscurité, seules étaient visibles des ruelles aux volets déjà fermés et, de temps en temps, un *café-tabac** au coin

* En français dans le texte original.

d'une avenue. Si j'avais eu de l'argent, je serais allée vivre à Paris pendant quelque temps, songeai-je, m'imaginant en jeune femme légère et bohème.

L'incompétence des Français en matière de thé fut merveilleusement rattrapée par le dîner auquel nous eûmes droit juste après Paris – des coquilles Saint-Jacques et un bœuf bourguignon. Lady Middlesex poursuivit son monologue, qu'elle interrompait uniquement lorsque Mlle Bickett repérait un énième criminel pourchassé par toutes les polices ou nous faisait de nouveau part de ses craintes – selon elle, nous serions toutes assassinées pendant la nuit. Peu avant la fin du repas, tandis que nous dégustions une succulente bombe glacée, la dame de compagnie se pencha vers nous.

— Quelqu'un nous espionne, chuchota-t-elle. J'avais déjà des doutes un peu plus tôt, mais j'en suis certaine maintenant. Cette personne nous observait par la porte entrebâillée du wagon-restaurant et, quand j'ai voulu l'étudier de plus près, elle s'est dépêchée de s'écarter.

Lady Middlesex soupira.

— Pour l'amour du ciel, arrêtez avec ces bêtises, Bickett. Je suis sûre que c'était simplement un pauvre homme cherchant à voir si des gens intéressants étaient en train de dîner ; il a dû décider qu'il n'avait pas envie de s'attabler avec des dames aussi rasoir que nous et est sans doute retourné au bar. Pourquoi dramatisez-vous tout de la sorte ?

— Nos portes ne se verrouillent pas, Lady M. Comment empêcher quelqu'un de venir nous assassiner dans nos couchettes ? Vous avez entendu parler de ce qui se passe dans ces trains internationaux, je suppose ? Il y a tout le temps des passagers qui disparaissent pendant la nuit ou que l'on retrouve morts au matin. Je crois que nous devrions monter la garde à tour de rôle devant le compartiment de lady Georgiana. L'espion que j'ai aperçu est peut-être un anarchiste, voyez-vous.

— Aucun anarchiste ne compte tuer lady Georgiana, affirma lady Middlesex avec une moue de mépris. Elle n'est pas l'héritière directe du trône, vous savez. Je comprendrais vos inquiétudes s'il s'agissait d'un des fils de Leurs Majestés. Et si quelqu'un nous espionne réellement, c'est probablement un Français intéressé par les jolies filles : il cherche peut-être une occasion de faire la connaissance de notre lady Georgiana sans deux vieilles schnocks comme nous sur ses talons. Il n'y parviendra pas, je le crains, étant donné que j'ai juré de veiller sur elle à chaque instant.

Lorsqu'elle proposa de nous retirer tôt dans nos cabines respectives, je lui en fus reconnaissante. Alors que je sortais de la salle de bains située au bout de notre wagon, j'eus soudain l'impression étrange qu'on m'observait. Je fis volte-face, mais le couloir était vide. C'était la faute de cette affreuse Bickett, me dis-je. Elle rendait tout le monde nerveux. Je dois toutefois avouer que je m'interrogeai sur la véracité des suppositions de lady Middlesex concernant les Français. L'idée que l'un d'eux cherchait peut-être à me rencontrer à l'insu de mon chaperon m'intriguait. Belinda soutenait toujours qu'ils étaient les meilleurs des amants. Non que j'eusse l'intention d'en inviter un dans mon compartiment ; il aurait simplement été amusant de flirter, en toute innocence.

Je m'attardai sur le pas de ma porte un moment, sans qu'aucun Français ne se matérialise devant moi. J'allai par conséquent me coucher. Bickett ne s'était néanmoins pas trompée : il n'y avait pas de serrure à ma cabine. Tout à coup, je me dis qu'un Français serait probablement plus intéressé par mon coffret à bijoux que par ma personne. Et si Queenie avait confié à Chantal que je voyageais avec mon diadème ? Elle l'avait peut-être annoncé à si haute voix que tous les passagers autour d'elle l'avaient entendue. C'était une éventualité inquiétante. Je plaçai donc le coffret sous mon oreiller. Même si la couchette était plutôt confortable, je ne parvenais pas à trouver le sommeil. Étendue là, gentiment ballottée par le rythme du train, je pensai à Darcy. Où était-il ? Et pourquoi ne m'avait-il pas contactée après sa rencontre avec Fig ? Elle ne l'avait tout de même pas intimidé. Je dus alors m'assoupir, car je fus soudain dans le brouillard en compagnie de Darcy : il se pencha pour m'embrasser, et je pris conscience qu'il me mordait le cou. « Ignoriez-vous que j'étais un vampire » ? » me demandait-il.

Je me réveillai en sursaut, tandis que le train passait sur des aiguillages avec force tressautements et grincements stridents. Je restai allongée dans mon lit, à songer aux morts-vivants. Je ne croyais évidemment pas aux vampires – pas davantage qu'aux fées et aux fantômes qui, de l'avis de nos paysans écossais, sont bel et bien réels. Mais la pauvre Mlle Bickett était persuadée qu'ils existaient. Je ne savais pas grand-chose d'eux, hormis ce que j'avais appris en lisant *Dracula* il y avait bien longtemps – un roman qui m'avait donné la chair de poule. Il serait sans doute plutôt excitant d'en croiser un, bien que je n'eusse pas tellement envie d'être mordue ni de devenir une morte-vivante. Je pouffai légèrement en me remémorant ma conversation avec Belinda. À présent, je regrettai sincèrement de ne pas avoir fait preuve d'audace en l'engageant comme femme de chambre. Nous nous serions tant amusées, toutes les deux. J'étais maintenant coincée avec une domestique qui était une catastrophe ambulante, sans personne pour me divertir.

Je commençais à m'endormir de nouveau quand je crus entendre un bruit derrière ma porte. On nous avait assurées que les agents des douanes ne nous dérangeraient pas en pleine nuit lorsque le train franchirait les frontières suisse et autrichienne. Ce pouvait évidemment être lady Middlesex, venue voir si tout allait bien de mon côté.

— Qui est là ? demandai-je.

La porte s'ouvrit lentement et, dans l'obscurité, je distinguai une haute silhouette.

— Hé, vous ! Que faites-vous là ? retentit alors une voix impérieuse dans le couloir.

— Désolé, j'ai dû me tromper de compartiment, marmonna en réponse une voix plus grave.

La tête de mon chaperon apparut par ma porte entrebâillée.

— Un type a essayé de s'introduire dans votre cabine. Quel toupet ! Je vais en toucher un mot au contrôleur et lui dire qu'il ferait bien de mieux surveiller les allées et venues dans ce wagon. Je devrais peut-être vous tenir compagnie, au cas où cet individu reviendrait.

— Oh, non, je suis certaine d'être en sécurité, dis-je, décidant qu'une nuit avec lady Middlesex serait pire que d'affronter un voleur de bijoux ou un meurtrier recherché par toutes les polices.

— Je refuse de retourner dormir, déclara-t-elle, déterminée. Je vais m'asseoir là et monter la garde.

Consciente de sa présence près de moi, je finis malgré tout par sombrer. En dépit des sinistres prédictions de Mlle Bickett, nous ne fûmes pas assassinées pendant la nuit, et je me réveillai avec, devant les yeux, un paysage digne d'une carte de Noël – une vision qui m'avait été familière lors de mes études en Suisse. D'adorables petits chalets étaient perchés sur des collines enneigées, leurs toits dissimulés sous une épaisse couche blanche. Tandis que je contemplais cette scène, le soleil pointa entre deux pics, et la neige scintilla, pareille à des diamants. J'ouvris la vitre et me redressai sur ma couchette afin d'inspirer l'air pur et tonifiant des montagnes. Puis le train s'engouffra dans un tunnel, et je me hâtai de refermer la fenêtre.

Nous prîmes notre petit déjeuner juste après Innsbruck et, à mon retour dans mon compartiment, je découvris que la couchette avait été escamotée pour laisser la place à une banquette. Par chance, le paysage était si époustouflant et les cols que nous gravissions si spectaculaires qu'il ne fut pas nécessaire de converser – du moins jusqu'à ce que le train atteigne les plaines qui s'étendent avant Vienne. Il n'y avait là que quelques plaques de neige, et la campagne était grise et nue. Nous déjeunâmes entre Vienne et Budapest et, en retournant dans nos cabines après un long et lourd repas, nous trouvâmes Chantal et Queenie, déjà occupées à emballer nos effets.

— J'suis rudement contente de vous voir, mam'zelle, déclara ma femme de chambre, ayant apparemment encore oublié la façon dont elle était censée s'adresser à moi. J'ai eu une de ces frousses. J'ai pas pu fermer l'œil avec tous ces étrangers autour de moi, et si vous aviez vu les cochonneries qu'ils mangent – du saucisson avec tellement d'ail qu'on le sent à des kilomètres. Pas moyen de faire un repas correct.

— Ma foi, cela ne devrait pas être le cas au château, dis-je. Alors gardez courage. Notre voyage est presque terminé, et vous vous en êtes bien sortie.

— Si j'avais su, j'serais pas venue, grommela-t-elle. J'préférerais être dans un petit café de Barking[1], à l'heure qu'il est.

— Prêtes ? demanda lady Middlesex en passant la tête par la porte. Le train fait un arrêt spécialement pour nous, à ce qu'il paraît. Le conducteur n'a donc pas envie de trop s'attarder en gare. Nous devons nous préparer à descendre dès que possible.

Je regardai la campagne grise par la vitre. Le paysage était maintenant de nouveau montagneux, et il commençait à neiger. Je n'aperçus aucune ville alentour.

— Nous ne faisons pas d'abord une escale à la capitale ? m'enquis-je.

— Absolument pas. Comme le mariage a lieu dans le château ancestral de la princesse, situé dans les montagnes,

1. Quartier populaire de l'Est londonien. *(N.d.T.)*

nous nous y rendons directement. Raison pour laquelle il est essentiel que je veille sur vous jusqu'à ce que vous soyez arrivée à bon port. Je crois que la route est longue.

Pendant ce temps, le train s'était mis à ralentir. Puis il s'immobilisa brusquement dans un crissement de freins. La portière fut ouverte, et on nous escorta sur le quai d'une petite gare. Des paysans chaudement enveloppés nous étudièrent avec intérêt, tandis que nos malles étaient déchargées du fourgon à bagages. Un sifflet retentit, et l'express disparut dans les ténèbres.

— Où diable est le domestique que le château a envoyé nous chercher ? s'étonna lady Middlesex. Attendez-moi ici, je vais trouver un porteur.

Un train local entra en gare, des passagers en descendirent et d'autres y montèrent, et le quai se vida. Soudain, je sentis sur ma nuque un picotement et j'eus la certitude absolue d'être observée. Je me retournai vivement. L'endroit était désert dans la neige tourbillonnante. Il était évidemment normal que nous soyons épiées, me raisonnai-je. Nous devions être de véritables curiosités aux yeux de paysans qui n'avaient jamais voyagé plus loin que la ville voisine. Je ne parvins toutefois pas à chasser le malaise que j'éprouvais.

— Ils nous ont forcément oubliées, déclara Mlle Bickett. Ils ont probablement confondu les dates. Il va falloir passer la nuit dans une auberge des environs. Imaginez à quel point cela risque d'être affreux et dangereux ! Il y aura des punaises de lit et des brigands, croyez-moi.

À cet instant, lady Middlesex réapparut, accompagnée de plusieurs porteurs.

— Cet imbécile de chauffeur attendait devant la gare dans son automobile, expliqua-t-elle. Je lui ai demandé comment nous étions censées savoir qu'il était là s'il ne venait pas se présenter. Espérait-il que nous partirions à sa recherche ? Il semblerait cependant qu'il ne parle pas notre langue. La princesse aurait tout de même pu prendre la peine d'envoyer un domestique capable de se faire comprendre. Il aurait été agréable d'avoir un véritable comité d'accueil – avec de petites paysannes costumées et un chœur, peut-être. C'est ce que nous aurions organisé en Angleterre, n'est-ce pas ? Ces étrangers sont franchement indécrottables.

Soudain, elle hurla à l'intention d'un porteur :

— Prenez soin de cette boîte, espèce d'idiot !

Elle s'élança vers l'intéressé et lui administra une claque sur la main. L'homme dit quelque chose à ses camarades, qui partirent d'un rire sinistre avant de s'éloigner avec nos bagages. L'attitude suspicieuse de Mlle Bickett commençait à déteindre sur moi. Je m'attendais presque à ce que les porteurs s'enfuient avec nos affaires, mais nous les retrouvâmes un moment plus tard dans une rue pavée, à l'extérieur de la gare. Un chauffeur en uniforme sombre se tenait devant un grand véhicule noir de forme rectangulaire, aux vitres teintées.

— Mon Dieu ! s'exclama la dame de compagnie, horrifiée. Ils nous ont envoyé un corbillard !

11.

Château de Bran
Quelque part en Transylvanie
Mercredi 16 novembre 1932
Lieu froid, sinistre et montagneux.

— Est-ce la seule automobile dont vous disposez ? demanda lady Middlesex d'un ton autoritaire en agitant les bras – ainsi que s'y prennent les Anglais quand ils s'adressent à des étrangers incapables de les comprendre. Il n'y en a qu'une ? Qu'allons-faire de nos femmes de chambre ? Elles ne peuvent monter en voiture avec nous. C'est tout à fait inconvenant. Y a-t-il un bus qu'elles pourraient prendre ?

Aucune de ces questions ne suscita la moindre réponse de la part du chauffeur ; pour finir, mon chaperon décida que les bonnes s'assiéraient à l'avant. Une idée qui sembla déplaire à l'homme, qui brailla un bon moment. Il devint toutefois clair que le courage d'individus plus braves que lui avait déjà vacillé sous le poids de la volonté de lady Middlesex. Chantal et Queenie tentèrent de se serrer sur le siège du passager avant de s'apercevoir qu'il n'y avait pas assez de place pour deux. À l'arrière, en dépit de l'intérieur spacieux de l'auto, il n'y avait qu'une banquette, sur laquelle nous nous installâmes douillettement, Mlle Bickett, lady Middlesex et moi. Pour finir, Chantal fut autorisée à rester à l'avant, tandis que la pauvre Queenie se retrouva face à nous, assise à même le sol, adossée au siège du chauffeur et entourée de piles de valises et de boîtes à chapeaux. Le reste des bagages fut chargé non sans difficulté dans le coffre, qui ne put être refermé ; il fallut alors aller chercher de la ficelle pour attacher le tout. Quand enfin nous partîmes de la gare, autant dire que notre équipage guère majestueux avait tout du cirque ambulant.

La nuit tombait déjà, mais je vis que nous traversions une petite ville médiévale aux étroites voies pavées, aux fontaines pittoresques et aux hautes maisons à pignons. Des lumières filtraient derrière les fenêtres, et les rues étaient presque désertes. Les rares passants que nous croisâmes étaient si emmitouflés pour se protéger du froid qu'ils ressemblaient à des silhouettes informes. Lorsque nous laissâmes la ville derrière nous, la neige se mit à tomber pour de bon, couvrant le sol d'un tapis blanc. Le chauffeur marmonna quelques mots dans sa langue, quelle qu'elle soit – sans nul doute le roumain. Pendant un moment, nous poursuivîmes notre route en silence. Puis l'automobile entra dans une sombre forêt de pins et commença à gravir une pente.

— Cet endroit ne me plaît pas du tout, déclara Mlle Bickett. Il y a sûrement des brigands et des loups.

— Des loups ? se lamenta Queenie. Me dites pas qu'on va être dévorées par des loups !

Le chauffeur dut reconnaître ce mot, car il se tourna vers nous avec un sourire, lequel dévoila deux rangées de dents jaunes et pointues.

— *Da... lupi*, dit-il avant de laisser échapper un rire inquiétant.

La voiture ne cessait de monter des côtes et d'en descendre pendant que la route serpentait d'un virage en épingle au suivant et que j'entrapercevais le terrifiant précipice qui la longeait. La neige tombait à présent si drue qu'il était difficile de distinguer la chaussée d'un fossé éventuel. Le chauffeur était bien raide sur son siège, les yeux rivés sur l'obscurité épaisse derrière son pare-brise. Aucune lumière n'était en vue, seulement la forêt ténébreuse et les falaises rocheuses.

— Si je m'étais doutée que le château était si éloigné, je me serais arrangée pour passer la nuit dans un hôtel avant d'entamer ce trajet, dit lady Middlesex, dont la voix, pour la première fois, me parut extrêmement tendue. J'espère que cet individu sait ce qu'il fait. Le temps est vraiment épouvantable.

Assise entre elle et Mlle Bickett, je commençai à me sentir nauséeuse à force d'être ballottée de-ci de-là à chaque tournant. Le coude anguleux de la dame de compagnie me rentrait dans les côtes. Dans son coin, Queenie tâchait de tenir bon, un mouchoir plaqué sur la bouche.

— Si vous souhaitez vomir, vous devez nous en faire part, lui conseilla lady Middlesex. J'obligerai le chauffeur à s'arrêter. Mais vous devrez vous retenir en attendant de sortir du véhicule, est-ce compris ?

Queenie parvint à esquisser un faible sourire.

— Nous serons bientôt rendues, j'en suis convaincue, affirma joyeusement mon chaperon. *Est-il beaucoup loin**, chauffeur ? demanda-t-elle dans un français atroce – celui que parlent la plupart de mes compatriotes – tout en se penchant vers l'homme.

Il resta muet. Nous atteignîmes enfin le sommet d'un col de montagne. Le chauffeur arrêta la voiture devant une petite auberge aux fenêtres éclairées et alla soulever le capot – pour faire refroidir le moteur, supposai-je. Puis il disparut à l'intérieur du bâtiment en nous laissant dans la voiture, qui était glaciale.

— Qu'est-ce donc ? chuchota Mlle Bickett en pointant le doigt sur l'obscurité, de l'autre côté de la route. Regardez, parmi les arbres. On dirait un loup.

— Seulement un gros chien, j'en suis sûre, répliqua lady Middlesex.

Je gardai le silence. L'animal avait bel et bien l'aspect d'un loup. À cet instant, la porte de l'auberge se rouvrit et plusieurs personnes en émergèrent.

— Des brigands, murmura Mlle Bickett. Ils vont nous trancher la gorge.

— Ce sont de simples paysans, répliqua lady Middlesex, dédaigneuse. Voyez, il y a même des enfants avec eux.

Peut-être s'agissait-il de paysans, mais ils avaient malgré tout des têtes d'assassins – des hommes pourvus de grosses moustaches tombantes et des femmes costaudes. D'autres encore sortirent de l'établissement, et tous, de plus en plus nombreux, observèrent l'intérieur de l'automobile avec des mines méfiantes. Une femme se signa, une autre croisa les doigts devant nous, comme pour chasser le mauvais œil. Une troisième souleva de terre un enfant qui s'était aventuré trop près du véhicule et le tint dans ses bras d'un air protecteur.

— Que leur arrive-t-il ? s'étonna lady Middlesex.

Un vieillard osa s'approcher davantage.

— Mauvais, siffla-t-il, le visage collé à notre vitre. Pas aller. Attention.

Puis il cracha sur le sol enneigé.

— C'est inouï ! s'offusqua mon chaperon.

Le chauffeur revint et obligea la petite foule à s'écarter. Après avoir refermé le capot, il remonta en voiture et remit le moteur en marche. À l'extérieur, tandis que nous nous éloignions, les gens crièrent et gesticulèrent dans notre direction.

— Pourriez-vous nous expliquer à quoi rime tout cela ? s'enquit lady Middlesex, comme si, par miracle, l'homme s'était mis à comprendre notre langue.

Il ne dit évidemment mot, regardant droit devant lui la route qui descendait en pente abrupte.

Je me sentais à présent fort mal à l'aise. Mon chaperon avait-il mal saisi les instructions qui lui avaient été données et nous étions-nous arrêtées à la mauvaise gare ? Cette automobile avait-elle réellement été envoyée par nos hôtes ? Il ne pouvait tout de même pas y avoir de château royal dans une région aussi désolée.

— Pourquoi diable organiser un mariage dans un lieu aussi isolé ? s'étonna Mlle Bickett, se faisant l'écho de mes pensées.

— Par tradition, apparemment, répondit lady Middlesex, qui s'efforçait de sembler sûre d'elle alors qu'elle avait des doutes, manifestement. La fille aînée doit convoler dans la demeure ancestrale, c'est ainsi depuis des siècles. Après les noces roumaines, le couple se rendra en Bulgarie afin d'assister à une seconde cérémonie à la cathédrale ; la jeune mariée sera présentée à ses nouveaux compatriotes. Ma foi, lorsqu'on voyage, on est forcément confronté à d'étranges coutumes, soupira-t-elle. Tout est si primitif en comparaison avec l'Angleterre.

L'auto ralentit et le chauffeur afficha un large sourire, dévoilant encore une fois ses dents pointues.

— Bran, annonça-t-il.

Je n'avais pas la moindre idée de ce qu'il cherchait à nous dire, mais j'aperçus des lumières qui brillaient depuis une éminence rocheuse surplombant la route. Par la vitre, je distinguai les contours d'un énorme château, si ancien et impressionnant qu'il paraissait ne faire qu'un avec la montagne. Notre voiture freina devant un immense portail en bois, dont les deux battants s'écartèrent lentement, comme par enchantement ; nous entrâmes dans une cour, tandis que le portail se refermait derrière nous avec un bruit sonore et un sentiment d'irrévocable. L'automobile s'arrêta, et le chauffeur vint nous ouvrir.

Mlle Bickett fut la première à poser le pied sur le sol enneigé. Elle considéra, effarée, les imposants remparts de pierre qui semblaient s'élever vers le ciel tout autour de nous.

— Mon Dieu. Où nous avez-vous conduites, lady M. ? C'est une véritable maison des horreurs, je le pressens. J'ai toujours été capable de percevoir la mort, et elle est bel et bien là.

Elle se tourna vers mon chaperon, qui venait d'émerger par l'autre portière de la voiture.

— Oh, je vous en prie, repartons immédiatement, poursuivit la dame de compagnie. Et si nous payions cet homme pour qu'il nous ramène jusqu'à la gare ? Je suis certaine qu'il y aura en ville une auberge où nous pourrons passer la nuit. Je ne tiens absolument pas à rester ici.

— Sornettes, rétorqua lady Middlesex. Je suis convaincue que ce sera très confortable à l'intérieur. Par ailleurs, nous avons un devoir à remplir vis-à-vis de lady Georgiana, afin qu'elle soit présentée convenablement à ses hôtes royaux. Nous ne pouvons la laisser en plan. Ce ne serait tout simplement pas digne de sujets britanniques. Allez, un peu de cran, Bickett. Vous vous sentirez mieux après un bon repas.

Je contemplais moi aussi les murailles immenses. Il n'y avait apparemment aucune fenêtre au-dessous du deuxième ou troisième étage, et seuls quelques rais de lumière étaient visibles derrière des volets clos. Je dois admettre que ma gorge se serra et que des bribes de conversation me revinrent en tête – Binky affirmant que Leurs Majestés n'avaient pas voulu envoyer l'un de leurs fils car c'était trop risqué, ou Belinda plaisantant à propos de vampires et de brigands. Et pourquoi, devant l'auberge, ces gens nous avaient-ils observées avec crainte et dégoût, et certains s'étaient-ils même signés ? *Allez, un peu de cran*, me dis-je, imitant lady Middlesex. Nous sommes au XXe siècle. Ce château paraît peut-être étrange et gothique, mais l'intérieur sera sûrement normal et agréable.

Queenie sortit péniblement de l'auto et m'agrippa par la manche.

— Nom de Dieu, c'est un endroit affreux, mam'zelle, hein ? chuchota-t-elle. Ça me file les chocottes. À côté de ce château, la Tour de Londres ressemble à une jolie maisonnette à la campagne, pas vrai ?

Je ne pus réprimer un sourire.

— Vous avez raison, assurément. Mais en Écosse, je vis dans un vieux château, voyez-vous, et on y est tout à fait bien une fois à l'intérieur. Ah, voici quelqu'un.

Une porte venait de s'ouvrir en haut d'une volée de marches, que descendait à présent un homme vêtu d'un complet noir et argenté ; il portait autour du cou une décoration d'argent en forme d'étoile. Il avait les cheveux également argentés, un air plutôt majestueux, des pommettes saillantes et d'étranges yeux clairs qui luisaient comme ceux d'un chat.

— *Vous êtes lady Georgiana de Glen Garry et Rannoch** ? me demanda-t-il en français, ce qui me déconcerta – puis je me rappelai qu'il s'agissait de la langue commune de l'aristocratie européenne. *Bienvenue** au château de Bran.

— *Oui, j'introduire lady Georgiana**, répondit lady Middlesex dans son français toujours aussi atroce. Je suis sa compagne de voyage, lady Middlesex. Et voici ma dame de compagnie, Mlle Bickett.

— Et Mlle Bickett a-t-elle quelqu'un qui l'accompagne, elle aussi ? s'enquit l'homme. Un petit chien, peut-être ?

Je devinai qu'il essayait de plaisanter.

— Non, aucun animal, rétorqua lady Middlesex avec froideur.

— Permettez-moi de me présenter à mon tour, reprit-il. Je suis le comte Dragomir, régisseur de ce château. Je vous accueille au nom de Leurs Altesses Royales. J'espère que vous vous plairez ici.

Il claqua des talons et s'inclina brièvement devant nous – une attitude qui me remit en mémoire Siegfried, le prince qui aspirait à ma main et qui appartenait lui aussi à la maison royale roumaine. Oh, Seigneur, il serait évidemment là ! Ce détail ne m'avait pas effleurée avant cet instant. Cette pensée fut aussitôt suivie d'une autre : et si ce séjour était un piège ? J'avais éconduit Face de

Poisson trois mois plus tôt, ce qui l'avait irrité tout autant que ma famille. Et il était homme à vouloir imposer sa volonté. Avais-je été invitée à ces épousailles afin d'être coincée dans un vieux château à donner la chair de poule, au milieu des montagnes de Transylvanie, où un prêtre avait lui aussi été commodément convié pour une cérémonie de mariage ?

Je lançai un regard plein de regrets à l'automobile, tandis que le comte Dragomir gravissait le perron et nous faisait signe de lui emboîter le pas. Nous entrâmes dans un vestibule imposant dont les murs étaient ornés de bannières et d'armes. Tout autour de nous, des passages voûtés menaient à des couloirs plongés dans l'obscurité. Le sol et les parois étaient de pierre massive, et il faisait presque aussi froid au-dedans qu'au-dehors.

— Vous allez vous reposer après cet épuisant voyage, déclara le régisseur – dont le souffle resta suspendu dans l'air glacial. Des domestiques vont vous conduire à vos chambres. Nous dînons à vingt heures. Son Altesse Royale la princesse Maria Theresa a hâte de renouer avec son ancienne camarade, lady Georgiana de Rannoch. Veuillez me suivre, je vous prie.

Il claqua des mains. Aussitôt, plusieurs valets de pied surgirent de l'ombre, s'emparèrent de nos valises et s'engagèrent dans un escalier de pierre dépourvu de rambarde, qui grimpait le long d'un des murs. Tout en le montant – les pieds aussi fatigués que si j'avais fait une longue excursion –, je m'aperçus que le sol en contrebas était vraiment loin et qu'il valait mieux éviter de trébucher. Nous atteignîmes un couloir beaucoup plus froid et aéré que ceux du château de Rannoch, puis gravîmes un escalier en colimaçon, tant et si bien que j'en eus le tournis. Nous débouchâmes dans un large corridor au plafond de bois sculpté. Le sol était là aussi dallé de pierre, et sur les murs étaient accrochés des portraits d'ancêtres qui paraissaient soit féroces, soit à moitié fous – ou les deux. Juste derrière moi, Queenie poussa soudain un cri et, d'un bond, se cramponna à moi, manquant nous faire tomber toutes les deux.

— J'ai vu quelqu'un derrière cette colonne, souffla-t-elle.

Je me retournai pour jeter un coup d'œil.

— Ce n'est qu'une armure, expliquai-je.

— Mais elle a bougé, je le jure, mam'zelle. Je l'ai vue lever le bras.

L'armure brandissait en effet une pique. Je m'approchai pour ouvrir la visière de son casque.

— Il n'y a personne à l'intérieur. Rejoignons les autres avant de perdre notre guide.

Queenie me suivit, me talonnant de si près qu'elle ne cessait de se cogner à moi chaque fois que je ralentissais. Un domestique poussa une porte, écarta des tentures, et je pénétrai dans une pièce remarquablement grande.

— Oh, flûte, alors ! s'exclama Queenie, toujours derrière moi. On se croirait au cinéma, pas vrai, mam'zelle ? Comme dans *Frankenstein* avec Boris Karloff.

— Venez, lui ordonna le valet de pied. Maîtresse se reposer, maintenant.

— Il va vous conduire à votre chambre, Queenie, insistai-je. Allez vous détendre un peu, vous aussi, et revenez à temps pour m'habiller avant le dîner.

L'intéressée me jeta un regard apeuré, puis s'éloigna à contrecœur avec le valet. Les tentures se refermèrent, et je me retrouvai seule. Il y avait dans la pièce une odeur de renfermé et d'humidité qui n'était pas sans rappeler le château de Rannoch. Cependant, contrairement aux appartements spartiates à l'extrême de la demeure de mes ancêtres, cette chambre regorgeait de tapisseries, de rideaux et de lourds meubles – dont, trônant au centre, un lit à baldaquin aux rideaux de velours qui aurait pu sans peine accueillir la princesse au petit pois. D'autres draperies couvraient ce qui devait être une fenêtre, et d'autres encore dissimulaient la porte par laquelle j'étais entrée. Un feu brûlait dans une cheminée de marbre très ornée sans parvenir à vraiment réchauffer la pièce. Je vis également une énorme armoire, une coiffeuse, une commode volumineuse, un secrétaire près de la fenêtre et, sur un mur, un immense tableau représentant un jeune homme pâle et assez beau, vêtu d'une chemise blanche, qui m'évoqua un poète romantique – lord Byron avait-il séjourné dans cette région ? L'individu du portrait était cependant blond, alors que Byron avait été brun. Les lieux étaient plutôt mal éclairés par des bougies vacillantes, fixées à deux appliques. J'observai ce qui m'entourait, encore un tantinet nauséeuse après le trajet en auto. J'étais également mal à l'aise en raison de la tension qui n'avait cessé de monter au cours du voyage, depuis qu'un inconnu avait tenté de s'introduire dans mon compartiment. Comme il n'était pas des plus agréables d'être confinée dans une pièce sans ouvertures apparentes, je décidai d'aller écarter les rideaux.

En traversant la chambre, je crus détecter un mouvement, et mon sang ne fit qu'un tour : un visage blanc me fixait du regard. Je me rendis alors compte que ce n'était que mon reflet dans un vieux miroir piqué, placé sur l'un des battants de l'armoire. Je tirai les rideaux, suffisamment pour atteindre la fenêtre, puis parvins à ouvrir les volets et contemplai la nuit noire au-dehors. Pas une seule lumière ne brillait dans les sombres collines boisées. La neige tombait encore doucement, et des flocons se posèrent sur mes joues. Je baissai les yeux. Ma chambre devait être située dans la partie du château surplombant la falaise, car le sol, à peine visible, me parut incroyablement loin. Dans la distance, un hurlement transperça le silence. Cela ne ressemblait pas à un chien, et je repensai aux loups.

Je m'apprêtai à refermer la croisée quand je me raidis et scrutai plus attentivement les ténèbres afin d'essayer de donner un sens à ce que je voyais réellement. Quelque chose – ou quelqu'un – escaladait la muraille.

12.

Château de Bran
Quelque part en Transylvanie
Mercredi 16 novembre 1932

Je n'en croyais pas mes yeux. Je ne parvenais à distinguer qu'une silhouette tout de noir vêtue, portant une cape que le vent agitait ; cette personne grimpait adroitement la paroi de pierre apparemment lisse quand, soudain, elle se volatilisa. Je restai un moment immobile à contempler la muraille, puis la bise se mit à souffler plus fort, apportant avec elle les hurlements des loups, et de la neige voleta dans la chambre. Je refermai la fenêtre avant d'aller m'allonger sur le lit. J'essayai de me reposer, en vain. Qu'elle aille au diable, cette Bickett ! Si elle n'avait pas abordé le sujet des vampires, mes pensées ne se seraient pas emballées comme c'était le cas à présent. Je regardai autour de moi. Des gargouilles étaient sculptées à chaque coin du sommet de l'armoire, et je vis des visages dans les moulures de son faîte. Et… grands dieux, qu'était-ce donc ? Un meuble que je n'avais jusqu'alors pas remarqué était à moitié caché derrière les tentures de la porte. On aurait dit un coffre en bois sculpté. Assez large pour dissimuler quelqu'un. À moins qu'il ne s'agisse d'un… cercueil !

Je me levai et traversai la chambre sur la pointe des pieds. Il fallait que je sache ce que ce coffre renfermait.

Le couvercle était affreusement lourd. Je rassemblais mes forces pour le soulever davantage quand je sentis un courant d'air derrière moi, et une main se posa sur mon épaule. Je hurlai et me retournai vivement. Le couvercle retomba avec un bruit sourd, et je me retrouvai face à Queenie, qui paraissait effrayée.

— Désolée, mam'zelle, j'voulais pas vous alarmer. J'suis rentrée tout doucement, juste au cas où vous seriez assoupie.

— Comment parviendrais-je à m'assoupir dans un endroit pareil ?

Elle embrassa la chambre du regard.

— Mince, j'vois ce que vous voulez dire. Cette vieille pièce fait froid dans le dos, pas vrai ? J'ai une de ces frousses ! Ça me rappelle la Chambre des Horreurs du musée Madame Tussauds. Sauf le type accroché au mur. Il a l'air plutôt normal, hein ?

— Je ne suis pas certaine d'avoir envie de sentir ses yeux sur moi une fois que je serai allongée dans le lit, répondis-je en prenant conscience que le tableau se situait directement au-dessus du coffre-cercueil. À quoi ressemble votre chambre ?

— Un peu à la prison de Holloway[1], si vous voulez mon avis. Petite et glaciale. Sans oublier qu'elle est tout en haut d'une tourelle. J'sais pas comment je vais fermer l'œil. Et il faut monter un escalier venteux qui tourne encore et encore pour l'atteindre. Je me suis perdue plusieurs fois quand je suis redescendue. Je m'serais retrouvée dans les cachots si un type m'avait pas secourue. Vous savez, un de ceux qui portent un uniforme épatant ? Il m'a amenée jusqu'ici. Je me demande bien comment je vais arriver à remonter là-haut. Est-ce que ça va, mam'zelle ? ajouta-t-elle en me dévisageant. Vous êtes toute pâlichonne.

1. Prison du nord de Londres, ouverte en 1852 et fermée en 2016, réservée aux femmes uniquement à partir de 1903. *(N.d.T.)*

J'étais sur le point de lui parler de la silhouette que j'avais vue le long de la muraille, avant de m'apercevoir que j'en étais incapable. Le sens du devoir typique des Rannoch s'était ravivé en moi : j'étais certaine que, à ma place, mes ancêtres Robert Bruce et Murdoch McLachan n'auraient éprouvé aucune peur. Je devais donner l'impression d'être calme et maîtresse de moi-même.

— Je n'ai jamais été en meilleure forme, Queenie, répliquai-je. Bon, je me demande quand mes bagages vont arriver.

À cet instant précis, on toqua à la porte, et lesdits bagages furent apportés par d'autres valets de pied de haute taille, aux cheveux sombres, qui paraissaient tous identiques.

— Puisque vous êtes là, profitez-en pour ranger mes vêtements, dis-je à Queenie. Ensuite, vous m'aiderez à m'habiller pour le dîner. Où vais-je trouver de l'eau pour me laver ?

Après avoir décidé d'aller explorer le couloir, nous découvrîmes une salle de bains, non loin de ma chambre ; l'immense pièce avait tout d'une grotte, avec de grandes arches de pierre qui s'élevaient vers un plafond voûté. Au centre, la baignoire à pieds de griffon était si grande qu'on aurait pu y nager. Placé au-dessus, un chauffe-eau fournissait probablement de l'eau chaude.

— Et si vous me faisiez couler un bain avant le dîner ? suggérai-je, une fois de retour dans ma chambre. Ensuite, voyez si vous pouvez trouver mon peignoir dans mes bagages.

Je me déshabillai pendant que Queenie déballait mes affaires et suspendait mes robes à des cintres. Nous nous aperçûmes alors qu'elle avait oublié de prendre un peignoir.

— Tant pis, dis-je. Je remonterai le couloir en chemise de nuit. Il me semble qu'il n'y a personne dans les chambres voisines.

Je repartis en vitesse à la salle de bains, quelque peu gênée par ma tenue légère ; la pièce était maintenant une véritable étuve, et le bain si chaud qu'on aurait pu y faire cuire un pudding à la vapeur. Malheureusement, je ne pus ouvrir la fenêtre, manifestement coincée, et il me fallut une éternité pour vider la moitié de la baignoire et y ajouter de l'eau froide. Je m'y plongeai ensuite longuement et avec plaisir, et j'en sortis délassée. Je cherchai alors une serviette des yeux, sans rien trouver. J'étais dans de beaux draps ! Et la chemise de nuit dans laquelle j'étais arrivée était à présent si imbibée de vapeur qu'elle était presque aussi trempée que moi. Comment allais-je me sécher ? Je n'avais d'autre choix que de filer jusqu'à ma chambre.

Je passai le vêtement par-dessus ma tête, non sans difficulté, et il se plaqua à mon corps mouillé, comme une seconde peau. Je sortis dans le couloir, regardai à droite, puis à gauche, avant de m'élancer en direction de ma chambre. À cet instant, je pris conscience que j'avais oublié laquelle des portes était la mienne. Ce devait être la deuxième en partant de la salle de bains. Ou la troisième, peut-être. J'avais laissé une traînée de gouttes dans mon sillage et une flaque se formait autour de mes pieds sur le sol de pierre glacé. Je m'immobilisai devant la deuxième porte et essayai de l'ouvrir. En vain. Je toquai avec fermeté.

— Queenie, ouvrez-moi, je vous prie.

Aucune réponse.

Je frappai plus fort.

— Queenie, dépêchez-vous, nom d'un chien.

La porte s'ouvrit soudain à toute volée, et je me retrouvai nez à nez avec le prince Siegfried, qui avait les yeux troubles – je l'avais apparemment tiré du lit. Il me toisa en haussant les sourcils d'un air outré.

— Je suis vraiment navrée, marmonnai-je. J'ai dû me tromper de chambre.

— Lady Georgiana ! s'exclama-t-il. *Mein Gott.* Que se passe-t-il ? Vous êtes dévêtue, c'est extrêmement inconvenant. Que vous est-il arrivé ? Êtes-vous tombée dans une baignoire par accident ?

— Je porte une chemise de nuit, mais elle est plutôt mouillée. Il n'y avait pas de serviette dans la salle de bains, voyez-vous, et j'ai ensuite oublié laquelle était ma porte et…

Je continuais à bafouiller ainsi sans pouvoir m'arrêter, quand j'entendis Queenie siffler :

— *Psst, psst,* par ici, mam'zelle !

— Désolée de vous avoir dérangé, dis-je à Siegfried avant de détaler.

Bien entendu, une fois en sécurité dans ma chambre, je découvris des serviettes de bain sur la dernière étagère de l'armoire. Je me séchai, me sentant complètement idiote et embarrassée. De toutes les portes, il avait fallu que je frappe à celle de Face de Poisson. Dans l'ensemble, la journée avait été particulièrement longue et éprouvante.

J'avais heureusement déjà beaucoup d'expérience quand il s'agissait de m'habiller moi-même, car Queenie me gêna plus qu'elle ne m'aida. Elle trouva d'abord le moyen de coincer ma robe en essayant de faire passer ma tête dans l'une des emmanchures ; puis elle me coiffa de telle manière qu'on aurait dit qu'un nid d'oiseaux était perché sur ma tête. Je finis cependant par avoir une allure acceptable dans une robe de velours bordeaux, le collier de rubis des Rannoch autour du cou. Lorsque le premier gong retentit, j'étais prête.

— Je descends dîner, maintenant, annonçai-je à Queenie. J'ignore où vous prendrez votre repas, mais l'un des domestiques vous donnera des indications.

Elle me décocha un regard nerveux, et j'eus de la peine pour elle.

— Je ne peux me présenter en retard pour ma première soirée ici, précisai-je. Tout ira bien, je vous assure. Contentez-vous d'aller à la cuisine.

Bien qu'elle eût l'air de vouloir me suivre, je la laissai seule et trouvai, non sans mal, la grande galerie où les invités étaient censés se réunir avant le dîner. Aux murs étaient accrochées d'autres bannières et les têtes de divers animaux, dont des sangliers et des ours, mais la salle avait un aspect joyeux et festif grâce aux lustres de cristal qui étincelaient de centaines de bougies. Les convives assemblés portaient abondance de galons, de médailles et de diamants, ce qui me rappela l'atmosphère des fastueuses opérettes viennoises. Comme toujours dans ce genre d'occasions, une bouffée d'angoisse m'assaillit, à laquelle se mêlait de l'inquiétude : et si je trébuchais sur un tapis, faisais tomber une statue ou renversais mon verre ? Je me demandais si je pouvais me joindre aux autres sans qu'on remarquât mon entrée quand un majordome annonça mon arrivée de vive voix ; plusieurs têtes se tournèrent pour me jauger. Un jeune homme s'écarta d'un groupe et vint à ma rencontre, la main tendue.

— Georgiana, c'est très aimable à vous d'être venue. J'ignore si vous vous souvenez de moi. Nous nous sommes rencontrés, enfants. Je suis Nicholas, le futur marié, et je crois que nous sommes cousins issus de germains, ou quelque chose comme cela.

Il parlait un anglais parfait, avec un accent typique des écoles privées ; grand, beau garçon, il avait les cheveux blond cendré et les yeux bleus si courants parmi les Saxe-Cobourg. J'éprouvai d'emblée un brin de sympathie pour lui à l'idée qu'il se retrouvait avec Matty la Maboule sur les bras. À dire vrai, cela ne m'aurait pas dérangée d'épouser ce prince-là – si j'avais été absolument forcée d'en épouser un.

— Enchantée, Votre Altesse, dis-je, exécutant une petite révérence tout en lui serrant la main. Je ne me rappelle pas vous avoir déjà croisé, je le crains.

— C'était lors d'une fête célébrant la fin de la Grande Guerre. Ma famille et moi l'avons passée en Angleterre, vous savez. Vous étiez une fillette maigrichonne à l'époque et, si j'ai bonne mémoire, nous avons fait un sort à une boîte de loukoums, vous et moi, cachés sous une table.

— Et j'ai été affreusement malade ensuite, répondis-je en riant. Oh, je m'en souviens, maintenant. Vous étiez sur le point d'être envoyé en pensionnat. Je vous enviais, car j'étais coincée à la maison avec une gouvernante.

Un autre détail me revint en tête.

— Et vous avez fréquenté la même école que Darcy O'Mara, n'est-ce pas ? Il m'a dit que vous étiez un excellent joueur de rugby.

— Vous connaissez donc Darcy ? Un arrière sacrément doué, de son côté. Très rapide. Alors, vous plaisez-vous dans ce château ? demanda-t-il avec un grand sourire espiègle. Délicieusement gothique, vous ne trouvez pas ? Maria a insisté pour que le mariage y soit célébré.

— C'est une tradition chez les siens, je présume.

— Dans la famille qui occupait cette demeure à l'origine, peut-être – famille à laquelle appartenait Vlad l'Empaleur[1], dont on dit qu'il fut Dracula, me semble-t-il. Mais cela ne fait pas si longtemps que la famille de Maria règne sur le pays. Non, je crois qu'elle conserve d'agréables souvenirs d'étés passés à Bran quand elle était enfant, et elle est d'un naturel romantique – voilà pourquoi elle tient à se marier dans un château de conte de fées, précisa-t-il avant de se pencher vers moi. Entre nous, j'aurais préféré que cela se déroule dans un endroit plus confortable et d'accès plus facile.

— Oui, c'est une demeure assez… gothique, ainsi que vous l'avez qualifiée, acquiesçai-je.

Nous fûmes interrompus par un homme corpulent qui apparut sans prévenir près de nous.

---

1. Vlad Ţepeş (1428/31-1476/77), prince de Valachie réputé pour sa cruauté, inspira à Bram Stoker son célèbre roman *Dracula* (1897). *(N.d.T.)*

— Qui est cette charmante créature, Nicholas ? Faites les présentations, je vous prie, dit l'individu avec un accent étranger prononcé.

Pâle et blond, il avait les traits réguliers d'un Slave, et son uniforme était si chargé de médailles, de ceintures, de décorations et de galons qu'il ressemblait presque à une caricature de général dans un opéra-comique de Gilbert et Sullivan[1]. Je remarquai également qu'il avait appelé le prince par son prénom.

J'entrevis une brève pointe d'agacement sur le visage de Nicholas.

— Oh, Pirin, vous voilà. Bien sûr. Voici ma très chère parente britannique. Lady Georgiana, puis-je vous présenter le maréchal Pirin, chef des forces armées bulgares et conseiller personnel de Sa Majesté le roi, mon père ?

— Maréchal, enchantée, dis-je en inclinant gracieusement la tête tandis que nous échangions une poignée de mains – la sienne, épaisse et moite, retint la mienne un peu trop longtemps.

— Vous vivez donc en Angleterre, lady Georgiana, commenta-t-il. Comment se porte le bon vieux roi George ? Un type merveilleux, n'est-ce pas ? Mais plutôt ennuyeux. Il ne boit presque jamais.

— Il allait bien la dernière fois que je l'ai vu, répondis-je d'un ton glacial, n'appréciant guère sa prétendue familiarité avec mon cousin royal. Même si vous avez probablement appris que sa santé n'était pas des meilleures, ces temps-ci.

— Oui, je suis au courant. Quant au prince de Galles… le croyez-vous prêt à succéder à son père ? Sera-t-il à la hauteur de la tâche lorsque son paternel

1. Entre 1871 et 1896, le librettiste William S. Gilbert (1836-1911) et le compositeur Arthur Sullivan (1842-1900) créèrent ensemble plusieurs opéras-comiques qui remportèrent un grand succès dans l'Angleterre victorienne et dans le monde entier. *(N.d.T.)*

passera l'arme à gauche, ou continuera-t-il à jouer au don Juan ?

Je répugnais à parler de ma famille avec un parfait inconnu qui, de surcroît, n'appartenait même pas à la royauté.

— Je suis certaine qu'il s'en sortira à merveille le moment venu, affirmai-je.

Le maréchal posa sa grosse main sur mon bras nu et le serra.

— Cette fille me plaît, dit-il à Nicholas. Elle est pleine d'ardeur. Elle s'assoira à côté de moi afin que nous fassions plus ample connaissance pendant le dîner.

Il m'adressa alors un regard qu'on aurait pu qualifier de concupiscent.

— Ma fiancée tient à ce que lady Georgiana soit près d'elle ce soir, répliqua Nicholas. Ce sont des amies très proches, comprenez-vous, et elles voudront en profiter pour bavarder. Justement, avez-vous eu l'occasion de saluer Maria Theresa, Georgiana ? Je sais qu'elle brûle de vous revoir. Allons la chercher ensemble.

Il me prit par le bras et m'entraîna à l'écart.

— Un individu détestable, chuchota-t-il dès que nous fûmes hors de portée d'oreille. Nous devons toutefois procéder avec circonspection en Bulgarie, surtout par les temps qui courent. Pirin est originaire de Macédoine, notre province du sud-ouest, où un mouvement séparatiste très influent souhaite obtenir l'autonomie – sans compter que la Yougoslavie veut annexer la partie de la Macédoine qui nous appartient. La situation est donc délicate, voyez-vous. Tant que Pirin y tiendra les rênes du pouvoir, les Macédoniens nous resteront loyaux. En revanche, s'il s'en va, ils essayeront de devenir indépendants. Ce sera la guerre civile. La Yougoslavie prendra sans nul doute le parti des séparatistes, et c'est un autre conflit régional, sinon mondial, qui nous attendra. Alors n'hésitez pas à flatter Pirin tout en évitant de le contrarier. Même si c'est un rustre. Et dangereux, avec ça.

— Je vois, acquiesçai-je.

— C'est pour cette raison qu'une alliance avec la Roumanie est si importante, poursuivit-il. Il faut qu'elle soit dans notre camp si d'autres troubles éclatent dans les Balkans. Mais cessons d'aborder des sujets aussi lugubres ce soir. Nous allons festoyer et célébrer mon mariage à venir. Ah, voici ma charmante fiancée ! Maria, *Schätzlein*, voyez qui je vous amène.

Je suivis son regard sans apercevoir Matty. Seule une créature mince et élégante, dans une tenue manifestement parisienne, ses cheveux noirs coiffés avec chic et un porte-cigarettes d'ébène à la main, fendait la foule. Lorsqu'elle m'aperçut, son visage s'illumina.

— Georgie ! Tu es venue. C'est merveilleux. Je suis si heureuse de te voir.

Et elle s'approcha de moi, bras grands ouverts. Elle s'apprêtait à me serrer contre elle quand elle s'arrêta net et se mit à rire.

— Quelle tête tu fais, ma chérie. J'oublie sans cesse que les gens qui ne m'ont pas revue depuis quelque temps ne me reconnaissent plus. C'est moi, Matty, ton ancienne camarade.

— C'est incroyable, fis-je. Matty, tu es superbe.

— Oui, en effet, répondit-elle avec satisfaction. Tout ce temps passé en Forêt-Noire m'a été profitable.

— Comment ça, en Forêt-Noire ?

— On m'a envoyée faire une cure dans une station thermale, chérie. Trois mois de torture absolue, à boire du jus de carotte, à prendre des bains froids, à courir à travers les bois à l'aube et à faire de la gymnastique suédoise. Mais voici le résultat. J'ai perdu trente kilos, comme par miracle. J'ai ensuite séjourné un an à Paris pour développer un certain raffinement. Et *voilà**. Une nouvelle moi.

Je n'arrivais toujours pas à détacher mon regard.

— Elle est d'une beauté à couper le souffle, n'est-ce pas ? dit Nicholas. J'ai une chance incroyable.

Il passa le bras autour d'elle, et je crus déceler une seconde d'hésitation de la part de Matty avant qu'elle ne lève les yeux vers lui en souriant.

— Vous formez un couple magnifique, affirmai-je. Félicitations.

— Et nous allons tellement nous amuser en essayant nos robes, reprit la princesse. J'ai fait venir une petite Parisienne merveilleuse, tu sais. J'adore les tenues exquises. Nicky m'a promis que nous pourrions vivre à Paris une partie de l'année, ce qui me rend très heureuse. Te rappelles-tu cet uniforme affreux que nous étions obligées de porter à l'école ? Ce sera comme au bon vieux temps, avec mes chères camarades de classe.

— Tu as donc convié d'autres amies qui étaient aux Oiseaux avec nous ?

— Oui. Et tu ne devineras jamais. Notre vieille copine Belinda Warburton-Stoke est ici.

— Belinda ? Ici ? Tu l'as invitée à ton mariage ?

J'étais vraiment furieuse. Je l'avais vue moins d'une semaine plus tôt, et elle ne m'en avait pas touché mot.

— Pas tout à fait. Il s'est passé quelque chose d'extraordinaire. Elle était en voyage dans la région quand son automobile est tombée en panne, juste devant les grilles du château. Elle ignorait tout des occupants des lieux et de la cérémonie à venir. Une coïncidence incroyable, n'est-ce pas ?

— Oui, incroyable, acquiesçai-je sèchement. Tu lui as donc proposé de rester pour le mariage ?

— Je ne pouvais tout de même pas la mettre dehors, ma chérie. En outre, je savais que tu serais aux anges en apprenant qu'elle était des nôtres. On s'amusait tellement avec Belinda, pas vrai ? Et la plupart des autres invités sont terriblement rasants et convenables. Ah, la voilà.

Je suivis le regard de Matty vers le coin le plus sombre de la salle. Je distinguai mon amie de dos, vêtue de l'élégante robe bleu paon et vert émeraude qu'elle avait elle-même créée. La tête penchée sur le côté, elle écoutait parler un beau garçon blond. Il lui souriait avec l'attention captivée que la plupart des hommes affichent en présence de Belinda.

— Qui est ce jeune homme ? demandai-je.

— Anton, le frère cadet de Nicholas. Belinda ne devrait pas jeter son dévolu sur lui. Il sera obligé d'épouser un membre de la royauté et de servir sa famille, comme nous tous, déclara-t-elle avant de laisser échapper un rire crispé.

Le gong annonçant le dîner retentit.

— Ce soir, tu seras assise près de moi, m'apprit Matty. Je veux savoir tout ce que tu as pu faire depuis notre dernière rencontre. Il te faut cependant un cavalier pour te rendre dans la salle des banquets. Étant donné qu'Anton est visiblement occupé, il faudra te contenter de mon frère.

Elle me prit par la main et m'entraîna à travers la foule.

— Siegfried, tu connais Georgiana, il me semble ?

Je savais que Face de Poisson appartenait à la Maison royale de Roumanie, mais jamais je n'avais fait le lien avec Matty. Comment avais-je pu être aussi bête ?

Il me dévisagea d'un œil méfiant.

— Ah, lady Georgiana. Je constate avec soulagement que vous êtes de nouveau habillée.

— Que veut-il dire, Georgie ? s'enquit sa sœur avec le grand sourire qu'elle adoptait déjà au pensionnat quand elle entendait des paroles qui n'étaient pas destinées à ses oreilles.

— Tout à l'heure, j'ai oublié d'emporter une serviette à la salle de bains, et le prince m'a aperçue seulement vêtue d'une chemise de nuit mouillée, j'en ai bien peur.

— Quel veinard, ce Siegfried. Espérons que cela lui donnera des idées, ajouta-t-elle, malicieuse. Il ne semble pas s'intéresser aux filles, malgré tous nos efforts. Papa est au désespoir.

— Je lui ai dit que je ferai mon devoir et que je me marierai, rétorqua son frère. À dire vrai, j'ai même tenté de trouver une épouse convenable, un peu plus tôt cette année. Changeons de sujet, à présent, je vous prie.

— Arrête d'être aussi guindé et casse-pieds, Siegfried, et apprends donc à t'amuser, le réprimanda Matty. Tiens, tu escorteras Georgie à la salle à manger, conclut-elle en glissant de force mon bras sous celui de son frère.

À cet instant, le comte Dragomir s'approcha.

— Le dîner est servi, Vos Altesses Royales, dit-il à Matty et à Nicholas, qui nous avait rejoints. Puis-je vous rappeler qu'il vous faut prendre place dans la procession pour vous rendre à la salle des banquets ? Vous serez bien entendu en tête, prince Nicholas, puisque ni notre monarque ni votre père ne sont présents. Puis-je aussi suggérer à lady Georgiana de se faire accompagner par Son Altesse le prince Anton ?

— Je crois qu'il est déjà pris, répondis-je en indiquant Belinda.

Le comte Dragomir parut scandalisé.

— Mais c'est une roturière. Nous ne pouvons l'autoriser. Vos Altesses devraient intervenir sur-le-champ.

— Oh, ne soyez pas aussi collet monté, Dragomir, le tança Matty. Franchement, il s'agit d'un dîner sans cérémonie. Mes parents ne sont pas là, alors cessez de faire des chichis.

— À votre guise, Votre Altesse, dit le comte, s'inclinant bien bas avant de s'éloigner en marmonnant.

Matty secoua la tête.

— Qu'est-ce qu'il est barbant ! déclara-t-elle.

Alors que Siegfried et moi nous dirigions vers la salle des banquets, un autre couple essaya de nous couper la route. C'était Belinda au bras du prince Anton.

— La situation est plutôt délicate, constata ce dernier en adressant un grand sourire à mon cavalier. Qui est censé avoir la préséance ? Deux princes cadets, aucun n'étant l'héritier d'un trône, et chacun escortant une jolie fille.

— Je devrais l'emporter, cette fois, puisque ma jolie cavalière est de sang royal, contrairement à la vôtre, déclara Siegfried. De surcroît, ce château appartient à ma famille. Mais les bonnes manières exigent que je vous cède la place, de toute façon.

Belinda nous joua alors une scène digne du talent de ma mère comédienne.

— Georgie, c'est toi ! Quelle agréable surprise, roucoula-t-elle. Tu es donc arrivée ici saine et sauve. Tu m'en vois si heureuse. J'ai fait un voyage atroce, pour ma part. Es-tu au courant ? Si je n'étais pas tombée sur ce château, j'aurais été fichue.

— L'un des essieux de l'auto de cette pauvre Belinda s'est brisé, et elle a dû parcourir des kilomètres à pied dans la neige, expliqua Anton en la contemplant avec adoration. Une chance que nous ayons été là. Le château est inoccupé la majeure partie de l'année.

— Belinda a souvent de la chance, affirmai-je.

J'avais encore bien du mal à lui pardonner sa supercherie, même si j'admirais son audace.

Nous entrâmes dans la salle des banquets, haute de plafond ; des arcades surmontées de fenêtres à petits carreaux la longeaient de part et d'autre. Une table couverte d'une nappe blanche s'étendait sur toute la longueur – impressionnante – de la pièce, et pouvait accueillir une centaine de convives au moins. Des valets de pied en livrée noir et argenté se tenaient au garde-à-vous derrière les chaises dorées. Tout me parut fort majestueux. Mon cavalier me conduisit en bout de table, où je me retrouvai assise face à Matty.

— Vos parents sont donc absents ? demandai-je à Siegfried après avoir pris conscience qu'on nous avait octroyé les places d'honneur, d'ordinaire réservées aux souverains.

— Il est prévu qu'ils arrivent demain, tout comme ceux de Nicholas et les autres membres des deux familles royales. Nous avons été envoyés en éclaireurs, pour ainsi dire, voilà pourquoi tout se passe de manière plutôt informelle.

Il lança un regard de dégoût en direction du maréchal Pirin, qui se frayait un chemin parmi les autres convives afin de trouver un siège proche des nôtres. Nicholas s'en aperçut également et s'empressa de le devancer.

— Je suggère que mon parrain s'installe près de vous ce soir, Georgiana. Son anglais n'est hélas pas brillant, mais il m'a dit vous avoir déjà croisée.

Il se tourna alors pour faire signe à quelqu'un d'approcher. Je découvris que le parrain en question n'était autre que Max von Strohheim, la dernière conquête en date de ma mère.

— Georgiana, vous vous rappelez Herr von Strohheim, je suppose ? reprit Nicholas avec décontraction. Connaissez-vous également sa charmante compagne ?

Je croisai les yeux de l'intéressée, d'un bleu étonnant, tirant sur le violet, de l'autre côté de la table.

— Oui, je la connais bien, répliquai-je.

13.

Plus tard ce même soir.

Ce ne fut pas un dîner des plus agréables. La conversation avec Max était extrêmement limitée, et ma mère était manifestement fâchée de retrouver ici sa fille, preuve vivante qu'elle avait plus de trente ans.

— J'ignorais que tu étais invitée à cette nouba, siffla-t-elle. Tu aurais pu me prévenir.

— Je ne le savais pas moi-même il y a une semaine. La reine m'a demandé de représenter la famille.

Elle écarquilla davantage encore ses yeux, lesquels avaient séduit les publics de milliers de théâtres.

— Pour quelle raison saugrenue ?

— Et si tu me disais plutôt : « Je suis si heureuse de te revoir, ma chérie » ? suggérai-je.

— Mais oui, je le suis, évidemment, bien que tu aies vraiment besoin d'un bon coiffeur. J'ai été stupéfaite de te découvrir ici, je l'avoue. Je pensais que Leurs Majestés auraient envoyé leur fille, la princesse royale, pour assister à ce mariage.

— La future mariée tenait absolument à ce que je sois là. Nous étions ensemble aux Oiseaux.

— Ah. Il est sorti au moins une chose utile de cette école, dit-elle avant de se pencher vers moi et de baisser la voix. C'est une occasion en or pour toi, tu sais. Il y a des tas de beaux partis, avec tous ces princes et comtes.

— Il y en a trop à mon goût, répliquai-je en lançant un regard à Siegfried, qui bavardait en allemand avec Max.

— Il faut que tu prennes ta vie en main, ma chérie. Tu as cruellement besoin d'une bonne garde-robe, et le seul moyen d'y parvenir, c'est de te dénicher un homme riche.

— Il arrive que certaines mères offrent des vêtements à leurs filles, rétorquai-je sèchement. Mais vu que ce n'est pas mon cas, j'aimerais trouver un emploi. Il semble cependant qu'il n'y en ait pas pour quelqu'un comme moi.

— Les jeunes femmes de ta condition ne sont pas censées travailler, déclara-t-elle avec répugnance, omettant de relever ma remarque précédente.

— Tu as travaillé pendant des années avant de rencontrer papa, lui rappelai-je.

— Ah, mais j'étais comédienne, et j'étais douée. Il n'y a aucun mal à exploiter ses talents – encore faut-il en avoir.

Je fus contente que Matty nous interrompe pour réclamer mon attention et régaler les autres convives avec des récits de nos frasques, à l'époque où nous étions en pension – ces histoires étaient bien différentes dans mon souvenir, et Matty occupait à présent le devant de la scène dans chacune d'elles. Mais je souris et opinai du chef, tout en espérant que le dîner s'achèverait au plus vite. Il s'éternisa, naturellement. En mets principal, on nous servit du chevreuil, et je me retrouvai avec un jarret : un petit morceau si tendre et délicat que la pensée de faons bondissant à travers la forêt accapara mon esprit. Il était également à peine cuit, de sorte que du sang gicla dans mon assiette quand j'y enfonçai mon couteau.

Tandis que je poussais la viande de-ci de-là du bout de ma fourchette et feignais d'en manger un peu – tout en réfléchissant à un moyen de la jeter sous la table à l'insu des autres –, je songeai à la silhouette aperçue le long du mur, un souvenir que j'avais jusqu'alors enfoui au fond de moi. L'envie d'interroger Matty à ce sujet ne me manquait pas, mais je me voyais mal demander, au cours d'un banquet et en présence de membres de la royauté : « Au fait, sais-tu que des créatures s'amusent à grimper aux murailles de ton château ? »

— J'ai entendu parler de récits de vampires associés à cette demeure, me contentai-je de lui dire.

— Des vampires ? s'étonna-t-elle avant de rire aux éclats. Oh oui, c'est la vérité. La moitié des nôtres sont des morts-vivants, n'est-ce pas, Siegfried ?

Celui-ci fronça les sourcils.

— Vu que notre famille vient d'Allemagne, cela me paraît extrêmement improbable. De nombreuses légendes ont toutefois le château de Bran pour décor, poursuivit-il du ton guindé qui était le sien. Il aurait été bâti par Vlad l'Empaleur, que ses sujets considéraient comme un pactisant du diable, et il se dit que la légende de Dracula tire ses origines de cet endroit. Les paysans des environs sont très superstitieux. Chacun d'eux vous racontera qu'un de ses parents au moins a été mordu par un vampire ou a croisé un loup-garou. Ils ne s'aventurent pas au-dehors après la tombée de la nuit, et ils affirment que ceux qui s'y risquent sont de connivence avec les morts-vivants.

— Cela explique pourquoi certains se sont signés quand nous avons fait halte devant une auberge, au sommet du col, répondis-je.

— Des gens primitifs et illettrés, déclara Siegfried. Maria aurait dû donner l'exemple en organisant un mariage moderne dans la capitale, mais elle a refusé d'en entendre parler. Elle a toujours été une incorrigible romantique.

Pour ma part, je n'aurais pas associé ce château à cette épithète ; je me risquai toutefois à demander :

— Et arrive-t-il à certains de ces morts-vivants de grimper aux murailles du château ?

— Aux murailles ? s'exclama Matty avec brusquerie. J'espère bien que non. Je dors la fenêtre ouverte.

Siegfried partit d'un rire sans joie.

— Je crois plutôt que les vampires sont réputés pour descendre le long des murs, la tête vers le bas, précisa-t-il. Mais ne vous en faites pas, vous serez en sécurité ici – autant que dans votre propre château écossais, qui abrite lui aussi son lot de fantômes et de monstres.

Après quoi il se tourna de nouveau vers Max, et j'observai ma mère. Elle était d'humeur maussade, n'ayant personne à charmer autour d'elle. Toutefois, après l'avoir vue regarder à plusieurs reprises du côté d'Anton, j'en conclus que ce dernier l'intéressait. Ma mère et Belinda allaient-elles devenir des rivales ? Cela pourrait se révéler assez divertissant. Naturellement, maman était moins libre de ses mouvements avec Max dans son sillage. Mais avoir un mari n'avait pas arrêté Mme Simpson, me dis-je. Chose amusante, le maréchal Pirin crut apparemment que ma mère cherchait à attirer son attention, car il leva son verre dans sa direction en la lorgnant d'un air séducteur. Maman frissonna.

— Qui est cet homme affreux ? Il ressemble à un baron malfaisant tout droit sorti d'une pantomime.

— C'est le chef de l'armée bulgare, répondis-je.

— La famille royale a donc invité un soldat à ce mariage ? C'est terriblement démocratique de leur part.

— Je crois qu'il est très influent et qu'il vaut mieux ne pas le contrarier.

— Je n'ai cependant pas l'intention de l'encourager, déclara ma mère. Il ne cesse de me déshabiller du regard.

— Qui souhaite vous déshabiller ? s'enquit Max, soudain curieux.

— Personne, chéri, à part vous, se hâta de répondre maman.

Elle attendit qu'il ait repris sa conversation avec Siegfried pour poursuivre :

— Il a fait un peu trop de progrès dans notre langue dernièrement. Je préférais quand il ne comprenait que ce qui m'arrangeait.

Manger du chevreuil ne heurtait vraisemblablement pas la sensibilité du maréchal Pirin, qui tenait un jarret dans une main et brandissait un verre de vin dans l'autre, mordant et buvant tour à tour. J'étais navrée pour Nicholas et Anton, qui devaient souvent le tolérer à leur table.

Le dîner toucha enfin à son terme, et les dames furent conduites jusqu'au salon tandis que les messieurs se régalaient de schnaps et fumaient des cigares. Lady Middlesex m'arrêta au passage. Elle portait une effroyable robe noire surmontée d'une coiffe qui avait tout d'un casque, destinée sans nul doute à inspirer crainte et respect parmi les habitants des colonies où elle séjournait. Elle me fit l'effet d'être presque assortie aux armures que j'avais croisées dans les couloirs.

— Ah, vous voilà. Vous êtes donc bien installée ? Parfait, parfait. Nous repartons demain matin. La princesse a l'amabilité de nous fournir une automobile.

— Mlle Bickett ne se sent-elle pas bien ? m'enquis-je, ne la voyant pas parmi les autres dames.

— Elle se porte comme un charme, à ma connaissance, si l'on exclut le fait que passer la nuit ici la rend nerveuse. J'ai demandé à ce qu'on lui porte un plateau-repas. Je ne pouvais l'autoriser à se joindre à une aussi brillante assemblée. Ce n'est qu'une dame de compagnie après tout.

Matty s'avança vers moi, bras dessus bras dessous avec Belinda.

— Nous voici donc réunies, n'est-ce pas charmant ? dit-elle. Je vois que tu as déjà fait une belle conquête,

Belinda. Anton n'a pu détacher les yeux de toi de tout le dîner.

— Faire des conquêtes est son hobby, déclarai-je. Elle a laissé dans son sillage de nombreux cœurs brisés à travers l'Europe.

— J'espère bien que non. S'amuser est une chose, mais briser des cœurs en est une autre. Pourvu que je ne brise aucun autre cœur de toute ma vie, murmura-t-elle alors, comme pour elle-même.

Lorsque nous entrâmes dans le salon, je vis un groupe de femmes d'âge moyen, couvertes de bijoux et de fourrures, qui nous examinaient d'un œil critique – ou, plus précisément, c'était moi qu'elles paraissaient étudier. Elles me firent signe d'approcher.

— Vous êtes lady Georgiana d'Angleterre ? demanda l'une d'elles.

— Oui, c'est exact.

— Parente du roi ?

— Oui, mon père était son cousin.

Cette dame observa ses compagnes et opina du chef.

— C'est bon. Roi anglais est très puissant.

— Vous connaissez le prince de Galles ? dit alors une autre – vêtue à la toute dernière mode, elle avait des lèvres d'un rouge brillant et des cheveux impeccablement ondulés à la Marcel[1].

— Oui, je le vois souvent.

— Il paraît qu'il a une nouvelle maîtresse ? Une Américaine ? Une roturière ?

— Hélas, oui.

Il aurait été inutile de le nier, puisque la rumeur avait déjà gagné la Roumanie.

— Comment est-elle, cette femme ? insista mon interrogatrice. Elle est belle ?

1. Référence au coiffeur français Marcel Grateau (1852-1936), inventeur des ondulations en vogue dans les années 1920 et 1930. *(N.d.T.)*

— En fait, non. Elle a des traits plutôt masculins et une silhouette anguleuse.

— Vous voyez, déclara la dame, triomphante, en se tournant vers ses amies. Qu'est-ce que je vous ai dit ? Il préfère les garçons, en secret. Il ne se mariera jamais et ne fera pas un bon roi, celui-là.

— Oh, je suis certaine qu'il s'acquittera de son devoir le moment venu, assurai-je.

— Le moment venu ? Ma chère, il aura bientôt quarante ans ! Il aurait dû faire son devoir il y a vingt ans. Il lui avait été suggéré que je pourrais être un bon parti. Hélas, il ne m'a montré aucun intérêt. À la place, j'ai heureusement épousé un comte – qui continue d'ailleurs de me satisfaire au lit, ce dont le pauvre David n'aurait jamais été capable, j'en suis sûre.

Ses compagnes s'esclaffèrent.

— Il paraît que les Anglais sont austères, non ? me demanda une autre. Ils ne peuvent éprouver de passion car ils sont envoyés trop tôt dans des écoles privées. Vous feriez bien de vous trouver un mari sur le continent, ma chère. Vous connaîtrez plus d'ardeur et de passion.

— Ils ne sont pas tous ainsi, Sophia, dit celle qui était comtesse en lui lançant un coup d'œil entendu dont la signification m'échappa. Et puis la lady anglaise ne veut peut-être pas d'ardeur ou de passion. Elle se contentera sans doute d'un bon camarade.

Elles se mirent à rire sans que je comprenne pourquoi, et je regardai alentour, soudain mal à l'aise. J'avais de nouveau la sensation d'être observée, comme dans la gare. Plusieurs arcades longeaient l'un des murs de la pièce, et le couloir qui se déployait au-delà était plongé dans l'obscurité. Je crus distinguer une silhouette qui se tenait en retrait des espaces voûtés – mais ça aurait pu être une sculpture dans la pierre ou une armure.

À cet instant, les messieurs nous rejoignirent. Nicholas se dirigea aussitôt vers Matty et moi. Anton fila droit sur Belinda, et le maréchal Pirin sur ma mère – ce qui incita cette dernière à prétexter un mal de tête et à prendre congé.

— N'avez-vous pas dit que ce château possédait des oubliettes ? demanda Anton à Matty. Nous devrions y jeter Pirin. Ce type exagère vraiment. Avez-vous vu de quelle manière il s'est comporté pendant le dîner ? Quel rustre !

— J'aimerais suivre ta suggestion, crois-moi, répondit Nicholas, mais tu sais qu'il ne faut pas le contrarier. À moins que tu ne souhaites une guerre civile, ou pire encore. Et père compte sur lui.

— Beaucoup trop, répliqua Anton. Il a attrapé la grosse tête. À mon avis, cet individu est dangereux. Il se sert de nous pour parvenir à ses fins, Nicky. Il se voit déjà en dictateur, comme un autre Mussolini.

— Toi tu n'as pas à t'en inquiéter, répondit son frère. Tu peux retourner à ton agréable vie parisienne. Moi en revanche, il me faudra sans doute avoir affaire à lui quand je monterai sur le trône.

— Me voici remis à ma place de séducteur oisif et inutile. Je ne suis bon qu'à escorter de belles femmes, dit Anton en prenant le bras de Belinda.

— Je n'ai pas demandé à naître le premier, déclara Nicholas. Je ne tiens pas particulièrement à devenir roi, pas davantage que David, notre cousin d'Angleterre, j'imagine, précisa-t-il en me regardant.

— Je pense que la plupart des hommes ne tiennent pas à régner, dis-je.

— Il est à espérer que notre père a encore de nombreuses années devant lui, évidemment, ajouta Nicholas.

Nous nous tournâmes vers Pirin, qui riait bruyamment.

— Elle est bien bonne ! s'exclama-t-il en se claquant la cuisse.

Il conversait avec le comte Dragomir, qui ne souriait pourtant pas – à dire vrai, le régisseur paraissait même souffrant.

— Je monte me coucher, déclara lady Middlesex en apparaissant près de moi. La journée a été longue et épuisante et, demain, il nous faut de nouveau affronter ce col de montagne. La pauvre Bickett est déjà un vrai paquet de nerfs. Et vous, lady Georgiana, il semblerait que vous ayez besoin d'une bonne nuit de sommeil, affirma-t-elle en me dévisageant avec sévérité. Venez donc.

Elle s'empara fermement de mon bras. Plutôt que de protester, je pris congé de mes hôtes et laissai mon chaperon me conduire à l'étage. En pénétrant dans ma chambre, je trouvai quelqu'un dans mon lit. L'espace d'un instant horrible, je crus que je m'étais encore une fois trompée de porte et qu'il s'agissait de la chambre de Siegfried. Je sortis sur la pointe des pieds et jetai un coup d'œil dans le couloir. Non, pas d'erreur, j'étais dans la bonne pièce. Je revins sur mes pas et m'approchai du lit. J'y découvris Queenie, endormie. Je la réveillai.

— Désolée, mam'zelle, j'ai dû m'assoupir. Il faisait si froid là-dedans que j'me suis glissée sous les couvertures.

— Avez-vous dîné ?

— J'ai pas osé sortir de cette pièce, vu que je savais pas vraiment où aller.

— Oh, mon Dieu ! Voyons si l'un des domestiques peut vous emmener à la cuisine et vous trouver quelque chose à manger.

— Non, ça ira, mam'zelle, merci beaucoup. Je préfère aller me coucher, je crois. J'ai pas trop envie de goûter à la nourriture étrangère pour le moment. Ça fait déjà beaucoup pour une journée.

Je la considérai avec bienveillance ; consciente que j'étais moi-même épuisée, je tâchai de me mettre à la place de cette fille, transportée jusqu'ici depuis une ruelle des quartiers pauvres de Londres.

— Bonne idée, Queenie. Aidez-moi d'abord à m'extirper de cette robe, puis rangez-la. Vous partirez à la recherche de la cuisine demain matin, afin de pouvoir m'apporter une tasse de thé à mon réveil.

Une fois qu'elle fut sortie, je me mis au lit, en attendant cependant un moment avant d'éteindre la lampe de chevet. Je m'étais toujours considérée comme la plus audacieuse de ma famille. Petite, j'avais permis à mon frère et à ses camarades d'école de me faire descendre dans le puits du château de Rannoch, et j'avais aussi passé une nuit entière sur les remparts pour voir si le fantôme de mon grand-père y jouait effectivement de la cornemuse. Mais la situation était différente. J'éprouvais un profond malaise dans ce lieu. Je regrettais de ne pas avoir de nourrice endormie dans la pièce voisine. Je finis par me pelotonner comme un chat et tâchai de trouver le sommeil.

J'étais sur le point de m'assoupir quand j'entendis un bruit des plus ténus – comme un léger cliquetis. J'ouvris aussitôt les yeux, soudain complètement réveillée. Même s'il régnait un noir total au fond de ma chambre, j'étais convaincue, sans savoir comment, que quelqu'un y avait pénétré. Les tentures de mon lit à baldaquin m'empêchaient de voir bien loin. Je me penchai un peu avant de brusquement reculer la tête. Le feu était presque éteint dans la cheminée. Cependant, à la lueur des braises, je distinguai une silhouette sombre qui s'approchait. Elle s'immobilisa enfin devant mon lit. J'ouvris la bouche, mais j'étais trop terrifiée pour hurler ou pour bouger. Je vis alors son visage. Il ressemblait à s'y méprendre au portrait du jeune homme accroché au mur.

Il se pencha de plus en plus près, puis murmura quelques mots dans une langue que je ne comprenais pas. Il souriait, ses dents réfléchissant la lueur du feu mourant. Tout ce que Belinda avait raconté des vampires mordant le cou de leurs victimes et de l'extase que celles-ci ressentaient me revint subitement en mémoire. Lorsque j'étais à Londres et en plein jour, en sécurité, j'avais ri de concert avec elle. Mais le visage à présent au-dessus de moi était trop réel, et j'avais la nette impression que ses canines allaient s'enfoncer dans mon cou d'une seconde à l'autre. En dépit de ma peur extrême, une chose était certaine : je ne me transformerais pas en morte-vivante, il en était hors de question.

Je me redressai brusquement, et le jeune homme recula d'un bond.

— Comment avez-vous osé vous introduire dans ma chambre ? m'exclamai-je sur un ton qui aurait fait la fierté de mon arrière-grand-mère la reine Victoria.

L'inconnu laissa échapper un gémissement horrifié, lugubre. Puis il tourna les talons et disparut dans l'ombre.

14.

Une chambre du château de Bran. Dans l'obscurité. Mercredi 16 novembre 1932

Pendant un moment, je fus incapable de bouger. Mon cœur battait si vite que je respirais avec peine. La créature était-elle encore dans la pièce ? Comment repoussait-on un vampire ? J'essayai de me rappeler ce que j'avais lu dans *Dracula*. Il fallait une sorte d'herbe, ou une plante, me semblait-il. Du persil ? Non, c'était autre chose. De l'ail, crus-je me souvenir. Il y en avait eu avec le chevreuil, mais en avais-je mangé assez pour lui en souffler à la figure ? Je n'avais pas l'intention de chercher mon chemin jusqu'à la cuisine pour m'en procurer. Une autre idée me revint en mémoire : les crucifix étaient susceptibles d'effrayer ces créatures. Mais je n'en avais aucun sous la main. On pouvait aussi leur transpercer le cœur avec un pieu. Cependant, même si j'en avais eu un à ma disposition, je me voyais mal agir de la sorte.

Je pensai alors à un objet plus solide, comme l'un des grands chandeliers posés sur le manteau de la cheminée. Il était tout de même possible de tenir en respect un mort-vivant si on menaçait de lui assener un coup sur la tête, non ? Je me glissai discrètement hors de mon lit et me dirigeai vers la cheminée, où je m'emparai d'un chandelier. Puis je traversai la chambre avec prudence pour atteindre l'interrupteur. Je l'allumai et parcourus la pièce du regard. Personne. Il me fallut bien évidemment soulever un à un les nombreux rideaux. Alors que j'écartais l'un d'eux, je sursautai, le souffle coupé, en sentant une bourrasque d'air glacial en pleine figure ; je découvris qu'une des fenêtres était ouverte.

Je tâchai de la repousser, mais le loquet refusait de se fermer complètement. Siegfried dormait dans la chambre voisine, me souvins-je. Puis je m'imaginais de nouveau en chemise de nuit sur le pas de sa porte, en train de lui expliquer qu'un vampire avait cherché à me mordre dans le cou. Je devinais qu'il ne me croirait pas. Je remarquai alors, près de mon lit, un épais cordon de sonnette en tapisserie ; je fus à moitié tentée de tirer dessus afin de voir si un domestique apparaîtrait. Mais puisqu'il ne parlerait probablement pas ma langue et que je me serais sentie bête de lui raconter une histoire pareille, je me contentai de me recoucher, sans toutefois lâcher le chandelier. Au moins, j'étais à présent soulagée de savoir qu'il y avait un cordon de sonnette et que, si la créature revenait, je pourrais appeler à l'aide avant qu'elle ne plante ses canines dans ma chair.

À peine étendue, je me rappelai le coffre que je n'avais pas réussi à ouvrir complètement en fin de journée. Que renfermait-il ? Je n'arriverais jamais à fermer l'œil si je ne pouvais en avoir le cœur net. Je me levai et traversai lentement la pièce, sous le regard du jeune homme souriant du portrait. Je sursautai encore une fois en apercevant mon reflet dans le miroir de l'armoire, et je pris conscience que je n'avais pas vu celui de l'inconnu quand il s'était approché de mon lit. Un autre des traits distinctifs des vampires était qu'ils ne possédaient ni reflet ni ombre – du moins me semblait-il. J'en frémis d'effroi. Le couvercle était si lourd que je bataillai un moment avant de parvenir à le soulever. À mon immense soulagement, le coffre ne contenait que des habits, dont une cape noire. Détail intéressant, celle-ci était couverte de flocons de neige à moitié fondus. Et si mon intrus avait gravi le mur extérieur pour s'introduire dans ma chambre en passant par la fenêtre ? Mais, dans ce cas, pourquoi laisser sa cape dans le coffre ?

Je restai éveillée la majeure partie de la nuit, sans toutefois recevoir d'autres visites surnaturelles. Alors que l'aube pointait, je m'assoupis peu à peu ; au réveil, l'éclat particulier qui signale la présence de neige baignait la pièce. J'allai ouvrir la fenêtre. Elle avait dû tomber sans discontinuer durant toute la nuit, car les tourelles et les remparts étaient couronnés d'une couche épaisse. La route du col de montagne était d'une blancheur infinie. En Suisse, le paysage vallonné, constellé de prés et de chalets, aurait été charmant ; ici, en revanche, toute cette neige donnait aux rochers escarpés et à la forêt de pins un aspect plus lugubre encore, tout en créant en moi un sentiment d'isolement. J'avais l'impression d'être piégée à une autre époque, dans un monde lointain, périlleux.

Je consultai ma montre. Huit heures passées. Une tasse de thé aurait été bienvenue, mais Queenie n'avait pas encore donné signe de vie. Je finis par m'impatienter. Je dus m'habiller seule, puis trouvai mon chemin jusqu'à la salle à manger. Il n'y avait personne, à l'exception de Siegfried. À ma vue, il se leva et claqua des talons.

— Lady Georgiana, me salua-t-il. J'espère que vous avez bien dormi.

— Pas exactement.

— J'en suis navré. Si nous pouvons faire quoi que ce soit pour rendre votre séjour plus confortable, n'hésitez pas à en faire part à nos domestiques.

Je ne pouvais tout de même pas exiger qu'on poste un garde dans ma chambre contre les vampires. J'étais heureuse de ne pas avoir cédé à la panique et de ne pas m'être précipitée dans la chambre de Siegfried en pleine nuit. Il aurait fallu que je sois vraiment au désespoir pour me risquer à frapper une seconde fois à sa porte.

— Aujourd'hui, j'emmène les messieurs chasser, m'annonça-t-il. Nous trouverons peut-être un sanglier à traquer. Mais plus tard, j'espère que nous aurons l'occasion de nous revoir. J'aimerais discuter avec vous d'une affaire importante.

Sur ce, il se redressa, s'inclina brièvement devant moi, comme il en avait l'habitude, puis sortit de la salle. Oh, bon sang ! Pourvu qu'il n'abordât pas de nouveau le sujet de notre mariage. Comment exprimer poliment un nouveau refus et lui faire comprendre que je ne voudrais pas de lui même s'il était le dernier homme au monde ?

En entendant un bruit de voix dans le vestibule, je levai les yeux. Lady Middlesex et Mlle Bickett entrèrent, cette dernière agitant les bras en parlant avec animation. En m'apercevant, mon chaperon l'interrompit et s'adressa à moi.

— Nous voilà bien ! Je viens d'apprendre que la route du col était fermée. Il y aurait eu une avalanche ou quelque chose de ce genre. L'auto ne peut nous conduire à la gare. Nous devons rester ici, que cela nous plaise ou non.

— Je ne pense pas être capable d'affronter une autre nuit dans cet endroit, déclara la dame de compagnie. Avez-vous entendu les gémissements du vent, lady Georgiana ? Je suppose du moins que c'était le vent, car on aurait plutôt dit une âme tourmentée. Quelqu'un a aussi rôdé dans les couloirs aux premières heures du matin. Je n'arrivais pas à dormir et je suis sûre d'avoir distingué un bruit de pas. J'ai alors entrebâillé ma porte. Savez-vous ce que j'ai vu ? Une silhouette sombre qui s'éloignait dans le corridor.

— C'était un des domestiques, Bickett, affirma lady Middlesex d'un ton abrupt. Je vous l'ai déjà dit.

— Un domestique n'aurait pas cherché à se montrer aussi discret. Cet individu marchait à pas de loup, comme s'il s'efforçait de ne pas être aperçu. Il préparait un mauvais coup, j'en suis convaincue. Si du moins ce n'était pas un fantôme ou une autre créature surnaturelle.

— Franchement, Bickett, quelle imagination ! Elle vous attirera des ennuis, un de ces jours.

— Je sais ce que j'ai vu, lady M. Évidemment, dans un château de cette taille, toutes sortes de rendez-vous galants ont lieu pendant la nuit. Les étrangers ont un appétit immodéré pour les activités en chambre, c'est bien connu.

— Taisez-vous un peu, c'est répugnant, la tança lady Middlesex. Ah, voici la princesse, ajouta-t-elle en faisant une révérence à Matty, qui venait d'entrer. C'est si aimable à vous de nous autoriser à rester, Votre Altesse. Je vous en suis très reconnaissante.

— Nous n'avons pas d'autre choix, vu les circonstances, répliqua Matty avec franchise. Il n'y a aucune habitation à des kilomètres à la ronde et nous sommes complètement bloqués par la neige. Mais il y a tant de place à Bran que vous y êtes les bienvenues. Je dois dire que les intempéries gâchent quelque peu les festivités. Nos parents et leurs entourages, qui devaient arriver aujourd'hui, seront forcément retardés, maintenant, jusqu'à ce que les gens du coin aient réussi à dégager le col.

— Oh là là ! s'exclama Mlle Bickett. Pourvu que votre mariage puisse être célébré à temps.

— La cérémonie n'a pas lieu avant la semaine prochaine. Espérons que tout soit revenu à la normale, d'ici là.

— Je suppose que plusieurs représentants royaux sont attendus, poursuivit la dame de compagnie.

— Nous avons organisé un événement relativement modeste, et les invités seront surtout des parents, expliqua Matty. Après tout, nous sommes liés à la plupart des familles royales européennes. Nous sommes tous horriblement consanguins, je le crains. Rien d'étonnant à ce que nous soyons aussi toqués.

Elle s'esclaffa et, encore une fois, j'eus l'impression qu'elle jouait un rôle et se forçait à la gaieté.

— La grande occasion se tiendra en Bulgarie, après notre voyage de noces. Il y aura là des chefs d'État, une bénédiction officielle dans la cathédrale, on présentera aux sujets leur chère princesse... Et tout un tas d'autres choses assommantes.

— Il va falloir vous accoutumer à ces choses assommantes, ainsi que vous les qualifiez, une fois mariée à l'héritier du trône, déclara lady Middlesex. En tant qu'épouse d'un ambassadeur, je trouve certaines de mes obligations officielles fort pénibles, mais lorsqu'on connaît son devoir, on l'accomplit, n'est-ce pas ?

— Vous avez raison, je suppose, répondit Matty en m'adressant un grand sourire. La couturière parisienne commence les essayages ce matin, Georgie. J'ai hâte ! Nous serons dans le petit salon. Il y a de nombreux miroirs dans lesquels nous admirer.

Elle se tut, lança un coup d'œil vers la desserte chargée de charcuterie, de fromages, de fruits et de pain, puis détourna le regard.

— Hélas, je dois me contenter d'une tasse de café, si je veux entrer dans ma robe de mariée.

— Sornettes ! Il faut un petit déjeuner copieux pour bien commencer la journée, affirma lady Middlesex. Je m'oppose à cette mode ridicule des régimes. Et quelle idée de prendre une tasse de café ! Ce n'est pas ainsi que vous resterez en forme.

Tout en parlant ainsi, elle empilait des tranches sur son assiette avec entrain.

— Je constate qu'il n'y a ni œuf ni bacon, ajouta-t-elle dans un soupir. Pas un seul rognon en vue. Pas même un hareng fumé. C'est à se demander comment vous survivez, vous autres Européens, sans petit déjeuner chaud.

Je me servis à mon tour et m'attablai. Matty s'éloigna, une tasse de café à la main.

— J'ai appris que les messieurs prévoyaient d'aller chasser, reprit mon chaperon. Comment vont-ils avancer, avec toute cette neige ? C'est de la folie, si vous voulez mon avis. Mais au moins, cela leur permet de prendre le bon air. Du reste, la chasse est un passe-temps sain pour les jeunes hommes. Cela leur évite de s'appesantir sur leurs pulsions sexuelles. Nous pourrions peut-être emprunter des raquettes pour aller en promenade, qu'en dites-vous, Bickett ?

J'étais heureuse d'être exclue de ce projet. Je terminai mon repas aussi vite que possible, puis m'excusai. Sur le seuil, je tombai cependant sur Belinda.

— Quel plaisir de te voir, dis-je.

— Contrairement à hier soir, manifestement, rétorqua-t-elle en me dévisageant avec froideur. Tu m'as lancé des regards meurtriers tout le dîner, pour une raison qui m'échappe. Qu'ai-je donc fait pour te contrarier ? C'était presque comme si tu t'étais imaginée que j'avais passé la nuit avec Darcy – ce qui n'est pas le cas, sache-le.

— Je suis navrée. J'étais décontenancée. J'ai d'abord cru que tu avais été invitée au mariage et que tu ne me l'avais pas dit. Puis j'ai découvert de quelle manière tu t'étais introduite au château, et ton extrême duplicité m'a agacée.

— Mon extrême génie, ma chérie, je te prie ! Tu dois reconnaître que mon coup était fort réussi. Et tu as dit toi-même que nous nous amuserions comme des folles si nous partions ensemble à l'étranger. Par conséquent, quand tu as rejeté ma gentille offre d'être ta femme de chambre, j'ai décidé que je ne pouvais laisser filer pareille occasion de se divertir. J'ai donc fait mes bagages, pris le premier train pour la Roumanie, puis loué l'automobile la plus vieille et la plus délabrée que j'ai pu trouver à la gare, en sachant pertinemment qu'elle tomberait sans nul doute en panne. Ce qui est arrivé, exactement au bon endroit. J'ai ainsi pu me présenter au château, où j'ai feint la surprise et la joie en découvrant que Son Altesse Royale la princesse Maria Theresa y séjournait. « Mais nous sommes d'anciennes camarades d'école ! » me suis-je exclamée. On m'a évidemment accueillie à bras ouverts.

— Tu es aussi immorale que ma mère.

— Pas tout à fait, mais j'y travaille, répondit Belinda avec un large sourire. En dépit de mon ingénieux stratagème, j'ai eu une anicroche : je n'ai pas reconnu Matty. Quelle transformation incroyable, ma chérie, tu ne trouves pas ? Mais je suppose que c'est bien elle. Où tous ses kilos en trop ont-ils disparu ? Et son visage rondouillard ?

— Je sais, cela m'a fait le même effet quand je l'ai revue. Elle est très belle, n'est-ce pas ? Et son fiancé n'est pas mal non plus.

— Tout comme son frère, déclara mon amie avec un sourire comblé. Très satisfaisant à tous points de vue. Dommage qu'il soit prince. Je me serais bien jetée sur lui afin de le garder pour toujours. Mais il finira par être obligé d'épouser quelqu'un comme toi… J'ai une idée : tu n'as qu'à te marier avec lui, je resterai sa maîtresse et nous formerons un charmant ménage à trois.

— Belinda ! la réprimandai-je sans pouvoir m'empêcher de rire. Je suis disposée à partager un tas de choses avec toi, mais pas un époux. En outre, Anton n'est pas l'homme que j'ai en tête ; même s'il est le prince le plus désirable de tous ceux que j'ai rencontrés jusqu'à présent, je dois bien l'avouer.

— Il ne te conviendrait pas, ma chérie. Il est trop déluré. Hier soir, il m'a raconté certains de ses exploits, et j'en ai rougi, imagine un peu. Il n'a pas un brin de force morale. Raison pour laquelle nous sommes faits l'un pour l'autre.

— Si je comprends bien, tu n'as pas dormi dans ton lit la nuit dernière ?

— Ce n'est pas une question que l'on pose à une lady ! Enfin, chérie, qui dort dans son lit lors d'une bringue pareille ? Tout ce qu'on entend dans les couloirs, ce sont des jurons et des gémissements quand les gens se cognent les uns aux autres dans le noir tandis qu'ils passent d'une chambre à l'autre sur la pointe des pieds. C'est trop drôle, vraiment. Mais je devine que tu as dormi sur tes deux oreilles et que tu n'as pas été dérangée. Tu dois être à l'étage d'ordinaire réservé à la famille royale.

— Oui, je suis justement la voisine de Siegfried. À ce propos, j'ai à te parler. Quelqu'un s'est introduit dans ma chambre pendant la nuit.

— Pas Face de Poisson, tout de même ? s'exclama-t-elle. Je croyais pourtant qu'il était de l'autre bord.

— Oh, Seigneur, non ! C'était pire, d'une certaine manière. Je pense que c'était un vampire.

Belinda se mit à rire.

— Georgie, tu es tordante, parfois !

— Non, sérieusement, Belinda. Cet homme ressemblait exactement à l'inquiétant portrait accroché à mon mur. J'étais à moitié endormie et, quand je me suis réveillée, je l'ai vu qui se dirigeait sans bruit vers moi. Il s'est arrêté devant mon lit en marmonnant des paroles incompréhensibles, avant de se pencher avec un sourire sinistre et de dévoiler toutes ses dents.

— Ma pauvre chérie ! Et qu'as-tu fait ? s'enquit-elle en tirant sur le col de ma robe. T'a-t-il réellement mordue ? Qu'as-tu éprouvé ?

— Non, je ne lui en ai pas laissé l'occasion. Je me suis assise dans mon lit et lui ai demandé ce qu'il faisait là. Il a alors poussé une sorte de gémissement lugubre avant de disparaître.

— Tu veux dire qu'il s'est volatilisé ?

— Non, il s'est plus ou moins fondu dans l'obscurité. Mais quand j'ai allumé la lumière, il n'était plus là. De surcroît, il y a dans cette pièce un grand coffre, et j'y ai trouvé une cape encore humide, couverte de flocons. Comment l'expliquer ?

— Ma chérie, c'est terriblement palpitant. Si je n'avais des distractions autrement plus importantes, je me porterais volontaire pour dormir dans ta chambre la nuit prochaine. J'ai toujours rêvé de rencontrer un vampire.

— Tu me crois donc ?

— Je suis plus encline à penser que cet inconnu était un jeune comte, l'un des garçons d'honneur de Nicholas, par exemple, qui s'est trompé de chambre alors qu'il rendait visite à la dame de son choix. Cela peut facilement arriver, dans un endroit pareil.

— Tu as sans doute raison. J'irai observer les messieurs avant leur départ pour la chasse, peut-être le reconnaîtrai-je parmi eux. Il n'était en tout cas pas présent au dîner d'hier. Et il m'a paru… irréel, vois-tu.

Mon amie posa la main sur mon épaule.

— Georgie, quand j'ai parlé de vampires, je plaisantais. Tu ne crois pas vraiment à leur existence, j'espère ?

— Tu me connais, Belinda.

— Justement, et c'est bien ce qui m'inquiète. Jusqu'à maintenant, je t'ai toujours prise pour l'une des personnes les plus équilibrées au monde.

— Oui, je suis d'accord avec toi. Mais je n'ai pas inventé ce qui s'est passé ni l'extrême terreur que j'ai ressentie.

— Un cauchemar, peut-être ? Ce serait compréhensible, dans ce château. Tout n'y est-il pas délicieusement gothique ?

— Et que fais-tu de la cape mouillée que j'ai découverte ensuite ? Si tu aimes ce qui est gothique, tu devrais jeter un coup d'œil au coffre qui est dans ma chambre. Viens, je vais te le montrer.

— Si tu insistes, je te suis, ma chérie !

15.

Château de Bran
Quelque part en Transylvanie
Jeudi 17 novembre 1932

Une fois la porte de ma chambre ouverte, j'écartai le rideau. Belinda embrassa la pièce du regard, et ses yeux se posèrent aussitôt sur le portrait du jeune homme.

— Tiens donc. Il est pas mal, n'est-ce pas ? Et vois un peu cette chemise ouverte, très sexy. Je me demande à quelle époque il a vécu.

— Il est encore en vie, affirmai-je. C'est justement le problème, Belinda. Je te jure que c'est lui, mon vampire de la nuit dernière.

Un sourire malicieux flotta sur les lèvres de mon amie.

— Dans ce cas, je veux bien qu'on échange nos chambres. Cela ne me dérangerait pas d'être mordue par ce garçon.

Je la dévisageai, puis me rendis compte qu'elle plaisantait de nouveau.

— Tu ne me crois toujours pas ?

— Je pense qu'il n'y a qu'une seule explication logique : tu t'es endormie avec le portrait de cet individu au-dessus de toi, et tu l'as vu dans tes fantasmes.

— Très bien, je vais te le prouver, dis-je, furieuse, en traversant la chambre. Je parie que la cape est encore là.

Encore une fois, je soulevai péniblement le couvercle du coffre. Celui-ci était complètement vide.

— Une cape invisible, c'est vraiment inouï, commenta Belinda.

— Elle était rangée là, je t'assure. Et j'ai oublié un détail : à mon arrivée hier, la première fois que je me suis retrouvée dans cette chambre, j'ai vu quelqu'un grimper au mur.

— À l'intérieur de la pièce ?

— Non, le long de la muraille du château.

— Mais c'est impossible.

— C'est ce que je me suis dit. Pourtant, j'ai bel et bien aperçu cette… chose – quelle qu'elle soit – escalader la muraille avant de disparaître.

Belinda posa la main sur mon front.

— Non, tu n'as pas de fièvre. Tu as cependant dû avoir des hallucinations, Georgie, car cela ne te ressemble pas. Tu as grandi dans un château aussi lugubre que celui-ci, après tout.

— Nous y avions deux ou trois fantômes, mais pas de vampires. J'ai interrogé Siegfried et Matty à ce sujet. Le premier l'a pris à la légère ; en revanche, sa sœur s'est montrée fort réticente à en parler. Tu ne penses tout de même pas que Matty a été mordue et qu'elle est maintenant morte-vivante ? Si elle avait vendu son âme ou quelque chose dans ce genre, cela expliquerait sa transformation en superbe créature, tu ne crois pas ?

Belinda laissa de nouveau échapper un charmant rire cristallin.

— Il est plus probable que cela soit à mettre sur le compte de son séjour en station thermale et de son régime alimentaire. Elle n'a presque rien avalé depuis que je suis là.

— Je me considère comme quelqu'un de sensé et de rationnel, vois-tu, mais je me suis sentie mal à l'aise dès mon arrivée dans cet endroit. Non, en fait, cela a commencé avant. Je soupçonne quelqu'un de m'avoir épiée dans le train. Et c'est encore le cas dans ce château.

— C'est délicieusement dramatique, ma chérie, dit Belinda. Cela nous change de nos existences londoniennes si barbantes. Tu voulais de l'aventure, te voilà servie. Qui pourrait te suivre, à ton avis ?

— Aucune idée, répondis-je en haussant les épaules. Je ne vois pas pour quelle raison on s'intéresserait à moi. À moins que les vampires ne soient tout particulièrement attirés par les vierges ? C'était le cas de Dracula, il me semble.

Belinda pouffa.

— Ce qui signifie que je ne crains absolument rien. En réalité, il est possible que quelqu'un suive cette horrible bonne femme qui te tient lieu de chaperon. Et si son mari avait payé un assassin pour la liquider en chemin ? À sa place, c'est ce que je ferais.

— Belinda, tu es vraiment affreuse ! m'esclaffai-je à mon tour.

Elle glissa son bras sous le mien.

— Écoute, me dit-elle. On dirait que les messieurs se rassemblent avant leur départ pour la chasse.

Des jappements résonnaient en effet dans le lointain, se mêlant aux cris des hommes.

— Descendons les observer, comme tu l'as suggéré, Georgie. Au cas où ton beau vampire serait parmi eux. Nous verrons si tu parviens à le reconnaître à la lumière du jour, d'accord ? Évidemment, s'il va chasser, il ne peut pas être un vampire. Ces créatures ne peuvent supporter le soleil, tu sais.

Elle me conduisit jusqu'à une galerie qui surplombait le hall d'entrée, où plusieurs jeunes gens étaient réunis ; mais il était difficile de distinguer les maîtres des serviteurs, car tous portaient des toques en fourrure et des vestes vertes traditionnelles.

— Tu vois ? Il y a de nombreux comtes, barons et ainsi de suite, tous célibataires et qui sont tous tes cousins plus ou moins éloignés, j'imagine, déclara Belinda. Il y a l'embarras du choix.

— Mon vampire n'est pas là, répondis-je en examinant les chasseurs, dont certains étaient à dire vrai parfaitement présentables pour des aristocrates. Cela prouve ma théorie, n'est-ce pas ? Il ne s'agit pas d'un jeune noble invité au mariage. Tu es obligée de me croire, maintenant.

— Je crois surtout que le vin rouge local est plus fort que celui auquel tu es habituée, et qu'il t'a fait faire des rêves troublants, déclara mon amie. Dis donc, ils ne sont pas si mal, dans l'ensemble. Anton a merveilleuse allure avec cette toque, tu ne trouves pas ? Il est si viril, si primitif. J'ai voulu qu'il m'emmène chasser, et sais-tu ce qu'il m'a répondu ? Que c'était réservé aux hommes. Quel rabat-joie. J'adore tuer des animaux, pas toi ?

— Non, en réalité, je n'aime guère cela. Cela ne me dérange par de tirer sur des grouses, qui sont si stupides, et j'apprécie la chasse à courre car cela me donne l'occasion de monter à cheval, mais je suis toujours soulagée quand les renards disparaissent dans leurs terriers.

— Bon, que faire, à présent ? reprit Belinda en regardant le couloir désert.

— J'ai un essayage prévu. Viens me tenir compagnie, proposai-je.

— Non, merci bien. Je ne crée plus de vêtements, de toute façon. C'est vraiment dommage, j'aurais pu glaner des idées.

— Tu as renoncé à ton affaire de styliste de mode ? m'étonnai-je.

— Il a bien fallu, ma chérie, précisa-t-elle en se rembrunissant. Je ne pouvais plus me permettre de perdre davantage d'argent. Personne ne me payait, vois-tu. Mes clientes disaient gaiement : « Vous le mettrez sur mon compte ! » Et quand venait le moment de me régler, elles inventaient toutes des excuses inimaginables. L'une d'elles m'a même répliqué que je devrais lui être reconnaissante car elle me faisait de la publicité gratuite en portant mes créations, et que *j'*aurais dû la payer. Bientôt, je vais sûrement devoir me contenter d'un salaire de femme de chambre.

Elle leva les yeux vers moi avec un grand sourire. Et d'ajouter :

— Alors, dis-moi, en as-tu finalement trouvé une qui convienne ?

— Oui, j'en ai une, mais on ne peut pas dire qu'elle convienne. En fait, c'est un cas désespéré. Hier soir, elle m'a coincée la tête dans l'emmanchure de ma robe, elle s'est endormie dans mon lit pendant que je dînais et, ce matin, elle a oublié de venir me réveiller.

— D'où diable sort-elle ?

— C'est la petite-nièce de Mme Huggins, la voisine de mon grand-père.

— Ma foi, cela te servira de leçon.

— Elle est pleine de bonne volonté et, d'une certaine façon, je l'aime assez. Elle se retrouve dans une situation très différente de la vie qu'elle connaît, et elle n'a pas encore eu de crise de larmes ou de panique. Mais je tiens à savoir ce qui lui est arrivé ce matin, car il me faut ma tasse de thé au réveil.

Alors que nous passions devant l'escalier menant à l'office, nous vîmes la jeune fille en question qui le montait tout en époussetant son uniforme couvert de miettes.

— Oh, salut, mam'zelle ! Ils mangent des drôles de trucs, ici, pas vrai ? De la viande froide à l'ail pour le petit déjeuner, vous vous rendez compte ? J'ai jamais vu ça. Mais les p'tits pains étaient bons.

— Queenie, que vous est-il arrivé ? demandai-je avec froideur. Je vous ai attendue ce matin : vous deviez m'apporter mon thé et m'habiller.

— Oh, merde alors ! Désolée, mam'zelle. J'savais que j'avais quelque chose à faire quand je suis descendue à la cuisine. Mais j'ai vu tous les autres domestiques qui prenaient leur petit déjeuner, et j'ai décidé de manger un bout avant qu'il reste plus rien. J'étais morte de faim, vu que j'avais raté mon souper hier soir.

Je me sentis plutôt coupable. J'aurais dû m'assurer qu'elle avait pu dîner ; puis je me rappelai les avertissements de lady Middlesex, qui conseillait la fermeté avec les gens de maison.

— À l'avenir, veuillez me monter une tasse de thé à huit heures du matin, est-ce clair ?

— Pas d'problème, mam'zelle, assura Queenie.

— Vous êtes censée m'appeler « lady Georgiana », vous vous souvenez ?

— Oh. J'arrête pas d'oublier ce truc aussi, hein ? Mon vieux papa dit toujours que j'oublierais ma tête si elle était pas fixée à mes épaules.

À ces mots, elle fut prise d'un fou rire.

— Bon, qu'est-ce que j'dois faire, maintenant ?

— Allez voir dans ma chambre lesquelles de mes tenues ont besoin d'être repassées. Je porterai une robe différente de celle d'hier pour le banquet de ce soir.

— OK. Où j'vais trouver un fer ?

— Je n'en ai aucune idée. Demandez aux autres domestiques.

Je la laissai monter l'escalier d'un pas traînant et rejoignis Belinda qui, restée dans l'ombre, avait observé la scène.

— C'est la nullité personnifiée, ma chérie, déclara mon amie. Si cette fille était un canasson, il faudrait la faire abattre.

— Tu es horrible.

— Je sais, mais c'est tellement amusant ! J'espère que ta séance d'essayage sera agréable. Si les autres demoiselles d'honneur ressemblent à la Matty qui était en classe avec nous, tu seras la vedette du spectacle, et tous les hommes te remarqueront. À très bientôt !

Sur quoi, elle s'éloigna en m'envoyant un baiser.

★

Dans le petit salon, une troupe d'ouvrières couturières s'activaient sur des machines à coudre cliquetantes, tandis qu'une petite dame en noir, à l'air redoutable et indubitablement française, marchait de long en large tout en braillant et en agitant les bras. Un groupe de jeunes filles se tenait près de la cheminée, certaines en combinaison, pendant qu'on prenait leurs mesures. Elles se connaissaient manifestement déjà toutes et, à ma vue, me saluèrent poliment par des signes de tête. Matty vint à ma rencontre, me prit par la main et me présenta en allemand, puis en anglais, m'appelant sa « très chère camarade d'école », ce qui me parut quelque peu exagéré. Je ne la contredis néanmoins pas et lui rendis son sourire. Pourquoi m'appréciait-elle soudain autant alors qu'elle n'avait jamais cherché à reprendre contact depuis notre départ des Oiseaux ?

Je découvris que les tenues qui nous étaient destinées étaient en définitive tout à fait charmantes, dotées d'un chic terriblement parisien – une sorte de longue robe blanc crème, très simple et élégante, pourvue d'une traîne semblable à celle de la mariée, mais de plus petite taille. En outre, contrairement aux prédictions de Belinda, les autres demoiselles d'honneur, des cousines appartenant à des maisons royales allemandes, étaient ravissantes. L'une d'elles, une grande fille mince et blonde, me considéra avec intérêt, comme si elle me connaissait.

— Vous êtes Georgiana, *ja* ? me dit-elle en s'approchant. J'avais prévu de me rendre en Angleterre l'été dernier, mais je suis tombée malade.

— Vous devez être Hannelore, répondis-je, comprenant soudain. Vous étiez censée séjourner chez moi.

— *Ja*. J'ai appris ce qui s'était passé. Cela a dû vous bouleverser, j'imagine. Quand nous aurons un moment, il faudra tout me raconter.

J'étais heureuse de découvrir qu'elle ne s'exprimait pas comme dans un film de gangsters américains – à la différence de la criminelle qui s'était fait passer pour elle.

Matty me rejoignit. Elle portait sa robe de mariée, dont les coutures étaient encore retenues par des épingles.

— Alors, vos tenues vous plaisent-elles ?

— Oui, beaucoup, répondis-je. Et la tienne est absolument superbe. Tu seras la plus belle mariée d'Europe.

— Il faut bien avoir des compensations lorsque l'on convole, je suppose, reconnut-elle.

— Tu n'as donc pas envie de te marier ?

— Si cela ne tenait qu'à moi, je vivrais à Paris, où je mènerais l'existence bohème d'une artiste. Mais les princesses n'ont pas voix au chapitre.

— Ton fiancé m'a paru vraiment gentil, et il est de surcroît beau garçon.

Elle opina du chef.

— Oui, Nicky est quelqu'un de bien, pour un prince. Il est attentionné, tu as raison. Ça aurait pu être pire, assurément. Pense un peu à tous les aristocrates absolument affreux que nous avons pu croiser, ajouta-t-elle avant de glousser. J'ai cru comprendre que mon frère t'avait demandée en mariage ?

— Je l'ai éconduit, j'en ai bien peur.

— Au moins, tu as eu la possibilité de dire non, ce que j'aurais naturellement fait à ta place. Qui diable pourrait bien vouloir de Siegfried comme époux, à moins d'être désespérée ?

Son rire fusa, et j'eus encore une fois le sentiment qu'elle feignait la gaieté.

— Comment trouves-tu ta chambre ? s'enquit-elle.

Je ne pouvais tout de même pas répondre « lugubre et infestée de vampires », n'est-ce pas ? Je réfléchissais à une remarque polie, quand elle poursuivit :

— J'imagine qu'on t'a alloué la pièce voisine de celle de mon frère. Nos familles respectives espéraient sans doute que cela ferait des étincelles ! s'esclaffa-t-elle de nouveau. C'était ma chambre quand nous venions passer les vacances d'été au château. J'adore la vue qu'on a depuis la fenêtre, pas toi ?

— Le paysage est plutôt enneigé, en ce moment, fis-je observer.

— Mais à la belle saison, il est splendide : des forêts verdoyantes, des lacs bleutés… Et nous sommes si loin de la ville et de l'esprit étriqué de la Cour. J'avais l'habitude de partir à cheval et d'aller nager sans me soucier de l'étiquette. C'était merveilleux, ajouta-t-elle avec une expression rêveuse.

— Il y a un curieux portrait accroché dans ma chambre. Celui d'un jeune homme. De qui s'agit-il ?

— L'un des ancêtres de la famille qui possédait ce château, je présume. Je n'y ai jamais vraiment prêté attention. Ces demeures sont toujours pleines de vieux tableaux, dit-elle avant de changer de sujet.

Avant cette journée, je n'avais pas été consciente que la compagnie d'autres jeunes femmes m'avait réellement manqué, et que j'avais décidément pris du bon temps à l'époque des Oiseaux. J'appréciai tous ces fous rires et ces bavardages dans différentes langues – pour la majeure partie en allemand ; je le parlais peu, mais Matty était disposée à me servir d'interprète. On aurait dit une princesse de conte de fées dans sa robe avec une traîne longue de plusieurs mètres que nous aurions pour tâche de porter, et un voile la recouvrant entièrement, surmonté d'un diadème.

Les essayages s'achevaient quand les hommes rentrèrent de la chasse, euphoriques après avoir abattu un sanglier énorme, pourvu de belles défenses. Alors que je me réjouissais du thé à venir, ce furent du café et des pâtisseries qu'on nous servit. Je regrette, mais rien ne remplace le thé de l'après-midi pour un sujet britannique. C'est dans nos gènes. Le gâteau que je mangeai était si riche que je me sentis nauséeuse. Sans doute étais-je fatiguée, après deux nuits durant desquelles j'avais à peine fermé l'œil. Je montai dans ma chambre en espérant y trouver Queenie. Aucun signe d'elle. Son attitude commençait à m'irriter. S'il me fallait partir à sa recherche chaque fois que j'avais besoin d'elle, cela se saurait bientôt d'un bout à l'autre du château. Je fus presque tentée de tirer sur le cordon de sonnette afin de demander à ce qu'un domestique me ramène ma femme de chambre, puis je songeai qu'elle était probablement à l'office, en train de s'empiffrer de gâteaux, et que je perdrais moins de temps si je m'y rendais en personne. Je descendis plusieurs escaliers en colimaçon ainsi que la terrifiante volée de marches qui, dépourvue de balustrade, courait le long d'un mur. Je m'efforçai de me rappeler avec exactitude l'endroit où, le matin même, j'avais croisé Queenie, passai sous une arcade et m'engageai dans un autre escalier aux marches usées. Une fois en bas, je bifurquai dans un couloir plongé dans la pénombre, au bout duquel j'entendis des bruits de casseroles et de vaisselle ainsi que des murmures de voix. Tout à coup, je sursautai à la vue d'une silhouette accroupie dans un recoin sombre du corridor. Elle leva le visage vers moi et lâcha une exclamation.

— Oh, Georgie, tu m'as fait peur !

Elle porta la main à ses lèvres, qu'elle tâcha d'essuyer d'un geste hâtif.

— Ne dis rien à personne, je t'en supplie. Je ne peux pas m'en empêcher. J'ai essayé, mais c'est impossible.

C'était Matty. Sa bouche était rouge vif, poisseuse, et du sang coulait sur son menton.

16.

Château de Bran
Jeudi 17 novembre 1932

Je ne sus que répondre. Une seule pensée me vint en tête : fuir. Je tournai les talons et repartis aussi vite que possible dans l'escalier. C'était donc vrai. Matty était l'une de ces créatures. Le château était vraiment peuplé de vampires, ce qui expliquait pourquoi il y avait tant d'allées et venues nocturnes dans les couloirs. Je fus soulagée de trouver ma chambre vide. Je me mis au lit et tirai les couvertures au-dessus de ma tête. Je n'avais pas envie de rester ici. Je voulais être à la maison, en sécurité, parmi des gens en lesquels j'avais confiance. J'aurais même accepté d'être sous le même toit que Fig, preuve que mon moral était au plus bas.

La fatigue me gagna, et je m'endormis profondément. Ce fut Queenie qui me réveilla en me secouant.

— Mam'zelle, il faut vous préparer pour le dîner. J'vous ai fait couler un bain et j'ai laissé une serviette à côté de la baignoire.

Elle s'était considérablement améliorée, me dis-je. Mes réprimandes du matin avaient apparemment accompli des merveilles. Je me baignai donc, puis retournai dans ma chambre, où Queenie m'aida à passer ma robe de soirée de satin vert. En me contemplant dans le miroir, je m'aperçus qu'elle tombait bizarrement. La robe en question était longue, de coupe classique, droite au niveau des cuisses avant de s'évaser en une jupe à godets ; mais à présent, il y avait comme une bosse sur un côté, donnant l'impression que mes hanches étaient difformes.

— Attendez, il y a un problème avec la jupe. Elle n'était pas retroussée de la sorte, la dernière fois que je l'ai portée. Et elle me semble affreusement serrée.

— Oh, fit la femme de chambre. Eh bien…

Je la dévisageai.

— Me cachez-vous quelque chose, Queenie ?

— J'pensais pas que vous vous en apercevriez, répondit-elle en triturant son tablier. Il a fallu que je bricole la jupe vu qu'elle a un peu roussi. J'suis pas habituée à repasser des beaux vêtements comme ça, et le fer devait être trop chaud.

Elle me montra alors de quelle manière elle avait cousu les côtés de la robe afin de dissimuler deux énormes marques de brûlure en forme de fer. Je pouvais comprendre qu'elle ait pu commettre une erreur, mais deux ?

— Queenie, vous êtes irrécupérable.

— Je sais, mam'zelle. J'fais pourtant de mon mieux, vraiment.

— Je vais devoir porter de nouveau la robe bordeaux, me lamentai-je. À moins que mon amie Belinda n'ait une tenue à me prêter. Allez dans sa chambre et expliquez-lui ce qui s'est passé.

J'attendis impatiemment le retour de Queenie en me demandant si une couturière serait capable de réparer les dégâts, car c'était l'une des rares robes de soirée que je possédais. Ma bonne réapparut presque immédiatement, le visage cramoisi.

— J'ai frappé et j'suis entrée, mam'zelle, et… et… votre amie était pas seule. Il y avait un homme au lit avec elle, mam'zelle, et il était… et ils faisaient… vous savez.

— Oui, je sais, soupirai-je. À l'avenir, n'oubliez pas cette règle élémentaire : avant de pénétrer dans une pièce, il faut toujours attendre que quelqu'un réponde « entrez ».

— Bien, mam'zelle.

J'enfilai donc de nouveau la robe bordeaux. Je me coiffai seule et descendis. Le dîner ce soir-là serait plus cérémoniel, étant donné qu'il avait été d'abord prévu que diverses têtes couronnées y participent. Le comte Dragomir avait visiblement réussi à imposer sa volonté et insisté pour que l'événement restât aussi formel que convenu, car des cartes portant le nom des convives étaient placées sur la table, et on m'apprit que le prince Anton m'escorterait jusqu'à la salle des banquets.

Alors que je l'attendais, lady Middlesex et Mlle Bickett me rejoignirent.

— N'est-ce pas palpitant ? dit la seconde. Son Altesse a eu l'amabilité de nous inviter à prendre part aux festivités. Je n'ai jamais participé à un tel événement. Tout est tellement somptueux, vous ne trouvez pas ? On se croirait dans un livre de contes. Vous êtes bien jolie, ma chère, ajouta-t-elle en me regardant.

— Elle portait la même robe hier soir, fit remarquer lady Middlesex, sans mettre de gants.

— Peut-être, mais elle est charmante et élégante, reprit la dame de compagnie en me souriant avec bonté.

Elle-même était vêtue d'une simple robe à fleurs tout à fait inappropriée pour une occasion pareille.

— J'espère que j'arriverai à dormir, me chuchota-t-elle. Il est impossible de se passer de sommeil pendant trop longtemps, mais la porte de ma chambre ne ferme pas à clé, et avec toutes ces allées et venues…

Le gong résonna, et Anton s'approcha pour me prendre par le bras.

— Comment va, ma vieille ? me salua-t-il, à la manière d'un jeune Anglais de la haute.

— Avez-vous fréquenté la même école privée que votre frère ?

— Oui, mais contrairement à lui, j'en ai été renvoyé. Pour être plus précis, on m'a poliment demandé de partir. Je n'aurais pas dû fumer si souvent dans les toilettes, je le crains. J'ai cependant rapidement acquis le jargon de ce genre d'établissement, dit-il avec un grand sourire. Dites donc, elle est impayable, votre amie Belinda. Et elle tient une de ces formes !

— Il paraît.

— Dommage qu'elle n'appartienne pas à la royauté.

— Son père est un baronnet. Et elle porte le titre d'« honorable », fis-je observer.

— Cela ne suffirait probablement pas, hélas, soupira-t-il. Mon père est très à cheval sur l'étiquette : pour lui, c'est la famille avant tout et autres niaiseries de ce genre. Peu importe qui j'épouserai, en réalité. Nicholas sera roi et engendrera des fils. De mon côté, je ne monterai jamais sur le trône, de toute manière.

— Le voudriez-vous ? m'enquis-je.

— Je préfère mener une vie libre et agréable, je suppose. Je fais des études de chimie à Heidelberg. Je m'y amuse bien.

— Vous avez de la chance. J'aurais vraiment aimé fréquenter l'université.

— Et pour quelle raison vous en êtes-vous abstenue ?

— Je suis une fille. Je suis censée me marier. Et personne n'a proposé de financer mes études.

— C'est fort dommage.

Une trompette retentit. Les portes de la salle des banquets furent ouvertes par deux domestiques en splendide livrée noir et argenté. Cette fois, je me retrouvai assise entre Hannelore et Anton. Nicholas était face à nous, entre Matty et le maréchal Pirin, qui avait réussi à imposer sa présence. Il portait plus de médailles et de décorations que la veille – si la chose était encore possible. Il nous observa tour à tour, Hannelore et moi, et son visage s'illumina.

— C'est très bien, déclara-t-il. Ce soir, deux jolies filles vont délecter mes yeux. C'est charmant. Un festin pour les yeux et un festin pour le ventre en même temps.

Son sourire était des plus troublants. Ainsi que l'avait fait remarquer ma mère, il nous déshabillait du regard.

— Méfiez-vous de ce type horrible, me chuchota Hannelore. Hier, il m'a pincé les fesses.

— Ne vous inquiétez pas, assurai-je à voix basse. Il m'a déjà été présenté, et je fais mon possible pour l'éviter.

Je m'aperçus qu'Anton étudiait les convives, cherchant à l'évidence Belinda parmi eux ; je ne la vis point, car elle avait probablement été placée en bout de table avec les simples mortels. Je ne pouvais m'empêcher de lancer des coups d'œil à Matty, en particulier à ses lèvres et à son cou. Celui-ci paraissait parfaitement normal, mais il faut dire qu'elle avait revêtu une robe à col montant. Elle croisa soudain mon regard, puis baissa la tête, comme embarrassée. Je me surpris à examiner les autres convives afin de vérifier si certains arboraient des marques de morsure dans le cou. Une dame assise à l'autre extrémité de la table portait plusieurs rangs de perles ; à part le sien, tous les autres cous étaient dénudés et me parurent intacts. Peut-être les vampires se mordaient-ils entre eux, en définitive. Comment l'aurais-je su ?

Le repas débuta, les plats se succédèrent, tous aussi riches les uns que les autres, avec à leur apogée un sanglier rôti apporté par un cortège de valets.

— Ce n'est pas celui que nous avons tué aujourd'hui, précisa Anton. Il était beaucoup plus gros.

— Qui l'a abattu ? m'enquis-je.

— C'est moi, répliqua-t-il à voix basse. Mais nous avons laissé Siegfried croire que c'était lui. C'est le genre de choses qui lui importent, voyez-vous.

Tout au long du dîner, le comte Dragomir resta à l'arrière-plan, dirigeant les domestiques comme un chef d'orchestre ses musiciens. Alors que nous terminions le plat principal, il apparut près de Nicholas et frappa sur la table au moyen d'un maillet.

— Vos Altesses Royales, mesdames et messieurs, veuillez-vous lever, je vous prie, annonça-t-il en français, puis en allemand. Son Altesse Royale le prince Nicholas souhaite porter un toast en l'honneur de sa future épouse et de son merveilleux pays.

Nicholas se mit debout.

— Si le moment de trinquer est venu, il nous faut du champagne, s'il vous plaît. Comment pourrais-je boire à la santé de mon adorable fiancée si je n'en ai point ?

— Évidemment, pardonnez-moi, répondit Dragomir, qui se hâta d'aboyer des ordres à l'intention des valets.

Des bouteilles furent apportées et ouvertes avec des *pop* très plaisants. Les toasts commencèrent. Un flot interminable de toasts. Chez nous, en Angleterre, ces occasions sont formalisées et très convenables, le maître de cérémonie prononçant d'une voix traînante : « Veuillez je vous prie lever vos verres en l'honneur du roi » ; après quoi tout le monde murmure : « À la santé du roi, Dieu le bénisse. » Alors qu'en Roumanie cela s'apparentait davantage à ce que ma mère avait qualifié de nouba. Quiconque en avait l'envie soudaine pouvait se dresser d'un bond et trinquer à qui cela lui chantait. Il y avait donc beaucoup de remue-ménage d'un bout à l'autre de la salle et des tas de discours brefs lancés de tous côtés.

Dragomir, le maître de cérémonie, tâchait de contrôler la situation en faisant retomber son maillet sur la table avec un grand geste avant chaque prise de parole. Les toasts étaient proposés dans un mélange de français, d'anglais et d'allemand, car rares étaient les convives qui parlaient le roumain ou le bulgare. Si les personnes qui buvaient à la santé l'une de l'autre étaient proches, elles entrechoquaient leurs verres. Si elles étaient trop éloignées, elles les brandissaient, puis buvaient en même temps, les autres invités avalant souvent, eux aussi, une gorgée de leur champagne par solidarité. Un par un, les hommes se levèrent pour faire un petit discours et boire à la santé de leurs hôtes. Matty fut la seule femme à oser se mettre debout pour porter un toast à ses demoiselles d'honneur, aussi dus-je me lever à mon tour et faire tinter ma coupe contre la sienne. Puis Nicholas trinqua à la santé de ses garçons d'honneur.

— Ces messieurs m'ont connu alors que je n'étais qu'un adolescent de mauvaise réputation et m'ont vu devenir un jeune homme sérieux, déclara-t-il, provoquant des huées et des rires. Je bois donc à votre santé, vous qui connaissez mes secrets les plus sombres. À mon cher frère, Anton, au prince Siegfried, au comte von Sasthauer, au baron…

Et ainsi de suite, tandis que chacun des intéressés, douze en tout, se redressait à mesure qu'il les nommait et tendait sa coupe vers celle de Nicholas. Étant donné qu'il parla ensuite en allemand, je ne pus saisir tous les noms ; puis je me rendis compte que le prince s'exprimait de nouveau en anglais :

— … et à mon vieil ami irlandais qui a vaillamment surmonté les obstacles en travers de son chemin pour arriver jusqu'ici, l'honorable Darcy O'Mara.

Je le vis alors à l'autre bout de la table, un verre à la main. Mon cœur s'était peut-être emballé quand j'avais semblait-il découvert un vampire penché au-dessus de moi, mais cela n'avait rien de comparable avec la façon dont il battait à présent la chamade. Tandis que Darcy prenait une gorgée de vin, il croisa mon regard et leva de nouveau son verre dans ma direction pour me porter un toast. Je m'empourprai. (Si seulement je pouvais me débarrasser de cette habitude de petite fille. Avec mon teint clair, la moindre rougeur est visible sur mon visage.) Je fus contente quand le maréchal Pirin se redressa en titubant, détournant ainsi l'attention de l'assemblée.

J'avais remarqué, tout au long du dîner, qu'il avait bu du vin rouge plus que de raison, demandant sans cesse à être resservi. Il avait de surcroît avalé une gorgée à chaque toast, que celui-ci fût ou non en son honneur. Il se lança alors dans un discours – en bulgare, apparemment. Je crois que personne ne le comprenait, ce qui ne l'empêcha pas de poursuivre sans répit d'une voix pâteuse, le visage rouge comme une tomate ; après avoir tapé du poing sur la table, il termina en portant à l'évidence un toast à la Roumanie et à la Bulgarie. Il vida ensuite son verre d'un trait et écarquilla grands les yeux de surprise ; puis un gargouillis sortit de sa bouche, et il tomba en avant, la tête la première dans son assiette.

Les autres convives réagirent exactement comme on s'y serait attendu de la part de membres de l'aristocratie. Quelques sourcils furent haussés, puis chacun retourna à son repas et à ses bavardages, comme s'il ne s'était rien passé. De son côté, le comte Dragomir s'affairait, ordonnant aux domestiques de soulever l'homme inconscient et de le porter jusqu'à un divan de l'antichambre. Nicholas se leva à son tour.

— Veuillez m'excuser, je vais voir si je peux l'aider d'une quelconque manière, expliqua-t-il doucement.

À l'autre extrémité de la table, lady Middlesex était debout, elle aussi.

— Je suppose qu'il n'y a pas de médecin parmi nous, dit-elle. Qu'on me laisse l'examiner. J'ai été infirmière durant la Grande Guerre, voyez-vous.

Sur ces entrefaites, elle partit à grandes enjambées derrière Nicholas et Dragomir. Je remarquai que Mlle Bickett leur emboîtait le pas.

Je me mis à écouter les conversations murmurées autour de moi.

— Il a abusé de la boisson, déclara Siegfried, qui avait été assis à côté de Pirin. Chaque fois qu'un serveur passait près de lui, il tendait de nouveau son verre.

— Cet homme boit comme un trou, je vous l'accorde, répondit Anton. Mais c'est bien la première fois que je le vois tomber ivre mort.

— Quel individu répugnant, me murmura Hannelore. Cette façon qu'il a de manger. Il n'a absolument aucun savoir-vivre. Et il s'est même trompé entre les différentes fourchettes.

Je m'aperçus que Darcy s'était également excusé et qu'il se dirigeait à son tour vers l'antichambre. On nous servit de la crème glacée, puis le plateau de fromages circula d'un convive à l'autre ; mais ni Darcy ni Nicholas ne réapparurent.

Ce dernier finit par revenir alors que le dîner s'achevait presque. Il se pencha vers son frère et lui chuchota quelques mots en allemand. Je dévisageai Anton, attendant une traduction de sa part ; il affichait un air étrange. Avant qu'il puisse dire quoi que ce soit, Nicholas prit la parole d'une voix forte et limpide, annonçant d'un ton circonspect :

— J'ai le regret de vous informer que le maréchal Pirin ne se sent pas bien du tout. Étant donné les circonstances, je suggère que chacun sorte de table. Je suis certain que nos hôtes, le prince Siegfried et la princesse Maria Theresa, auront l'amabilité de faire servir du café et d'autres boissons dans le salon de réception.

En guise de réponse, seul le raclement des chaises sur le parquet résonna, tandis que les convives quittaient leurs places.

— Veuillez me suivre, dit Matty avec un calme royal admirable.

Anton tira mon siège afin que je puisse me lever ; je me sentais plutôt nauséeuse et flageolante à l'idée que cet incident se fût déroulé si près de moi. Le jeune prince regardait du côté de l'antichambre, avec sur le visage une expression d'effroi mêlée de joie.

— A-t-il eu un problème cardiaque ? lui demandai-je. Votre frère vous l'a-t-il dit ?

Il me prit le bras et m'attira à l'écart.

— Ne dévoilez rien aux autres, chuchota-t-il à mon oreille. Le vieux Pirin a passé l'arme à gauche.

— Il est mort, vraiment ?

Il hocha la tête en posant un doigt sur ses lèvres pour me signifier la discrétion.

— Je ne peux pas dire que cette nouvelle me navre. Cependant, même si je ne pouvais pas souffrir ce salaud, notre père sera fort mécontent. Je devrais sans doute aller soutenir mon frère, mais je ne supporte pas la vue d'un cadavre, et je suis sûr que celui de Pirin est plus hideux que la plupart.

Il m'offrit son bras.

— Par galanterie, mieux vaut que je vous accompagne d'abord jusqu'au salon de réception, au cas où vous vous évanouiriez.

— Ai-je l'air d'être sur le point de m'évanouir ?

— Vous me semblez un peu blême à vrai dire, mais moi aussi, j'imagine. Il a au moins eu la courtoisie d'attendre la fin du repas avant de mourir. J'aurais été furieux de devoir me passer de sanglier.

Sur ces mots, il me décocha un grand sourire qui m'évoqua un écolier espiègle.

— Je vais très bien. Je peux m'y rendre seule. Votre frère a probablement besoin de vous.

Tout le monde se comportait avec une extrême bienséance, sortant posément de table, certains invités jetant un coup d'œil vers le passage voûté menant à l'antichambre, où seuls étaient visibles les pieds du maréchal, allongé sur le divan. Au-dessus des murmures discrets, j'entendis la voix claire de ma mère, qui disait :

— C'était la crise cardiaque assurée, vu la façon dont il a englouti nourriture et alcool.

Je brûlais d'être aux côtés de Darcy mais, en tant que simple invitée au château, quelle raison pouvais-je avancer pour m'immiscer dans leurs affaires ? Je m'attardai toutefois aussi longtemps que possible, jusqu'à ce que la compagnie ait franchi les portes de la salle, puis me dirigeai lentement avec Anton vers l'antichambre. En approchant de l'entrée, j'entendis lady Middlesex déclarer d'une voix stridente :

— Une crise cardiaque ? À d'autres ! Cet homme a été empoisonné, c'est l'évidence même.

17.

Château de Bran (avec un cadavre, cette fois)
Jeudi 17 novembre 1932 (toujours)

Je n'avais pas besoin d'un autre motif pour pénétrer dans la pièce. J'avais après tout suffisamment d'expérience en matière de meurtres, davantage en tout cas que la plupart des jeunes femmes de mon rang. J'étais sur le point de franchir le seuil quand Darcy sortit de l'antichambre, manquant me heurter.

— Bonsoir, me salua-t-il. Justement, je partais vous chercher.

— Pourquoi ne m'avez-vous pas dit que vous comptiez venir ici ? demandai-je.

— Lors de notre dernière rencontre, je n'avais pas la moindre idée que vous étiez invitée à ce mariage. Et votre terrifiante belle-sœur m'a ensuite clairement fait entendre que je ne devais plus jamais avoir de contact avec vous.

— Depuis quand obéissez-vous à qui que ce soit ?

Il me sourit, et les tensions éprouvées au cours des derniers jours s'estompèrent quelque peu. Maintenant qu'il était là, je me sentais capable d'affronter vampires, loups-garous et brigands. L'effrayante réalité se rappela à moi lorsque Darcy s'avança vers le valet de pied le plus proche, qui commençait à débarrasser la table.

— Non, laissez, ordonna-t-il.

Les serviteurs le dévisagèrent, déconcertés et méfiants. Darcy passa de nouveau la tête dans l'antichambre et fit signe au comte Dragomir de le rejoindre.

— J'ai besoin de votre aide. Je ne parle ni le roumain ni aucune autre langue en usage dans cette région. Dites aux valets de pied de ne toucher à rien, je vous prie, et de laisser la table exactement telle qu'elle est.

Le régisseur le regarda fixement, d'un air soupçonneux lui aussi. Darcy répéta alors ce qu'il venait d'expliquer dans un français excellent.

— Puis-je savoir ce qui vous autorise à intervenir ainsi ? s'enquit Dragomir. Appartenez-vous à la police, *monsieur** ?

— Disons simplement que j'ai déjà été amené à résoudre ce genre d'affaire, répliqua Darcy. Je souhaite avant tout que celle-ci soit gérée de manière à n'embarrasser ni la Maison royale de Roumanie ni celle de Bulgarie. Pour l'heure, mieux vaut ne pas dévoiler la vérité aux serviteurs. Il s'agit d'un incident extrêmement grave qui ne doit pas être ébruité, est-ce compris ?

Le comte le considéra attentivement, puis hocha la tête et aboya un ordre à l'intention des valets. Ces derniers s'empressèrent de reposer les plats qu'ils étaient en train de rassembler et s'écartèrent de la table.

— Dites-leur également que personne n'est autorisé à entrer dans la salle des banquets. Et qu'ils ne s'éloignent pas, car je compte leur parler d'ici quelques instants.

Dragomir s'exécuta, quoiqu'il parût réticent et maussade. Je vis les domestiques lancer des coups d'œil intrigués à Darcy, qui ne sembla pas s'en formaliser.

— Je devrais retourner dans l'antichambre, me dit-il alors. Nicholas risque de se retrouver dans de beaux draps si nous ne prenons pas rapidement les choses en main.

— Est-ce vrai, selon vous ? chuchotai-je. Le maréchal Pirin a-t-il réellement été empoisonné ?

— Absolument, répondit Darcy à voix basse. Tout indique qu'il a ingéré du cyanure. Son visage est enflammé, son regard fixe.

— Il avait le teint rouge de son vivant, fis-je remarquer.

— Il dégage également une odeur caractéristique d'amande amère, ajouta-t-il. Voilà pourquoi il est important de laisser en l'état la table du dîner.

Après quoi il retourna dans l'antichambre, et je le suivis. Étendu sur un divan de brocart délicatement doré, le maréchal Pirin était tel que Darcy l'avait décrit : le visage cramoisi, les yeux ouverts, atrocement globuleux. Il avait été de haute taille, et ses pieds dépassaient du sofa, tandis qu'un de ses bras pendait vers le sol. Je frémis tout en m'efforçant de ne pas détourner la tête. Les autres personnes présentes paraissaient figées autour du corps, comme dans un tableau vivant : Nicholas observait Pirin, Anton était campé derrière lui, pendant que lady Middlesex et Mlle Bickett se tenaient à hauteur des bottes parfaitement cirées du maréchal. La dame de compagnie semblait n'avoir qu'une envie : fuir.

— Vous devez appeler la police sur-le-champ, affirma mon chaperon. Il y a un meurtrier parmi nous.

— C'est impossible, madame, répondit Dragomir, qui venait de nous rejoindre. À cause de la neige, la ligne téléphonique est coupée. Nous sommes complètement isolés.

— Il doit bien y avoir un poste de police dans les environs. Vous pourriez y envoyer l'un de vos domestiques.

— Il serait sans doute possible de franchir le col à skis, répondit le régisseur. Je vous déconseille cependant de convoquer les autorités avant que nous ayons informé Leurs Majestés de la situation.

— Il s'agit d'un meurtre, insista lady Middlesex. Il faut que l'on trouve le coupable avant qu'il puisse s'échapper.

— Vu la quantité de neige qui est tombée, quiconque tenterait de quitter le château n'irait pas loin, sachez-le, madame. En outre, il n'y a qu'une issue, et un garde y est en faction à toute heure.

— Dans ce cas, pour l'amour du ciel, veillez à ce que ce garde empêche quiconque de sortir ! s'emporta-t-elle. Franchement, vous êtes si négligents, vous autres, étrangers.

— Lady Middlesex, le prince Nicholas, j'en suis certain, apprécierait que les détails de cette affaire ne soient pas criés sur tous les toits pour le moment, conseilla Darcy. Nous ferons tout ce qui est en notre pouvoir pour découvrir le fin mot de ce mystère dès que possible, croyez-moi. Et personne ne fera montre de négligence.

— Et vous êtes… ? commença-t-elle en le dévisageant.

Si elle avait eu un face-à-main, elle l'aurait porté à ses yeux pour mieux l'examiner encore. On s'attendait presque à ce qu'elle termine sa question par « quelqu'un d'insignifiant ? ».

— Voici mon excellent ami Darcy O'Mara, le fils de lord Kilhenny, précisa Nicholas. Il sera l'un de mes garçons d'honneur. Il est très utile de l'avoir sous la main en cas d'ennuis. Nous étions en pensionnat ensemble, et il était la clef de voûte de notre équipe de rugby.

— Oh, d'accord, dans ce cas…, acquiesça lady Middlesex, tout à fait contente à présent – lorsqu'on avait été la clé de voûte de l'équipe de rugby d'une école privée britannique, on ne pouvait être que quelqu'un de bien. Qu'attendez-vous de nous, au juste ? demanda-t-elle.

— Nous avons interdit aux domestiques de débarrasser la table, répondit Darcy. Il faut d'abord que la cause de la mort soit confirmée par un médecin compétent. J'imagine qu'il n'y en a pas dans les environs ?

Une fois qu'il eut répété sa question en français, le comte Dragomir secoua la tête.

— Nous devons donc découvrir de quelle manière le poison a été administré, reprit Darcy. Avons-nous à notre disposition un moyen de procéder à des tests scientifiques ?

— Je crois qu'il faut du sulfate de fer : à son contact, le cyanure vire au bleu de Prusse, expliqua Anton avant d'afficher son sourire narquois d'écolier. Tu vois, grand frère, on m'a inculqué quelques rudiments à l'université. Je ne connais pas les usages précis du sulfate de fer – peut-être s'en sert-on quand on travaille le bois ou le métal ? Il est donc possible que nous en trouvions dans les dépendances du château ou à la forge. Demandons à Siegfried et à Maria.

— Non, rétorqua sèchement Nicholas. Je préfère qu'ils ne soient pas informés de ce crime dans l'immédiat. Du moins pas tant que nous n'en savons pas plus.

— Dommage que les membres de la royauté n'emploient plus de goûteur officiel, dit alors Darcy. Il aurait pu nous être utile. Rassurez-vous, je ne faisais que plaisanter ! précisa-t-il en riant à la vue de la mine scandalisée de Mlle Bickett.

— Et si nous testions sur des animaux ce qui a été servi au repas ? suggéra Dragomir. Je peux envoyer un domestique aux écuries, au cas où une chatte aurait récemment donné naissance à une portée.

— Oh, non, l'interrompis-je à la hâte. Vous ne pouvez empoisonner des chatons. Ce serait trop affreux.

— Vous êtes trop attachés aux animaux, vous autres Anglais, rétorqua le régisseur avant de paraître soudain remarquer ma présence. Il est inconvenant que vous soyez là, lady Georgiana. Veuillez rejoindre les autres dames dans le salon de réception, je vous prie.

— Je lui ai demandé d'être à mes côtés, intervint Darcy. Aussi incroyable que cela puisse vous paraître, elle a également de l'expérience en la matière. Et elle a la tête sur les épaules.

Tous les regards convergèrent vers moi et, bien entendu, je rougis bêtement.

— Il y a plus important, reprit Nicholas. Comprenez bien que nous nous trouvons dans une situation très délicate, laquelle pourrait avoir de graves conséquences si ce meurtre s'ébruitait. Pirin était un personnage puissant en Bulgarie. Seule son influence empêchait une province entière de faire sécession. Si la rumeur de sa mort se propage, une guerre civile risquerait d'éclater avant la fin de la semaine ; pire encore, la Yougoslavie pourrait juger le moment opportun pour annexer notre partie de la Macédoine. Ainsi, je préférerais que les circonstances de ce décès ne soient connues de personne en dehors de cette pièce.

— Dans ce cas, nous devrions faire savoir qu'il a succombé à une crise cardiaque, suggéra Darcy. Nous ne pouvons le ramener à la vie, mais il était réputé, je présume, pour aimer la bonne chère, et sa mort ne surprendra donc personne.

— À en croire les convives qui en discutaient tout à l'heure, c'est de toute façon l'opinion générale, intervins-je. Si je suis la seule à avoir entendu lady Middlesex parler d'empoisonnement, il ne sera pas difficile d'imposer l'idée d'une crise cardiaque.

— Cela nous sera utile, assurément, acquiesça Nicholas.

Anton restait muet. Il continuait de regarder le cadavre avec un mélange de fascination et de répugnance. Soudain, il leva la tête et posa ses yeux d'un bleu limpide sur son frère.

— À mon avis, mieux vaut que personne ne sache qu'il est mort avant que notre père ne soit informé, conseilla-t-il. Jusqu'à l'arrivée de nos parents, nous devrions faire croire que Pirin est gravement malade.

Nicholas fronça les sourcils.

— J'ignore si cela sera possible. Je suis sûr que certains serviteurs auront entendu cette dame s'emporter.

— Ils ne comprennent pas l'anglais, me semble-t-il, fit remarquer Darcy.

— Une autre chose à considérer, ajouta Anton en scrutant son frère aîné, est que notre père souhaitera sans doute reporter ton mariage.

— Le reporter ? Pourquoi ?

— Réfléchis un peu, Nicky. Il voudra affecter de pleurer la disparition de Pirin en grande pompe, afin de montrer à nos compatriotes macédoniens qu'il le tenait en haute estime. Il serait tout à fait inconvenant de participer à des réjouissances lors d'une occasion aussi solennelle.

— Enfer et damnation, tu as raison ! s'exclama Nicholas. C'est exactement ainsi qu'il réagira. Et la Roumanie pourrait prendre pour un affront le report du mariage. Pense aussi aux frais engagés – nous avons déjà invité toutes les têtes couronnées d'Europe à la cérémonie qui va se dérouler à Sofia. Et cette pauvre Maria… Elle attend ce grand jour avec tant d'impatience. La situation est inextricable, c'est atroce. Il fallait que Pirin soit empoisonné au moment le plus inopportun qui soit, cela ne m'étonne pas de lui.

— Nous devons sauver les apparences, répondit Anton en marchant de long en large devant le corps, comme échauffé à présent. Nous ferons savoir à notre père que Pirin est souffrant. Mais nous attendrons que ton mariage ait été célébré pour lui annoncer sa mort.

Nicholas laissa échapper un rire nerveux.

— Et comment comptes-tu t'y prendre, au juste ? Il voudra rendre visite au malade, j'en suis sûr.

— Nous dirons que le maréchal dort. Qu'il est tombé dans le coma, par exemple.

— Il suffit de le regarder pour le savoir mort, Anton. En outre, au cas où tu ne t'en serais pas aperçu, il ne respire plus.

— Nous placerons quelqu'un qui ronflera à sa place derrière une tenture, proposa Anton. Nous réussirons,

Nicky. Du moins jusqu'à ce qu'il soit trop tard pour annuler le mariage.

— Tu sais comment est notre père. Il voudra faire appel à son propre médecin pour l'ausculter.

— Il faudra à celui-ci plusieurs jours pour venir de Sofia.

— Il voudra savoir quel docteur a été consulté, insista Nicholas.

— L'un de nous devra donc endosser ce rôle. Darcy, peut-être ?

— Il m'a déjà rencontré, répondit l'intéressé. En revanche, nous pourrions raconter que le médecin est déjà reparti en urgence pour aider une femme en couches dans un village de montagne.

Nicholas rit de nouveau.

— Je trouve que la situation tourne à la farce, à vous entendre. Cela ne marchera pas. Vous savez comment les choses se passent, à la cour. D'ici demain matin, tout le château sera au courant du décès de Pirin. Des serviteurs entreront dans sa chambre… Et qui sait quand nos parents arriveront ? Nous ne pouvons garder un cadavre des jours durant. Il finira par empester.

— C'est épouvantable ! s'exclama lady Middlesex.

Nicholas la dévisagea comme s'il venait tout juste de s'apercevoir que deux femmes étrangères à son entourage assistaient à cette discussion des plus privées.

— Comment nous assurer que certaines personnes ici présentes ne dévoileront rien ? reprit-il.

— C'est malheureux, mais nous sommes tous au courant de la vérité, répliqua Darcy. Vous pouvez compter sur Georgie et moi. Quant au comte Dragomir, je suis certain qu'il a à cœur de servir au mieux sa princesse et son pays. En revanche, il nous faudra probablement faire enfermer ces dames jusqu'à ce que la cérémonie ait eu lieu. Il doit y avoir des tas d'oubliettes dans ce château, n'est-ce pas ?

— Des oubliettes ? gémit Mlle Bickett.

— Nous enfermer ? s'offusqua simultanément lady Middlesex. Avez-vous perdu la tête, jeune homme ?

— Dans ce cas, il vous faut jurer de ne rien divulguer de ce que vous avez entendu, dit Nicholas. Je suis sûr que l'on peut se fier à la parole de l'épouse d'un ambassadeur britannique.

— Sans le moindre doute, assura l'épouse en question.

— Chacun de vous doit donc me promettre de ne rien répéter de ce qui s'est dit dans cette pièce, reprit le prince d'un ton solennel. Le futur de plus d'un pays est en jeu. Puis-je vous faire confiance ? Ai-je votre parole ?

— Comme je vous l'ai dit, vous avez la mienne, affirma Darcy. J'ignore comment vous allez vous en sortir, mais je ferai mon possible pour vous aider.

— Vous avez la mienne aussi, ajoutai-je.

— Très bien, répondit Nicholas. Et vous, mesdames ?

Lady Middlesex fronça les sourcils.

— En temps normal, je refuserais de recourir à un subterfuge pareil ou à tout procédé aussi retors, mais je conçois que les répercussions pourraient être extrêmement fâcheuses. Vous avez donc ma parole. De plus, Mlle Bickett et moi avons prévu de repartir dès qu'il sera possible de franchir le col de montagne. Mon mari nous attend à Bagdad.

— Et je sais tenir ma langue, croyez-moi, renchérit la dame de compagnie. J'ai souvent vécu dans des maisons qui n'étaient pas les miennes, où j'ai eu l'habitude d'entendre des choses qui n'étaient pas destinées à mes oreilles.

Nicholas se tourna alors vers le comte.

— Et vous, monsieur le régisseur ? Pour le bonheur de nos pays respectifs et de la princesse Maria ? demanda le prince en lui tendant la main.

Dragomir l'accepta en hochant la tête.

— Je vous serai loyal, Votre Altesse. J'aimerais toutefois que deux de mes serviteurs soient informés de la situation et prêts à nous porter assistance si besoin était.

— C'est compréhensible, approuva le prince. Choisissez-les judicieusement, et mettons notre plan à exécution, ajouta-t-il en soupirant. Nous devrions d'abord transporter Pirin jusqu'à sa chambre. Ce ne sera pas une mince affaire. Il était déjà lourd de son vivant.

— Je vais faire appel aux hommes que j'ai mentionnés, suggéra le comte. Ils sont tous deux costauds. Ils sont fidèles à la couronne et je leur fais entièrement confiance. Je les posterai devant la porte verrouillée du maréchal et je conserverai sa clé.

— Merci, comte Dragomir, je vous en suis très reconnaissant, dit Nicholas.

— J'ignore toutefois ce que vous comptez accomplir en agissant de la sorte, Votre Altesse. Cette entreprise me paraît vouée à l'échec.

— Pas tant que cela, répliqua Anton. Plus on attend, plus le cyanure a des chances de disparaître de l'organisme. La crise cardiaque de Pirin sera considérée comme la tragique cause de son décès, et personne ne pourra en être tenu responsable, à part le maréchal lui-même. Mon père a besoin de réfléchir à une stratégie. Et nous lui offrons le temps de le faire.

Alors que j'avais jusqu'à présent assisté passivement à la scène, je pris une profonde inspiration et déclarai :

— Il y a un détail que vous avez oublié d'évoquer, me semble-t-il. Qui est le meurtrier de Pirin ? Qui voulait sa mort au point d'être prêt à prendre le risque de le tuer en public ?

18.

Jeudi 17 novembre 1932 (une fois de plus)
Toujours bloqués par la neige.

Ils me dévisagèrent tous avec attention, comme si cette idée venait de leur traverser l'esprit.

Puis Anton partit d'un rire gêné.

— Pour ce qui est du motif, Nicholas et moi sommes les seuls à nous réjouir d'être débarrassés de Pirin. Or nous ne serions pas idiots au point de risquer ainsi l'avenir de notre royaume.

— Je ne vois pas qui d'autre ici connaissait vraiment cet homme et qui aurait eu en outre une raison de vouloir sa mort, ajouta Nicholas.

— Des querelles et des haines couvent sans cesse dans les Balkans, dit Darcy. Et si l'un des domestiques venait d'une région en conflit avec la Macédoine ? Ou si sa famille avait souffert aux mains de Pirin ?

Dragomir secoua la tête.

— C'est très peu probable. Les serviteurs du château n'appartiennent pas à la famille royale. Originaires des environs, ils vivent et travaillent ici tout au long de l'année. Ce sont des Transylvaniens jusqu'au bout des ongles.

— On peut toujours acheter la loyauté de quelqu'un, insista Darcy. Ces gens mènent des existences difficiles.

Si un comploteur ou un anarchiste leur offrait assez d'argent, lequel d'entre eux pourrait être tenté de glisser discrètement une pilule dans un verre ou une assiette ?

— C'est naturellement une question essentielle, intervins-je. Comment le poison a-t-il été administré ? Nous étions tous attablés autour de lui. Nous avons tous ingéré les mêmes plats et les mêmes vins.

Les autres opinèrent du chef d'un air pensif.

Un domestique apparut sur le seuil de l'antichambre et murmura quelques mots à l'oreille du comte Dragomir. Ce dernier se tourna vers nous.

— Le prince Siegfried a envoyé ce valet aux nouvelles. Son Altesse souhaitait venir en personne, et il s'irrite d'en avoir été empêché.

Nicholas s'avança afin que le serviteur n'aperçoive pas le corps de Pirin.

— Que cet homme explique au prince Siegfried que le maréchal va être conduit jusqu'à sa chambre, dit-il, s'adressant au régisseur en français. Il semble qu'il ait été victime d'une crise cardiaque, et il n'y a malheureusement rien qu'on puisse faire pour le moment, seulement attendre de voir s'il va s'en sortir. Il a besoin de sommeil et de calme absolu.

Dragomir répéta ces paroles au valet, qui repartit aussitôt.

— Je lui ai aussi demandé de faire venir les deux serviteurs dont je vous ai parlé. Ils porteront le maréchal à l'étage.

— Parfait, approuva Nicholas.

— Et la salle des banquets ? ajouta le régisseur en jetant un coup d'œil à la pièce en question. Si nous ne faisons pas débarrasser la table, cela risque d'éveiller les soupçons du personnel.

— Vous avez raison, acquiesça Darcy. Dans ce cas, récupérons le couvert de Pirin pendant qu'il en est encore temps, et dites aux valets d'emporter le reste. Je présume que le cyanure était destiné à un seul individu et n'a pas été saupoudré au hasard dans d'autres verres ou assiettes.

— Le repas touchait de toute façon à sa fin, dit Anton. Du reste, je ne vois pas comment la nourriture aurait pu être empoisonnée. Nous avons tous été servis à partir des mêmes plateaux. Il aurait été beaucoup trop risqué de mettre de côté un morceau de viande ou un légume additionné de cyanure afin de le déposer sur une assiette précise.

— Cela aurait été impossible, renchérit le comte. Les plateaux arrivent de la cuisine par le monte-plats, puis sont remis aux valets qui s'empressent de les présenter aux convives afin que rien n'ait le temps de refroidir.

— J'imagine qu'un domestique aurait eu la possibilité de renverser une capsule de cyanure sur un morceau de nourriture juste avant de le servir, dit Darcy, songeur. Mais, ainsi que vous le soulignez, Anton, le risque de commettre une erreur aurait été considérable…

Il fut interrompu par l'arrivée de deux individus de forte carrure. Dragomir leur parla à voix basse pendant un moment. Ils lancèrent un coup d'œil au corps du maréchal et hochèrent la tête. Puis ils s'approchèrent et le soulevèrent. Pirin était visiblement lourd.

— Nous ferions mieux de les aider, dit Nicholas à son frère. Ou ils ne parviendront jamais à le porter dans l'escalier. Il sera sans doute plus facile de le transporter assis sur un fauteuil.

— Ce serait tout à fait inconvenant, Votre Altesse, protesta le comte.

Nicholas s'esclaffa.

— Au vu des circonstances, je crains que nous ne devions oublier le protocole si nous souhaitons mener notre projet à bien. Quant à vous, ajouta-t-il à notre intention, rejoignez les autres invités et comportez-vous comme si de rien n'était. Si on vous interroge sur l'état de santé de Pirin, restez vagues. Et n'oubliez pas votre promesse.

— Et l'enquête ? nous rappela lady Middlesex. Et le couvert du maréchal qu'il nous faut examiner ?

— Je vais m'en occuper de ce pas, annonça Darcy.

Il retourna dans la salle des banquets et enveloppa l'assiette et le verre de la victime dans des serviettes.

— J'ai déplacé quelques-uns des autres couverts afin de ne pas éveiller les soupçons du personnel. Par ailleurs, si cela ne vous dérange pas, comte Dragomir et prince Nicholas, j'aimerais m'entretenir avec les serveurs avant qu'ils ne se dispersent et puissent bavarder entre eux. J'aurais besoin de vous comme interprète, comte.

— Pendant ce temps, mesdames, ne vous départez pas de votre flegme si typiquement anglais, recommanda Nicholas. Une fois dans le salon, montrez-vous gaies.

— Je crois que nous devrions aller nous coucher sans tarder, Bickett, déclara lady Middlesex. La soirée a été très pénible pour nous tous. J'espère sincèrement que nous pourrons repartir dès demain et reprendre le cours normal de notre voyage.

— Oh oui, moi aussi, répondit la dame de compagnie. À notre arrivée, j'avais pressenti que la mort régnait sur ce château, n'est-ce pas ? Mon intuition est rarement prise en défaut.

Sur ces entrefaites, elles prirent congé de nous.

— Vous devriez vous rendre au salon, Georgie, me conseilla Darcy. Tâchez surtout d'accaparer l'attention de Maria Theresa et de Siegfried afin qu'ils ne cherchent pas à nous suivre. Je vous rejoindrai dès que possible.

Un instant plus tard, je m'efforçai d'entrer discrètement dans le salon de réception. Mais tout le monde paraissait à cran et, dès que je franchis le seuil, Siegfried se leva pour venir à ma rencontre.

— Quelles sont les nouvelles, lady Georgiana ?

— Je n'ai aucune compétence médicale, je le crains, répondis-je. Il semblerait toutefois que le maréchal ait été victime d'une crise cardiaque. Il a été conduit à sa chambre. Il n'y a rien à faire, seulement le laisser se reposer.

— Je suis navré qu'il n'y ait aucun docteur parmi nous ni aucun moyen d'en faire venir un. À moins d'envoyer une automobile jusqu'à la ville de Braşov. Et vu que le col est encore bloqué, il faudra attendre le matin.

— Cette histoire de crise cardiaque ne me surprend guère, déclara ma mère d'une voix sonore et enjouée, rompant le silence morose qui planait sur l'assistance. Un visage rougeaud est toujours mauvais signe.

— Rien d'étonnant à cela avec un rustre pareil, renchérit Siegfried. Il ne sort jamais rien de bon lorsque l'on porte ces gens-là au pouvoir. Cela leur monte à la tête. Qu'on laisse régner ceux qui y sont destinés par leur rang – c'est ainsi que j'ai été élevé.

— Tu es tellement vieux jeu, Siegfried, le réprimanda sa sœur avant de se lever. Je suis désolée que ce pauvre maréchal soit souffrant, mais tâchons de finir la soirée un peu plus gaiement. Ce sont mes noces à venir que nous célébrons, après tout. Dansons un peu, d'accord ?

— Penses-tu que cela soit convenable, Maria ? s'enquit son frère.

— Oh, arrête un peu, Siegfried. Ce n'est pas comme si quelqu'un était mort. Il sera probablement de nouveau sur pieds dès demain et, vu qu'il est à l'étage, la musique ne le dérangera pas. Ces amis sont venus de toute l'Europe pour fêter l'événement avec moi, et je veux danser.

Elle lança un ordre, et des serviteurs roulèrent le tapis. Un pianiste et un violoniste apparurent et entamèrent bientôt une joyeuse polka. Matty entraîna un jeune comte sur la piste, pendant que Siegfried, à côté de moi, donnait l'impression qu'une odeur nauséabonde planait sous son nez – c'était sa physionomie habituelle, à dire vrai, mais elle paraissait plus accentuée encore qu'à l'ordinaire. Il se tourna alors vers moi en claquant des talons.

— Je devrais aller voir si le malade a besoin de moi, annonça-t-il. Je suis l'hôte des lieux en l'absence de mon père. Il n'est pas correct d'abandonner Nicholas dans l'adversité.

— Oh, je crois que le comte Dragomir a tout arrangé à la perfection, répondis-je. Il est très efficace. Avec lui, tout est réglé comme du papier à musique.

— Oui, c'est quelqu'un de bien.

— Est-il seulement chargé d'administrer le château de Bran ou séjourne-t-il d'habitude à Bucarest avec la famille royale ?

— Il se borne à gérer cet endroit. Étant donné qu'il n'est pas roumain de naissance, il serait impopulaire auprès de nos sujets.

— Vous n'êtes pas roumain non plus, Votre Altesse, fis-je observer en riant. Dans cette région d'Europe, aucune des familles royales n'est originaire du pays sur lequel elle règne.

— Ah mais nous avons du sang royal, c'est ce qui importe. Les peuples préfèrent être gouvernés par de vrais souverains, d'où qu'ils viennent, plutôt que par des parvenus qui abuseront de leur pouvoir.

— Et d'où vient le comte Dragomir ?

Siegfried haussa les épaules.

— Je ne m'en souviens pas exactement. De l'une des zones frontalières qui ont souvent changé de mains, je crois. Tout comme la Transylvanie, qui appartenait autrefois à l'empire de Habsbourg.

— Intéressant. L'histoire de cette région entière est fascinante, vous ne trouvez pas ?

— Une longue série de désastres et d'invasions par des barbares venus de l'Est, répliqua Siegfried. Espérons que la courtoisie occidentale finira par apporter paix et prospérité à ces territoires déchirés par les guerres, précisa-t-il tout en regardant autour de lui. Sur ces paroles, je devrais aller rendre visite au malade afin de m'assurer qu'il n'a besoin de rien.

Constatant qu'il s'apprêtait à quitter le salon, je fis l'inconcevable.

— Oh, non, dansez avec moi, je vous en prie, dis-je en le prenant par la main pour le conduire sur la piste.

— Lady Georgiana ! s'exclama-t-il en s'empourprant, comme offensé par mon audace. Bon, très bien, si vous y tenez.

— Oh oui, j'y tiens absolument ! assurai-je avec enthousiasme.

Il plaça une main sur ma taille et l'autre dans l'une des miennes. Ses doigts étaient froids et moites, comme de la peau de poisson. Il portait décidément bien le surnom que je lui avais donné en secret. Je me forçai à afficher un sourire radieux tandis que nous évoluions sur la piste.

— Dois-je supposer que vous êtes enfin revenue à la raison ? s'enquit-il. Vous avez pris conscience de l'évidence de notre situation, *ja* ?

De quelle situation voulait-il parler ? Savait-il quelque chose du meurtre de Pirin ? L'avait-il lui-même organisé ? À moins qu'il ne soit en train de faire allusion aux vampires, à tout hasard. Dans ce cas, peut-être voulait-il savoir si j'avais découvert l'affreuse vérité à propos de sa famille. Je devais faire montre de prudence. J'étais une invitée dans un château où nous étions tous bloqués par la neige, sans ligne téléphonique, à des kilomètres d'une ville où trouver quelqu'un qui puisse m'aider – à l'exception de Belinda et de Darcy.

— Quelle situation, Votre Altesse ?

— Vous avez compris qu'il était important de vous plier aux souhaits de votre famille et de jeter votre dévolu sur un parti convenable. Vous vous êtes rendu compte que vous deviez avant tout accomplir votre devoir.

Je commençai à entrevoir le sujet auquel il faisait allusion.

— Naturellement, notre union serait un mariage de convenance, comme si souvent parmi les membres de la royauté, mais je ferais un mari attentionné, sachez-le. Je vous laisserais beaucoup de liberté, et je crois que vous auriez une vie agréable si vous deveniez ma princesse.

Les mots « Jamais, même si vous étiez le dernier homme au monde ! », retentirent dans ma tête ; je ne pouvais pourtant les prononcer, par crainte qu'il ne quittât la pièce, furieux, pour aller trouver Pirin.

— Votre Altesse, je suis flattée que vous me considériez digne de ce rôle, alors que nombre d'autres jeunes femmes présentes ce soir ont un rang plus élevé que le mien. La princesse Hannelore serait sans nul doute un meilleur parti pour vous – c'est une compatriote, la fille d'un souverain, et pas une simple parente éloignée.

— Ah, dit-il en se rembrunissant. Elle aurait fait une épouse de choix, en effet, mais elle m'a laissé entendre qu'elle ne souhaitait pas s'établir pour le moment.

Elle l'avait donc repoussé, pensais-je en réprimant un sourire. Brave petite Hannelore !

— Elle est fort jeune, répondis-je avec tact. Peut-être souhaite-t-elle faire l'expérience du monde avant d'endosser les responsabilités incombant à une princesse.

Siegfried fit la moue.

— Je trouve cela ridicule. Les filles de sa condition se marient toutes à dix-huit ans. Il n'est pas recommandé de leur laisser une trop grande latitude, elles risquent de devenir frivoles. Voyez ma sœur. On lui a permis de passer un an à Paris et à présent…

Il s'interrompit brusquement, parut se ressaisir, puis reprit :

— Au moins, elle est revenue à la raison, elle aussi. Elle s'apprête à épouser un excellent parti.

Tout près de la piste de danse, le visage de Belinda s'illumina, et je m'aperçus qu'Anton l'avait rejointe. Nicholas était là également. En revanche, je ne vis pas Darcy. La musique s'arrêta, et des applaudissements polis s'élevèrent. Mon cavalier claqua des talons.

— J'ai apprécié cette danse et notre petite discussion, lady Georgiana. Puis-je désormais employer votre prénom lorsque nous serons seuls ? Vous pourrez faire de même. Évidemment, en public, je tiens à ce que vous m'appeliez « monsieur » ou « Votre Altesse ».

— Naturellement, monsieur. Oh, le prince Nicholas est de retour. Je me demande s'il a des nouvelles du malade.

Par chance, mon petit stratagème fut efficace, car Siegfried s'éloigna à grands pas en direction de Nicholas. Je vis ce dernier parler tout en gesticulant, cherchant sans nul doute à empêcher Siegfried d'aller rendre visite à Pirin. À cet instant, Belinda et Anton s'approchèrent de moi.

— Vous m'aviez l'air terriblement copains, Siegfried et toi, sur la piste de danse, murmura-t-elle. Si tu cherches à rendre Darcy jaloux, cela ne risque pas de marcher. J'ai cru comprendre qu'il comptait passer la nuit au chevet du maréchal.

— Je n'ai pas l'intention d'aller plus loin avec Face de Poisson, ne t'inquiète pas. Disons que j'ai agi ainsi pour une bonne cause.

J'embrassai le salon du regard et j'eus soudain le tournis, entre les conversations, les lumières vives et la tension éprouvée ce soir-là. Puisque Darcy allait jouer à la sentinelle auprès de Pirin, à quoi bon rester éveillée ? Soudain, je n'eus qu'une envie : être au calme, en sécurité, éloignée de tout danger. Je m'esquivai discrètement et regagnai ma chambre. Aucun signe de Queenie, ce qui ne me surprit guère. Elle était probablement en train de ronfler dans son lit. Je m'approchai de la fenêtre et vérifiai que les volets étaient bien fermés de l'intérieur. J'ouvris même l'armoire et, après avoir pris plusieurs profondes inspirations, le coffre ; certaine d'être bel et bien seule dans la pièce, je poussai un lourd fauteuil contre la porte et me déshabillai. Je répugnais cependant à éteindre la lumière. Les vampires pouvaient-ils traverser les murs ? Ou des volets fermés ? La créature que j'avais vue gravir les murailles du château était probablement capable d'exploits tout aussi invraisemblables. Je me mis au lit et tirai les couvertures à moi. Le feu qui rougeoyait encore dans l'âtre n'avait pas réellement réchauffé la chambre. Pas moyen de fermer l'œil. Je ne cessais de vérifier chaque recoin de la pièce, les visages sculptés des moulures de l'armoire qui m'observaient, puis le coffre, sur lequel mon regard ne pouvait s'empêcher de se poser.

Ton imagination te joue des tours, me dis-je. *Il doit y avoir une explication plausible à ce qu'il t'est arrivé hier. C'est une chambre parfaitement ordinaire, tu y es en sécurité et…*

Je me rassis soudain dans mon lit. Je venais de me rendre compte que le portrait accroché au mur était à présent complètement différent de celui qui s'y était trouvé la veille.

19.

Dans la chambre des horreurs
Château de Bran
Nuit du jeudi 17 au vendredi 18 novembre 1932

Ce n'était plus le jeune homme séduisant, à l'air effronté, qui m'observait. Ce nouveau personnage paraissait appartenir à une époque plus ancienne, avec son sourire méprisant assez semblable à celui de Siegfried, un col montant et un chapeau de velours – pareil à une houppette juchée sur son crâne. La peinture était craquelée et éraflée, comme dans nombre de vieilles œuvres d'art. Je pris alors conscience que le tableau qui avait disparu avait dû être relativement récent : je me rappelai qu'il était peint plus grossièrement, la liberté des coups de pinceau évoquant l'impressionnisme à la française ou un mouvement plus tardif.

Je m'étendis de nouveau en m'efforçant de ne pas prêter attention au regard hautain du portrait et tâchai d'apaiser mon esprit en ébullition. Il s'était passé trop de choses depuis mon départ de Londres : l'inconnu qui m'avait épiée dans le train, l'homme qui avait essayé de pénétrer dans ma cabine, puis le même sentiment d'être observée sur le quai de la gare. J'avais ensuite vu une créature escalader la muraille, le jeune homme du portrait se pencher au-dessus de mon lit, un rictus aux lèvres, et Matty avec du sang lui coulant sur le menton. Et maintenant, un maréchal avait été tué. Mlle Bickett n'avait apparemment pas eu tort de qualifier l'endroit de maison des horreurs. Mais quel était le lien entre tous ces événements ? Pour quelle raison étrange quelqu'un aurait-il cherché à m'espionner dans le train ? Et si le château était réellement peuplé de vampires, pourquoi se servir de poison pour tuer Pirin ? Tout cela ne rimait à rien. Je me blottis dans mon lit en songeant que j'aurais préféré rester à Londres. J'aurais aussi aimé savoir où était située la chambre du maréchal, car Darcy s'y trouvait et j'avais par-dessus tout besoin qu'il me prenne dans ses bras rassurants. Je m'interrogeai brièvement sur les motifs de sa venue. Nicholas l'avait-il vraiment invité ou s'était-il encore une fois incrusté à une fête sans y avoir été convié, ainsi qu'il en en avait l'habitude ? Après tout, lors de notre première rencontre, il m'avait traînée jusqu'à une réception de mariage de la haute société pour y jouer les pique-assiettes en m'avouant sans détours qu'il avait régulièrement recours à ce stratagème. C'était sa façon à lui de s'assurer un bon repas une fois par semaine, et je devinai qu'il aimait aussi le frisson d'interdit que cela lui procurait.

L'épuisement finit par me gagner, et je dus m'assoupir, car je fus réveillée par un tapage effroyable – qui n'avait rien à voir avec celui d'une réception de mariage. Je bondis si vite hors de mon lit que je lévitai presque, aussitôt alerte et regrettant de ne pas être allée me coucher avec le chandelier, cette fois. À la lueur rougeoyante du feu, je ne distinguai qu'une silhouette corpulente vêtue de blanc, qui se dressait à l'entrée de la pièce.

— Qui est là ? demandai-je, m'efforçant d'adopter un ton dur, plein d'assurance.

Je pris alors conscience que cette personne, quelle qu'elle fût, se tenait entre moi et l'interrupteur.

— Désolée, mam'zelle.

— Queenie ? lançai-je, ma peur cédant la place à l'irritation. Que diable faites-vous ici ? Si vous êtes venue m'aider à me déshabiller, sachez que vous avez près de deux heures de retard.

— J'voulais pas vous déranger, mam'zelle, et c'est pas exprès non plus que j'ai renversé quelque chose, mais j'étais obligée de venir. J'ai vu un homme dans ma chambre.

— En temps normal, je vous aurais répondu que vous prenez vos désirs pour des réalités.

— C'est la pure vérité, mam'zelle. Je me suis réveillée et il était là, devant ma porte. J'ai eu une peur bleue, mam'zelle, et j'ai pas osé bouger.

— Qu'a-t-il fait ? m'enquis-je sans avoir envie d'entendre la réponse.

— Rien. Il est resté là, comme s'il tendait l'oreille. Ensuite, j'ai dû lâcher un petit hoquet, vu qu'il s'est tourné vers moi et m'a regardée. Et puis il est sorti furtivement de la pièce, comme si de rien n'était. J'suis venue vous voir immédiatement, mam'zelle. Pour rien au monde je remonterai me coucher là-haut.

Tout en parlant, elle s'était approchée de mon lit ; elle était maintenant debout près de moi – elle-même plutôt terrifiante dans sa large chemise de nuit de flanelle, les cheveux en papillotes.

— Vous me croyez, hein, mam'zelle ?

— À vrai dire, oui. Un homme m'a aussi rendu visite la nuit dernière.

Je me gardai bien d'ajouter qu'un autre homme avait été assassiné ce soir-là. S'agissait-il d'un inconnu qui cherchait à se dissimuler à l'étage où logeaient les domestiques ou du vampire qui avait élu domicile dans le château et qui s'y promenait à sa guise ?

Soudain, ma colère prit le dessus. Plus question d'être une petite souris effarouchée ! Mes ancêtres Rannoch n'auraient pas reculé devant quelques vampires. Ils auraient trouvé le pieu le plus proche – ou une gousse d'ail, au moins – et seraient passés à l'attaque.

— Allons dans votre chambre, décidai-je. Je tiens à découvrir le fin fond de cette histoire sur-le-champ.

Sur ces mots, je m'enveloppai dans mon étole de fourrure et sortis dans le couloir.

— En route, Queenie ! Si nous nous dépêchons, nous arriverons peut-être à l'attraper. Avez-vous eu le temps de bien l'observer ?

— Plus ou moins. Le volet ferme pas bien, et la lune brillait par la fenêtre. Il était jeune, mince et blond, précisa-t-elle avant de marquer une pause. C'est tout, j'crois. J'ai pas pu voir son visage. Mais quel intérêt d'y retourner maintenant ? Il avait déjà filé quand j'ai quitté ma chambre. Et j'ai remarqué personne non plus en descendant jusqu'ici.

— Je préfère aller vérifier au cas où, répliquai-je avant de m'éloigner à grands pas, si vite que Queenie dut se mettre à courir pour rester à ma hauteur.

Nous nous engageâmes dans un interminable escalier en colimaçon qui nous conduisit dans l'une des tours. Un clair de lune froid et argenté filtrait derrière les volets, créant des ombres étranges sur le palier. Je dois avouer que je me sentais déjà moins vaillante que je l'avais été quelques minutes plus tôt. Et quand j'aperçus la silhouette d'un homme debout derrière une colonne, j'eus un coup au cœur et m'immobilisai.

— C'est encore une de ces armures, mam'zelle, dit Queenie. La première fois que je l'ai vue, elle m'a flanqué une de ces trouilles, à moi aussi.

— Je préfère simplement me montrer prudente, déclarai-je.

J'eus le plus grand mal à passer devant celle-ci d'un air nonchalant, tant j'avais l'impression que les fentes de la visière, pourtant vides, me scrutaient. J'aurais même pu jurer que l'armure me suivait du regard. Dès que nous atteignîmes la chambre de Queenie, j'ouvris la porte à toute volée et j'allumai la lumière. C'était spartiate à l'extrême, ainsi qu'elle l'avait décrit : une couche étroite, pareille à un lit de camp, deux étagères, une patère et une table de toilette démodée. Il n'y avait pas même un petit tableau au mur afin d'égayer l'atmosphère.

— Ma foi, il n'y a aucune cachette possible dans cette pièce, constatai-je. Et je ne vois pas ce qui pourrait inciter quiconque à visiter les lieux.

— Moi non plus, mam'zelle. À moins qu'il soit entré là parce qu'il avait peur d'être vu.

— Queenie, il vous arrive d'être étonnamment futée.

— Vraiment, mam'zelle ? fit-elle, comme surprise. Mon vieux papa dit toujours que je dois avoir une jumelle cachée, vu que la jugeote et moi, ça fait deux.

Je me dirigeai vers la fenêtre, ouvris le volet et regardai au dehors. Le clair de lune avait transformé le paysage enneigé en scène magique – une neige que j'imaginai aussitôt épaisse, crissante, étale. Seuls les soupirs du vent autour des tourelles rompaient le silence ; puis je crus distinguer un hurlement dans le lointain, auquel un autre répondit, plus proche, cette fois. Et je vis un loup se faufiler dans la forêt.

Naturellement, je pensai d'emblée aux loups-garous. Si, selon toute apparence, les vampires existaient pour de bon, alors pourquoi ne serait-ce pas le cas d'autres créatures infernales ? Nous étions en Transylvanie, après tout. Était-il franchement possible que l'inconnu que Queenie avait vu dans sa chambre ait pu descendre par la muraille avant de reprendre sa forme mi-homme mi-animale ? La part rationnelle de mon esprit – que je devais à ma saine éducation écossaise – savait qu'il s'agissait d'inepties, mais par une nuit pareille, dans un lieu tel que ce château, j'étais prête à croire n'importe quoi.

Tandis que je me penchais davantage et regardais alentour, je remarquai tout près de moi un objet ondulant qui ressemblait à un serpent ; luisant au clair de lune, il paraissait doté d'une vie propre. Je reculai d'un bond avant de me rendre compte que c'était une simple corde qui pendait le long du mur extérieur. Si quelqu'un avait grimpé jusqu'ici, il avait un complice déjà présent dans le château. Et si quelqu'un était entré dans la chambre par ce moyen, il était reparti.

— Vous avez raison, Queenie, il n'y a aucun intérêt à traîner ici, nous allons prendre froid. Je suis certaine que votre mystérieux jeune homme a filé depuis un moment. Je retourne me coucher.

— Est-ce que j'peux venir avec vous, mam'zelle ? demanda-t-elle en s'agrippant à la manche de ma chemise de nuit. J'peux pas dormir là toute seule après ce qui s'est passé. Je fermerai pas l'œil, je le sais !

— Vous souhaitez redescendre avec moi ?

— Oui, s'il vous plaît, mam'zelle. Je m'assiérai devant le feu, si vous voulez. Je m'en fiche. Simplement, ça me dit rien de rester toute seule.

J'étais sur le point de rétorquer que cela ne se faisait pas, mais elle était pâle comme un linge et je ne me sentais moi-même pas très solide sur mes jambes.

— D'accord, dis-je, refusant d'admettre que j'étais heureuse de sa compagnie. Je suppose que je peux faire une exception. Suivez-moi.

Nous regagnâmes ma chambre sans croiser personne. Je me mis au lit et Queenie s'assit docilement sur le tapis placé devant l'âtre, les genoux ramenés contre sa poitrine, m'offrant une bonne imitation de Cendrillon. Entre mon éducation et mon bon cœur, ce fut le second qui l'emporta.

— Il y a beaucoup de place dans ce lit, Queenie. Venez donc m'y rejoindre, ou vous risquez de mourir de froid.

Pleine de reconnaissance, elle vint s'allonger. Réconfortée par la chaleur d'un autre corps près du mien, je m'endormis.

20.

Château de Bran
Vendredi 18 novembre 1932

Je fus réveillée par des sonneries de cors. Le genre de bruit que j'associais avec un bataillon partant au combat ou alertant les occupants d'un château de la progression de l'ennemi. Je quittai mon lit d'un bond et me dirigeai vers la fenêtre. J'étais presque certaine que de nos jours, en Europe centrale, des armées conquérantes ne surgiraient pas à l'improviste – mais on ne savait jamais, et je n'avais pas envie d'être prise au dépourvu en petite tenue. J'ouvris les volets non sans peine, car ils avaient gelé pendant la nuit, juste à temps pour voir une procession de grosses automobiles noires arborant des étendards royaux gravir la pente enneigée qui menait au château. Campés sur les remparts, des hérauts soufflaient dans de longs cors. Le col de montagne avait dû être rouvert, et les parents des fiancés arrivaient.

Je m'empressai de refermer les volets, étant donné qu'il faisait un temps glacial, me réjouissant du thé que j'allais pouvoir déguster avant de devoir être présentée aux souverains. Il faisait grand jour, et ma femme de chambre aurait dû être là… Je me souvins alors que Queenie était déjà là, justement. Je regardai du côté de mon lit, où elle dormait encore béatement, la bouche bée – autant dire que ça n'était pas beau à voir.

— Queenie ! hurlai-je en me dressant au-dessus d'elle.

Elle ouvrit les yeux et esquissa un vague sourire.

— Oh, salut, mam'zelle.

— Les personnages royaux arrivent à l'instant. Il faut que je m'habille pour les présentations. Et j'aimerais ma tasse de thé du matin. Allez, debout.

Elle s'assit lentement et bâilla à s'en décrocher la mâchoire.

— Pas d'problème, mam'zelle, répondit-elle sans bouger.

— Maintenant, ajoutai-je.

Elle se leva en vacillant sur ses jambes et baissa les yeux vers sa tenue.

— Pardieu, mam'zelle, j'peux tout de même pas me promener comme ça dans les couloirs ! Qu'est-ce que les gens penseront ? Je m'ferais passer un savon, pour sûr.

— Je suppose qu'il vaut mieux vous habiller, en effet, mais je n'ai pas de peignoir à vous prêter… puisque vous avez oublié d'en mettre un dans mes bagages, répliquai-je en ouvrant mon armoire. Tenez, passez donc mon manteau. Et rapportez-le quand vous reviendrez avec mon thé.

Elle s'arrêta sur le seuil de la pièce.

— À propos, cette histoire de thé… Qu'est-ce que je suis censée faire, au juste ?

— Allez à la cuisine, dites que vous venez chercher le plateau de lady Georgiana et montez-le jusqu'ici. Est-ce si compliqué que cela ?

Elle fronça les sourcils.

— OK. Ça sera fait en deux coups de cuiller à pot, mam'zelle.

Puis elle sortit d'un pas nonchalant. Il fallait que je me débarrasse de cette fille, songeai-je. Dieu merci, je ne l'avais engagée que pour une courte période.

Je décidai de ne pas compter sur son aide pour faire ma toilette matinale. J'étais par conséquent lavée et habillée quand, rouge et haletante, elle réapparut avec mon plateau.

— Il y a vraiment trop d'escaliers dans cette baraque, mam'zelle. Au fait, j'ai croisé un type qui vous cherchait.

— Quel genre de type ?

— Oh, trop beau, mam'zelle. Avec des cheveux sombres. Et il parle un anglais parfait. Pas comme tous ces étrangers, ajouta-t-elle avec dédain.

— Et que vous a-t-il dit ?

— Qu'il était temps que vous vous réveilliez et qu'il vous attendait dans la salle à manger.

— Oh, fis-je en me sentant légèrement rougir. Dans ce cas, je ferais mieux de m'y rendre sur-le-champ.

— Et qu'est-ce que je fais du thé que j'viens de vous apporter ? demanda Queenie.

— Vous n'avez qu'à le boire. Et n'oubliez pas de cirer mes chaussures.

Sur ce, je m'élançai dans le couloir. Un de ces jours, il faudrait que j'apprenne à me montrer plus autoritaire avec les domestiques. Lady Middlesex avait entièrement raison. Même si je savais Queenie irrécupérable.

Lorsque j'entrai dans la salle à manger, Darcy était seul, assis devant une tasse de café. Il se leva à ma vue.

— Tiens donc, voilà la Belle au bois dormant. Vous trouvez raisonnable de vous lever si tard ?

— Quelle heure est-il, exactement ?

— Presque dix heures.

— Oh, mince alors ! m'exclamai-je. J'ai passé une nuit mouvementée. Et il a fallu que je rattrape mon sommeil perdu.

— Mouvementée ? Par quoi, au juste ?

Il me dévisageait de son regard si singulier, à demi amusé, qui me faisait toujours défaillir.

— Ma bonne m'a réveillée pour m'informer qu'un homme s'était introduit dans sa chambre.

— La veinarde. Et qu'attendait-elle de vous ? Que vous lui donniez votre bénédiction ou que vous assistiez à ses ébats ?

— Darcy, ce n'est pas drôle. Elle était terrifiée, la pauvre. Je suis montée vérifier par moi-même, mais l'intrus était reparti, évidemment.

— Un Roumain passionné qui s'est entiché d'une prude demoiselle anglaise, peut-être ?

— Il n'y a pas de quoi rire, Darcy ! rétorquai-je sèchement. Je sais exactement ce qu'elle a éprouvé car il m'est arrivé la même chose la nuit précédente.

— Et qui était-ce, que je lui règle son compte ?

— Je ne le connais pas, dis-je, secrètement enchantée par sa réaction. En fait, je le soupçonne d'être un vampire.

Je vis son sourire s'élargir.

— Je vous interdis de rire, le prévins-je en faisant mine de le frapper.

Il attrapa mon poignet dans sa main et le retint fermement tout en me scrutant.

— Arrêtez un peu, Georgie. Nous sommes en Transylvanie, j'en ai bien conscience, mais vous ne croyez pas davantage que moi à ces créatures.

— Depuis que je suis arrivée ici, je ne sais plus que penser. J'ai bel et bien vu un jeune inconnu se pencher au-dessus de mon lit en souriant et en marmonnant quelque chose dans une langue étrangère. Et quand je me suis rassise, il s'était évanoui dans l'ombre.

— Auquel cas il s'est trompé de chambre et a dû être aussi choqué que vous lorsque vous vous êtes redressée. Cette manie de passer d'un lit à l'autre est extrêmement courante dans ce genre de demeure. Mais sans doute l'ignoriez-vous. Vous avez mené une existence très protégée, jusqu'à récemment.

— Pourtant, il ressemblait en tous points au portrait accroché dans ma chambre, expliquai-je. Un portrait qui a été changé depuis hier soir. D'ailleurs, j'ai aussi vu quelqu'un grimper le long de la muraille…

— Vraiment ? C'est plutôt suicidaire.

— Ma foi, je ne l'ai pas inventé. Et j'ai également trouvé, dans un coffre de ma chambre, une cape couverte de flocons de neige qui a ensuite disparu.

— Grands dieux, tout cela semble fort dramatique.

— Vous ne me croyez donc pas ?

— Je dirais que la nourriture trop riche vous a incitée à faire des rêves très réalistes, ma douce.

— Je n'ai pas rêvé, insistai-je. Depuis mon arrivée, je pressens un danger. La dame de compagnie de lady Middlesex l'a perçu elle aussi, ainsi qu'elle l'a dit hier soir. Et cela n'expliquerait pas les autres incidents étranges qui se sont produits.

— Quels incidents étranges ? demanda-t-il d'un ton soudain abrupt, tandis qu'il serrait plus fort mon poignet.

— Pour commencer, quelqu'un m'a espionnée dans le train. Un homme qui a ensuite essayé de s'introduire dans mon compartiment et…

Je m'interrompis, car il affichait de nouveau un grand sourire.

— Qu'est-ce qu'il y a encore ? Vous continuez de ne pas me croire ?

— Oh si, je vous crois. Je dois vous avouer une chose : dans le train, c'était moi.

— Vous ?

— Oui. J'ai eu vent du train que vous deviez prendre, et j'ai pensé qu'il serait judicieux de garder l'œil sur vous. C'était sans compter la vieille virago qui m'a obligé à garder mes distances.

— Attendez une minute… Si vous étiez dans le même train, comment êtes-vous arrivé jusqu'au château ? Une avalanche a bloqué le col peu de temps après notre passage.

— Je n'ai pas manqué de m'en apercevoir. Le temps que je trouve une auto pour me conduire jusqu'ici, la fichue route était coupée.

— Dans ce cas, comment vous y êtes-vous pris pour la franchir ?

— J'ai fait preuve d'initiative, ma chère. Je suis allé aussi loin que possible en voiture, puis j'ai marchandé pour qu'on me prête des skis, et c'est ainsi que j'ai pu passer le col. Je dois dire que filer à vive allure dans la pente menant au château était particulièrement excitant.

— Vous me faites marcher.

— Absolument pas. Vous me croyez capable de vous mentir ?

— Parfois oui, je le crains.

Il n'avait pas lâché mon poignet, et nous nous tenions face à face, les yeux dans les yeux.

— Je n'ai pas souvenir de vous avoir déjà menti, reprit-il. J'ai peut-être seulement omis de mentionner une part de la vérité, lorsque les circonstances m'interdisaient de tout vous dévoiler.

— Dites-moi la vérité, maintenant. Êtes-vous là parce que Nicholas vous a invité en tant que garçon d'honneur, parce que vous souhaitez garder l'œil sur moi ou encore parce que vous avez décidé de jouer de nouveau les pique-assiettes ?

— Et si je vous disais que je ne peux vous répondre, que penseriez-vous ?

— Que vous avez probablement été envoyé ici comme agent secret, pour une raison que j'ignore, par quelqu'un dont vous ne pouvez me révéler le nom.

— Oui, c'est plus ou moins cela. Je me bornerai à ajouter que certaines personnes ont jugé bon d'avoir des yeux et des oreilles sur place, au cas où des ennuis surviendraient.

— Vous vous attendiez donc à ce qu'il se passe quelque chose ?

— Et si nous allions nous promener ? proposa-t-il en me prenant par la main.

— Où donc ?

— Autour du château.

— Tout est enneigé, peut-être l'avez-vous oublié.

— Allez enfiler des bottes et un manteau. Et rejoignez-moi dans le vestibule d'ici cinq minutes.

— Mais je n'ai pas pris mon petit déjeuner, protestai-je, affamée, en jetant un coup d'œil aux plats disposés sur le buffet.

— Cela peut attendre. Nous n'aurons peut-être pas d'autre occasion d'être seuls. En ce moment même, Leurs Altesse Royales accueillent leurs parents respectifs, et nous pouvons donc en profiter pour nous éclipser.

— Très bien, acquiesçai-je. Laissez-moi au moins le temps de boire une tasse de café.

Je l'avalai d'un trait, puis regagnai ma chambre à la hâte. Là, comme de bien entendu, je découvris que Queenie avait oublié de rapporter mon manteau, et je dus lui demander d'aller le chercher. Quelques instants plus tard, Darcy m'attendait avec impatience en bas de l'escalier. Les gardes postés devant la porte nous saluèrent avant de l'ouvrir. Dans la cour, la neige avait été déblayée, et j'y aperçus les automobiles noires. Nous la traversâmes pour rejoindre les hautes grilles. Le concierge nous dévisagea d'un air surpris quand nous lui indiquâmes que nous souhaitions sortir.

— Beaucoup de neige, répondit-il en allemand. Et personne doit partir.

— Nous allons seulement faire une courte promenade, répliqua Darcy. Les Anglais ont besoin d'air pur.

Ayant conclu que nous étions des Anglais qui avaient perdu la tête, l'homme ouvrit une petite porte qui jouxtait les grilles et nous la franchîmes pour nous aventurer dans le monde extérieur. Une couche immaculée de poudreuse se déployait devant nous. Les branches des pins ployaient sous le poids de la neige, laquelle glissait de temps à autre en contrebas en émettant un léger bruit sourd. Tout avait revêtu un éclat éblouissant. Darcy me prit par la main et nous avançâmes sur le sol qui crissait sous nos bottes, suivant les traces laissées par les pneus des automobiles ; nous atteignîmes bientôt les arbres situés à la base du promontoire sur lequel se dressait le château. Des bourrasques glaciales venaient du col, et j'avais le nez et les oreilles gelés. Le silence était total, à l'exception d'une branche morte qui vibrait dans le vent.

— C'est charmant, dis-je, mon souffle restant suspendu dans l'air froid comme un petit nuage. Charmant, mais frisquet.

— Je voulais vous parler loin des oreilles et des regards indiscrets, répondit Darcy. J'aimerais savoir ce que vous pensez de la mort de Pirin. Les parents de Nicholas sont arrivés ce matin, et il va bien falloir que son père apprenne la vérité à un moment ou à un autre. Nicholas ne pourra pas la lui cacher éternellement. Mais j'aimerais avoir découvert l'identité du meurtrier du maréchal avant que cela ne se produise ; nous pourrons ainsi éviter un incident diplomatique.

J'opinai du chef.

— Vous devez bien avoir une idée sur la question, insista-t-il.

— En réalité, pas vraiment. J'étais assise face à lui pendant le dîner, et je ne vois pas comment il a pu être empoisonné. Les valets et le comte Dragomir sont les seuls à s'être approchés de lui. Les premiers ont servi à chacun de la nourriture qui provenait des mêmes plateaux ; quant au vin, il n'a cessé de faire remplir son verre.

— Vous en avez donc été témoin ?

— Oui, et les domestiques ont utilisé les mêmes carafes pour tous les convives.

Darcy fronça les sourcils.

— Le cyanure fait effet presque immédiatement. Il est donc peu probable qu'il se trouvait dans la nourriture, car son assiette était parfaitement saucée. Malheureusement, quand il s'est effondré, il a renversé son verre, dont le contenu restant s'est répandu sur la table. Nous n'y avons cependant pas découvert de résidu de poison.

— Est-il possible de mettre le poison dans une sorte de capsule et de retarder ainsi les effets sur l'organisme ?

— Oui, je suppose, mais au train où il mangeait et buvait, il l'aurait sûrement ingérée assez tôt au cours du repas et serait mort bien avant quoi qu'il arrive.

— En effet, vous avez raison.

— C'est déconcertant. En tout cas, maintenant que le col est dégagé, je peux faire envoyer son couvert au laboratoire le plus proche afin que des tests soient effectués. Nous apprendrons alors peut-être comment le cyanure a été administré. Malgré tout, cela ne nous dira rien sur le mobile du meurtre.

— Oh, nombreux étaient ceux qui ont pu vouloir la mort de Pirin, répondis-je.

— Vraiment ? demanda Darcy en me regardant avec intérêt.

— C'était un individu odieux, n'est-ce pas ? dis-je en riant avec embarras. Il reluquait les femmes, il insultait les hommes. Il appelait Nicholas par son prénom, voyez-vous. En public. Jamais un général anglais ne se risquerait à appeler le prince de Galles David. Seule Mme Simpson ose le faire.

— Je sais bien que Nicholas et Anton ne l'aimaient pas, mais ce sont tous deux des jeunes gens intelligents. Ils ont conscience que la stabilité politique de la région est en jeu. Et si l'un d'eux avait voulu le tuer, il aurait attendu une occasion plus propice. J'ai cru comprendre qu'ils sont allés chasser, hier. Pourquoi ne pas avoir abattu Pirin en feignant de le prendre pour un sanglier ? D'ailleurs, pourquoi ne pas l'avoir tout simplement poussé hors du train avant son arrivée au château de Bran ?

— Au fond, vous êtes quelqu'un de sanguinaire, n'est-ce pas ?

Darcy afficha un large sourire.

— Oh non, ma chère. Je suis un romantique. Mais j'ai souvent été confronté à de dures réalités au cours de ma vie. Bon, qui d'autre aurait pu vouloir l'assassiner ?

— Et les serveurs ? Avez-vous eu l'occasion de les interroger ?

— Très brièvement. J'ai noté leurs noms, et je peux demander à ce que leurs antécédents soient examinés de manière plus approfondie dès que nous pourrons de nouveau communiquer avec le monde extérieur. D'après ce que j'ai pu constater, ils correspondent à la description de Dragomir : ce sont des gens des environs, employés par le château depuis longtemps et qui n'ont aucune raison de se sentir concernés par ce qui se passe en Bulgarie.

— Et le comte ? suggérai-je. Il se tenait derrière la table. S'il s'était avancé pour lâcher quelque chose dans l'assiette ou le verre de Pirin, je ne m'en serais sans doute pas aperçue. Que savez-vous de lui ?

— Pas grand-chose.

— J'ai appris qu'il n'était pas originaire de Roumanie.

— Vraiment ?

— C'est Siegfried qui me l'a dit. Voilà pourquoi il n'a pas pu obtenir de poste plus important au sein de la cour roumaine. Il vient d'une zone frontalière qui a changé de mains à plusieurs reprises. Et s'il était à la solde d'un autre gouvernement ?

Les yeux de Darcy s'illuminèrent.

— C'est une possibilité, en effet. Bien vu, ma vieille.

Je ne pus m'empêcher de rire.

— Qu'y a-t-il ?

— J'ignorais que vous me considériez comme « votre vieille ». Je m'attendais à quelque chose d'un peu plus romantique.

Il se rapprocha de moi et glissa son bras autour de ma taille.

— Je réserve certains termes pour un moment plus opportun, quand nous serons seuls dans une chambre par exemple, dit-il avant de m'embrasser. Hmm, vos lèvres sont délicieusement froides. Elles ont besoin d'être réchauffées.

Son deuxième baiser ne fut pas aussi doux et nous laissa tous deux à bout de souffle.

— Je devrais rentrer afin de prêter main-forte à Nicky et Anton, déclara Darcy en desserrant notre étreinte à contrecœur. Leur père risque de vouloir rendre visite au maréchal alité d'un instant à l'autre. Je n'ai pas la moindre idée de la façon dont ils vont se tirer de ce mauvais pas, et je regrette de ne pas disposer d'informations concrètes à propos de ce meurtre. Je peux toujours interroger Siegfried au sujet du passé de Dragomir ; cependant, là encore, je ne pourrai pas apprendre grand-chose de neuf avant que la ligne téléphonique ne soit rétablie.

— Et Siegfried s'étonnera de vos questions, fis-je observer. Il est peut-être détestable, mais pas stupide. Hier soir, il tenait absolument à aller voir Pirin dans sa chambre, et j'ai dû l'en dissuader en usant de mes charmes féminins.

Darcy éclata de rire.

— Je ne suis pas certain que ce genre de charmes aient de l'effet sur Siegfried, répondit-il tandis que nous nous mettions à gravir la pente menant au château.

— Quoi qu'il en soit, il a reparlé de mariage.

Je m'attendais à ce que l'idée l'amuse. Au lieu de quoi il répliqua :

— Vous devriez probablement accepter. Vous ne trouverez sans doute pas de meilleur parti. Vous deviendriez « princesse Georgie », et peut-être la « reine Georgie », un de ces jours.

— Ne dites pas une chose pareille, même pour plaisanter. Vous ne voudriez pas me voir mariée à Siegfried, tout de même ?

— Je suis convaincu qu'il vous autoriserait à avoir un amant, vu que ses penchants sont tout autres.

— Justement, il me l'a déjà proposé. C'est ainsi que cela se passe dans les cercles royaux, je présume, mais ce genre de vie n'est pas pour moi.

Je sentis Darcy me serrer plus fort la main.

— Georgie, vous savez que je suis un très mauvais parti. Je n'ai rien à offrir à une femme. Je ne possède même plus de charmant petit château en Irlande. Je vis d'expédients, et je ne vois pas comment je pourrais un jour entretenir une épouse. Par conséquent, vous devriez vous montrer un peu plus raisonnable et m'oublier.

— Je n'ai pas envie de vous oublier, répondis-je d'une voix tremblante. Et je n'ai pas besoin d'un château.

— J'ai du mal à vous imaginer heureuse dans un petit appartement de Putney, c'est bien trop populaire pour quelqu'un de votre statut. Et votre famille n'approuverait sans doute pas notre union. Quoi qu'il en soit, je ne suis pas encore prêt à me mettre en ménage. Je compte d'abord me faire un nom dans le monde et, de votre côté, il faut vous enrichir de nouvelles expériences.

Le reste du trajet se fit en silence. Serais-je vraiment heureuse dans un petit appartement ? Arriverais-je à m'habituer à un monde que je ne connaissais pas, à mener une existence en disposant de très peu d'argent, sans aucun luxe, auprès d'un époux qui ne pourrait me parler de sa carrière et qui disparaîtrait pendant de longues périodes ? Je décidai alors de cesser de penser à mon avenir, du moins pour l'heure.

21.

Alors que nous nous approchions des impressionnantes grilles, je levai les yeux vers le château, et une pensée me traversa l'esprit.

— Darcy... sans doute l'homme qui est entré dans ma chambre et celui que j'ai vu monter le long de la muraille n'étaient qu'une seule et même personne. Croyez-vous que cet individu puisse avoir un rapport avec le décès de Pirin ? Peut-être a-t-il été envoyé ici pour le tuer.

Mon compagnon fronça les sourcils.

— Je ne vois pas comment quelqu'un venu de l'extérieur aurait pu administrer le poison. Comme je vous l'ai dit, la mort est d'ordinaire presque instantanée. Et je préfère écarter votre théorie vampirique pour le moment, ajouta-t-il en me lançant un coup d'œil.

Voyant que je m'apprêtais à protester, il s'empressa de poursuivre :

— Quant à cet homme penché au-dessus de vous... Qui sait, l'un des garçons d'honneur de Nicholas s'est probablement entiché de vous. Ou s'est tout simplement trompé de porte. C'est une erreur compréhensible dans une demeure comme celle-ci.

— Oui, je sais, dis-je, me rappelant avec embarras ce qui m'était arrivé. L'autre soir, j'ai moi-même commis la bévue de frapper à la porte de Siegfried, voisine de la mienne.

Darcy s'esclaffa.

— Ma foi, cela explique tout, n'est-ce pas ? Je parie que ce jeune inconnu avait prévu de faire une visite nocturne à Siegfried. Rien d'étonnant à ce qu'il ait été choqué à votre vue.

Tandis que nous gravissions le perron, je réfléchis à cette hypothèse. Elle me paraissait plausible, et je la préférais à toute explication surnaturelle. Elle ne nous apportait aucun élément susceptible d'élucider le meurtre de Pirin, mais, au moins, elle était logique.

Les gardes placés devant la porte s'avancèrent promptement pour nous ouvrir. Ils nous saluèrent, même si, à leur expression, il était clair que nous étions fous de nous être aventurés dehors par une matinée pareille. Dans le vestibule, nous rencontrâmes lady Middlesex et Mlle Bickett, vêtues de leurs manteaux.

— Oh, vous voici, dit la première. Nous vous avons cherchée partout, lady Georgiana. Où étiez-vous passée ?

— Nous avons fait une brève excursion de l'autre côté du col, répondit Darcy.

— Sornettes, répliqua mon chaperon. Personne ne peut aller si loin avec toute cette neige.

— Nous étions simplement en promenade, précisai-je.

— Oh, c'est donc possible, après tout. Ces imbéciles de domestiques soutiennent que la neige est trop épaisse, et quand nous avons voulu emprunter des raquettes, ils n'ont apparemment pas compris. Ces étrangers n'ont décidément aucune endurance.

— Tout est très enneigé, en effet, repris-je. Nous nous sommes bornés à suivre les traces laissées par les autos.

— C'est fichtrement embêtant, marmonna lady Middlesex. Apparemment, aucun chauffeur n'est encore disposé à nous conduire de l'autre côté du col. À les en croire, la route était déjà difficilement praticable à l'aller, et ils refusent de s'y risquer de nouveau pour l'instant, étant donné que d'autres chutes de neige sont à prévoir. Nous sommes donc visiblement coincées ici. Mais au moins, nous pouvons nous rendre utiles en enquêtant avec vous sur la mort du maréchal. Quand notre premier conseil de guerre doit-il avoir lieu ?

— Je vais de ce pas trouver le prince Nicholas, répondit Darcy. Je vous tiendrai informées.

Nous prîmes congé d'elles et nous engageâmes dans l'escalier menant à l'étage principal.

— Ces femmes vont nous causer des ennuis, à force de fourrer leur nez dans ce qui ne les regarde pas et de dire ce qu'il ne faut pas au mauvais moment, murmura mon compagnon. Pourriez-vous essayer de détourner leur attention ? Ou mieux encore, trouvez donc un cachot pour les y enfermer…

— Darcy ! m'exclamai-je en riant.

— Je suis sûr qu'il y a des oubliettes dans un château pareil, poursuivit-il en pouffant.

— Vous êtes affreux. D'ailleurs, je ne vois pas comment les distraire. Je connais à peine les lieux.

— Ainsi livrées à elles-mêmes, elles vont tout gâcher. Tâchez tout de même de garder l'œil sur elles, pour l'amour du ciel.

— Je ferai de mon mieux.

Alors que je tournais les talons pour regagner ma chambre, il tendit la main vers moi.

— Au fait, Georgie, restez prudente, d'accord ? Un meurtre a déjà été commis dans cette demeure.

Tout en remontant le couloir, je réfléchis à ces paroles. Il y avait dans ce château un tueur sans pitié. Non que la mort qui nous occupait me touchât d'une quelconque manière. Il s'agissait forcément d'un assassinat politique, perpétré par quelqu'un désireux de provoquer un conflit entre les États des Balkans ; à moins que le meurtrier ne soit un communiste ou un anarchiste. Peut-être notre gouvernement, soupçonnant qu'il se tramait quelque chose, avait-il envoyé Darcy sur place – avec lui, on n'était jamais sûr de rien. Mais un meurtrier de ce genre ne représenterait aucune menace pour une jeune fille telle que moi, la trente-quatrième prétendante au trône d'un lointain royaume. J'avais pourtant été menacée différemment – par le vampire penché au-dessus de mon lit, ou encore par l'inconnu qui avait réveillé Queenie (et qui, à en juger par sa description, étaient une seule et unique personne). Darcy avait beau dire, je continuais à trouver tout cela suspicieux. Quel rapport avec le meurtre de Pirin cependant ? Si des vampires avaient voulu sa mort, ils s'y seraient pris d'une manière plus impressionnante, en le jetant du haut des remparts, par exemple, ou en faisant basculer une énorme statue sur son crâne, ou encore en le mordant afin qu'il devienne l'un des leurs. Un empoisonnement au cyanure était un crime beaucoup trop humain…

Je fus soudain arrachée à mes pensées à la vue d'une silhouette brandissant un bras – avant de me rappeler que c'était simplement l'armure qui avait tant effrayé Queenie. À croire que quelqu'un s'était arrangé pour procurer aux visiteurs de ce château un nombre incalculable de chocs brutaux !

★

Dans ma chambre, je trouvai Queenie assise sur mon lit, une tasse de thé à la main et un biscuit dans l'autre. Elle n'eut pas même la courtoisie de se lever d'un bond en me voyant entrer.

— Salut, mam'zelle, dit-elle en essayant d'épousseter, sans grande conviction, son uniforme couvert de miettes.

— Il va décidément falloir que vous appreniez à vous adresser à moi correctement, la réprimandai-je. La prochaine fois, j'espère entendre : « Bonjour, lady Georgiana » ; ou encore : « Bienvenue, lady Georgiana ». Est-ce donc si difficile à comprendre ?

— J'fais de mon mieux, répondit-elle.

Je me demandai alors si Queenie était en réalité une bolchevique qui se comportait délibérément de la sorte avec moi afin de me faire entendre qu'elle était mon égale. Cette pensée en entraîna de nombreuses autres : de manière générale, que savions-nous au juste de nos domestiques ? Cette fille s'était présentée sur le pas de ma porte, et je n'avais désormais aucun moyen de vérifier sa véritable identité. Même si, à mon avis, personne n'était capable de feindre un tel degré de bêtise, il était possible que d'autres serviteurs séjournant en ce moment au château soient des imposteurs.

— Aidez-moi à ôter mon manteau et mes bottes, Queenie.

— Ouais, pas d'prob... Oui, lady Georgiana, se corrigea-t-elle.

Sans doute n'était-elle pas aussi irrécupérable que cela, en définitive.

— Au fait, reprit-elle pendant qu'elle m'enlevait mon manteau, on m'a demandé d'vous transmettre un message de la part de la princesse. Elle espère que vous êtes pas malade, puisqu'elle vous a pas vue de la matinée, et elle veut vous rappeler que vous avez un essayage avec les autres demoiselles d'honneur à dix heures et demie.

Je consultai ma montre. Onze heures moins le quart.

— Oh, mince ! Mieux vaut que j'y aille sur-le-champ. Et passez-moi la robe que vous avez brûlée. L'une des couturières pourra peut-être la reprendre quand elle aura un moment.

Je dévalai plusieurs escaliers aussi vite que je le pus mais avec prudence, les marches étant usées et glissantes. En bas, dans le vestibule, je croisai de nouveau lady Middlesex et sa dame de compagnie, qui continuaient d'errer en manteau.

— Nous avons décidé de suivre votre exemple et de partir en promenade, étant donné que le sol n'était pas trop enneigé pour vous, m'annonça la première.

— C'était très plaisant, en effet, répondis-je en feignant l'enthousiasme. C'est une bonne idée d'aller marcher un peu et de profiter du bon air pur de la montagne.

J'omis de préciser que ledit air était glacial. Au moins, cela les tiendrait à l'écart un moment, songeai-je en me rappelant la tâche que Darcy m'avait confiée. Je savais toutefois que même une dame aussi énergique que lady Middlesex ne pourrait supporter longtemps un froid pareil.

Sur le seuil du salon, j'entendis des rires de jeunes filles et je m'immobilisai un instant ; je venais de me souvenir de l'instant déroutant de la veille, lors duquel j'étais tombée sur Matty dans le couloir menant à l'office. Après que je l'avais vue avec du sang coulant sur son menton, elle m'avait suppliée de ne rien dire à personne et m'avait avoué qu'elle ne pouvait s'en empêcher. Était-il trop invraisemblable de croire qu'elle s'était métamorphosée en vampire après avoir été mordue par l'un d'eux ? Ce que j'avais déjà confié à Darcy à ce sujet l'avait tant amusé que je n'avais pas osé lui parler de Matty. Ces histoires devaient paraître ridicules à quiconque n'en avait pas fait personnellement l'expérience, je suppose. Si cela ne m'était pas arrivée, j'aurais trouvé tout cela absurde. L'incursion nocturne à laquelle j'avais eu droit ne pouvait s'expliquer par une erreur de chambre ; un simple visiteur passant d'un lit à l'autre n'aurait pas eu besoin de grimper à un mur – et n'aurait pas été capable de ce genre d'exploit, soyons franc. En outre, vu que le col était fermé et que l'habitation la plus proche était l'auberge située à son sommet, comment quelqu'un d'extérieur au château aurait-il pu l'atteindre ? J'étais d'habitude quelqu'un de raisonnable, mais aucune explication rationnelle ne pouvait étayer certains événements dont j'avais été témoin.

Je pris une profonde inspiration et entrai dans la pièce. Assise sur un canapé près du feu, Matty se leva pour venir à ma rencontre.

— Ma chère Georgie. Comment vas-tu ? Je me suis inquiétée quand j'ai su que personne ne t'avait vue de la matinée.

Elle paraissait parfaitement normale, bien qu'elle eût enroulé autour de son cou un foulard susceptible de dissimuler une marque de morsure.

— Je vais très bien, merci. Je suis allée faire une petite promenade avec Darcy O'Mara.

— L'un des garçons d'honneur de Nicky ? Ah, c'est donc lui qui occupe tes pensées. Pauvre Siegfried, il sera anéanti.

Je me souvins alors que je n'avais pas tout à fait découragé son frère la veille au soir. Oh, non ! Pourvu qu'il n'aille pas s'imaginer que j'avais changé d'avis.

— Bien entendu, tu as de la chance, poursuivit Matty. Tu pourrais te marier avec qui tu le souhaites, et personne ne s'en soucierait, car cela n'affecterait pas la paix mondiale.

— Ma belle-sœur tient à ce que j'épouse un bon parti, et la reine s'attend à ce que je cimente une alliance avec une famille convenable, répliquai-je.

— C'est tellement barbant d'appartenir à la royauté, n'est-ce pas ?

Elle glissa son bras sous le mien et me conduisit auprès des autres jeunes filles réunies devant la cheminée.

— Je suis de plus en plus persuadée que le communisme est une bonne idée. À moins que les États-Unis n'aient trouvé le système idéal en faisant élire tous les quatre ans un nouveau dirigeant choisi parmi le peuple.

— Oui, sans doute. En revanche, c'est une vraie pagaille en Russie. La vie des gens ordinaires n'est visiblement pas meilleure sous le régime communiste.

— Peu importe, de toute façon ! reprit Matty en laissant échapper l'un de ses petits rires qui sonnaient faux. Assez parlé de politique ou de tout autre sujet assommant. Nous allons passer de joyeux moments lors de mon mariage. Dire que cet homme affreux a tout gâché hier soir. J'aurais pu l'étrangler.

— Je ne crois pas qu'il avait prévu de faire une crise cardiaque, fis-je observer avec circonspection.

— Peut-être pas, mais j'en veux encore à Nicky de l'avoir convié. Ce matin, Siegfried a proposé en maugréant d'envoyer une auto à Bucarest afin de ramener notre médecin de famille, et papa et maman ont été affligés d'apprendre que l'un de nos invités était souffrant.

— À mon avis, le prince Nicholas n'a eu d'autre choix que de venir avec le maréchal Pirin. Il est très influent dans son pays. J'ai l'impression qu'il fait ce qu'il veut.

— En tout cas, je ne l'ai certainement pas invité à mon mariage, répliqua-t-elle. Il a imposé sa présence. J'aimerais tant qu'il se dépêche de mourir afin que nous puissions tous cesser de nous inquiéter pour lui. Quand je pense à cet homme étendu à l'étage j'ai l'impression qu'un nuage lugubre plane au-dessus de nous.

Je m'abstins de répondre que son vœu avait déjà été exaucé. Elle reporta son attention vers les autres demoiselles et répéta apparemment ses derniers propos en allemand, car des petits rires sots et nerveux fusèrent. J'observai Matty d'un œil critique. Elle était si différente de la fille collante et timorée que j'avais connue à l'école que j'étais presque disposée à croire qu'une autre avait pris sa place. Mais j'avais déjà été dupée par une mystificatrice quelques mois auparavant, et il aurait été un peu excessif d'imaginer que cela puisse se reproduire de sitôt. De surcroît, ses parents étaient là et ils avaient naturellement reconnu leur fille. Ce ne pouvait être que Matty, par conséquent, même si elle avait beaucoup changé en peu de temps, il fallait bien le dire. La couturière parisienne approcha en claquant dans ses mains, comme si elle cherchait à rassembler un troupeau d'oies.

— Vos Altesses, nous n'avons pas un instant à perdre. Il y a tant à faire. Bon, qui se porte volontaire pour passer la première, aujourd'hui ?

J'étais impatiente de quitter la pièce afin de découvrir comment Darcy et Nicholas allaient résoudre la situation ; la présence de Matty me mettait en outre mal à l'aise.

— Je suis disponible, si cela vous convient, répondis-je.

J'essayai ma tenue, tandis que la couturière opinait du chef d'un air satisfait.

— Cette jeune lady est comme un garçon, elle n'a pas de rondeurs, dit-elle en français à son assistante. La robe lui ira très bien.

Je n'étais pas certaine qu'être dépourvue de rondeurs et que ressembler à un garçon était un compliment, mais ce fut ainsi que je le pris – sans compter qu'elle n'eut quasiment rien à ajuster ni presque aucune épingle à placer. Lorsque je me contemplai dans les miroirs qui couvraient les murs, je vis une grande créature élégante me rendre mon regard. Je remarquai que le silence était soudain tombé sur le salon : les autres filles, qui s'étaient tues, m'observaient.

— Je ne pensais pas que tu deviendrais si chic, Georgie, déclara Matty.

Elle vint se placer près de moi, passa son bras autour de ma taille, et nous étudiâmes nos reflets dans les glaces.

— Mlle Amélie et les autres enseignantes seraient tellement surprises de nous voir aujourd'hui. Quel dommage que nous perdions notre temps dans un château roumain loin de tout. Nous devrions être sur la Côte d'Azur ou à Hollywood à flirter avec des hommes du monde, tu ne crois pas ?

Je ris de concert avec elle, mais j'avais les joues rouges. C'était la première fois que quelqu'un suggérait que j'étais dotée d'une certaine élégance. Un peu du sang de ma mère courait peut-être dans mes veines, finalement.

On venait de m'ôter ma robe, et j'étais en train de récupérer ma jupe et mon chandail plus ordinaires quand on toqua à la porte. L'on ordonna à l'une des ouvrières d'aller ouvrir ; celle-ci revint avec une enveloppe. Matty la regarda, puis me la tendit.

— De la part de l'un de tes admirateurs, dit-elle en me lançant un coup d'œil entendu.

Je reconnus aussitôt l'écriture ferme de Darcy : *J'ai besoin de vous parler immédiatement.*

— Je reviens tout de suite, annonçai-je à Matty en me dirigeant vers la porte.

— Un rendez-vous galant en pleine matinée, commenta-t-elle. Qu'est-ce que c'est romantique. Siegfried sera vraiment jaloux cette fois, ajouta-t-elle en agitant l'index dans ma direction, provoquant les gloussements des autres demoiselles.

J'espérais qu'elle plaisantait. L'espace d'une seconde, je craignis le pire – et si, en définitive, j'avais été attirée jusqu'ici pour devenir l'épouse de ce monstre digne du Dr Frankenstein ? Franchement, entre toute une vie auprès de Face de Poisson et une morsure de vampire, mon choix était vite fait. Mais je n'eus pas à m'y appesantir, car Darcy m'attendait dans le vestibule.

— Ah, vous voilà, dit-il en m'entraînant à l'écart. Écoutez, il y a du nouveau, et je dois m'absenter.

— Vous partez ? Où ça ?

— Nous avons rencontré une complication, chuchota-t-il. Le père de Nicholas a demandé à ce qu'on le conduise aussitôt au chevet de Pirin.

— Oh, Seigneur ! Je suppose que tout est tombé à l'eau.

— Pas encore. Nous avons laissé les rideaux fermés, et il faisait plutôt sombre dans la chambre. La lueur du feu donnait même une teinte rougeâtre à sa peau. Je m'étais glissé dans la pièce. Là, caché sous le lit, j'ai ronflé fort pour faire croire que le maréchal respirait encore.

C'était tellement absurde que je me mis à rire. Darcy sourit.

— Ce stratagème a été efficace, mais le roi est très inquiet. Il a proposé d'envoyer une automobile chercher son médecin personnel en Bulgarie.

— Comment l'en avez-vous empêché ?

— Nicky l'a persuadé qu'il y avait un bon hôpital pourvu d'équipements modernes dans la ville la plus proche, et qu'il valait mieux que Pirin y soit transporté sans attendre.

— Oh non… Qu'allez-vous faire ?

— J'ai offert d'accompagner le maréchal, étant donné que Nicholas ne peut laisser sa fiancée.

— Mais à quoi cela nous avancera-t-il ? Le personnel le déclarera mort dès son arrivée.

— S'il arrive à destination, justement. Je serai au volant et, malheureusement, la voiture quittera la route pour percuter une congère quelque part au sommet du col. Le temps que j'aille chercher de l'aide, le pauvre maréchal Pirin aura succombé. Il n'y aura donc aucune raison de faire venir le médecin personnel du roi bulgare. Et les nouvelles de cette mort tragique n'atteindront le château de Bran qu'après le mariage.

— Vous ne serez donc pas là pour la cérémonie ? dis-je.

Il ne manqua pas de remarquer la déception qui devait se lire sur mon visage.

— Je ne peux pas refuser cette mission, mon amour, répondit-il en caressant ma joue. Je suis le seul à pouvoir m'en charger, mais je veux que vous aidiez Nicky et Anton autant que possible.

— Bien sûr. Faites attention à vous.

— Vous aussi.

Il se pencha et déposa un baiser sur mon front, puis il se dirigea vers l'escalier sans se retourner.

22.

Je regagnai le salon.

— C'était rapide, pour un rendez-vous galant, fit observer Matty.

— Il avait juste un message à me transmettre. Votre futur beau-père souhaite que le maréchal soit immédiatement transporté jusqu'à un hôpital, et Darcy a proposé de l'y accompagner.

— Dieu merci, nous voilà débarrassés de Pirin. Nous pouvons à présent retourner à nos divertissements.

Je m'excusai peu de temps après, sans avoir confié ma robe brûlée à l'une des ouvrières. Vu le rythme auquel leurs machines à coudre fonctionnaient, il était évident qu'elles étaient suffisamment occupées pour l'instant. J'attendrai peut-être que les tenues des demoiselles d'honneur soient terminées pour leur demander de reprendre la mienne. Dans le vestibule, je tombai de nouveau sur lady Middlesex et sa dame de compagnie.

— Je ne comprends pas comment vous avez pu vous promener avec toute cette neige, dit la première d'un ton accusateur. À peine avions-nous fait quelques pas que Bickett s'est enfoncée jusqu'à la taille. J'ai eu un mal de chien à la sortir de là.

— Je suis navrée, répondis-je. Vous auriez dû suivre les traces de pneus des automobiles.

— Mieux vaut que je vous raccompagne à votre chambre, Bickett, avant que vous ne preniez froid. Au fait, poursuivit mon chaperon à mon intention, j'ai vu qu'on chargeait le corps du maréchal dans l'un des corbillards. Et M. O'Mara est parti avec lui. J'espère qu'on l'emmène dans un lieu où une autopsie correcte pourra être pratiquée.

Je posai un doigt sur mes lèvres.

— Nous ne sommes pas censées aborder ce sujet, lui rappelai-je à voix basse. L'avez-vous oublié ? M. O'Mara conduit le maréchal Pirin à l'hôpital.

— Oh, oui, bien sûr, dit-elle avec un rare sourire, pareil à celui d'une enfant espiègle. Mais peu importe, vu qu'aucun des domestiques ne comprend un traître mot de ce que nous racontons, j'en suis certaine.

— Je suis pour ma part convaincue qu'il est très facile d'épier des conversations dans une demeure comme celle-ci, expliquai-je. Au château de Rannoch, nous avons une alcôve secrète depuis laquelle on peut entendre ce qui se dit dans la grande salle. De la même manière, la tuyauterie des salles de bains permet d'écouter les discussions qui se déroulent dans d'autres pièces. Ce doit donc être pareil à Bran.

— Ma foi, j'aime appeler un chat un chat, rétorqua lady Middlesex, apparemment agacée à l'idée que j'aie pu la prendre en défaut. Je réprouve la supercherie et la tromperie. Ce n'est pas digne d'une Britannique, voyez-vous. Et si un meurtrier se trouve dans ce château, il est grand temps qu'il soit démasqué.

Je regardai autour de nous pour m'assurer que personne ne l'avait entendue s'emporter de la sorte. Fort heureusement, le vestibule semblait vide. À cet instant, j'entendis un bruit de pas rapides dans l'escalier. C'était le prince Nicholas, qui nous rejoignit en descendant les marches quatre à quatre.

— Eh bien nous avons réussi, Dieu merci, annonça-t-il. Mon père vient de dire au revoir à Pirin.

— Comment vous y êtes-vous pris ? m'enquis-je.

— Nous avons porté le maréchal jusqu'à l'auto enveloppé de la tête aux pieds dans des couvertures pour le protéger du froid, raconta-t-il avec un grand sourire. Mon père n'a pas eu la moindre occasion d'apercevoir davantage qu'un bout de moustache. Et ce bon vieux Darcy ! Quel type merveilleux ! Reste maintenant à espérer que la réparation de la ligne téléphonique prenne du temps.

— Et quand allons-nous tenir notre conseil de guerre ? demanda lady Middlesex.

Le prince afficha un air méfiant.

— Quelle guerre ?

— Je veux parler de notre stratégie pour résoudre cette affaire, précisa la dame.

— Oh, je vois, fit Nicholas.

À son expression, il était clair qu'il n'avait pas prévu d'organiser une quelconque réunion avec lady Middlesex.

— Nous devrions mettre nos idées et nos observations en commun, ajouta-t-elle. Par exemple, de l'avis de Bickett, l'un des domestiques a un comportement sournois.

— Très bien, mieux vaut ne pas reporter au lendemain ce qu'on peut faire le jour même, je suppose, déclara le prince. J'imagine que Maria est encore avec ses demoiselles d'honneur et les couturières ?

Je hochai la tête.

— Dans ce cas, je vais aller chercher Dragomir et Anton, et nous nous retrouverons tous dans la bibliothèque d'ici un quart d'heure. Est-ce d'accord ?

— Cela vous laissera tout juste le temps d'ôter ces vêtements trempés et de vous changer, Bickett, dit lady Middlesex.

Je me dirigeais à l'étage où était située la bibliothèque quand je me rappelai que je n'avais toujours pas pris mon petit déjeuner. Je fis donc un détour par la salle à manger dans l'espoir qu'il resterait au moins un petit pain. La pièce était vide, à l'exception de Belinda, attablée devant une tasse de café.

— Où étais-tu donc passée ? me demanda-t-elle. Je t'ai cherchée partout.

— Je me suis levée tard et, ensuite, j'ai fait une promenade avec Darcy.

— C'est très romantique. Mais où sont tous les autres ? Ce château ressemble à une morgue.

— Matty a un essayage avec ses demoiselles d'honneur. Et tu dois savoir que les parents des futurs mariés sont arrivés, j'imagine ?

— Oh, oui, répondit Belinda en se renfrognant. Anton m'a délaissée pour courir à la rencontre de son papa. Et puis ils sont apparemment tous allés au chevet de cet odieux bonhomme.

— Le maréchal Pirin est maintenant en route pour l'hôpital, fort heureusement, dis-je – et cela me fit bizarre de devoir mentir à ma meilleure amie.

— Et pourquoi n'es-tu pas en train d'essayer ta robe ?

— C'est fait, je suis passée la première. Et j'ai visiblement si peu de courbes que presque aucune retouche n'a été nécessaire.

— Parfait. Dans ce cas, tâchons de nous divertir, toi et moi. As-tu une idée ? demanda-t-elle en glissant son bras sous le mien. Non que ce soit le genre d'endroit que je qualifierais de divertissant. Il n'y a ni casinos ni boutiques. Dieu merci, j'ai pu trouver quelqu'un avec qui coucher. Sinon, je me serais mortellement ennuyée.

— Belinda ! Tu ne devrais pas dire des choses pareilles en sachant qu'on pourrait t'entendre.

Elle s'esclaffa.

— Nous sommes seules dans cette pièce. Du reste, c'est la vérité.

— C'est toi qui as tenu à venir ici, lui rappelai-je.

— Sur le moment, je me suis dit que j'allais m'amuser comme une folle. Et Anton est plutôt délicieux, j'en conviens. Mais maintenant que ses parents sont là, il va être obligé de se comporter comme un gentil petit garçon, je le crains. Alors, qu'as-tu envie de faire ? Veux-tu que je parte en quête de tes vampires ? Nous pourrions découvrir où leurs cercueils sont entreposés.

— Cesse de me taquiner. Je n'ai pas rêvé. Pourquoi tout le monde s'obstine-t-il à ne pas me croire ?

— Mais enfin, évidemment, ma chérie, que je te crois. Je brûle de rencontrer un vampire.

Elle essaya de m'entraîner hors de la salle à manger.

— Désolée, je ne peux pas te suivre pour l'instant, dis-je. Je suis censée…

Je m'interrompis à la hâte. Je ne pouvais naturellement pas lui avouer que j'avais rendez-vous avec Anton et Nicholas, car elle insisterait alors pour m'accompagner.

— Je suis censée rejoindre lady Middlesex et Mlle Bickett, repris-je, tâchant d'invoquer une excuse plausible, qui rebuterait Belinda. La première écrit une histoire de la résidence royale de Sandringham House, et elle a besoin de me consulter à ce sujet.

Mon amie fronça le nez.

— Bon, je préfère aller essayer mes nouvelles perles de bain. Je trouverai bien une baignoire inoccupée à cette heure de la journée. À plus tard !

Je poussai un soupir de soulagement, glissai une tranche de fromage dans un petit pain et m'enfuis. En entrant dans la bibliothèque, impressionnante mais lugubre, je m'aperçus que les autres étaient déjà assis autour d'une grande table ovale en acajou. Des étagères couvertes de volumes reliés en cuir s'élevaient dans la pénombre, et une galerie courait sur tout le pourtour de la pièce à plus de trois mètres au-dessus de nos têtes. Des fenêtres hautes et étroites laissaient passer des rais de soleil sur le plancher, illuminant les grains de poussière. Il régnait dans la pièce une odeur prégnante de moisi et de vieux livres. Je pris place près de lady Middlesex, face à Nicholas et au comte Dragomir.

— Désolée d'être en retard, dis-je. J'ai été retenue par…

Je me tus en remarquant la présence d'une personne que je ne m'étais pas attendue à trouver là : le prince Siegfried était en effet assis à côté du régisseur.

— Lady Georgiana, me salua-t-il avec un signe de la tête.

Je me tournai vers Nicholas, qui haussa les sourcils.

— Son Altesse le prince Siegfried a deviné qu'il se passait quelque chose et insisté pour voir Pirin. J'ai naturellement été contraint de lui dire la vérité et de m'excuser de la lui avoir dissimulée, mais nous ne voulions pas que la nouvelle de cette mort s'ébruite.

Siegfried pinça ses lèvres, pareilles à celles d'un cabillaud.

— Maintenant que je suis informé de cette affaire des plus graves, j'ai une décision à prendre : dois-je en faire part à mes parents ?

Je lançai un coup d'œil à Dragomir. Était-ce lui qui avait dévoilé notre secret à Siegfried ? Et si c'était lui le meurtrier, cela était-il judicieux ?

— J'ai expliqué à Son Altesse que la situation était infiniment délicate et que la stabilité politique de ma nation et des Balkans dans leur ensemble était en jeu, déclara Nicholas d'une voix sèche.

Il était évident qu'ils s'étaient déjà querellés à ce sujet.

— Et j'ai expliqué à Son Altesse que nous étions dans mon pays, répliqua ce dernier, où je dois veiller à ce que nous nous comportions ainsi que nous l'attendrions de n'importe quel citoyen ordinaire – en alertant les autorités compétentes à propos d'un meurtre, par exemple.

— Nous serons sans doute contraints de nous y résigner, intervint Anton d'un ton apaisant. Mais si nous pouvons résoudre ce crime entre nous, il sera alors inutile d'en informer qui que ce soit, et le mariage pourra se dérouler comme prévu. Tel est votre souhait, n'est-ce pas, Siegfried ?

— Bien sûr.

Le comte Dragomir s'éclaircit la voix.

— Il serait tout de même plus simple de déclarer qu'un anarchiste ou un communiste a réussi à s'introduire dans le château pour administrer le poison avant de fuir à l'insu de tous.

— Non, le plus simple serait d'annoncer que Pirin est mort d'une crise cardiaque, objecta Nicholas. Tout le monde se figure déjà qu'il en a fait une hier soir. Et si la police décidait de pratiquer une autopsie, il serait difficile de détecter des traces de cyanure tant de temps après le décès, si j'ai bien compris.

— S'il faut en croire votre diagnostic à propos de ce poison alors nous devons faire notre devoir et démasquer l'individu qui a commis ce crime atroce, répondit Siegfried avec circonspection, les occupants de ce château appartiennent à la royauté, mais cela ne nous met pas au-dessus des lois de ce pays.

— Bien parlé, Votre Altesse, répliqua une voix grave dans un français guttural.

À l'autre bout de la bibliothèque, une silhouette émergea de l'obscurité. Si on m'avait demandé de décrire Dracula, cet homme aurait absolument fait l'affaire. Grand, mince, les joues creuses, les yeux caves et le visage extrêmement pâle, il était vêtu de noir des pieds à la tête, ce qui accentuait la blancheur de sa peau. L'espace d'un instant, une pensée absurde me traversa l'esprit : et si Vlad l'Empaleur était encore en vie ? Peut-être continuait-il de régner sur ce château et ses habitants ? L'individu s'avança d'un pas posé, menaçant. Puis il nous considéra tous et afficha un sourire.

— Si les personnes réunies autour de cette table n'étaient pas de haut rang, je serais enclin à croire qu'elles fomentent un complot et je les ferais arrêter sur-le-champ. Toutefois, ainsi que Son Altesse le prince Siegfried vient d'avoir la sagesse de le dire, même les membres de la royauté ne sont pas au-dessus des lois. Je reconnais que je ne parle pas l'anglais – la langue que vous avez employée – aussi couramment que je le devrais, mais j'ai cru comprendre que vous prévoyiez d'étouffer une affaire de meurtre afin d'éviter toute dissension et de ne pas avoir à reporter le mariage. Est-ce bien cela ?

— Qui diable êtes-vous ? s'enquit froidement Nicholas.

— Permettez que je me présente. Je suis Patrascu, le chef de la police secrète roumaine.

Il prit une chaise et se glissa entre Nicholas et le comte.

— Étant donné l'importance de l'événement et des personnages royaux venus de l'étranger, j'ai décidé d'accompagner Leurs Majestés jusqu'ici. C'est une chance, n'est-ce pas ? Je venais d'arriver quand l'un de mes hommes est venu me trouver pour me dire qu'il avait surpris une conversation à propos d'un meurtre et d'un corps qu'on cherchait à faire disparaître.

Je jetai un coup d'œil à lady Middlesex, dont les joues avaient légèrement rosi.

— L'un de vous aura sans doute l'amabilité de me dévoiler l'identité de la victime, dit Patrascu.

— Le maréchal Pirin, répondit Siegfried. Le chef des forces armées bulgares.

— Pirin était aussi le conseiller personnel de mon père et un individu influent dans les Balkans, ajouta Nicholas.

— Ah, il s'agit donc d'un assassinat politique, n'est-ce pas ? reprit Patrascu en passant la langue sur ses lèvres. Très bien. Que les choses soient claires. Je vais diriger cette enquête et vous répondrez à mes questions – quel que soit votre rang. La Roumanie est une monarchie constitutionnelle, et les pouvoirs de la royauté y sont extrêmement limités.

— Vous devez comprendre que nous ne cherchions pas à étouffer cette affaire simplement pour que le mariage ait lieu, intervint alors Anton. La mort de Pirin pourrait avoir des répercussions sur l'avenir de mon pays et de la région entière.

— Et vous êtes… ? demanda Patrascu avec insolence.

— Il se trouve que je suis le prince Anton de Bulgarie, rétorqua l'intéressé d'un ton glacial. Au cas où vous l'ignoreriez, vous êtes assis près du prince Nicholas, mon frère aîné, héritier du trône et futur époux de la princesse Maria Theresa.

— Mes félicitations, dit Patrascu en adressant un signe de tête à Nicholas. Et qui sont ces personnes… ? Vos complices, sans doute.

— Je suis lady Georgiana de Rannoch, cousine de George V, roi d'Angleterre, déclarai-je en me lançant dans une imitation de mon arrière-grand-mère – ce dont j'étais coutumière quand je me sentais menacée. Je suis la représentante de Leurs Majestés à ce mariage. Et voici lady Middlesex et Mlle Bickett. La reine Mary les a chargées de m'accompagner.

— Et pour quelle raison êtes-vous présentes dans cette pièce ? J'ignorais que l'empire britannique exerçait son influence jusqu'en Europe centrale, précisa le chef de la police secrète en me scrutant avec impudence.

— En tant que descendante de la reine Victoria, j'ai des liens de parenté avec la famille royale de Bulgarie et d'autres, plus éloignés, avec la famille royale roumaine. J'étais également assise face au maréchal Pirin lors du dîner où il s'est effondré, et j'ai donc assisté à ce qui s'est passé. Lady Middlesex a été la première à soupçonner qu'il n'était pas mort d'une crise cardiaque.

— De quoi avez-vous été témoin, au juste, *ma chérie** ?

À ces mots, je me hérissai. J'en étais venue à penser qu'il existait, dans chaque pays, au moins un policier particulièrement détestable ; et voilà que ma théorie se confirmait.

— J'ai vu le maréchal Pirin se lancer dans un long discours sans queue ni tête. Puis il a bu une gorgée de vin et a paru s'étrangler avant de s'écrouler sur la table.

— Et s'il s'était bel et bien étranglé ? Une simple claque dans le dos n'aurait donc pas pu le remettre sur pieds ?

— Il avait terminé son repas. Cela faisait un moment que les toasts se succédaient. En outre, il est mort presque sur le coup. Nous avons d'abord cru qu'il avait succombé à une crise cardiaque.

— Et puis quelqu'un a soupçonné qu'il s'agissait d'un meurtre ?

— Oui, moi, répondit mon chaperon. Je suis lady Middlesex, l'épouse de l'ambassadeur britannique en Mésopotamie. Mon mari a représenté la couronne à travers le monde entier. Je sais reconnaître les symptômes d'un empoisonnement.

— Et de quel genre de substance s'agissait-il, selon vous ? s'enquit Patrascu.

— De cyanure, bien évidemment. Un visage rouge, un regard fixe et une odeur d'amande amère. Classique. J'ai déjà eu l'occasion de voir les effets de ce poison en Argentine.

— Avez-vous aperçu quelqu'un l'administrer ? demanda Patrascu en se tournant vers moi.

— Non. Personne ne s'est approché de la table, excepté les serveurs et le comte Dragomir.

Ce dernier se racla alors la gorge.

— L'insinuation selon laquelle je serais mêlé à cette sinistre farce me déplaît fortement. Pourquoi aurais-je voulu la mort d'un homme que je n'avais jamais rencontré auparavant ? Il est de mon devoir de veiller à ce que les domestiques servent impeccablement les convives. Je me tenais non loin de la table, naturellement, afin de pouvoir les observer.

— Et vous n'avez cependant rien relevé d'anormal ?

— Les serviteurs ont effectué leurs tâches sans commettre la moindre erreur, comme d'habitude.

— Nous ignorons de quelle manière le maréchal a été empoisonné, indiqua Nicholas. J'étais assis à côté de lui. La nourriture et le vin, qui provenaient des mêmes plats et carafes pour tout le monde, nous ont été servis promptement. Il aurait été impossible de choisir un morceau en particulier pour une personne précise.

— Dans ce cas, le cyanure a été placé dans son verre avant le début du repas, suggéra Patrascu, plein de suffisance.

— On nous a néanmoins expliqué que ce poison faisait effet presque immédiatement, précisai-je. Le maréchal a terminé son assiette après avoir avalé plusieurs portions de chaque plat, et son verre a été rempli à de nombreuses reprises depuis la même carafe que pour les autres convives.

— S'il s'agissait effectivement de cyanure, fit remarquer le policier. Je présume qu'aucun docteur n'était présent pour émettre un diagnostic exact. D'après mon expérience, les amateurs font fréquemment des erreurs.

— Il n'y a malheureusement pas de médecin au château, dit Anton. Mais je fais des études de chimie à l'université de Heidelberg et, dans le cas de Pirin, les indices ne trompaient pas.

— Ah, un prétendu expert en la matière, répliqua Patrascu. Il est fâcheux que le corps se trouve déjà loin d'ici, car j'aurais pu déterminer la nature du poison employé. J'espère que quelqu'un a eu le bon sens de mettre de côté le couvert de la victime. Je le ferai analyser afin d'en avoir le cœur net.

— Il a déjà été envoyé dans un laboratoire compétent, ainsi que le cadavre, à des fins d'analyse justement, affirma Nicholas – et je crus déceler une pointe de jubilation dans sa voix. Bien entendu, nous ne nous attendions pas à ce qu'un policier de votre calibre arrive si rapidement au château, vu que le col était jusqu'à présent fermé.

— Ah, se borna à dire Patrascu, comme s'il avait du mal à répondre à une remarque dont il ne savait s'il s'agissait d'un compliment. Dans ce cas, il faut nous entretenir avec les serviteurs. Comte Dragomir, vous êtes le régisseur de ce domaine, me semble-t-il ?

— Vous le savez pertinemment, rétorqua l'intéressé d'un ton cassant.

Ces deux-là ne s'appréciaient guère, songeai-je.

— Dans ce cas, veuillez, je vous prie, convoquer immédiatement ces serviteurs afin que je les interroge.

— Si nous agissons ainsi, la nouvelle de la mort du maréchal – et de son meurtre, sans nul doute – se répandra comme une traînée de poudre d'un bout à l'autre du château, intervint Nicholas. Or il ne faut surtout pas que cela se produise pour le moment. Les valets de pied ont déjà été interrogés en toute discrétion hier soir.

— Du reste, ainsi que je l'ai précisé à Leurs Altesses, ce sont de simples gens originaires des environs, ajouta Dragomir. Ils travaillent pour le château depuis toujours, ou presque. Pour quelle raison l'un d'eux, même s'il en avait eu la possibilité, aurait-il cherché à empoisonner un maréchal bulgare ?

— Pour de l'argent, dit Patrascu. Une somme suffisante peut convaincre un homme d'aller contre sa conscience et de commettre des actes impitoyables. Combien de valets de pied se trouvaient dans la salle des banquets hier soir ?

— Douze. Mais seuls la moitié d'entre eux sont concernés. Ceux qui se tenaient de l'autre côté de la table n'ont pu s'approcher du maréchal.

— Ah, je vois, fit le policier avec un mouvement saccadé de la tête. Et il leur était impossible de se pencher en travers de cette table ?

— Si un domestique se comportait ainsi, il serait aussitôt renvoyé, affirma Dragomir. Nos exigences en matière d'étiquette sont des plus hautes.

— Je m'entretiendrai avec ces hommes individuellement, déclara Patrascu. Je leur ferai jurer de garder le secret. Ils me connaissent assez de réputation pour savoir ce qui pourrait leur arriver s'ils s'avisaient de me mentir ou de manquer à leur serment. Et si l'un d'eux a accepté de l'argent pour commettre ce crime odieux, je l'obligerai à avouer, je vous le promets.

Il sourit de façon déplaisante, et je remarquai que ses dents étaient anormalement pointues.

— Nous nous sommes peut-être trompés depuis le début, naturellement, reprit Anton en adoptant une voix différente, enjouée. Comme vous l'avez souligné, nous ne sommes que des amateurs. Il est possible en définitive que nous ayons pris une simple crise cardiaque pour tout autre chose. C'est cette dame qui a affirmé avoir senti une odeur d'amande amère, et nous savons que la gent féminine est sujette à l'hystérie en présence d'un cadavre.

— Je proteste fermement..., commença lady Middlesex.

Pour la faire taire, je lui décochai un bon coup de pied sous la table. Elle me dévisagea avec stupeur.

— Nous connaîtrons la vérité dès que l'automobile transportant le corps du maréchal Pirin arrivera à destination, continua Anton d'un ton doucereux. Pourquoi ne pas attendre qu'un médecin qualifié nous fasse part de son opinion ? Si de fausses rumeurs se répandaient en Bulgarie, ce serait tragique, un conflit pourrait éclater. De surcroît, imaginez que la cause du décès soit une crise cardiaque : cela ne serait pas à votre honneur, Patrascu, si vous vous lanciez à la poursuite d'un meurtrier inexistant.

Le policier le considéra attentivement, comme s'il cherchait à soupeser les implications de ce qui venait de lui être dit. Il tendit la main vers une cruche d'eau posée sur la table, se servit un verre et but une gorgée.

— Il y a du vrai dans vos paroles. Je n'ai nulle intention de déstabiliser la région ou de créer des dissensions avec nos voisins alors que nous nous apprêtons à célébrer un joyeux événement. Nous attendrons l'avis du médecin. Entre-temps, je garderai les yeux et les oreilles ouverts. Personne n'échappera à ma surveillance. Personne !

Il reposa son verre vide sur la table avec fermeté. Tout le monde se redressa. Sauf moi. Je regardai droit devant moi, comme si une vision se présentait à moi. Je venais de prendre conscience d'un détail qui jetait sur la situation un éclairage nouveau.

23.

Les autres quittèrent la pièce, tandis que je continuais de fixer la table du regard. Je me représentai de nouveau le maréchal Pirin en train de se lancer dans son discours d'ivrogne et de divaguer. Il avait alors tendu la main gauche vers un verre et l'avait levé. Hannelore avait parlé de son manque absolu de savoir-vivre et déclaré qu'il s'était même trompé entre les différentes fourchettes. Ce qui s'était également passé avec son verre. Car ce n'était pas le sien dont il s'était emparé. Mais celui du prince Nicholas.

Il me fallut un moment pour saisir ce que cette découverte impliquait. La victime visée par ce meurtre était le fiancé de Matty, non pas Pirin. Et si le prince n'était pas mort, c'était parce qu'il avait décidé de boire du champagne pendant les toasts, sans plus toucher à son vin. Cela indiquait sans doute que ledit verre n'avait pas contenu de cyanure au cours du plat principal, car Nicholas avait bel et bien accompagné le sanglier de vin. Sans que je sache comment, quelqu'un avait ensuite ajouté le poison à la boisson, ignorant que le prince demanderait à ce qu'on apporte du champagne. Et qui d'autre qu'un des serviteurs de Dragomir aurait pu avoir accès au verre de Nicholas pour y verser du cyanure ?

Attends un peu, me dis-je. C'était sans compter les autres convives. Pirin n'avait évidemment pas empoisonné le vin qu'il comptait boire. Matty était elle aussi assise à côté du prince, et il était improbable qu'elle souhaitât sa mort. Anton était face à lui et, ainsi que Dragomir l'avait souligné, il était fort inconvenant de se pencher au-dessus de la table. Ce mouvement aurait été aussitôt remarqué. Du reste, les deux frères paraissaient en bons termes. Le cadet n'aurait pas cherché à assassiner son aîné. *Vraiment ?* songeai-je alors. Anton avait plaisanté sur le fait qu'il n'était pas l'héritier du trône, qu'il n'avait pas de but dans la vie. Nourrissait-il, en secret, le désir de devenir un jour roi à la place de son frère ? Et dans l'entourage de Nicholas, lui seul avait des connaissances en matière de poisons – après tout, il étudiait la chimie à Heidelberg. C'était également lui qui avait persuadé Patrascu de ne rien faire pour l'instant – ce qui lui donnait amplement le temps de se débarrasser de toute trace éventuelle de cyanure.

— Lady Georgiana ! m'appela lady Middlesex d'une voix stridente, interrompant mes pensées. Alors, venez-vous ?

— Quoi ? Oh… oui, bredouillai-je.

Une question se posait maintenant : à qui pouvais-je me confier ? Je regrettais que Darcy ait été obligé de partir.

Mon chaperon m'attrapa le bras de ses doigts maigres.

— Il faut que nous réfléchissions à une stratégie.

— Que voulez-vous dire ?

Elle regarda autour d'elle avant de reprendre :

— Nous devons naturellement veiller à ce que rien ne vienne aux oreilles de cet odieux policier. Et autant œuvrer au plus vite avant qu'il ne gâche tout. C'est le type même de l'étranger incompétent. Il nous revient de démasquer l'assassin, désormais.

— Je ne vois pas comment nous y parviendrions, répondis-je. J'étais assise face au maréchal pendant tout le repas. Si le comte Dragomir ou l'un des serviteurs a versé du poison dans le verre de Pirin, il a dû s'y prendre très rapidement, et j'ignore de quelle manière nous pourrions découvrir son identité.

— À supposer que ce soit Dragomir ou l'un des domestiques, déclara lady Middlesex d'un air entendu avant de m'attirer plus près d'elle. Bickett se figure avoir vu quelque chose. Elle est évidemment encline à se laisser emporter par son imagination, ce n'est un secret pour personne.

— Je suis une excellente observatrice, lady M., assura la dame de compagnie. Et je n'ai pas rêvé.

— Et qu'avez-vous vu, mademoiselle Bickett ? m'enquis-je.

Son visage rosit.

— Comme vous devez vous le rappeler, je n'ai pas été conviée à dîner le soir de notre arrivée. Lady M. trouvait que cela aurait été inconvenant pour une simple dame de compagnie. On m'a informée que mon souper me serait porté dans ma chambre. Mais au bout d'un moment, je me suis dit qu'il était injuste de laisser un domestique gravir tous ces escaliers pour me monter mon plateau, aussi ai-je décidé d'aller le chercher moi-même à l'office. Eh bien…

Elle marqua une pause pour regarder autour d'elle.

— Alors que je passais devant la salle des banquets, j'ai entendu des éclats de voix joyeuses, et je me suis naturellement attardée afin de jeter un bref coup d'œil à l'intérieur.

— C'est cependant le lendemain soir que Pirin a été assassiné, fis-je remarquer.

— En effet, mais ce que j'ai aperçu a peut-être de l'importance. À l'autre bout de la vaste pièce, un individu était caché dans l'ombre. Il était vêtu de noir et se tenait à moitié dissimulé derrière l'une des arcades. Il se contentait d'observer les convives. Sur le moment, j'ai trouvé cela bizarre et je me souviens m'être dit : « Ce jeune homme prépare un mauvais coup. »

— C'est ce que vous pensez constamment, Bickett, déclara lady Middlesex. Avec vous, tout le monde mijote des mauvais coups.

— Les faits m'ont pourtant donné raison, cette fois, n'est-ce pas ? Et je suis prête à parier qu'il s'agissait du même garçon qui rôdait dans le couloir au beau milieu de la nuit. Je n'ai pu voir son visage distinctement, ni dans la salle des banquets ni dans le corridor, mais sa carrure et son maintien étaient semblables. Et vu la manière dont il se déplaçait furtivement, il était clair qu'il tramait quelque chose.

— J'ai tendance à croire que son imagination lui a de nouveau joué des tours, affirma lady Middlesex à mon intention. Mais nous n'avons pour l'heure pas grand-chose d'autre à quoi nous raccrocher.

— Je ne crois pas qu'elle ait inventé ce jeune homme, répondis-je. De quelle couleur étaient ses cheveux, mademoiselle Bickett ?

Elle fronça les sourcils, pensive.

— Blonds, il me semble. Oui, j'en suis certaine. Pourquoi ?

— Parce qu'un inconnu s'est introduit dans ma chambre le soir de notre arrivée et, la nuit suivante, ma bonne est venue me trouver, bouleversée, car un homme était entré dans la sienne.

— Il était blond ?

— C'est exact. Un joli garçon aux traits apparemment germaniques.

— Et il s'est introduit dans votre chambre ? s'exclama mon chaperon. Quelles étaient ses intentions ? Cherchait-il à vous cambrioler ou avait-il des visées sur votre personne ?

— Je n'ai pas pris le temps de le lui demander, répondis-je. Mais c'est la seconde possibilité que j'ai d'abord redoutée. Il s'est penché vers moi en souriant.

Cependant, il a suffi que je m'assoie pour qu'il disparaisse à la hâte.

— Et votre bonne ? Avait-il des visées sur elle aussi ? Un individu des plus dépravés, à l'évidence.

Il aurait fallu qu'un homme en fût réduit aux dernières extrémités pour avoir des desseins sur Queenie, pensai-je soudain. En dépit de l'extrême gravité de la situation, je dus me retenir de pouffer. C'était à mettre sur le compte de la tension, je suppose.

— Il ne l'a pas touchée, précisai-je. Il est resté sur le pas de sa porte et s'en est allé quand elle a lâché une exclamation.

— Et avez-vous informé qui que ce soit de ces effronteries ?

— Non, me bornai-je à dire.

— Vous auriez dû. Si un homme s'était avisé d'entrer dans ma chambre, je l'aurais aussitôt signalé.

Je m'abstins de faire remarquer qu'il y avait peu de chances pour que quiconque rendît une visite nocturne à lady Middlesex. Et je rechignais à évoquer mon hypothèse vampirique. Mlle Bickett, la première à avoir parlé de vampires dans le train, ne semblait pas associer le jeune rôdeur à une créature surnaturelle. Et si cet homme était notre meurtrier, alors il était douteux qu'il fût autre chose qu'un être humain normal. Un vampire n'aurait pas eu besoin de poison pour tuer.

— Une seule conclusion s'impose, reprit lady Middlesex. Cet inconnu était en repérage, comme disent les criminels. Il s'agissait d'un tueur à gages, c'est fort probable, attendant dans l'ombre le moment propice afin de passer à l'acte.

Je réfléchis à cette possibilité, qui me parut pleine de bon sens. Toutefois, ainsi que le prince Nicholas l'avait fait remarquer, il y avait des moyens plus simples de se débarrasser de quelqu'un dans une vieille demeure comme Bran – pourquoi dans ce cas prendre le risque d'être démasqué lors d'un banquet réunissant autant de monde ?

— Et avez-vous revu ce jeune homme lors du dîner d'hier ? demandai-je à Mlle Bickett.

— Non, mais j'y étais en tant que convive, cette fois, et plus en tant que simple observatrice. Il fallait bien que je baisse les yeux vers mon assiette afin de ne pas commettre de maladresse, n'est-ce pas ? Ou que je prête attention à mes interlocuteurs. Du reste, j'étais en bout de table, parmi les invités les plus insignifiants, cela s'entend. Chose intéressante, cependant : je suis allée vérifier ce matin, et l'endroit où cet individu était caché le premier soir se trouve exactement derrière le siège que le maréchal Pirin occupait le soir suivant. À mon humble avis, il préparait un coup d'essai afin de voir à quel moment il aurait la possibilité de s'élancer vers la table et d'ajouter le poison dans le verre de la victime.

— J'aurais remarqué un intrus, j'en suis certaine, assurai-je. De même que le prince Anton et la princesse Hannelore, qui m'entouraient.

— Vraiment ? dit la dame de compagnie. Imaginez qu'on soit en train de vous servir. Un domestique vous présente un plat : « Un peu de chou-fleur, lady de Rannoch ? » Vous acquiescez d'un signe de tête, le remerciez, puis examinez ce qu'il dépose dans votre assiette. Pendant ce temps, vous n'avez pas regardé ce qui se passait en face de vous, n'est-ce pas ?

— Non, en effet.

— Et si quelqu'un était vêtu d'un habit noir, presque similaire à l'uniforme des valets de pied, ou s'il avait même réussi à se procurer une de leurs vestes, alors personne ne l'aurait aperçu s'il était passé près de la table avec une carafe à la main. Les serviteurs sont toujours tellement concentrés à accomplir leur tâche à la perfection qu'ils remarquent rarement leurs semblables. Et j'ai déjà pu observer que les gens ne prêtent jamais attention aux domestiques.

— Mais le comte Dragomir s'en serait rendu compte, objectai-je. Il était occupé à diriger les opérations, non loin du prince Nicholas. Il aurait constaté le moindre incident.

— Dans ce cas, considérons que ce Dragomir est lui aussi impliqué d'une manière ou d'une autre, déclara lady Middlesex.

À ma connaissance, le comte n'avait aucun motif de vouloir la mort du prince Nicholas, pas davantage que celle de Pirin. Toutefois, s'il était par exemple originaire de la province macédonienne qui appartenait dorénavant à la Yougoslavie, alors il était sans doute possible qu'il cherchât à provoquer une guerre civile en Bulgarie. Or tuer le prince héritier était probablement le meilleur moyen d'y parvenir. Binky avait dit que les souverains ne cessaient d'être assassinés dans cette partie du monde. Je décidai d'avoir une petite conversation avec le comte Dragomir, même si c'était risqué.

— Nous ne pouvons naturellement pas fouiller chaque pièce de cette demeure, surtout maintenant que les parents de Leurs Altesses sont là, reprit lady Middlesex. Il me semble néanmoins important de découvrir d'abord comment le meurtrier a pu se procurer du poison et où il a caché la fiole qui le contenait.

— Le coupable, quel qu'il soit, pouvait tout à fait l'avoir dans sa poche en arrivant au château et être reparti avec, fis-je observer.

— Je ne sais si vous l'avez remarqué, répliqua mon chaperon avec brusquerie, mais aucune empreinte de pas ne se dirige vers l'extérieur, hormis celles que M. O'Mara et vous avez laissées ce matin. J'ai pris soin de le vérifier lors de notre petite promenade. Le meurtrier est encore au château, croyez-moi.

Elle baissa les yeux vers Mlle Bickett et hocha la tête.

— Je serai particulièrement vigilante, lady M., assura la dame de compagnie. S'il se cache quelque part, il lui faudra bien finir par se montrer. Il aura besoin d'aller aux cabinets, de manger et de boire. Je le guetterai.

— Parfait, Bickett. C'est formidable. Nous montrerons à tous avec quelle rapidité et efficacité les choses peuvent être réglées lorsque la fine fleur de la gent féminine britannique prend la situation en main. Allez, en avant ! ajouta-t-elle en donnant une claque dans le dos de Mlle Bickett, qui manqua basculer.

Sur ces entrefaites, lady Middlesex se dirigea vers le vestibule d'un pas martial, tel un général menant ses troupes à la bataille.

24.

Je me retrouvai seule dans un couloir glacial, plein de courants d'air. Je n'avais pas eu le temps de réfléchir à la conduite que je devais tenir à la suite de ma découverte capitale. À qui raconter que c'était le prince Nicholas que l'assassin visait ? Pas aux deux dames anglaises, à l'évidence. Elles avaient déjà causé assez d'ennuis comme cela. En réalité, si lady Middlesex s'était abstenue de parler de vive voix du cadavre du maréchal, la mort de ce dernier aurait pu être considérée comme naturelle et nous ne serions pas dans cette situation embarrassante avec cet horrible Patrascu sur le dos. Je ne pouvais me confier non plus au prince Anton, car il n'était pas impossible qu'il fût le coupable – quoique cela me parût difficile à croire. Il s'y connaissait en tout cas en chimie, il était agile et, ainsi que Belinda me l'avait dit, il semblait aimer le danger. Quant à Siegfried et Matty, je me doutais que le premier s'empresserait d'en informer Patrascu ; et sa sœur penserait probablement qu'il s'agissait d'une vaste plaisanterie et refuserait de prendre l'affaire au sérieux. Ne restait plus que Nicholas. Il était en droit de savoir, et lui-même concevait peut-être des soupçons.

Je m'apprêtais à partir à sa recherche quand une voix limpide et mélodieuse résonna à l'autre bout du couloir.

— Ouh ouh ! Chérie !

Ma mère accourait à ma rencontre, son long manteau de vison flottant autour d'elle.

— Te voilà, ma douce. Nous sommes sous le même toit depuis trois jours, et nous n'avons pas encore eu l'occasion d'échanger un mot.

Elle me rattrapa et nous nous embrassâmes, nos joues restant à plusieurs centimètres l'une de l'autre, comme à notre habitude. En dépit de l'affection débordante qu'elle nourrissait pour tout ce qui portait un pantalon, ma mère n'appréciait guère de serrer quiconque dans ses bras – du moins les autres femmes.

— C'est parce que tu n'aimes pas être vue en ma compagnie, répondis-je. Cela rappelle aux gens que tu es suffisamment vieille pour avoir une fille de mon âge.

— Pourquoi dis-tu une chose aussi affreuse ? J'adore passer du temps avec toi, mon ange… Enfin, ce serait le cas si tu menais une existence moins ennuyeuse. Nous devons faire quelque chose pour t'égayer un peu. La robe que tu portais hier soir ! Complètement démodée depuis l'année dernière. Sans compter qu'elle dissimule tes meilleurs atouts. Je sais que tu n'as pas beaucoup de poitrine, mais tu devrais mettre en valeur le peu que tu possèdes. Il faut absolument que tu montres aux hommes ce que tu as à offrir.

— Maman !

Elle s'esclaffa – de son rire cristallin qui avait captivé des milliers de spectateurs –, puis passa son bras sous le mien.

— Vraiment, tu es d'une délicieuse pudibonderie, ma douce. Je mets cela sur le compte de ton éducation écossaise, si inhibante. Allons bavarder entre femmes dans un coin tranquille, d'accord ? suggéra-t-elle en m'entraînant dans le couloir. Si j'avais su que je me retrouverais coincée dans cette sinistre demeure pendant des jours et des jours, je ne serais jamais venue. Max était obligé d'être présent, évidemment, car il est le parrain de Nicholas, mais j'aurais pu aller faire un saut à Paris sans lui. J'adore tellement cette ville avant les fêtes de Noël, pas toi ? Tout y brille de mille feux.

Sans que j'aie le temps de protester, elle me conduisit dans un petit salon où un feu flambait dans l'âtre. La pièce était à dire vrai bien chaude et douillette en comparaison avec le reste du château. On pouvait toujours faire confiance à ma mère pour trouver le seul endroit confortable d'un lieu. Elle s'installa langoureusement dans un fauteuil et tapota de son soulier le tapis en peau d'ours placé à ses pieds.

— Viens donc, et raconte-moi tout.

— Il n'y a pas grand-chose à raconter. J'étais jusqu'à présent à Rannoch House, mais je cherche à passer l'hiver ailleurs, car Fig et Binky ont décidé d'y séjourner. Ma belle-sœur attend de nouveau un enfant.

— Bonté divine. Dire qu'ils ont déjà un héritier. Ton frère doit être un saint, à moins qu'il ne soit aveugle ou désespéré. Tu ne crois tout de même pas qu'elle est douée au lit ? Secrètement passionnée lorsqu'on la stimule ?

— Fig, passionnée ? m'étonnai-je en levant les yeux vers elle.

J'éclatai de rire, et ma mère m'imita.

— Viens donc passer du temps chez nous en Allemagne, ma chérie. Max pourra te présenter un gentil comte allemand. Justement, pourquoi n'essaierions-nous pas de te marier à l'un des garçons d'honneur de Nicky ? Le jeune Heinrich de Schleswig-Holstein roule sur l'or.

— Merci, mais je ne pense pas que j'aimerais vivre dans ce pays. Comment peux-tu y rester d'ailleurs ? As-tu déjà oublié la Grande Guerre ?

— Les gens que nous fréquentons n'ont rien eu à voir avec le conflit, ma chérie. C'était la faute de ces sales Prussiens belliqueux et du cousin de ton père, cet imbécile de Kaiser Willie[1]. Tu mènerais une vie agréable en Allemagne, crois-moi. La nourriture y est bonne, quoique un peu bourrative, le vin excellent, et Berlin extrêmement animé. Ou bien nous pourrions te dénicher un Autrichien, et tu irais t'installer à Vienne. Une ville que tu trouverais charmante. Quant aux Autrichiens, ils adorent se divertir et ne s'intéressent absolument pas à batailler ou à conquérir.

— Il me semble pourtant que cet Hitler dont tout le monde parle est autrichien, n'est-ce pas ?

— Ma chérie, nous l'avons rencontré récemment. Un petit homme si amusant. Je suis certaine que personne ne le prendra au sérieux. Et que dirais-tu du prince Anton ? Ce serait un beau parti, assurément. Je suis moi-même plutôt attirée par ce garçon, mais étant donné que Max est le parrain de son frère... Ma foi, il faut bien se fixer des limites, après tout.

— Je suis surprise que tu sois encore avec Max, fis-je observer. Visiblement, il n'est pas du tout ton genre, et il manque apparemment d'entrain. Tu es beaucoup plus à ton aise avec quelqu'un tel que Noel Coward, le dramaturge.

— Bien entendu, mais la plupart des gens de théâtre sont comme ce cher et tendre Noel – des tapettes, mon ange. Et sache également qu'un certain prince qui séjourne en ce moment dans ce château en est également une. En effet, la rumeur court selon laquelle on songerait à toi pour la fonction de princesse.

— Tu veux parler de Siegfried ? dis-je en riant. Oui, il m'a déjà demandée en mariage cet été, tout en me faisant savoir que je pourrais prendre des amants après lui avoir donné un héritier.

1. Guillaume II (1859-1941), Wilhelm II en allemand, fut le dernier empereur (Kaiser) allemand et régna à partir de 1888 jusqu'à son abdication en 1918 ; il était l'un des petits-fils de la reine Victoria. *(N.d.T.)*

— Les hommes sont drôles, n'est-ce pas ? répondit ma mère avant de glousser. J'ai plutôt l'impression que c'est à un autre que tu témoignes de l'intérêt. Un certain M. O'Mara ?

Voyant que j'avais rougi, elle pouffa de nouveau.

— Ma chérie, tu as visé trop haut en ce qui le concerne. Il a une sacrée réputation, tu sais. C'est un Irlandais fougueux. Je l'imagine mal se mettre en ménage et changer des couches. Sans oublier qu'il n'a pas un sou, et que l'argent fait le bonheur.

— Es-tu heureuse avec Max ?

Elle écarquilla ses yeux de poupée de porcelaine.

— Une question fort intéressante. Dès que je m'ennuie, j'envisage de le quitter, mais le pauvre chéri m'adore tellement que je n'y arrive tout simplement pas. Il veut m'épouser, vois-tu.

— Et toi, le souhaites-tu ?

— L'idée m'a traversé l'esprit. Je ne crois toutefois pas que j'aimerais devenir une Frau. Je sais qu'il appartient à la noblesse et qu'il a une particule et tout le tralala, mais je serais toutefois Frau von Strohheim, et cela ne conviendrait pas à ma petite personne. Du reste, il me semble que je suis encore la femme de Homer Clegg, ce Texan rasoir comme pas deux. Il est contre le divorce. Si j'en avais vraiment l'énergie, je pourrais aller à Reno ou dans une ville américaine de ce genre pour divorcer en vitesse, moyennant finances, mais ça m'ennuie profondément. Bon, voici ce que je te conseille, ma chérie : fais un beau mariage et garde un amant comme M. O'Mara. Si tu choisis un mari brun, l'enfant que tu auras ressemblera à l'un et à l'autre.

— Tout ce que tu racontes est tellement saugrenu, maman. Je me demande sincèrement comment je peux être ta fille.

Elle me caressa la joue.

— Je t'ai abandonnée alors que tu étais trop jeune. Je m'en rends compte à présent. Mais je n'aurais pu supporter une minute de plus ce morne château. Je n'avais pas compris que ton père tiendrait à y vivre la moitié de l'année et à passer son temps à se balader en kilt parmi la bruyère. Ce n'était tout simplement pas pour moi, mon ange, même si j'appréciais d'être une duchesse, je dois l'avouer. On est si bien servie dans un grand magasin comme Harrods, par exemple.

Tandis qu'elle continuait de jacasser de la sorte, je sentis mon malaise grandir, consciente de tout ce que j'avais à faire. Mon regard quitta le feu crépitant pour aller se poser sur un tableau fixé au-dessus de la cheminée. Je clignai alors des yeux et l'examinai plus attentivement. C'était le portrait d'un homme qui ressemblait au comte Dragomir.

Je me relevai et m'approchai de l'âtre. L'individu était plus jeune que le régisseur, mais il avait le même visage hautain, les mêmes pommettes saillantes et d'étranges yeux de chat. Le portrait d'un domestique n'aurait cependant pas été accroché dans l'un des salons du château. Dans la partie inférieure de la toile, je vis la signature du peintre et une date : 1789.

— Que regardes-tu, ma chérie ? s'enquit ma mère.

— Ce tableau ne te rappelle-t-il pas le comte Dragomir ?

— Les gens ont tous la même tête dans cette région du monde, pas vrai ? répondit-elle d'une voix agacée. C'est la faute des Huns. Ils étaient si doués pour violer et piller que tout le monde leur ressemble à présent.

Je continuai d'observer le portrait. Il me faisait penser à quelqu'un d'autre, sans que je parvienne à savoir qui, au juste. C'étaient les yeux, surtout…

— Ainsi que je te l'ai dit l'autre soir au dîner, tes cheveux sont un désastre, reprit ma mère. Quel coiffeur londonien fréquentes-tu, ces temps-ci ? Tu devrais avoir des ondulations à la Marcel. Suis-moi dans ma chambre, et Adèle s'occupera de toi. C'est une championne en matière de coiffures.

— Plus tard, maman. J'ai vraiment des choses à faire.

— Plus importantes que de tenir compagnie à ta pauvre mère solitaire ?

— Il y a de nombreuses autres dames qui seraient enchantées de bavarder avec toi, j'en suis convaincue.

— Oui, mais elles aiment papoter en allemand, et je n'ai pas réussi à me faire à cette langue. Je ne suis pas non plus très douée en français, et j'adore être le point de mire, tu sais, je ne supporte pas de faire tapisserie.

— Tu pourrais toujours te lier avec Belinda. Vous avez de nombreux points communs, toutes les deux.

— Ton amie Belinda ?

Un froncement de sourcils perturba brièvement l'harmonie de ses traits.

— Ma chérie, il paraît que ce n'est qu'une petite coureuse. As-tu vu de quelle manière elle s'est quasiment jetée à la tête d'Anton, l'autre soir ? J'imagine qu'elle a découché, cette nuit-là, ajouta-t-elle avec un clin d'œil entendu.

C'était l'hôpital qui se moquait de la charité, songeai-je, amusée. Belinda, une petite coureuse ? J'en connaissais une autre. Cela ressemblait à du dépit de la part de maman, laquelle avait avoué être attirée par Anton.

— Il te faudra néanmoins chercher quelqu'un d'autre pour te divertir, car je suis attendue pour un essayage. Tu as appris que j'étais l'une des demoiselles d'honneur de Matty, je présume ?

Je savais que ma mère trouverait parfaitement acceptable une excuse de ce genre.

— Oh, dans ce cas, mieux vaut te dépêcher, mon ange. J'ai entendu dire que la princesse avait fait venir Mme Yvonne en personne. Elle est un tantinet démodée, mais elle continue de créer des robes divines. À quoi ressemble la tienne ?

— Elle est divine, justement. Tu seras fière de moi. Elle me donne une allure plutôt élégante.

— Tout espoir n'est pas perdu, dans ce cas : tu arriveras peut-être à appâter un prince ou un comte. Allez, file. Ne fais pas attendre Mme Yvonne.

Je m'enfuis sans demander mon reste, laissant maman assise devant le feu, les jambes étendues. Une fois dans le vaste hall d'entrée, je m'immobilisai. Que devrais-je d'abord faire ? Partir en quête de Nicholas ou m'entretenir avec le comte Dragomir ? Tout me paraissait tellement vain. Le prince tenait-il vraiment à savoir qu'on avait tenté de le tuer ? Et que penser du régisseur ? Ma mère avait à l'évidence raison – toute ressemblance avec le portrait accroché dans le petit salon était une pure coïncidence. En 1789, Dragomir n'était pas encore né. À moins qu'il soit immortel. Je tâchai de chasser cette idée ridicule de mon esprit, même si le comte possédait toutes les caractéristiques qu'on s'attendait à trouver chez un vampire : un teint pâle, un maintien distingué, un regard clair et étrangement fixe, des joues creuses…

— Sornettes ! m'exclamai-je à haute voix, empruntant ce mot à lady Middlesex.

De plus, ainsi que je m'en étais convaincue un peu plus tôt, un mort-vivant n'aurait pas eu besoin d'administrer du cyanure à sa victime. Employer du poison lors d'un banquet portait la marque d'un être humain audacieux et prêt à tout.

J'errais dans un couloir quand j'entendis des éclats de voix ; je tombai alors sur un groupe de personnes réunies dans l'antichambre jouxtant la salle des banquets. Apercevant le prince Nicholas, je me frayai un chemin jusqu'à lui.

— Qui est cette charmante jeune fille ? demanda quelqu'un en français.

Je pris conscience que je me trouvais parmi les membres des familles royales arrivées ce matin-là. J'en éprouvai par conséquent un embarras extrême, car j'étais habillée chaudement, sans élégance aucune. Ma gêne s'accrut quand Siegfried s'avança vers moi, me prit par le coude et annonça, lui aussi en français :

— Maman, puis-je vous présenter Georgiana, la cousine du roi George ?

L'intéressée, une dame raffinée, coiffée à la perfection et habillée de façon exquise, me tendit une main délicate.

— Vous voilà enfin, dit-elle. C'est vraiment merveilleux. Vous ne savez pas à quel point j'avais envie de vous rencontrer.

— Votre Majesté, murmurai-je, méfiante, en exécutant une révérence.

— Et vous parlez si bien le français.

Je voyais mal comment elle pouvait juger mon niveau, vu que je n'avais prononcé que deux mots dans cette langue, et son accueil chaleureux commença à sérieusement m'inquiéter. Je venais d'être présentée au père de Siegfried, le roi de Roumanie, quand le gong résonna ; je fus entraînée dans la salle à manger pour déjeuner sans avoir eu la chance de parler au prince Nicholas. Je me retrouvai assise entre une comtesse et un vieux baron qui s'adressèrent tous deux à moi dans un français guindé ; puis, se rendant compte que nous n'avions aucune connaissance en commun, ils entreprirent de discuter entre eux, avec moi au milieu.

— Alors, dites-moi, que fait Jean-Claude cet hiver ? Il est reparti pour Monte-Carlo ? L'endroit est infesté par la populace, désormais. Et Joséphine ? Toujours rhumatisante ? J'ai entendu dire qu'elle était allée prendre les eaux à Budapest. Je trouve pour ma part que l'hygiène laisse à désirer dans cette station thermale.

Je parvins à manger et à répondre aux questions qu'on me posait parfois, tout en observant ce qui se passait autour de la table. Les domestiques allaient et venaient avec une telle promptitude qu'un assassin aurait tout à fait pu saisir un moment opportun pour sortir comme une flèche de derrière une arcade, administrer une dose de poison et disparaître de nouveau à l'insu de tous. Surtout si, à cet instant, l'un des convives était occupé à faire un discours à l'autre bout de la salle – tous les regards se seraient alors dirigés vers lui. Tout cela me paraissait pourtant inouï. J'aurais volontiers conclu à une crise cardiaque et cessé de me mêler de cette affaire, mais le prince Nicholas avait été visé et l'assassin était encore parmi nous.

Je réussis à avaler un potage lourd et crémeux, puis un *sauerbraten*[1] accompagné de chou rouge, et enfin de succulentes boulettes bouillies fourrées aux pruneaux et saupoudrées de sucre. Dès que le repas s'acheva, je rejoignis le prince Nicholas alors qu'il s'apprêtait à quitter la pièce.

— Pouvons-nous nous entretenir dans un lieu discret ? dis-je à voix basse. Je souhaite vous parler en privé, c'est à propos du maréchal Pirin.

— Oh, très bien, fit-il, l'air étonné, avant de regarder autour de lui. Je vais chercher Anton.

— Non ! m'exclamai-je, plus fort que je n'en avais eu l'intention, et plusieurs personnes se tournèrent vers nous. Ce que j'ai à vous dire vous concerne avant tout. Vous déciderez ensuite de le confier ou non à quelqu'un d'autre.

— Bon, d'accord, répondit-il, plutôt amusé, me sembla-t-il. Où souhaitez-vous que ce rendez-vous secret se déroule ?

— N'importe où, pourvu que l'odieux Patrascu ne puisse pas nous entendre.

— Qui sait où ses hommes sont tapis ? Il est si facile de placer des espions dans une demeure pareille. Oh, bon sang, quand on parle du loup…

Le chef de la police était entré dans la salle à manger et se dirigeait droit sur nous.

1. Plat de viande marinée typiquement allemand. *(N.d.T.)*

— Vous, la jeune lady anglaise ! m'interpella-t-il en français. Vous allez me suivre, je vous prie. Je souhaite que vous m'expliquiez quelque chose sans attendre.

— Voulez-vous que je vous accompagne ? proposa Nicholas.

— Non, juste cette dame, dit Patrascu.

Je n'eus d'autre choix que de le suivre, surtout parce qu'il avait deux de ses hommes dans son sillage, et que je ne voulais pas faire de vagues.

— À plus tard, dans ce cas, lançai-je au prince avant de me tourner vers Patrascu. Quel est le problème ?

— Vous le saurez bientôt, répliqua-t-il, montant l'escalier devant moi d'un air déterminé.

Une fois que nous eûmes atteint l'étage où je logeais, il ouvrit grande la porte de ma chambre. Une Queenie à la mine apeurée se tenait près de mon lit.

— Veuillez m'expliquer ceci, dit le policier en soulevant le couvercle du coffre et en désignant une fiole posée à l'intérieur.

— J'ignore tout de cet objet et de la manière dont il est arrivé ici, déclarai-je.

— Pour ma part, j'ai ma petite idée sur la question. J'aimerais pouvoir conclure qu'il s'agit du réceptacle qui contenait le poison.

Il s'avança tout près de moi et me lorgna.

— Je vous soupçonne depuis le début, poursuivit-il. Vous étiez assise face au maréchal. Et pourquoi le roi anglais vous a-t-il demandé d'assister à ce mariage ? Pour quelle raison n'a-t-il pas envoyé sa propre fille, une princesse ? Cela aurait été plus convenable.

— Parce que la princesse Maria Theresa tenait à ce que je sois présente comme demoiselle d'honneur, étant donné que nous sommes d'anciennes camarades d'école. La reine a donc pensé qu'elle ferait d'une pierre deux coups, pour ainsi dire.

— Ne vous inquiétez pas. Dès que la ligne de téléphone sera réparée, j'appellerai la Scotland Garde pour tout vérifier.

La Scotland Garde ? Je souris. Il voulait parler de Scotland Yard !

— Faites, je vous prie, répondis-je. Suggérez-vous toutefois que j'ai voyagé jusqu'ici dans le but de tuer un maréchal dont je n'avais jamais entendu parler avant mon arrivée ?

J'essayai de lâcher un rire insouciant qui n'eut pas vraiment l'effet escompté. Des rumeurs circulaient sur la façon dont la justice était exercée dans certains pays étrangers, et je ferais certainement un bouc émissaire idéal pour lui.

— C'est mon premier séjour dans cette région d'Europe. À l'exception de la princesse, je n'avais jamais rencontré la plupart des autres invités. Quel mobile aurais-je pu avoir ?

— Plusieurs me viennent en tête. J'ai entendu dire que les jeunes princes bulgares n'appréciaient guère ce Pirin. Vous êtes leur cousine, je crois ? Peut-être avez-vous comploté avec eux afin de tuer le maréchal.

— Si tel était le cas, nous aurions aisément déclaré qu'il était mort d'une crise cardiaque et personne ne nous aurait contredits. Et même si Nicholas et Anton sont mes cousins, pourquoi me mêlerais-je de politique bulgare ?

— Pour de l'argent, répondit Patrascu avec un affreux rictus. Ainsi que je l'ai dit plus tôt, cela peut inciter n'importe qui à commettre des crimes. Et vous n'en avez pas, c'est ce que m'a confié le compagnon de votre mère.

— Je n'ai peut-être pas grandi dans un milieu aisé, mais on m'a enseigné la probité, rétorquai-je d'un ton hautain. Si j'avais tant besoin d'argent, j'aurais déjà conclu un bon mariage. L'héritier du trône de votre pays m'a fait sa demande.

— Je suis au courant, dit-il avec un geste de la main désinvolte. Il m'incombe de tout savoir.

— Par conséquent, si je l'épousais, je n'aurais pas envie que ma nouvelle vie de princesse débute par un conflit dans les Balkans, me semble-t-il.

— J'ai cependant appris que vous l'aviez éconduit, répondit Patrascu avant de se tourner vers l'un de ses hommes et de lui murmurer un ordre en roumain.

L'agent se pencha vers le coffre et, au moyen d'un mouchoir, ramassa la petite bouteille, qu'il tendit à son chef.

— Je peux vous assurer que vous n'y trouverez pas mes empreintes digitales, affirmai-je. Vous découvrirez qu'il s'agit probablement d'une simple fiole médicinale qui appartient à quelqu'un d'autre et qui contient une préparation contre la migraine.

Toujours à l'aide du mouchoir, Patrascu ôta le bouchon, renifla et recula vivement la tête.

— Ceci n'est pas une préparation contre la migraine, annonça-t-il. Et je ne compte pas y trouver d'empreintes digitales. Un assassin malin les aura effacées.

— Et même un meurtrier stupide aurait jeté cette bouteille par la fenêtre afin qu'elle s'enfonce dans une couche de neige qui ne va pas fondre avant des jours – en tout cas pas avant son retour dans son propre pays.

Patrascu regarda par la fenêtre d'un air pensif, les petits rouages de son esprit se mettant lentement en branle.

— Quelqu'un veut me faire passer pour la coupable, continuai-je. Cela paraît évident, et même vous devriez le comprendre. Le tueur se serait débarrassé de cette fiole susceptible de l'incriminer. Cela aurait été très facile dans un château de cette taille, recelant de tant de coins et de recoins, de grilles dans les murs et les planchers.

Le policier garda le silence un moment.

— Justement, seul un assassin très malin échapperait à tout soupçon en essayant de me convaincre qu'on a voulu lui faire porter le chapeau, finit-il par reprendre. Je vais vous dire ce que j'en pense, jeune lady. À mon avis, c'est une ingénieuse machination entre vous et votre compatriote anglais : comme par hasard, il s'en est allé avec le corps avant que je puisse l'examiner ou l'interroger, lui.

— Il n'est pas anglais, dis-je en souriant. Il est irlandais.

— Anglais, irlandais, c'est du pareil au même, répliqua-t-il avec ennui. J'ai déjà entendu parler de ce M. O'Mara. Il a été mêlé à un scandale dans un casino, je crois. Et il cherche à se faire de l'argent. Mais pas d'inquiétude, je vais envoyer mes hommes à sa poursuite afin qu'ils le ramènent, et toute la lumière sera faite.

— Ne soyez pas ridicule. La reine d'Angleterre sera outrée d'apprendre que j'ai été traitée de cette manière dans votre pays, alors qu'on m'a demandé d'y représenter le mien. Et la princesse Maria Theresa, ma très chère camarade d'école, sera tout aussi indignée si je lui en fais part.

Il saisit mon menton d'une main et m'obligea à m'approcher de lui.

— Vous n'avez apparemment pas conscience de la situation dans laquelle vous vous trouvez, jeune fille. J'ai le pouvoir de vous arrêter et de vous faire enfermer, et nos prisons ne sont pas des lieux plaisants, je vous le garantis – entre les rats, les maladies, les criminels endurcis... Il faut parfois attendre des mois, voire des années, avant qu'une affaire passe au tribunal. Néanmoins, étant donné que vous êtes là pour un événement festif, je serai magnanime en vous demandant simplement de ne pas quitter le château sans mon autorisation.

Ses ongles s'enfonçaient dans mon menton, mais j'étais bien décidée à ne pas lui montrer ma peur.

— Puisque je suis venue assister à un mariage qui a lieu la semaine prochaine, il est fort peu probable que je m'en aille avant. En outre, j'ai cru comprendre qu'il y aurait de nouvelles chutes de neige, auquel cas personne ne pourra partir pendant plusieurs jours.

Il pencha son visage vers le mien. Son haleine empestait l'ail – et pire encore.

— Vu que vous clamez votre innocence, vous devez avoir une idée de l'identité de la personne qui a commis ce crime atroce. De qui peut-il s'agir, selon vous ? De Dragomir, par exemple ? Vous dites avoir assisté à tout ce qui s'est passé pendant le dîner… Peut-être avez-vous vu le comte verser discrètement quelque chose dans un verre. Réfléchissez bien, jeune lady, si vous tenez à rentrer chez vous après le mariage.

Je compris alors qu'il n'était pas aussi bête que je l'avais cru. Son plan était clair : il avait cherché à me faire craindre pour ma propre sécurité afin de m'inciter à pointer Dragomir du doigt. Il s'apprêtait à découvrir que les jeunes filles britanniques sont d'une tout autre trempe. Elles ne s'effondrent pas en sanglots quand un féroce policier menace de les jeter en prison. Et même si j'avais quelques soupçons à propos du comte, je n'avais aucunement l'intention de les formuler en présence de cet homme.

— Si vous voulez mon opinion, je crois que vous devriez envisager la piste vampirique, répliquai-je.

25.

— Oh, mam'zelle, j'ai eu une de ces frayeurs ! s'exclama Queenie dès que Patrascu et ses hommes furent sortis. Quelles brutes affreuses ! Ils ont fait irruption et se sont mis à fouiller la chambre. J'peux vous dire qu'ils m'ont entendue. « Où c'est qu'vous vous croyez ? j'ai demandé. C'est les affaires d'une personne royale, et elle vous interdit de les tripoter avec vos sales mains. » Mais ça a pas servi à grand-chose, vu qu'ils parlent pas anglais. Qu'est-ce qu'il vous a raconté, ce type ?

— Il se figure que j'ai empoisonné l'homme qui est tombé malade hier soir pendant le dîner, expliquai-je. Ils ont découvert une fiole qui aurait pu contenir du poison dans ce coffre.

— Je parie que c'est eux qui l'ont mise là. On peut pas leur faire confiance, à ces étrangers, pas vrai ? C'est ce qu'il dit, mon vieux papa, et il sait de quoi il parle, puisqu'il était dans les tranchées pendant la Grande Guerre.

— Votre vieux papa n'a peut-être pas tort sur ce point.

Il était en effet fort possible que Patrascu ait placé cette preuve dans ma chambre pour m'incriminer – mais pourquoi moi ? Était-ce parce que je venais d'un pays lointain et que mon arrestation éventuelle ne causerait ainsi pas de troubles politiques dans la région ? Ou bien lui avais-je donné l'impression d'être vulnérable, donc susceptible de m'effondrer aisément et de tout avouer, ou de ne pas hésiter à faire porter le chapeau à Dragomir ? La situation m'évoquait franchement un drame gothique. Ses hommes parviendraient-ils à rattraper Darcy ? Cela me parut improbable à la vue du ciel couvert, annonciateur de nouvelles chutes de neige. Je jetai à mon lit un coup d'œil plein d'envie. Une sieste rapide aurait été une bonne idée, mais je ne pouvais retarder plus longtemps mon entretien avec Nicholas, qui courait peut-être un grand danger. Hélas, pourquoi Darcy avait-il choisi ce moment pour partir ? Il aurait pu garder l'œil sur Nicholas et empêcher un autre meurtre.

Je descendis encore une fois vers le rez-de-chaussée. Les couloirs me paraissaient plus froids encore qu'à l'ordinaire, et les bannières accrochées au mur flottaient même dans les courants d'air. Alors que je regardais autour de moi, je m'aperçus que de nombreux domestiques circulaient çà et là. Bien que l'on ne remarque d'ordinaire pas les gens de maison, j'étais soudain bel et bien consciente de leur présence. Cela me donna à réfléchir : si un intrus se dissimulait dans le château, quelqu'un d'autre devait être au courant. Il lui aurait été impossible de rôder dans les lieux sans croiser un ou deux serviteurs ; aussi, il fallait bien qu'un complice lui apporte de quoi manger et l'aide à rester caché. L'assassin devait par conséquent être des environs ; ce ne pouvait être l'un des invités venus de Bulgarie.

Mes pensées se reportèrent évidemment sur le comte Dragomir. Je passai alors devant le salon où j'avais vu le portrait qui lui ressemblait. J'ouvris prudemment la porte. La pièce était vide. Sur la pointe des pieds, je m'approchai de la cheminée et levai les yeux vers le tableau. À la lueur vacillante du feu, le personnage me parut presque vivant.

— Vous êtes toute seule, lady Georgiana ? dit une voix grave derrière moi.

Avec un hoquet de stupeur, je me tournai vivement. Le comte Dragomir se tenait là, en chair et en os.

— Puis-je vous apporter quelque chose ? proposa-t-il. Une tasse de thé, peut-être ? Vous autres Anglais aimez en boire à cette heure de la journée, me semble-t-il.

— Euh… non, je vous remercie, bafouillai-je.

— Mais sans doute êtes-vous entrée dans ce salon pour être seule ou pour faire un petit somme. Je vais donc vous laisser à vos beaux rêves.

Il s'inclina. Alors qu'il s'apprêtait à prendre congé, je pris mon courage à deux mains.

— Comte Dragomir, je n'ai pu m'empêcher de remarquer que vous aviez de l'animosité contre ce Patrascu.

— Je suis sûr que ce sentiment est mutuel. Dans notre jeunesse, nous avons fréquenté la même université. Nous nous sommes d'emblée pris en grippe. Déjà à l'époque, c'était un individu sournois, qui agissait en douce.

J'eus l'impression qu'il aurait pu m'en dire davantage, mais qu'il n'en avait pas l'intention. Je pris alors une profonde inspiration avant de me risquer à aborder le sujet suivant.

— Vous ressemblez à s'y méprendre à ce portrait, vous savez. Je suis pourtant certaine que vous n'étiez pas déjà en vie à la fin du XVIIIe siècle, ajoutai-je en laissant échapper un petit rire joyeux.

— Vous avez raison, la ressemblance est étonnante, répondit le comte en examinant le tableau. C'est l'un de mes ancêtres. Ce château nous appartenait, voyez-vous. Pour tout dire, ma famille régnait sur la Transylvanie à l'époque où c'était encore un État indépendant et non une province roumaine.

— On m'a cependant dit que vous n'étiez pas originaire de Roumanie.

— L'un de mes ancêtres a décidé de livrer bataille à l'occupant ottoman – un pari risqué. Il était téméraire, et les Turcs infiniment puissants en ce temps-là. Il comptait sur l'aide de ses voisins afin d'organiser un soulèvement à travers toute la région, mais ma famille, brutale et impitoyable, souffrait de sa réputation, je le crains. Personne ne vint leur prêter assistance. Le château fut pris par l'ennemi et les miens durent s'exiler. Il est donc vrai que j'ai grandi dans une province qui fait désormais partie de la Yougoslavie. J'ai fréquenté l'université de Vienne, où j'ai rencontré le roi roumain actuel, lui aussi étudiant à l'époque. Nous nous sommes liés d'amitié et, plus tard, lors de son accession au trône, il m'a offert un poste gouvernemental. Les temps sont durs depuis la Grande Guerre, et il n'est pas facile de trouver un emploi. J'ai donc volontiers accepté. Comble de l'ironie, on m'a ensuite proposé de gérer ce château : je ne suis dorénavant qu'un vulgaire majordome dans la demeure de mes ancêtres. Mais ainsi vont les choses, n'est-ce pas ? Rien n'est jamais certain.

— Ma famille a elle aussi perdu sa fortune, répondis-je en hochant la tête. Mon frère se borne à vivoter dans notre château écossais. Les temps sont durs, en effet.

— Je crois que j'aurais gravi les échelons dans l'administration, n'eût été notre ami Patrascu, ajouta Dragomir en se rapprochant de moi. Dites-moi… Il a essayé de s'assurer votre concours afin de me tendre un piège, n'est-ce pas ? C'est sa manière de procéder. Il décide du coupable idéal, puis fabrique les preuves afin de l'incriminer.

— Il a effectivement suggéré que je vous avais peut-être vu mettre du poison dans un verre. Je lui ai dit que ce n'était pas le cas.

— On peut toujours compter sur une Anglaise pour se comporter en lady, commenta-t-il avec un sourire. Mais ne sous-estimez pas Patrascu. Il exerce un pouvoir considérable dans ce pays. La rumeur court selon laquelle il serait le pantin des Russes. Ces derniers souhaiteraient étendre leur influence dans la région, voyez-vous. Je comprends pourquoi le prince Nicholas souhaite faire croire que Pirin est mort de cause naturelle. La moindre broutille pourrait déclencher un incident diplomatique.

Il remit en place un bol de fleurs placé sur une table basse, puis releva soudain les yeux.

— Par conséquent, si j'étais vous, je m'abstiendrais de me mêler de toute enquête menée sans autorisation ou de fureter en dilettante dans le château. Vous jouez avec le feu, lady Georgiana. Profitez de votre rôle de demoiselle d'honneur et passez de bons moments. C'est ce que toute jeune fille devrait faire, n'est-ce pas ?

Il m'adressa un signe de tête bienveillant avant de quitter la pièce. Il s'était montré plutôt agréable, mais la menace qu'il avait évoquée était réelle. S'inquiétait-il de ma sécurité ou de la sienne ? Le château de Bran avait donc appartenu à ses ancêtres. Et vu l'histoire de sa famille, il était fort possible qu'il ait des comptes à régler avec certains de ses voisins balkaniques et désire prendre sa revanche, même des décennies plus tard. Peut-être une petite guerre était-ce justement ce qu'il souhaitait.

Je sortis du salon à sa suite. Si Dragomir avait effectivement administré le cyanure, pourquoi s'était-il montré si obligeant quand nous nous étions ensuite réunis dans l'antichambre ? Grâce à lui, le couvert du maréchal avait pu être récupéré, il avait géré les domestiques, fait porter le cadavre à l'étage et, dans l'ensemble, s'était conduit impeccablement, ainsi qu'on s'y serait attendu d'un parfait majordome. Pourquoi ? Était-ce parce qu'il voulait donner l'impression d'être au-dessus de tout soupçon ? Ou bien avait-il la certitude qu'il avait commis un meurtre ingénieux et que jamais il ne serait démasqué ? À moins qu'il ne se sente coupable à l'idée de ne pas avoir tué la bonne personne.

Tandis que ces pensées bouillonnaient dans mon esprit, je me retrouvai dans la grande galerie, où l'on servait le café, comme chaque après-midi. Ma mère était assise parmi le groupe de comtesses plus âgées, occupée à manger du gâteau à la crème. En me voyant approcher, elle me fit signe.

— Nous nous apprêtions à jouer au bridge, ma chérie. Tu veux te joindre à nous ?

— Non, merci. Je suis nulle au bridge. La princesse est-elle encore dans le salon d'essayage ?

— Oh non, chérie. Elle a réapparu il y a une demi-heure environ, bu une tasse de café noir et considéré les pâtisseries avec envie. Cette enfant se laisse mourir de faim, si tu veux mon avis. Elle est beaucoup trop maigre. Les Européens préfèrent les femmes un peu plus rembourrées.

— Et le prince Nicholas, l'as-tu aperçu ?

— Pas depuis le déjeuner. Je suppose qu'Anton et lui sont partis chasser, et je crois que Max les a accompagnés. Ils ne sont heureux qu'avec un fusil à la main – et quand ils s'activent au lit, évidemment.

— Maman ! la réprimandai-je avec un froncement de sourcils, afin de la mettre en garde.

Elle observa les autres femmes, qui dégustaient leur gâteau sans lui prêter attention.

— Elles n'auront pas compris. Leur anglais est désastreux, ma chérie. De plus, il est temps que tu en apprennes davantage sur les choses de la vie. J'ai affreusement manqué à mes devoirs dans ce domaine. Il te faut savoir que les hommes n'ont que deux pensées en tête : tuer et copuler.

— Il existe quantité d'hommes qui possèdent des sentiments plus raffinés et qui s'intéressent à l'art et à la culture, j'en suis certaine.

— Oui, ma chérie, naturellement. On les appelle des homosexuels. Et ils sont extrêmement adorables, toujours pleins d'esprit et fort divertissants. Mais au cours de ma longue et singulière vie, j'ai découvert que ceux qui sont le plus en verve sont des incapables au lit, et vice versa.

Elle avala son dernier morceau de gâteau, lécha sa fourchette – y enroulant sa langue d'une manière que des hommes, s'ils avaient été présents, auraient pu qualifier de séduisante – et rejoignit les autres dames qui préparaient une table pour leur partie de bridge. J'allai me servir un café et une pâtisserie avant de m'asseoir seule sur un canapé. J'étais préoccupée. Nicholas était donc retourné chasser. Je savais par expérience combien il était facile d'abattre la mauvaise cible ; et Darcy lui-même n'avait-il pas suggéré que c'était un moyen commode de se débarrasser de quelqu'un ? Je ne pouvais cependant pas partir en quête de Nicholas, qui devait déjà être loin. Il me fallait attendre son retour. Dragomir m'avait déconseillé de poursuivre mon enquête de dilettante, mais j'étais apparemment la seule personne au château à connaître la vérité – à l'exception de l'assassin évidemment. Je devais prévenir le prince dès qu'il reviendrait.

Le gâteau, composé de couches de chocolat, de crème et de noix, semblait absolument succulent. J'en goûtai un morceau, que j'eus pourtant le plus grand mal à avaler. Si je ne parvenais pas à trouver de réponse à ma première question – à savoir qui voulait la mort de Nicholas ? –, il me fallait alors examiner celle qui en découlait en toute logique : pourquoi chercher à le tuer ? J'avais conscience que diverses raisons pouvaient inciter à commettre un meurtre : la peur, l'appât du gain, la vengeance ; or le premier me paraissait être le motif le plus impérieux des trois. Qui à Bran avait quelque chose à craindre du prince ? Quelque chose de si terrible qu'il fallait le réduire au silence pour toujours ? J'étais incapable de répondre à cela. Je connaissais trop peu les gens qui séjournaient au château. Dans ce cas, à qui profiterait la disparition du prince ? À Anton, forcément. Si son frère venait à mourir, il deviendrait l'héritier du trône. Il en avait également les moyens et il s'était levé pour entrechoquer son verre contre celui de son aîné. Non, cette théorie ne marchait pas, puisque le poison avait été versé dans le verre de vin rouge juste avant que Nicholas ne se mette à boire du champagne. Or Anton s'en serait aperçu.

Parmi les autres convives assez proches dudit verre, il y avait Matty ; mais elle n'aurait tout de même pas essayé de se débarrasser de son fiancé quelques jours avant leur mariage. Siegfried et moi étions assis face à eux, or ni lui ni moi n'étions coupables. Ce qui nous ramenait de nouveau à Dragomir ou à un serveur anonyme qui s'était laissé acheter grassement pour commettre l'impensable. Sinon, il s'agissait d'un assassinat politique, une hypothèse probablement plus logique que les autres, vu qu'un anarchiste ou un communiste se serait moqué de perpétrer un crime en public – en réalité, ils auraient sans doute même préféré que cet acte fût visible et spectaculaire, à l'instar de l'assassinat de l'archiduc François-Ferdinand à Sarajevo, qui avait déclenché la Grande Guerre.

Je n'étais pas de taille. À une occasion, j'avais été mêlée à une affaire impliquant un groupe d'agents communistes infiltrés des plus chevronnés, et je ne souhaitais pas renouveler cette expérience. En fait, j'avais envie de suivre les recommandations du comte Dragomir – profiter de ce mariage pour prendre du bon temps en compagnie des autres demoiselles d'honneur. Je regrettais simplement que Darcy comptât ainsi sur moi.

26.

La grande galerie, château de Bran
18 novembre 1932 (encore)

Je mangeais mon gâteau du bout des dents quand Matty entra dans la pièce, affichant une mine inquiète.

— Nicholas n'est pas encore revenu ? me demanda-t-elle.

— Je ne l'ai pas vu, répondis-je.

— C'est vraiment ridicule d'aller chasser par un temps pareil. Les hommes sont tellement idiots – du moins certains d'entre eux.

Elle s'assit près de moi sur le canapé, les yeux braqués sur ma pâtisserie.

— À en croire ma mère, seules deux choses les intéressent : tuer et faire l'amour, dis-je en m'efforçant de l'égayer.

— Ils ne sont pas tous ainsi, déclara-t-elle en détournant le regard. À Paris, j'ai rencontré des artistes et des écrivains, des garçons romantiques, capables d'exprimer leurs sentiments.

— Ma mère affirme que ces gens-là sont des homosexuels.

— Elle se trompe, répliqua Matty avant de se lever pour se diriger vers une haute fenêtre cintrée.

Le jour tombait rapidement.

— Il s'est remis à neiger, constata-t-elle. J'espère que les chasseurs ne vont pas s'égarer. Je ferais mieux d'aller dire à Dragomir d'envoyer des domestiques à leur rencontre.

Sur ce, elle me laissa. Elle n'était partie que depuis quelques minutes quand j'entendis des éclats de voix et des bruits de bottes dans l'escalier. Nicholas et Anton entrèrent dans la galerie, leurs cheveux et leurs cils encore saupoudrés de flocons. Leurs visages rayonnaient, et ils riaient.

— Votre fiancée s'inquiétait pour vous, dis-je à Nicholas alors qu'il passait près de moi.

— Je suppose qu'il était un peu absurde de sortir aujourd'hui. Nous nous sommes perdus. Max est tombé dans une congère et il nous a fallu l'en extirper.

— De surcroît, nous rentrons bredouilles, ajouta Anton. Mais nous nous sommes bien amusés. Et je déteste rester enfermé toute la journée.

Ils se ruèrent sur les cafetières et les pâtisseries, puis vinrent s'asseoir à côté de moi.

— Que vouliez-vous me dire, un peu plus tôt, quand cette brute de Patrascu vous a emmenée de force de la salle à manger ? demanda Nicholas. Il ne cherchait pas à vous accuser de meurtre, tout de même ?

— En réalité, si, répondis-je. Il a découvert, dans un coffre de ma chambre, une fiole qui contenait du poison, du moins à son avis.

— Bonté divine ! Même quelqu'un d'aussi borné que Patrascu ne peut croire que vous l'avez cachée là, j'imagine.

— Je lui ai fait remarquer que j'aurais pu facilement la jeter par la fenêtre dans les étendues enneigées sans que personne ne puisse la retrouver pendant des mois.

— Ce qui importe, c'est de savoir qui a placé cette fiole dans votre chambre pour vous incriminer, déclara Anton.

— L'assassin, je présume, suggéra Nicholas.

— Ou Patrascu en personne, ce qui me paraît plus vraisemblable, affirmai-je. Il a voulu m'effrayer afin de m'obliger à compromettre Dragomir.

— Oh, il pense donc que le comte est le coupable ? reprit Nicholas. C'est intéressant. J'ai moi-même conçu des soupçons à son égard.

— En ce qui concerne Patrascu, il se moque de l'innocence éventuelle de Dragomir. Tous deux sont ennemis depuis longtemps. Je n'ai pas réussi à découvrir le fin mot de l'histoire, mais le premier serait ravi de faire porter le chapeau au second. J'ai refusé d'entrer dans son jeu et de me laisser intimider.

— Et vous avez bien fait, déclara Anton. J'adore ces jeunes Anglaises, pas vous, Nicky ? Elles sont solides comme des rocs. Pareilles à Boadicée[1].

Il tendit la main vers moi et me serra brièvement le genou.

— Tiens-toi un peu, Toni, lui dit son frère. Tu ne peux en avoir plus d'une à la fois, tu sais.

— Pourquoi pas ? Plus on est de fous, plus on rit, telle est ma devise. À dire vrai, je suis plutôt fâché de ne pas être né turc. J'aurais aimé avoir un harem. J'aurais été mis au défi de compter le nombre de femmes avec lesquelles j'aurais pu coucher en une nuit.

— Tu heurtes la sensibilité de cette jeune lady, le tança Nicholas.

— Non, absolument pas, dis-je en riant.

Anton se leva malgré tout.

— Je vais aller chercher Belinda. Elle adore écouter les récits de mes exploits et elle est fort désireuse de m'en faire accomplir d'autres.

— Il va falloir que ce jeune homme apprenne à mener une vie plus sérieuse, un de ces jours, me confia Nicholas

1. Boadicée (30-61), célèbre reine du peuple celte des Icènes, prit les armes contre l'occupant romain sur l'île de Grande-Bretagne avant de mourir à l'issue de la bataille de Watling Street. *(N.d.T.)*

une fois qu'Anton fut hors de portée de voix. Notre père désespère vraiment de lui. Dommage qu'il soit né prince. J'ai l'impression qu'il serait allé loin, comme vedette de cinéma à Hollywood… Ou mieux encore, comme cascadeur.

Je regardai alentour. Les dames avaient entamé leur partie de bridge. Un vieux monsieur faisait des discours à plusieurs des jeunes comtes. Je me penchai un peu plus près de Nicholas.

— À propos de ce que je voulais vous dire…, commençai-je.

— Oh, oui, c'est vrai. Avez-vous fait une découverte importante ?

— Très importante, pour vous en particulier.

Je lui relatai alors ce que je me rappelai du dîner.

— C'est donc dans votre verre que Pirin a bu, conclus-je.

Le prince garda un instant le silence. Puis il soupira.

— Cela donne à réfléchir, n'est-ce pas ? On vit toujours sous la menace d'un assassinat, je suppose, mais quand celle-ci se rapproche, cela fait un choc. À l'évidence, le meurtrier est donc l'un de ces satanés anarchistes. Il a probablement agi ainsi que Patrascu l'a suggéré, en payant l'un des domestiques pour faire le sale travail à sa place.

— Qui d'autre aurait pu vouloir votre mort ? m'enquis-je. Qui aurait de l'animosité contre vous ?

Nicholas m'adressa un sourire empreint d'ironie.

— Je me suis toujours considéré comme un garçon agréable. Je ne suis pas du genre à me faire des ennemis.

— Mais s'il s'agissait d'une tentative d'assassinat politique, pourquoi n'aurait-on pas d'abord visé votre père, plutôt que vous ?

— Je crois être en mesure de répondre à cette question. Premièrement, contrairement à ce qui était prévu, mon père n'était pas là hier soir. Lui et sa suite n'ont pu franchir le col en raison de la neige, rappelez-vous. Le meurtrier n'a peut-être pas voulu reporter son plan et a décidé de tenter son coup malgré tout. Deuxièmement, peu importe lequel de nous deux pourrait être tué. L'archiduc mort à Sarajevo n'était qu'un protagoniste secondaire de la dynastie des Habsbourg, et cet incident a pourtant provoqué une guerre mondiale.

— C'est affreux, dis-je, frémissante. Comment pouvez-vous vivre sans jamais vous sentir en sécurité ?

— Je n'ai pas d'autre choix, j'imagine. J'aime à penser que nous apportons stabilité et culture à cette région, mais celle-ci a toujours été un foyer d'intrigues et de violences. Les habitants de ces pays s'entre-tuent depuis toujours. Et personne n'a été plus violent que les anciens propriétaires de ce château – vous avez certainement dû entendre parler de Vlad l'Empaleur. Quelle fine équipe, ses descendants et lui ! Il n'y a pas eu plus cruel et impitoyable qu'eux. J'ai lu certains des livres que renferme la bibliothèque. La description de leurs actes infâmes vous retournerait l'estomac. Et bien entendu, certains ouvrages et les habitants du coin affirment que Vlad est devenu Dracula et qu'il serait encore en vie, ajouta-t-il avant de s'esclaffer.

— Ah, vous voilà enfin, espèce de vilain, dit Matty en entrant dans la pièce.

Elle se dirigea vers lui et déposa un baiser sur son front.

— Je me suis fait du souci pour vous. Et vous avez encore de la neige sur le crâne.

Je décidai de faire preuve de tact et de les laisser seuls. Je remontai dans ma chambre et regardai par la fenêtre. La neige tombait dru à présent, et de gros flocons tourbillonnaient autour des tourelles. Mes pensées se reportèrent aussitôt sur Darcy, quelque part dans la montagne. J'espérais qu'il aurait la sagesse de se réfugier dans l'auberge du col. À dire vrai, j'aurais voulu que toute cette affaire soit terminée.

Je me demandai alors où Queenie pouvait bien se trouver. Sans doute était-elle restée à la cuisine, à se goinfrer de gâteaux. Si elle revenait avec moi à Londres, elle me délaisserait dès qu'elle s'apercevrait que je me nourrissais de haricots blancs en boîte et de toasts. Fallait-il que j'aille la chercher ? Je ne pouvais cependant pas chasser de mon esprit la vision de Matty, le menton couvert de sang, dans le couloir de l'office. Je n'avais pas envie de croire aux vampires, mais je l'avais vue de mes propres yeux, c'était indéniable. Si la princesse était réellement une morte-vivante, je n'avais pas l'intention de figurer à son menu.

Je me mis à faire les cent pas. Il me faudrait bientôt commencer à me préparer pour le dîner, et il était presque impossible d'enfiler une robe de soirée sans aide. Et si j'allais voir maman ? Sa femme de chambre pourrait également s'occuper de mes cheveux, ainsi qu'elle me l'avait suggéré. Cela m'intéressait de découvrir à quoi je ressemblerais, une fois correctement coiffée. Queenie continuant de se faire désirer, j'ouvris mon armoire – prudemment, car on ne savait jamais ce qui pouvait se dissimuler dans un meuble de cette taille – et j'en sortis ma seule robe présentable. Impossible de la porter un troisième soir de suite ; je ne pouvais toutefois pas non plus m'afficher dans celle que le fer de Queenie avait roussie. Il était dommage que ma mère soit si menue, me dis-je. Elle voyageait avec une profusion de tenues charmantes, je le savais. J'eus soudain une idée de génie. Connaissant Belinda, elle n'avait pu venir sans une malle remplie de robes à la dernière mode. Peut-être accepterait-elle de m'en prêter une ce soir-là.

Je m'empressai de rejoindre l'étage où sa chambre se trouvait – du moins me semblait-il. Alors que je remontais le couloir, j'entendis des voix derrière une porte : la première, basse et calme, appartenait à un homme, la seconde, furieuse et stridente, à une femme qui avait haussé le ton.

— Qu'est-ce qui t'est passé par la tête ? demanda-t-elle en français. Comment as-tu pu faire une chose pareille ? Ce sera la fin de tout !

Je ne distinguai pas la réponse de son interlocuteur. Intéressant, songeai-je en poursuivant ma route. Je frappai à la porte de Belinda – du moins espérais-je que c'était bien la sienne –, et j'attendis, car on ne savait jamais ce qui pouvait se passer dans sa chambre. Aucune réponse. Je m'apprêtais à tourner les talons quand une Belinda aux yeux ensommeillés m'ouvrit.

— Oh, dit-elle en m'observant d'un air déçu. Je croyais que c'était peut-être Anton. Désolée. Je faisais une sieste, j'en avais grand besoin avant le dîner. Est-il temps de se préparer ?

— Oui, presque.

— Entre donc, dans ce cas.

Je pénétrai dans une petite pièce carrée. Belinda s'affala sur le lit et ferma les yeux. Je regardai autour de moi. La chambre était fort simple et très sobre pour un château. Il ne s'y trouvait ni armoire ni coffre terrifiants.

— Qui t'aide à t'habiller ? demandai-je. J'imagine que tu n'as pas amené une bonne de rechange dans ta malle.

— J'ai en effet laissé la fidèle Florrie à la maison. Dès que je l'emmène à l'étranger, ses nerfs lâchent. Heureusement, Matty a la gentillesse de m'envoyer la sienne quand celle-ci a terminé avec sa maîtresse. Sa chambre est juste à côté de la mienne. Comme tu peux le constater, on m'a logée dans ce qui devait être à l'origine un vestiaire. C'est diablement pénible, en réalité, car la pièce n'est apparemment pas insonorisée, or il m'arrive de recevoir des visites nocturnes.

Je me juchai sur le lit.

— Belinda, vu ta propension à avoir des liaisons, n'es-tu pas inquiète, parfois, à l'idée… d'attendre un bébé ?

Mon amie pouffa.

— Ta façon de t'exprimer est si délicieusement vieux jeu, ma douce. Il existe des objets fort utiles qu'on appelle des capotes anglaises et des diaphragmes, vois-tu. Et si je devais me retrouver en cloque, je connais une merveilleuse petite clinique sur la côte anglaise, près de Bournemouth, et je suis certaine que le monsieur concerné cracherait l'argent nécessaire pour que tout puisse être aisément arrangé.

Son sourire s'évanouit.

— N'affiche pas une mine aussi scandalisée, ma chérie, poursuivit-elle. Cela se fait tout le temps. C'est naturellement plus facile pour les femmes mariées – pas besoin de clinique, tant que l'enfant ressemble un tant soit peu au père officiel. Il faut te rendre à l'évidence, Georgie : passer d'un lit à l'autre est un sport d'importance majeure pour notre classe sociale. Cela permet de tuer le temps entre deux parties de chasse, de tir et de pêche.

Sur ces mots, elle s'esclaffa de nouveau.

— Et crois-tu que tu te marieras un jour ? m'enquis-je.

— Si je rencontre un type riche et suffisamment assommant, vieux et myope de préférence, répliqua-t-elle en tendant les mains pour les poser sur mes joues. J'aime cela, ma chérie. J'adore le frisson que cela me procure. Je ne peux m'imaginer perdre ma liberté pour vivre avec un seul homme.

— Vous me donnez l'impression de venir d'une autre planète, ma mère et toi. L'idée d'une vie stable me semble au contraire terriblement agréable.

— Le problème, c'est de trouver celui qu'il te faut, répondit Belinda en retombant sur son oreiller avec un soupir. Ton bien-aimé Darcy n'a ni les moyens ni le tempérament pour goûter au bonheur domestique. À dire vrai, j'imagine qu'il deviendra l'un de ces individus énigmatiques qui vagabondent d'un bout à l'autre du globe en vivant d'expédients, même une fois vieux.

— Tu as sans doute raison, dis-je en soupirant à mon tour. Je regrette d'être tombée amoureuse de lui, mais je n'y peux rien. Tout le monde m'encourage à faire un mariage raisonnable... Il est probable que je pourrais même épouser Anton si je le voulais. Je n'en ai cependant pas envie. Et je n'ai assurément pas envie non plus de vivre dans une région où je serais susceptible d'être assassinée d'un jour à l'autre.

— Ne sois pas bête, chérie. Je suis sûre qu'Anton et sa famille ne courent pas le moindre risque. Qui voudrait leur mort ?

Je me rappelai alors que Belinda n'était au courant de rien. Je me relevai avant de dévoiler involontairement quoi que ce soit.

— En fait, je suis venue solliciter un service. Ma bonne a réussi à abîmer l'une de mes deux robes de soirée, et je ne peux pas de nouveau porter l'autre un troisième soir de suite. Cela t'ennuierait-il si j'empruntais l'une des tiennes ?

— Cette femme de chambre est une catastrophe. Quelle bêtise va-t-elle commettre ensuite ? Te brûler au troisième degré en renversant sur toi ta tasse de thé matinale ? Dommage que nous soyons bloqués par la neige : tu aurais pu la renvoyer en Angleterre par le prochain train.

— Jamais elle n'arriverait à traverser l'Europe toute seule, dis-je, hilare, en dépit de la situation. Elle se retrouverait à Constantinople et finirait dans un harem. D'après ce que je sais, les femmes potelées et costaudes y sont très en vogue.

Belinda se leva et se dirigea vers une armoire blanche bordée de dorures.

— Je peux bien te prêter quelque chose, je suppose, dit-elle en ouvrant le meuble dans lequel s'alignaient une dizaine de robes au moins.

— Combien de temps pensais-tu passer ici ? demandai-je, ébahie.

— On ne sait jamais à l'avance combien de temps on va séjourner à l'étranger, déclara mon amie. Il suffit de rencontrer quelqu'un, et soudain on est invité dans le sud de la France ou dans un château de la Loire. Mieux vaut toujours être parée.

J'examinai les robes une à une avant d'opter pour celle qui me paraissait la moins extravagante – d'un bleu turquoise pâle, à la coupe droite et simple.

— Bon choix, approuva Belinda en me souriant. Ce n'est pas mon style du tout, mais je la garde au cas où il me faudrait rencontrer les parents d'un de mes amants et afficher une pureté virginale.

— Tu dois être meilleure comédienne que ma mère, lançai-je, taquine.

— Il serait temps que tu t'y mettes, conseilla-t-elle. Tu découvrirais ce que tu as manqué jusqu'à présent.

Alors que je me dirigeais vers la porte, Belinda ajouta :

— Et ne laisse pas ta femme de chambre s'approcher de ma robe avec un fer à repasser !

Une fois dans le corridor, je pris conscience, non sans stupeur, que la porte derrière laquelle j'avais entendu des voix devait être celle de la chambre de Matty. Mais alors, qui était l'homme avec lequel elle s'entretenait en français ? Elle parlait allemand avec Nicholas, je le savais, ce ne pouvait donc être lui. Son père, peut-être ? Sa mère était française, après tout, et sans doute était-ce la langue qu'ils employaient en famille ; pourtant Siegfried préférait l'allemand. Décidée à en avoir le cœur net, je m'approchai furtivement de la porte, m'agenouillai et plaçai l'œil contre le trou de la serrure. Je ne vis rien. La clé devait être restée en place.

J'entendis soudain des pas vifs derrière moi. Deux des comtesses, chaperons des autres demoiselles d'honneur, avançaient dans ma direction. Elles m'observèrent avec curiosité – il faut dire que j'étais dans une position incongrue.

— J'ai… euh… perdu ma bague, expliquai-je. Elle glisse parfois de mon doigt quand j'ai très froid aux mains.

— Nous allons vous aider à la retrouver, proposa l'une d'elles.

— Oh, non, merci. Je viens juste de la ramasser, dis-je en m'empressant de me relever. Très aimable à vous.

Tandis que je m'éclipsais à la hâte, le visage en feu, je les entendis marmonner quelques mots en allemand derrière moi.

Je regagnai ma chambre sans encombre et refermai la porte avec un soupir soulagé. Queenie n'était toujours pas revenue. Cela commençait vraiment à bien faire. Non qu'elle fût d'une grande aide quand il fallait m'habiller – mais on s'attend tout de même à ce qu'une domestique fasse acte de présence de temps à autre. Je laissai la robe de Belinda sur le lit et me rendis résolument vers l'office. Alors que je descendais l'escalier, je croisai l'une des bonnes qui montait. Elle me fit une révérence.

— Ma femme de chambre est-elle en bas ? m'enquis-je. Je cherche ma femme de chambre, répétai-je ensuite en français.

— Non, Votre Altesse, répondit-elle dans cette même langue. Il n'y a personne en bas.

Ce qui signifiait que Queenie avait sûrement décidé de faire une longue sieste. Jamais je n'avais rencontré quelqu'un capable de dormir autant que cette fille. Je m'engageai dans l'escalier en colimaçon qui menait, l'espérais-je, à la bonne tourelle et débouchai bientôt dans le couloir glacial et plein de courants d'air. Si elle s'était pelotonnée sous des couvertures afin de se réchauffer, je ne pouvais lui en vouloir. Je tâchai de me remémorer quelle porte était la sienne quand l'une d'elles s'ouvrit ; une jeune femme élégamment vêtue de noir apparut.

— Puis-je vous être utile, Votre Altesse ? me demanda-t-elle – toujours en français.

Je lui expliquai que j'étais en quête de Queenie.

— Sa chambre est voisine de la mienne. C'est celle-ci, dit-elle en la désignant. Mais je ne pense pas qu'elle s'y trouve. Veuillez m'excuser. Je dois aller préparer la princesse avant le dîner.

J'entrai dans la pièce qu'elle m'avait indiquée et cherchai vainement l'interrupteur à tâtons. À la lueur tamisée du corridor, je vis que les lieux étaient inoccupés. Le lit était fait. Queenie n'était assurément pas là.

27.

18 novembre 1932 (encore)
Queenie a disparu.

Je repartis en direction de ma chambre, déconcertée et un peu inquiète à présent. Où avait-elle bien pu passer ? Rencontrait-elle en secret un domestique du château ? Je n'eus cependant pas le temps de m'appesantir sur la question, car l'heure du dîner approchait et je devais me dépêcher. J'enfilai non sans peine la robe de Belinda, qui était heureusement munie d'une fermeture éclair sur le côté et dépourvue d'agrafes dans le dos, puis je brossai mes cheveux, me poudrai le nez et terminai de m'apprêter. Queenie n'avait toujours pas réapparu. J'étais maintenant alarmée et agacée. Où diable était-elle ?

La galerie située à l'extérieur de la salle des banquets grouillait de gens, lesquels arboraient plus de décorations ou de bijoux que le soir précédent. Et les dames étaient coiffées de leurs diadèmes. Oh, seigneur, j'aurais dû porter le mien ! Je me demandais si j'avais le temps de remonter prestement pour aller le chercher quand le prince Siegfried me saisit la main.

— Vous êtes ravissante, lady Georgiana. Cette robe est des plus convenables, si je peux me permettre de le faire remarquer.

— J'ignorais que les diadèmes étaient de mise ce soir, répondis-je. J'ai oublié le mien dans ma chambre.

— Cela n'a pas d'importance. Vous avez une allure délicieusement rafraîchissante telle quelle.

Pour quelle raison se montrait-il aussi plaisant ? S'imaginait-il que je savais sur lui des choses qu'il redoutait que je répète à quelqu'un ?

— M'autorisez-vous à vous escorter de nouveau jusqu'à la salle des banquets ? proposa-t-il en m'offrant son bras.

Je ne pouvais tout de même pas refuser, et je me laissai donc conduire à travers la foule. Je me demandais où étaient ses parents quand les trompettes retentirent. Dragomir, encore plus intimidant qu'à l'habitude, s'avança.

— Les parents de la fiancée, Leurs Majestés le roi et la reine de Roumanie, et les parents du fiancé, Leurs Majestés le roi et la reine de Bulgarie, annonça-t-il.

Les invités s'écartèrent pour livrer passage aux couples royaux, les reines croulant sous les bijoux et leurs couronnes respectives, comme il se devait ; ils traversèrent le milieu de la pièce, tandis que les gens s'inclinaient sur leur passage. Lorsque j'exécutai une révérence, le père de Siegfried me tendit la main et m'adressa un sourire chaleureux.

— Charmante, déclara-t-il.

Nous nous rangeâmes derrière les souverains pour entrer dans la salle des banquets. Je me retrouvai assise en face de Siegfried, non loin de ses parents. Le siège près du mien était vide ; je regardai autour de moi et me rendis compte que je n'avais pas encore vu Matty. Elle arriva précipitamment à la dernière minute, l'air troublé.

— Désolée, père, désolée, mère. Je faisais une sieste, et mon imbécile de femme de chambre m'a réveillée en retard.

Tiens donc, songeai-je. La domestique était descendue amplement à temps pour s'occuper de sa maîtresse. Et je savais à présent que l'homme que j'avais entendu se quereller avec Matty n'était pas son père. Le repas débuta ; en entrée, on nous servit un épais potage chasseur. Matty en avala une ou deux cuillerées, puis se mit à chipoter. J'étais intriguée. Qui s'était trouvé dans sa chambre avant le dîner ? J'observais les jeunes comtes et barons attablés autour de nous en essayant de mettre un nom sur chacun de leurs visages. Nicholas les avait présentés un à un au cours des toasts de la veille, mais il me semblait que la plupart parlaient l'allemand, non le français. À moins que Matty ne se fût querellée avec quelqu'un comme Dragomir – le protocole l'aurait-elle toutefois autorisée à accueillir un serviteur dans sa chambre, sachant en outre que sa bonne n'avait pas été présente ? Belinda avait peut-être entendu quelque chose et pourrait m'éclairer sur la question, mais elle avait été placée assez loin de moi, entre deux vieux messieurs clairement fascinés d'être assis près d'elle, tandis qu'elle paraissait s'ennuyer ferme. Chose intéressante, ma mère, à l'autre bout de la table, affichait une expression similaire. Ces deux-là se ressemblaient tant. Tout aurait été beaucoup plus simple si Belinda avait été sa fille.

Un serveur emporta l'assiette de potage que Matty n'avait pas terminée, et on nous servit de la truite. Jusqu'alors, ce séjour avait eu au moins un avantage : je faisais de nouveau des repas copieux. Et pourtant, à cet instant, j'avais autant de mal à manger que Matty. Siegfried m'adressa quelques mots que je n'entendis pas et j'opinai du chef en souriant, l'estomac toujours noué par l'inquiétude. Bon sang, où était donc Queenie ? Elle n'avait pu quitter le château, ce qui signifiait qu'elle n'était pas loin, vraisemblablement en sécurité. La connaissant, elle avait peut-être déniché un recoin douillet où faire la sieste.

Je jetai un regard de biais à Matty, qui essayait maintenant de dissimuler sa truite sous une feuille de salade.

— Quelque chose ne va pas ? lui chuchotai-je.

— Non. Pourquoi ça n'irait pas ? Je viens simplement d'apprendre que le maréchal était mort empoisonné. C'est ma bonne qui me l'a dit.

— Ta bonne ? fis-je, préoccupée. Comment l'a-t-elle découvert ?

— Elle a surpris Patrascu en train d'en parler.

— Je vois.

Combien d'autres personnes au château avaient elles aussi entendu des bruits courir ? Tout le monde était-il dorénavant informé du meurtre ? Si même les domestiques étaient au courant, à quoi bon s'efforcer de cacher la nouvelle au père de Nicholas ?

J'observai le visage de Matty. Que savait sa femme de chambre exactement ? Et Matty elle-même se doutait-elle que Pirin était mort à la place de Nicholas ? Visiblement pas.

— C'est extrêmement perturbant, reprit-elle. Les préparatifs de mon mariage se transforment en cauchemar. J'ignore pourquoi j'ai cru que ce serait une bonne idée de le célébrer dans ce château. J'ai été bête. Vraiment, vraiment bête. En ce moment même, nous pourrions être au palais de Bucarest, et nous irions au théâtre ou à une fête.

Elle se tut, car son père s'était mis debout. Le comte Dragomir frappa sur la table au moyen de son maillet.

— Silence, je vous prie. Sa Majesté le roi Michel va prendre la parole.

Ce dernier entreprit d'accueillir tous les invités, notamment le fiancé et ses parents, puis leva sa coupe de champagne afin de proposer un toast à l'amitié durable entre leurs deux nations. Chacun porta à son tour son verre à ses lèvres – ceux d'entre nous qui connaissaient la vérité se montrèrent un peu hésitants et examinèrent les convives qui les entouraient, mais personne ne s'effondra en travers de la table, et le roi poursuivit :

— Tandis que les noces à venir nous procurent une grande joie, je suis enchanté d'annoncer qu'un second mariage suivra prochainement celui de ma fille. Mon fils m'a en effet annoncé qu'il comptait prendre femme.

Des murmures d'approbation fusèrent autour de la table.

— Et nous serons des plus ravis d'accueillir parmi nous une descendante de la très estimée reine Victoria, continua-t-il. Son père était un bon ami à moi, et je me réjouis d'avance de savoir qu'elle sera bientôt ma fille.

Je regardai de tous côtés afin de découvrir l'identité de l'heureuse élue. Le souverain brandit alors son verre.

— Je vous demande donc de porter un toast à mon fils, Siegfried, et à sa future épouse, lady Georgiana de Rannoch.

Tout le monde se mit debout, tandis que j'avais l'impression d'être précipitée dans un puits sans fond. « Nooooon ! » avais-je envie de hurler, mais tous les convives souriaient en levant leurs coupes dans ma direction.

— Quelle cachottière tu fais ! s'exclama Matty, qui m'étreignit, puis m'embrassa sur les deux joues. Même si Siegfried me rebuterait, j'en conviens, je suis sincèrement heureuse à l'idée que nous serons bientôt sœurs.

Quelle conduite tenir ? Toute ma vie, on m'avait rebattu les oreilles avec l'étiquette. Jamais une lady ne ferait une scène au cours d'un banquet. Jamais une lady ne contredirait un souverain. Mais jamais au grand jamais la lady que j'étais n'épouserait Siegfried. Sa coupe à la main, celui-ci me scrutait à présent, pinçant ses lèvres de cabillaud comme s'il attendait un baiser de ma part. *Oh, mon Dieu... pourvu que personne n'insiste pour que je l'embrasse*, songeai-je. Les invités se rassirent, et je me hâtai de les imiter avant que les choses n'aillent plus loin. Je ne m'étais toutefois pas rendu compte que le régisseur avait tiré mon siège lorsque je m'étais mise debout : je me retrouvai donc assise dans le vide avant de basculer par terre en poussant un cri de surprise. Bien évidemment, tous les regards convergèrent de nouveau vers moi. On s'empressa de me porter secours et de m'aider à reprendre une position un peu plus digne, sur ma chaise cette fois, tandis que je rougissais d'embarras. Mes voisins de table furent aux petits soins pour moi, espérant que je n'étais pas blessée et me pressant d'accepter une autre coupe. J'entendis des gens murmurer : « Le champagne lui a monté à la tête », ou encore : « Elle nous fait une crise de nerfs, la pauvre petite. »

Croyez-moi : si, à cet instant, j'avais pu ramper sous la table et m'échapper, je ne m'en serais pas privée. Mais il y avait trop de jambes alentour. Je fus profondément reconnaissante à la vue du plat suivant – un mets hongrois très délicat, composé de morceaux de viande enflammés transpercés par une épée. Chacun l'applaudit en poussant des oh ! et des ah ! J'assistai à la scène avec l'impression de regarder un film racontant la vie d'une autre. Ce ne pouvait être à moi que cela arrivait. Quand avais-je fait part à Siegfried de mon intention éventuelle de l'épouser ? Je commençai à en avoir des sueurs froides. Il est vrai que j'avais plus ou moins flirté avec lui la veille au soir pour l'empêcher d'aller rendre visite au maréchal Pirin. Dans son esprit, cela signifiait sûrement que j'étais revenue sur ma décision. D'ailleurs, au début du repas, il m'avait dit quelque chose que je n'avais pas entendu, et je m'étais contentée de hocher la tête en souriant. Oh là là… m'avait-il donc demandé si j'avais changé d'avis ? Et moi qui m'était figurée qu'il m'entretenait seulement au sujet du menu ou de la météo. J'étais vouée à un tragique destin. Je me souvenais qu'il m'avait parlé de « produire un héritier » lors de sa première proposition de mariage ; serais-je moi aussi « obligée de fermer les yeux et de penser à l'Angleterre » ?

Non, cela n'était pas près de m'arriver, quitte à ce que je sois contrainte de me jeter du haut d'une des tourelles. Bon, sans doute existait-il une solution moins radicale que celle-ci. Je pouvais toujours m'enfuir en Argentine, déguisée en paysanne, ou bien aller vivre dans l'Essex avec grand-papa. Je n'épouserais pas Face de Poisson, mais il fallait que je trouve un moyen de décliner sans que personne ne perdît la face. Et si je feignais d'avoir tout juste découvert que les hommes l'attiraient davantage que les femmes ? J'irais alors annoncer à ses parents que jamais je ne tolérerais ce genre de comportement. Cela devrait suffire. Je ne pouvais pourtant pas agir ce soir. Pas dans l'immédiat. Pour l'heure, je devais jouer le rôle de la promise de Siegfried.

Le dîner s'acheva sans plus de morts, d'accidents ou de surprises, et les dames furent conduites jusqu'au salon pour y boire du café et des liqueurs. Je regardai autour de moi afin de voir si je pouvais m'esquiver sans me faire remarquer quand la reine de Roumanie se planta devant moi, les bras grands ouverts.

— Ma chère enfant. Vous ne pouvez imaginer mon bonheur. C'était notre vœu le plus ardent, et celui de vos cousins royaux également.

À la suite de quoi elle me serra contre elle.

Et soudain, je compris : ce voyage n'avait été qu'une machination pour me forcer à épouser Siegfried. Je n'avais en effet jamais été une amie très proche de Matty lorsque nous étions aux Oiseaux. La reine d'Angleterre aurait pu envoyer sa fille assister à ce mariage, cela aurait été plus convenable. J'étais victime d'un « coup monté », comme on dit dans les films de gangsters américains. J'avais été roulée. Dupée. Des dames s'agglutinaient autour de moi, me tapotant le dos et me félicitant. Même ma mère vint me faire une bise sur la joue.

— Sage décision, me chuchota-t-elle à l'oreille. Tu auras une coquette rente pour ta garde-robe, et il te laissera tranquille. La seule petite difficulté pour vos futurs enfants étant que Darcy O'Mara est brun, mais c'est aussi le cas de la mère de Siegfried, cela ne devrait donc pas poser de problème.

Je levai les yeux et vis Belinda qui me dévisageait, ébahie et amusée à la fois. Elle m'entraîna à l'écart dès qu'elle en eut l'occasion.

— As-tu perdu la tête ? me demanda-t-elle. Tu n'es tout de même pas désespérée à ce point ?

— Non, absolument pas, sifflai-je. Il s'agit d'un affreux malentendu. Je ne lui ai jamais dit que je l'épouserais. Je me suis simplement montrée aimable avec lui hier soir, et il l'a interprété de travers. Que diable vais-je faire, Belinda ?

— Puis-je être l'une de tes demoiselles d'honneur ? s'enquit-elle, de nouveau hilare.

— Ce n'est pas drôle, rétorquai-je. Tu dois m'aider.

— Et si tu lui faisais savoir que tu n'es plus vierge ? suggéra-t-elle. J'ai cru comprendre que cela avait plutôt de l'importance pour quelqu'un comme Siegfried.

— Mais je le suis encore, tu le sais bien.

— Dans ce cas, tu n'as qu'à y remédier rapidement.

— Merci ! dis-je en riant avec nervosité. Et comment suis-je censée m'y prendre ? Darcy s'est encore une fois absenté, et je ne suis pas désespérée au point de vouloir y remédier avec le premier venu.

— Je pourrais te prêter Anton, je suppose, proposa-t-elle comme si elle parlait d'une paire de gants.

— Belinda, tu ne prends pas ce problème au sérieux.

— Tu dois reconnaître que c'est délicieusement absurde, ma chérie. Toi, Mme Face de Poisson ? Au moins, tu seras une princesse, et Fig devra te faire la révérence.

— Cela ne compenserait pas vraiment le fait d'être mariée à Siegfried. C'est décidément le pire jour de ma vie ! Justement, en parlant de pire, tu n'aurais pas aperçu ma femme de chambre, à tout hasard ?

— Elle s'est probablement de nouveau éclipsée pour aller se goinfrer de gâteaux.

— Non, on m'a dit qu'elle n'était pas à l'office. Elle ne se trouvait pas non plus dans sa chambre. Vu ce qui est arrivé, je m'inquiète pour elle.

— Que veux-tu dire ? s'étonna Belinda.

Je me rappelai alors une nouvelle fois qu'elle ignorait tout du meurtre de Pirin.

— Les vampires et tout ça, répondis-je, ce qui la fit rire encore une fois.

— Mon chou, tu ne crois tout de même plus qu'il y a des vampires dans ce château, j'espère ?

— Dans une demeure pareille, il est facile de croire n'importe quoi.

— Lady Georgiana, il me semble que des félicitations s'imposent, nous interrompit une voix grave derrière nous.

Je me retournai vivement. Le comte Dragomir s'inclina bien bas devant moi.

— Je me réjouis d'entrer à votre service quand vous serez princesse, ajouta-t-il.

Alors qu'il s'apprêtait à se retirer, je l'interpellai :

— Comte, avez-vous un instant à m'accorder ?

— Bien sûr, Votre Altesse, acquiesça-t-il, plaçant la main contre sa poitrine et me saluant de nouveau.

J'avais donc accédé au rang d'Altesse par anticipation ?

Je lui fis signe d'approcher, tandis que Belinda en profitait pour s'esquiver.

— Comte Dragomir, ma femme de chambre a manifestement disparu, ce qui me préoccupe. Elle n'est pas venue m'habiller avant le dîner et elle n'est pas dans sa chambre. Pourriez-vous interroger les autres domestiques, au cas où ils l'auraient vue, et en envoyer certains à sa recherche ? Elle s'est peut-être égarée quelque part ou aura fait une chute dans un escalier obscur.

— Vous avez raison. Le château recèle de nombreux dangers si l'on s'aventure dans des endroits peu fréquentés. Mais ne vous inquiétez pas, lady Georgiana, je vais demander aux serviteurs de s'en charger sur-le-champ. Nous la retrouverons.

Il était sur le point de s'en aller quand je repérai lady Middlesex et Mlle Bickett qui venaient d'entrer ensemble dans le salon.

— Comte Dragomir, la dame anglaise que vous voyez là-bas affirme qu'elle a aperçu un jeune homme qui rôdait dans les couloirs, l'autre nuit. Elle l'aurait aussi vu qui se dissimulait derrière les arcades de la salle des banquets le soir de notre arrivée. Peut-être savez-vous de qui il s'agit. Sinon, est-il possible qu'un inconnu vive caché dans le château ?

— Comment aurait-il pu y pénétrer, lady Georgiana ? Vous avez constaté par vous-même qu'il n'y a qu'une issue, laquelle est gardée à toute heure. Le seul autre moyen d'entrer serait par la voie des airs.

— À moins d'escalader la muraille, suggérai-je.

Le régisseur s'esclaffa.

— Vous avez trop écouté les rumeurs qui circulent à propos des vampires, n'est-ce pas ? Aucun homme sain d'esprit n'essaierait de gravir les murs extérieurs.

— Si je comprends bien, les domestiques n'ont pas remarqué un jeune homme pâle et blond ?

— Non, lady Georgiana. Aucun d'eux n'a vu un inconnu dans le château. Si cela avait été le cas, j'en aurais été aussitôt informé. Cette dame anglaise a beaucoup trop d'imagination, j'en ai bien peur. Rappelez-vous à quel point elle était bouleversée à son arrivée à Bran. Son Altesse, votre fiancé, est évidemment blond. Sans doute est-ce lui qu'elle aura aperçu.

Devais-je aller plus loin et lui apprendre que j'avais moi-même vu le fameux jeune homme, et que son portrait avait été accroché dans ma chambre avant d'être mystérieusement remplacé par un autre ? Je pesais le pour et le contre. Mais je n'eus pas le temps de me décider, car Dragomir me devança :

— Veuillez m'excuser, Votre Altesse, je suis attendu ailleurs, annonça-t-il avant de s'éloigner à reculons.

Je me dis que ce serait bien étrange si tout le monde se conduisait de la sorte en prenant congé de moi – encore aurait-il fallu que je devienne princesse. Lady Middlesex me rejoignit, Mlle Bickett sur les talons.

— C'est une sacrée surprise, déclara la première. Vous avez réussi à vous trouver un bon parti. La reine sera enchantée. Toutes mes félicitations.

Je parvins à esquisser un sourire et un hochement de tête.

— J'ai demandé au comte Dragomir si l'un des domestiques lui avait fait part de la présence du jeune homme que vous avez aperçu, mademoiselle Bickett, mais il a d'emblée écarté l'idée qu'un inconnu avait pu s'introduire dans le château.

— Je n'ai pas rêvé, affirma catégoriquement la dame de compagnie. Et je compte le prouver à tout le monde. En raison du mauvais temps, il ne peut s'échapper : je finirai donc bien par le repérer de nouveau. Dès que je le verrai, je donnerai un coup de sifflet – j'en ai toujours un dans ma poche.

— Prenez garde à ce que vous dites, Bickett, cet odieux individu est de retour, la prévint lady Middlesex en lançant un regard par-dessus son épaule.

Effectivement, Patrascu venait d'apparaître à l'entrée du salon, flanqué de deux de ses hommes. Contrairement aux autres personnes présentes, il ne s'était pas changé et portait encore son manteau noir, au col relevé. Il s'immobilisa sur le seuil et observa l'assistance. On aurait dit qu'une bourrasque glaciale s'était engouffrée dans la pièce. Les conversations s'interrompirent. Le chef de la police agita alors la main d'un geste paresseux.

— Ne me prêtez pas attention, Vos Majestés, je n'ai pas l'intention de vous déranger.

Sur ce, il m'aperçut et se dirigea vers moi comme une flèche, tandis que les autres dames s'écartaient sur son passage.

— Il paraît que des félicitations s'imposent, commença-t-il. Vous avez donc changé d'avis et accepté d'épouser le prince, lady Georgiana. Vous ferez bientôt partie de mon peuple. J'attends ce jour avec impatience.

Je perçus de nouveau la menace qui émanait de ses paroles : bientôt, vous serez sous mon autorité, voulait-il dire. Je réussis toutefois à lui adresser un signe de tête gracieux et à le remercier brièvement.

— Les messieurs sont encore à table, monsieur Patrascu, intervint alors la reine de Roumanie dans son français limpide. Je vous suggère de nous laisser entre dames afin que nous puissions terminer notre café et notre brandy en paix.

— Votre Majesté, la salua le policier en opinant à peine du chef.

Il quitta la pièce, et je poussai un soupir de soulagement.

— Ne vous laissez pas intimider par cet individu, ma chère, me conseilla la reine en tendant la main vers moi. Je ne sais pourquoi il s'intéresse autant à vous, mais ignorez-le. C'est ce que nous faisons tous. Venez donc prendre un verre de cognac. Vous me paraissez bien pâle, ajouta-t-elle en me conduisant au milieu des autres dames.

Les messieurs nous rejoignirent peu de temps après. Siegfried et Nicholas s'approchèrent. Le premier me prit la main et y plaqua ses lèvres froides de poisson. Beurk. Une sensation déjà tellement affreuse que je n'osais imaginer l'effet que cela me ferait si je devais réellement l'embrasser.

— Vous êtes une jeune fille très raisonnable, déclara-t-il. Puis-je vous féliciter de votre bon goût ? Nous serons très heureux ensemble.

Impossible de trouver une réplique adéquate. Je me bornai à afficher un sourire figé tout en souhaitant que le sol s'ouvre sous mes pieds et m'engloutisse. Heureusement, Matty ne proposa pas de danser, ce qui m'évita d'avoir de nouveau son frère comme cavalier. On apporta en revanche une roulette et, bientôt, des sommes d'argent – à mes yeux importantes – furent pariées.

— Quel âge avez-vous, maintenant, Georgiana ? me demanda Siegfried.

Je répondis que j'avais vingt-deux ans, et il plaça alors une pile de jetons sur le chiffre en question.

— En votre honneur, précisa-t-il. Je suis certain que vous me porterez chance.

Comme il l'avait prévu, au tour suivant, la fichue bille s'arrêta sur le vingt-deux. Souriant, Siegfried poussa vers moi une montagne de jetons. Je les posai au hasard sur le plateau de jeu, sans avoir la moindre idée de ce que je faisais. Et pourtant, dans les minutes qui suivirent, je ne cessai de gagner. Je remarquai que Dragomir et Patrascu, revenus dans la pièce, se tenaient dans l'ombre, observant la partie.

— Je ferais mieux de vous rendre vos jetons avant que ma chance ne tourne, dis-je à Siegfried, la tension devenant par trop intolérable.

— Votre chance ne tournera pas tant que vous serez avec moi, répondit-il. Bien entendu, vous conserverez vos gains. Vous allez en avoir besoin pour votre trousseau.

Quand j'allai les échanger, je fus stupéfaite de découvrir que j'avais apparemment récolté plus d'une centaine de livres sterling. En temps normal, pareille aubaine m'aurait à la fois réjouie et soulagée. Ce soir-là, j'étais comme une condamnée à mort qui apprend que son cheval a remporté la grande course annuelle d'Epsom.

Dès que je le pus, je m'échappai pour regagner ma chambre. Queenie n'était toujours pas là. Au creux de mon ventre, le nœud d'anxiété grandissait. Les gens ne disparaissaient pas ainsi sans raison. Il y avait déjà eu un meurtre. Ma bonne était-elle tombée par hasard sur le tueur, au mauvais moment et au mauvais endroit ? S'il s'agissait du jeune homme blond, alors elle l'avait vu dans sa chambre et serait sans doute capable de le reconnaître. Tout comme moi, dans ce cas, ce qui signifiait que j'étais également en danger. Je traversai la pièce et regardai par la fenêtre. Les flocons tombaient plus lentement à présent et, au dehors, il régnait un silence que seule la neige peut apporter.

— J'aimerais que vous soyez là, Darcy, murmurai-je dans la nuit. J'espère qu'il ne vous est rien arrivé.

Je fermai les volets, puis les lourds rideaux, et contemplai le feu mourant. J'avais les nerfs aussi tendus que des ressorts de montre. En une journée, le chef de la police secrète avait menacé de me jeter en prison, j'avais découvert que j'étais fiancée au repoussant Siegfried et ma bonne avait disparu. Sans parler de l'assassinat commis la veille. Je ne pouvais certainement pas me mettre au lit sans savoir ce qui était arrivé à Queenie. J'allumai une bougie et me rendis encore une fois dans sa chambre. Personne. Les couloirs et les escaliers étaient déserts. Que faire d'autre ? Je l'ignorais. Je scrutai tous les corridors obscurs par lesquels je passais. De toute manière, Dragomir avait promis d'envoyer des domestiques à sa recherche, et je risquais de m'égarer dans cette immense demeure. Je n'avais d'autre choix que de retourner dans ma chambre et d'aller me coucher.

Je restai étendue un long moment, incapable de fermer l'œil. Je commençais tout juste à m'assoupir quand j'entendis un grattement à l'extérieur de ma fenêtre ; puis un volet vibra. Je m'assis dans mon lit, sur le qui-vive. J'avais bouclé les volets de l'intérieur, n'est-ce pas ? Les yeux rivés sur les ténèbres, je regrettai que les rideaux dissimulassent ainsi les fenêtres. Chaque parcelle de mon être était sur la défensive. Rien ne bougeait plus. Tout s'était tu. Je me détendis. Une soudaine rafale de vent avait dû secouer un volet, voilà tout. Cependant, par mesure de précaution, j'allai chercher le bougeoir posé sur le manteau de la cheminée.

Le serrant fort dans mon poing, je m'allongeai de nouveau. Je commençais à me sentir plutôt bête. Je m'inquiétais trop, songeai-je. Queenie avait glissé et était tombée dans un escalier rarement emprunté, voilà tout. Elle s'était probablement foulé la cheville, et on ne tarderait pas à la retrouver. Par ailleurs, les vampires n'existaient pas. À la seconde même où cette pensée traversa mon esprit, je sentis un courant d'air glacial sur mon visage, et une tenture remua. Les yeux agrandis par l'horreur, je vis alors une main blanche apparaître entre les rideaux et une silhouette se glisser sans bruit dans ma chambre.

28.

Ma chambre
Nuit du vendredi 18 au samedi 19 novembre 1932

Je me redressai, le chandelier au poing. La forme sombre s'approchait en se déplaçant avec la grâce d'un chat. Puis elle écarta davantage l'un des rideaux de mon lit et se pencha vers moi. Je vis alors les contours de sa silhouette se découper sur le feu. Sa tête et son cou étaient couverts de fourrure. Brandissant mon arme improvisée, je dus laisser échapper une brève exclamation de surprise, car une main s'empara de mon poignet et une autre se plaqua contre ma bouche.

— Pas un bruit, dit l'inconnu à mon oreille.

Je levai les yeux vers lui sans pouvoir distinguer ses traits à la lueur rougeoyante des flammes ; j'avais toutefois reconnu sa voix.

— Darcy ! Que diable faites-vous ici ? demandai-je tout en éprouvant un grand soulagement. Vous m'avez flanqué une peur bleue !

— Je m'en suis rendu compte, répondit-il en me prenant le chandelier des mains. Vous êtes une vraie petite tigresse, dites donc. Si vous n'aviez pas laissé échapper un hoquet, je serais étendu là, le crâne défoncé. Règle numéro un lorsque l'on est en mission secrète : ne jamais reprendre son souffle.

En souriant, il se jucha près de moi sur le lit.

— Si j'ai réagi ainsi, c'est parce que j'ai aperçu votre tête couverte de fourrure hirsute et que je vous ai pris pour un loup-garou.

— D'abord des vampires, et maintenant des loups-garous. Et ensuite ? Des sorcières, des fées qui se promènent dans les couloirs ? Remarquez, j'en connais certains et certaines qui ne s'en privent pas, ajouta-t-il, amusé. Sachez que les gens du coin portent ce genre de chapeau pour aller chasser, précisa-t-il en défaisant la sangle passée sous son menton. Voyez, il a des oreillettes, ce qui est fort pratique par grand froid.

— Mais que faites-vous ici ? répétai-je. Je vous croyais parti avec le corps de Pirin.

— Oui, je suis parti, avant de me dire que la situation au château ne me plaisait pas vraiment. J'ai alors décidé de rebrousser chemin afin de veiller au grain. Le maréchal ne m'en tiendra pas rigueur. J'ai laissé l'automobile dans une congère et je suis redescendu à skis.

— Et venez-vous réellement de gravir la muraille ?

— Ce n'est pas aussi difficile qu'il y paraît. Quelqu'un a oublié une corde le long du mur, ce qui m'a bien arrangé.

— Et si elle n'avait pas été fixée correctement ? Vous auriez fait une chute mortelle.

— Il faut bien qu'un homme prenne quelques risques, dans la vie.

— Pas cet homme-là, déclarai-je. Il est hors de question que je retrouve un jour votre corps disloqué gisant sur des rochers, est-ce compris ?

Il me regarda tendrement et écarta une mèche de cheveux de mon visage.

— Ne vous inquiétez pas pour moi. Je suis protégé par un enchantement. C'est la chance des Irlandais.

— Oh, Darcy, vous êtes si exaspérant que je pourrais vous tuer ! dis-je en me jetant dans ses bras.

Ma joue se nicha sur son manteau de laine humide, tandis qu'il me serrait fort contre lui.

— Vous sentez le mouton mouillé, fis-je observer en riant.

— Cessez de vous plaindre, ma petite. J'ai péniblement traversé une tempête de neige et gravi la muraille d'un château afin de vous rejoindre. Vous devriez être reconnaissante.

— Je le suis. Extrêmement. Vous ne savez pas à quel point je suis heureuse de vous voir.

— Bon. S'est-il passé quoi que ce soit d'important pendant mon absence ?

— Non, pas grand-chose, hormis le fait que j'ai compris à qui le poison était réellement destiné et que la police secrète a cherché à m'incriminer avec une fausse preuve. Oh, j'oubliais : j'ai aussi découvert que j'étais fiancée au prince Siegfried.

— Quoi ? Vous plaisantez, n'est-ce pas ? demanda-t-il avant de s'esclaffer.

— Non, je suis on ne peut plus sérieuse s'agissant de ces trois événements.

— Promettez-moi que vous avez refusé d'épouser Siegfried.

— En effet, je l'ai éconduit, mais il s'imagine le contraire. Son père a annoncé nos fiançailles ce soir, pendant le dîner. Je ne pouvais tout de même pas me lever d'un bond et faire un scandale devant tous ces gens.

Darcy s'était rembruni.

— Comment diable Siegfried a-t-il pu se mettre en tête que vous le vouliez comme mari ?

— Je suppose que je l'ai trop encouragé hier soir.

— Vous l'avez encouragé ?

— Il fallait bien que je l'empêche d'aller faire une visite au maréchal Pirin. Je l'ai donc supplié de danser avec moi. Et ce soir, il m'a dit quelque chose que je n'ai pas vraiment entendu car j'étais perdue dans mes pensées. Je me suis contentée de sourire en hochant la tête.

Je levai vers lui des yeux désespérés.

— Que vais-je faire, Darcy ? Je dois me tirer de ce mauvais pas sans causer d'incident diplomatique.

— Pour l'heure, vous feriez mieux de jouer le jeu, conseilla-t-il. Ne vous tracassez pas, nous finirons bien par trouver une solution, d'une manière ou d'une autre. Au moins, Siegfried n'essaiera pas de s'introduire dans votre chambre pendant la nuit, c'est un avantage. Bien, et que me disiez-vous à propos du poison ? Il n'était pas destiné à Pirin ?

Je lui relatai ce que j'avais découvert. Il afficha une mine grave.

— À qui en avez-vous parlé ?

— Seulement à Nicholas. Il me semblait qu'il était en droit d'être informé afin de se montrer plus vigilant encore. J'ignore s'il l'a répété à quelqu'un. Peut-être à Matty, mais je n'en sais rien.

— Si tel est le cas, la nouvelle a dû se répandre dans tout le château.

— Au moins, le meurtrier sait que nous connaissons la vérité. Il ne va tout de même pas faire une deuxième tentative pour empoisonner le prince.

— En revanche, il essaiera peut-être de s'y prendre différemment, maintenant. Il est beaucoup trop facile de se débarrasser de quelqu'un dans une demeure pareille.

— Justement, ma femme de chambre a disparu. Je suis extrêmement inquiète pour elle, et je n'ai pas la moindre idée d'où elle peut se trouver.

— C'est en effet préoccupant, mais dites-moi plutôt ce qu'il s'est passé avec la police secrète.

— La fiole qui contenait apparemment du cyanure s'est matérialisée dans le coffre que vous voyez là, dis-je en l'indiquant.

— C'est cet imbécile de Patrascu, j'imagine, déclara Darcy en se rembrunissant.

— Vous le connaissez ?

— Oh oui, nous nous sommes déjà croisés.

— Il était vraiment furieux d'apprendre vous aviez réussi à quitter le château avec le cadavre. Il s'est montré affreux, Darcy. Il a menacé de me faire emprisonner.

— Pour quelle raison vous suspecterait-il ? Je sais qu'il n'est pas très futé, mais tout de même…

— Je crois qu'il a voulu me faire peur afin de me pousser à compromettre Dragomir.

— Une explication logique. Cela ressemble à son *modus operandi*.

— Mais je ne me suis pas laissé intimider. Je crois qu'il était plutôt fâché.

Darcy contemplait le feu de cheminée.

— Je me demande s'il a quelque chose à voir avec la disparition de votre femme de chambre. Et s'il la retenait contre son gré afin de faire pression sur vous par la suite ?

— Ce serait horrible. Je serais furieuse d'apprendre qu'il a agi de la sorte. C'est une fille un peu simplette, Darcy. Elle serait morte de peur.

Son bras passé autour de ma taille me serra plus fort.

— Ne vous en faites pas, je suis là, maintenant. Nous réglerons tout cela demain.

J'appuyai de nouveau ma tête contre sa poitrine et fermai les yeux.

— Je l'espère. J'aimerais tant que quelqu'un démasque le meurtrier et que les choses reprennent leur cours normal.

— Vous n'avez donc pas encore pu vous approcher de la vérité ? demanda Darcy.

— Si le poison était destiné à Nicholas, il est possible que nous ayons affaire à un assassin expérimenté, ou même à un anarchiste qui serait entré au moyen de la corde dont vous vous êtes servi. Après avoir administré le cyanure, il serait reparti par le même chemin. Un seul élément contredit cette hypothèse : il n'y a apparemment pas de traces de pas qui s'éloignent du château.

— Vous oubliez un autre détail. Il a bien fallu que quelqu'un fixe cette corde aux remparts. Ce qui signifie que le meurtrier a un complice sur place. Plus d'une personne est impliquée.

— Nous savons que seuls Dragomir et les serveurs se trouvaient près de la table, repris-je. Mais nous devons tenir compte d'un mystérieux Monsieur X. Vous souvenez-vous de l'inconnu que j'ai découvert penché au-dessus de mon lit, la première nuit, et que j'ai pris pour un vampire ?

— Oui.

— Je ne l'ai revu nulle part dans le château, ce qui veut dire qu'il ne compte pas parmi les invités. De plus, son portrait – ou le portrait de quelqu'un lui ressemblant vraiment –, était accroché à mon mur à mon arrivée : depuis, il a été remplacé par celui que vous voyez à présent. Pour quelle raison ferait-on une chose pareille ?

— Cela dépasse en effet l'entendement.

— Supposons que ce garçon ne soit pas un vampire ; il doit en tout cas très bien connaître les lieux. Le portrait est peut-être celui de l'un de ses aïeux, et il a préféré l'enlever à mon insu pour éviter que je ne fasse le lien.

Je me redressai, me rappelant brusquement quelque chose.

— Dragomir m'a expliqué que Bran appartenait jadis à ses ancêtres, repris-je. Et il y a dans l'un des salons un portrait qui lui ressemble également. Et si le jeune inconnu était un autre membre de la même famille ? D'après ce que j'ai compris, les Ottomans les ont chassés du château après qu'un soulèvement a échoué. Ils s'attendaient à ce que leurs voisins leurs prêtent main-forte, et aucun d'eux n'a réagi. Le meurtrier cherche peut-être à se venger ?

— Cela me surprendrait, répondit Darcy. Les ancêtres de Dragomir ont été bannis de la région il y a plus de deux siècles, je me suis renseigné. Je sais que la vengeance est monnaie courante dans cette partie de l'Europe, mais les familles royales actuelles de la Roumanie et de la Bulgarie ne règnent que depuis le XIXe siècle. Elles n'ont aucun lien avec les Balkans. Elles ont été installées par des puissances européennes et, ainsi que vous le savez, Nicholas appartient à la lignée des Saxe-Cobourg-Gotha, comme vous. Pourquoi une ancienne dynastie transylvanienne leur chercherait-elle querelle ?

— Le comte Dragomir éprouve sûrement de l'amertume, maintenant qu'il n'est qu'une sorte de serviteur dans la demeure de ses ancêtres, fis-je observer.

— Dans ce cas, c'est à la famille royale roumaine qu'il s'en prendrait, pas à un prince bulgare.

— Ce qui nous ramène à mon Monsieur X. La dame de compagnie de lady Middlesex, Mlle Bickett…

Je m'interrompis, car Darcy s'était mis à rire.

— C'est son nom, elle n'y peut rien, ajoutai-je. Bref, écoutez-moi. Mlle Bickett, disais-je donc, est une fouineuse professionnelle. Elle soutient avoir vu le même jeune homme rôdant dans les couloirs au beau milieu de la nuit, et elle l'aurait aussi aperçu sous une arcade de la salle des banquets, le soir de notre arrivée. Selon elle, il se trouvait à hauteur de la place que Nicholas occupait à table. Comme le dit lady Middlesex, cet individu était « en repérage ».

Darcy se leva et se dirigea vers la cheminée ; là, il ôta son manteau mouillé avant de le jeter sur un fauteuil.

— Avez-vous confié tout cela à qui que ce soit d'autre ? s'enquit-il.

— À qui aurais-je pu en parler ? Nous avons jusque-là réussi à cacher la vérité aux familles royales. Seul le comte Dragomir pourrait faire procéder à une fouille minutieuse des lieux, mais il est fort possible qu'il soit mêlé à cette affaire.

— Gardez tout ce que vous savez pour vous, me conseilla Darcy.

Il s'assit sur la chaise basse placée devant le feu et entreprit de délacer ses bottines.

— Je vais sans doute fureter ici et là de mon côté. Pendant ce temps, ne dévoilez à personne que je suis de retour. Et puisque vous n'avez pas de bonne en ce moment, c'est d'autant mieux : je peux me cacher dans votre chambre.

— Vous n'allez pas commencer vos recherches tout de suite, n'est-ce pas ? demandai-je.

— Après avoir affronté une tempête de neige et grimpé à une corde ? Non, je suis claqué. Allez, faites-moi une place, je vous rejoins.

Il se blottit près de moi sous les couvertures et m'enlaça.

— Maintenant que vous êtes la promise de l'héritier du trône de Roumanie, je pourrais probablement être guillotiné pour ce crime, chuchota-t-il avant de m'embrasser.

Je tâchai de m'abandonner à son baiser, mais les tensions accumulées des derniers jours m'en empêchèrent.

— Je suis désolée, je n'y arrive pas, dis-je. Je suis tellement bouleversée par tout ce qui s'est produit que je ne cesse d'y penser.

— Ne vous tourmentez pas, il ne risque pas de se passer grand-chose. Je suis si fatigué que je pourrais m'endormir sur-le-champ. Justement…

Je vis ses paupières cligner. Il avait l'air adorable les yeux fermés, presque comme un enfant assoupi, avec ses cils anormalement longs pour un homme. Je me penchai au-dessus de lui pour lui embrasser la joue.

— Que Siegfried aille au diable, marmonnai-je – bien qu'une lady ne soit pas censée jurer.

Bercée par la respiration régulière de Darcy, je sentis que mes propres yeux commençaient à se fermer à leur tour quand un terrible fracas, accompagné d'un hurlement lugubre, me réveilla en sursaut. On aurait dit que quelqu'un avait jeté dans un escalier toutes les casseroles que renfermait le château. Je sortis du lit d'un bond.

— Qu'est-ce que c'était ? demandai-je.

Darcy ouvrait lentement les yeux.

— Un domestique qui aura lâché un plateau d'assiettes, je suppose. Revenez vous coucher.

— Non, c'était bien pire, déclarai-je.

J'attrapai le cardigan le plus proche, enfilai mes pantoufles et sortis dans le couloir plongé dans la pénombre. Je n'étais apparemment pas la seule à avoir été réveillée par le vacarme. Face de Poisson en personne se tenait devant sa porte, pareil à un fantôme dans une longue chemise de nuit. Oh, mon Dieu, imaginez-moi face à ce spectre nuit après nuit !

— Georgiana, *mein Schatz*, avez-vous entendu ce bruit ?

— Oui.

— Ne vous inquiétez pas, je vous protégerai, dit-il en avançant prudemment.

Des cris fusèrent depuis l'étage du dessous. Siegfried et moi nous dirigeâmes donc vers la volée de marches la plus proche. Déjà rassemblées en bas de l'escalier en colimaçon, plusieurs personnes étaient penchées au-dessus d'un amas de métal.

— Qui a pu faire basculer l'une de nos armures dans l'escalier ? s'étonna Siegfried. Que se passe-t-il ?

Au son de la voix de leur maître, les domestiques présents se redressèrent avec déférence.

— Votre Altesse, j'ai entendu du bruit et je suis venu en courant, dit l'un des valets. Il semble que…

Il ne put terminer sa phrase, car un gémissement sonore s'éleva depuis l'intérieur de l'armure. Quelqu'un ouvrit brutalement la visière, et une paire d'yeux nous scruta. L'inconnu geignit de nouveau.

— Qu'est-ce que cela signifie ? demanda Siegfried. À quelle pitrerie vous êtes-vous prêté ?

— On m'a ordonné de monter la garde, répondit l'homme, le visage déformé par la douleur. Le chef Patrascu m'a placé en faction. Il m'a dit de me déguiser ainsi.

— Quel homme ridicule, rétorqua sèchement Face de Poisson. De quel droit s'est-il permis une telle chose ? Ces armures sont de précieux biens appartenant à l'État, pas des costumes de carnaval.

— Ma jambe, se lamenta l'agent. Sortez-moi de là.

Alors que les domestiques l'extirpaient avec soin, une silhouette noire se rua vers nous.

— Que s'est-il passé ? s'enquit le nouveau venu en observant l'armure. Cilic, est-ce vous ?

— Oui, chef Patrascu.

— Que faites-vous en bas des marches ? insista-t-il, me confirmant qu'il était doté d'une intelligence limitée.

— J'ai perdu l'équilibre et je suis tombé, répondit le dénommé Cilic avant de gémir de nouveau avec exagération. On ne voit pas grand-chose, avec cette visière.

— Vous n'aviez pas à ordonner à votre homme de porter cette armure, Patrascu, affirma Siegfried. Qu'aviez-vous donc en tête ? C'est plutôt grotesque, comme procédé, n'est-ce pas ?

— J'avais mes raisons, répondit le policier. J'ai placé mes agents dans le château et à l'extérieur de manière à ce qu'ils soient invisibles, afin de protéger les membres des familles royales. Je ne pensais pas que celui-ci aurait la bêtise de quitter son poste d'observation.

— J'avais besoin de trouver des cabinets, précisa l'intéressé avant de laisser échapper une plainte exceptionnellement sonore – on venait en effet de sortir sa jambe de l'armure. Je n'ai pas vu l'escalier.

— Qu'il aille se coucher, et mettez immédiatement un terme à ces stratagèmes ridicules, déclara Siegfried. Vous êtes dans une demeure royale, sur laquelle vous n'avez aucune autorité, Patrascu. À présent, laissez-nous en paix. Vous avez dérangé ma promise. Venez, *mein Schatz*.

Il me tendit le bras et me ramena jusqu'à ma porte.

— Je suis sincèrement navré que votre sommeil ait été perturbé par cet idiot. Y a-t-il quoi que ce soit que je puisse vous faire apporter afin de vous aider à recouvrer votre sérénité ? Un verre de lait, par exemple ? Davantage de charbon pour votre feu ?

— Oh, non merci, Votre Altesse, bredouillai-je, consciente que Darcy était vraisemblablement encore allongé dans mon lit. Je n'ai besoin de rien.

— Inutile de continuer à vous adresser à moi de la sorte, *mein Schatz*. Désormais, nous sommes Siegfried et Georgiana l'un pour l'autre.

— Merci, Siegfried, murmurai-je.

Il claqua des talons – un mouvement qui, pieds nus, n'eut pas beaucoup d'effet.

— Bien, parfait. Espérons que nous ne serons plus dérangés cette nuit.

Sur ce, il me prit la main et y déposa de nouveau ses lèvres de poisson.

29.

Ma chambre, en bonne compagnie
Toujours le milieu de la nuit

Je rentrai dans ma chambre en poussant un soupir de soulagement. Malgré l'obscurité partielle, je vis que les couvertures avaient été rabattues sur le lit, et que celui-ci était vide.

— Darcy ? chuchotai-je.

En entendant la voix de Siegfried dans le corridor, il avait dû décider de se cacher, par mesure de précaution. Je m'avançai sur la pointe des pieds, soulevai une tenture du baldaquin, jetai un coup d'œil sous le lit.

— Vous pouvez sortir, maintenant, tout va bien, dis-je.

Toujours rien. Je lançai un regard au coffre. Je n'avais nulle intention de l'ouvrir. J'allai cependant vérifier l'intérieur de l'armoire, laquelle était assez vaste pour dissimuler plusieurs personnes.

— Êtes-vous là-dedans ? demandai-je.

— À qui parlez-vous ? s'enquit une voix juste derrière moi.

Je fis volte-face, le cœur battant.

Darcy se tenait là.

— Je vous cherchais. Ne faites plus jamais cela. J'ai manqué avoir une crise cardiaque. Où étiez-vous passé ?

— Je suis allé voir par moi-même la cause du vacarme. En toute discrétion, rassurez-vous. Comme d'habitude, cet imbécile de Patrascu s'est conduit en incapable. Retournez vous coucher, vous êtes gelée.

Je m'exécutai, et il vint s'allonger près de moi. Je posai la tête sur son épaule. Je me sentais merveilleusement apaisée, en sécurité. *C'est ce que je veux et ce dont j'ai besoin*, me souvins-je avoir pensé. *Si seulement*... Je suppose que je dus m'endormir, car je crus d'abord que les hurlements faisaient partie de mon rêve. Puis je pris peu à peu conscience qu'ils venaient bel et bien du monde réel, et j'ouvris les yeux. Darcy était déjà debout.

— Qu'est-ce qui se passe encore ? demanda-t-il. On ne peut donc pas dormir tranquillement, dans cette maison ?

— Je vais aller voir, répondis-je. Sans doute un autre des agents de Patrascu aura-t-il effrayé une femme de chambre en se promenant vêtu d'une armure.

— C'est fort possible, s'esclaffa-t-il. Mieux vaut que je reste ici cette fois, pour éviter d'être découvert.

Siegfried était à nouveau devant sa porte.

— Je tiens à m'excuser, *mein Schatz*. Deux problèmes de tapage en une nuit, c'est impardonnable. Je vais ordonner à ce Patrascu et à ses sous-fifres de quitter immédiatement le château.

Il longea le couloir à grandes enjambées, et je le suivis. Cette fois, nous ne trouvâmes personne en bas de la première volée de marches. En revanche, à cet étage, plusieurs invités en tenue de nuit étaient sortis dans le corridor, tandis que les hurlements continuaient de résonner, venant de plus bas encore.

— Une bonne qui nous fait une crise de nerfs, déclara ma mère alors que je passais devant elle. Elle a sans doute été obligée de repousser un valet, cela se produit sans arrêt.

Siegfried et moi franchîmes une arcade et arrivâmes en haut de l'escalier qui surplombait le grand vestibule – cette volée de marches alarmante, dépourvue de balustrade, qui courait le long du mur. Un groupe de personnes s'était déjà réuni en bas. L'une d'elles était en effet une domestique, dont les cris avaient maintenant cédé la place à des sanglots, tandis que d'autres serviteurs tâchaient de la consoler. Près d'elle, le contenu d'un seau à charbon était répandu par terre. D'autres gens encore se tenaient autour d'une forme sur le sol.

— Qu'y a-t-il ? lança Siegfried, dont la voix se répercuta à travers le hall, haut de plafond. Pourquoi nous inflige-t-on ce vacarme ?

Les gens s'écartèrent, et deux ou trois femmes de chambre exécutèrent une révérence. Dragomir se détacha d'un des groupes.

— Votre Altesse, il s'est produit un événement tragique. C'est la dame anglaise. Elle a dû tomber de très haut. Il n'y a plus rien à faire.

Au bas des marches gisait en effet le corps de Mlle Bickett, dont la tête formait un angle étrange. Ce n'était pas la première fois que je voyais un cadavre, mais j'eus cependant un haut-le-cœur – à mettre sur le compte de la tension qui n'avait fait que s'accroître ces derniers jours. Je me sentis prise de vertige et, l'espace d'une seconde, je crus que j'allais perdre connaissance. Me ressaisissant, je m'appuyai contre le mur de pierre froide et entrepris de descendre très lentement l'escalier afin d'aller rejoindre la victime, allongée sur les dalles.

— Il faudrait avertir lady Middlesex, dis-je en m'efforçant de garder mon sang-froid. Cette personne était sa dame de compagnie.

— Pauvre femme, déclara Siegfried en considérant le corps avec dégoût. Je me demande ce qu'elle faisait à errer là au beau milieu de la nuit.

— Elle a peut-être été perturbée par le vacarme qu'a causé l'agent de Patrascu, et elle est partie en quête d'une boisson chaude ou d'un cognac, suggéra le comte Dragomir. À moins qu'elle n'ait été somnambule. Qui sait ? Quel regrettable accident.

Il y avait dans sa voix une certaine suavité qui m'incita à relever la tête pour le regarder attentivement. Je savais parfaitement pour quelle raison Mlle Bickett s'était trouvée dans les couloirs. Avait-elle repéré l'homme qu'elle recherchait, cette fois ? Et avait-elle alors été assez stupide pour le suivre ? Était-il également possible que Dragomir soit mêlé à cette affaire ? Je voulais retourner dans ma chambre afin de tout relater à Darcy, mais j'avais d'abord le devoir d'annoncer la nouvelle à lady Middlesex.

Nous l'entendîmes approcher bien avant de la voir.

— Qu'est-ce que c'est encore que ces absurdités ? Pourquoi me tire-t-on du lit à cette heure indue ?

Sa voix se répercutait jusque dans le vestibule, et elle arriva bientôt au sommet de l'escalier.

— En quoi cela me concerne-t-il si un étranger a fait une chute et…

Elle se tut brusquement, le visage figé par l'effroi.

— Bickett ? dit-elle dans un hoquet. Non. Non, c'est impossible.

Repoussant les gens qui l'entouraient, elle descendit les marches avant de s'immobiliser au-dessus du corps.

— Oh, fit-elle en plaquant la main sur sa bouche.

Un gros sanglot étouffé en jaillit. Je m'approchai d'elle et posai une main hésitante sur son épaule. Lady Middlesex n'était pas le genre de femme qu'on imaginait pouvoir étreindre. Le corps secoué par des sanglots convulsifs, elle continuait de regarder son amie. J'étais aussi stupéfaite que les autres personnes présentes. Ce n'était pas la réaction à laquelle je m'étais attendue de sa part, à la suite de la disparition d'une dame de compagnie qu'elle trouvait, m'avait-il semblé, particulièrement agaçante.

— Je suis sincèrement navrée, dis-je. Ce qui s'est passé est horrible.

Elle hocha la tête tout en tâchant de se ressaisir.

— Quelle pauvre idiote. Toujours à se figurer qu'il y avait des périls et des intrigues partout où nous allions. Elle m'avait dit qu'elle ouvrirait les yeux et les oreilles.

— Elle a dû trébucher sur ces marches alors qu'elle arpentait les couloirs. Dès notre arrivée, j'ai pensé que cet escalier était affreusement dangereux.

J'omis d'ajouter que, selon moi, il ne s'agissait pas d'un accident : elle avait été poussée.

— Venez, lady Middlesex, intervint le comte Dragomir. Vous ne pouvez plus rien faire pour elle. Permettez-moi de vous raccompagner jusqu'à votre chambre, et je vous ferai monter un verre de lait chaud et du cognac.

— Laissez, je vais la ramener, dis-je. Je sais que vous avez beaucoup à faire de votre côté.

Il me fallut à moitié tirer lady Middlesex dans cet effroyable escalier. Elle le gravit en vacillant, comme une personne en transe. Cependant, lorsque nous eûmes atteint la porte de sa chambre, elle avait retrouvé tout son flegme.

— Très aimable à vous, murmura-t-elle. Cela fait un choc, tout de même, n'est-ce pas ? À dire vrai, j'ignore comment je vais m'en sortir sans elle. Je m'étais accoutumée à l'avoir auprès de moi.

Je l'aidai à entrer dans la pièce et la conduisis à son lit.

— Je ne pense pas que j'arriverai à me rendormir. Je dois prendre des dispositions pour faire rapatrier son corps. Elle ne voudrait pas être enterrée à l'étranger. Elle détestait séjourner hors d'Angleterre, la pauvre. Si elle acceptait de m'accompagner, c'était par pur dévouement envers moi. Je n'aurais jamais dû exiger cela de sa part… j'ai eu tort.

Elle fouilla dans ses affaires pour trouver un mouchoir qu'elle plaqua sur son visage.

— Souhaitez-vous que je reste un moment ? proposai-je.

— Non, merci, je préfère être seule, répondit-elle avec raideur.

— Si vous avez besoin de moi, envoyez un domestique me chercher, dans ce cas.

Elle opina du chef. Alors que je me dirigeais vers la sortie, elle ajouta d'une voix monocorde :

— Elle l'avait pressenti, n'est-ce pas ? Dès notre arrivée, elle avait perçu la présence de la mort dans ce château. Elle ignorait pourtant que c'était sa propre mort qu'elle avait présagée.

Je refermai la porte derrière moi et me hâtai de rejoindre ma chambre. Cette fois encore, Darcy semblait avoir disparu. Je me glissai dans le lit, encore imprégné de la chaleur de son corps, et me dis combien il avait été agréable et rassurant d'être allongée dans ses bras. Puis une image de Siegfried étendu dans le même lit que moi s'imposa à mon esprit, et je me retins de hurler *Non !* J'avais tellement envie d'être loin de cet endroit affreux et de me sentir de nouveau en sécurité. Une pensée m'était en effet venue en tête tandis que je regagnais ma chambre : si Mlle Bickett avait été tuée parce qu'elle avait été en mesure d'identifier le meurtrier, alors je courais moi aussi un danger similaire.

Les yeux braqués sur le baldaquin sombre au-dessus de moi, je tâchai de démêler la situation.

Un jeune homme qui s'était introduit dans ma chambre et penché au-dessus de mon lit. Le portrait accroché au mur qui avait été remplacé. Matty, les lèvres couvertes de sang. Pirin buvant dans un verre destiné à Nicholas. Et maintenant, le décès de Mlle Bickett. Que signifiaient tous ces événements ? Comment étaient-ils liés de façon sensée, sans que je m'imagine Bran peuplé de vampires ? Impossible cependant de trouver une réponse rationnelle. Et, pour tout dire, je n'aimais guère l'hypothèse qui ne cessait de s'imposer à moi selon laquelle le jeune inconnu était un mort-vivant qui hantait les lieux et avait ensorcelé Matty, Dragomir et Dieu sait qui parmi les domestiques. Personne n'aurait accepté cette explication à l'exception de Mlle Bickett, qui l'avait remarqué tandis qu'il observait les convives, caché derrière une arcade. Je savais que cette théorie pouvait paraître ridicule, bien qu'il y ait en Écosse nombre de gens prêts à jurer qu'ils avaient déjà croisé des fées.

Je dus finir par m'assoupir. Quand je rouvris les yeux, un rayon de soleil entrait de biais dans la pièce, éclairant le portrait hideux accroché sur le mur du fond. J'étais seule dans le grand lit ; aucun signe de Darcy. Je me levai, me lavai et m'habillai, puis descendis petit-déjeuner. La salle à manger était pleine de gens qui bavardaient aimablement. Personne ne semblait être au courant de la tragédie de la nuit précédente – ou ne s'en souciait. À leurs yeux, Mlle Bickett avait été une simple dame de compagnie qui avait perdu l'équilibre et fait une chute mortelle dans l'escalier. Seule lady Middlesex manquait à l'appel.

Tandis que je me versais une tasse de café, Nicholas s'approcha en souriant.

— Il fait grand beau temps, pour une fois. Une journée idéale pour aller chasser, si du moins la neige n'est pas trop épaisse.

— Mes demoiselles d'honneur sont déjà prises, déclara Matty. Alors ne tentez pas de les attirer hors du château. Notre dernier essayage est prévu pour ce matin.

— Loin de moi l'idée de détourner ces jeunes filles de leurs préparatifs, se défendit son fiancé. Je tiens à ce que vous soyez toutes aussi belles et radieuses que possible pour cette grande occasion.

Observant le visage de Matty, j'y entrevis une lueur d'agacement – ou de panique – des plus brèves ; puis elle sourit.

— Bien sûr, nous serons toutes belles et radieuses, mon cher Nicholas. Nous devrons apparaître sous notre meilleur jour.

Je continuai de la regarder pendant qu'elle grignotait une tartine. Le prince avait dit quelque chose qui avait irrité ou perturbé sa fiancée. Et maintenant que je l'examinais de près, je lui trouvais une mine affreuse – les traits pâles et tirés, des cernes sous les yeux. Rien à voir avec une future épouse rayonnante. Elle triturait à présent ce qui restait de sa tranche de pain, l'émiettant entre ses doigts. Elle finit par écarter son assiette, se leva et quitta la pièce. J'avais l'impression qu'elle était d'une nervosité extrême. Pour quelle raison, exactement ? Plusieurs hypothèses intéressantes s'enchaînèrent dans mon esprit. Mon grand-père, le policier à la retraite, citait toujours son ancien supérieur, un inspecteur qu'il avait énormément admiré, lequel disait : « Il faut toujours partir de ce qui semble évident, puis réfléchir. Neuf fois sur dix, la réponse se trouve juste sous votre nez. »

C'étaient Matty et Dragomir qui auraient eu le plus de facilités à empoisonner le verre de Nicholas. Jusqu'à maintenant, je n'avais pas envisagé que sa promise pût être suspecte. En effet, pourquoi aurait-elle cherché à tuer son futur époux ? Mais à présent, je me souvenais que sa gaieté ne m'avait pas toujours paru naturelle. Elle avait joué à la fiancée heureuse tout en mentionnant que, puisqu'il fallait se marier, Nicholas faisait un bon parti. Elle m'avait confié qu'elle aurait préféré rester à Paris. Et si, réduite à la dernière extrémité, elle avait décidé de tuer son fiancé afin d'éviter ce mariage ?

Il était temps que je l'interroge ouvertement, décidai-je ; je la pousserais à m'avouer la vérité. Je trouverais bien une occasion lors de la séance d'essayage de la matinée. Après tout, je ne risquerais rien dans une pièce remplie de jeunes filles, et Darcy était quelque part dans le château. Toutefois, au cas où il y aurait du vrai dans ces histoires de vampires, ne valait-il pas mieux que je sois préparée ? J'observai le buffet du petit déjeuner. Certains plats de charcuterie, à en juger par leur odeur, contenaient de l'ail en quantité. Si on en mangeait, était-on protégé d'un vampire, ou fallait-il avoir sur soi des gousses entières ? Je ne pouvais tout de même pas descendre à la cuisine pour en demander ; j'empilai donc sur mon assiette des tranches de saucisson. Ce n'était pas tout à fait ce que je préférais à cette heure de la journée, mais j'en vins à bout. Mon haleine empestait à présent l'ail – j'espérais simplement que tout vampire éventuel s'en apercevrait lui aussi. Il me suffisait maintenant de me procurer un petit crucifix que je puisse glisser dans ma poche…

Alors que je sortais de table, je remarquai Nicholas, qui parlait avec son père près de la porte. Le prince affichait un air sombre. Leur échange fut bref, et le roi s'éloigna bientôt à grandes enjambées. À ma vue, Nicholas fit une grimace.

— Il fait toute une histoire à propos de Pirin, m'annonça-t-il. Il veut savoir quand la ligne téléphonique sera rétablie. Il tient à avoir des nouvelles du maréchal, se demande s'il est arrivé à l'hôpital sans encombre et si son médecin personnel est en route depuis Sofia. Il exige qu'on envoie une automobile à sa rencontre. Je n'ai pas cessé de lui dire qu'il avait de nouveau neigé et que le col était bloqué, mais il insiste. Cela pourrait se révéler fort délicat. Où Darcy peut-il bien se trouver en ce moment même ?

Je fus tentée de lui révéler qu'il était de retour, puis je me ravisai : c'était à Darcy de le lui dire lorsqu'il réapparaîtrait.

— La situation commence à fatiguer nerveusement votre fiancée, fis-je observer.

— Oui, elle est très sensible, acquiesça Nicholas. Sans compter que quelqu'un d'autre est mort pendant la nuit. Je regrette vraiment d'avoir cédé au désir de Maria, qui tenait à organiser la cérémonie à Bran. Tout aurait été tellement plus agréable au palais de Bucarest.

Après avoir pris congé de lui, j'aperçus le comte Dragomir qui avançait d'un pas vif devant moi. Je l'appelai et il se retourna, non sans réticence.

— Je souhaitais savoir si vous aviez des informations concernant ma femme de chambre. Je suis extrêmement inquiète.

— Navré, Votre Altesse, je n'ai aucune nouvelle pour l'instant. Mais ne vous en faites pas, les domestiques vont poursuivre leurs recherches.

— Elle n'a pas pu disparaître sans laisser de trace. Je veux que ces recherches s'intensifient aujourd'hui ; sinon, je serai contrainte de demander à M. Patrascu de mettre ses hommes à notre disposition.

La menace porta ses fruits, car je décelai une lueur d'alarme dans ses yeux.

— M. Patrascu serait incapable de retrouver son propre nez s'il n'était pas fixé à son visage, répliqua le régisseur. Je vous ai promis de tirer cette affaire au clair, et je vais m'en charger.

Sur ces mots, il s'en alla à la hâte, sa cape flottant derrière lui. J'errai pour ma part dans les corridors en quête d'un crucifix susceptible de convenir, mais n'en découvris qu'un, de près de deux mètres de hauteur, dans une niche. Je n'allais tout de même pas me promener avec cet objet sous le bras. Je repérai aussi une petite croix autour du cou d'une des bonnes ; elle ne parlait cependant pas un mot d'anglais, et je ne réussis pas à lui faire comprendre que je souhaitais seulement la lui emprunter. Pour finir, je n'eus d'autre choix que de me rendre dans le petit salon pour les essayages. Au fond de moi, une petite voix me murmurait que je n'aurais pas dû avoir peur d'une ancienne camarade de classe, mais je ne savais plus que croire.

Un groupe de demoiselles d'honneur se trouvait déjà dans la pièce, en train de bavarder en allemand. Quand j'entrai, elles levèrent les yeux vers moi en affichant des mines coupables ; j'étais persuadée qu'elles parlaient de moi. Justement, Hannelore me dit aussitôt :

— Nous discutions de vos fiançailles avec le prince Siegfried. Nous ne sommes pas vraiment heureuses pour vous. Vous ne savez peut-être pas qui il est réellement et vous devriez en apprendre davantage à son sujet avant de vous marier avec lui.

— Merci, dis-je. Je vais suivre votre conseil.

Elle m'attira plus près d'elle.

— Ce ne sont pas les femmes qui l'intéressent, paraît-il, ajouta-t-elle. Vous comprenez ? Il ne vous donnera pas de plaisir au lit.

Qu'aurais-je pu répondre ? Que je n'avais nullement l'intention d'épouser Siegfried ? L'inquiétude de Hannelore était sincère, et j'en fus touchée.

— Merci, répétai-je. Je ne prendrai aucune décision hâtive, je vous le promets.

— Et si vous pensez que c'est agréable d'être une princesse, sachez que ce n'est pas si amusant que ça, poursuivit-elle. Nous n'avons que des responsabilités et des devoirs.

Les autres filles qui comprenaient ma langue hochèrent la tête. Matty entra à cet instant.

— Sommes-nous prêtes à avoir une allure divine ? lança-t-elle joyeusement.

Elle avait maintenant du rouge à lèvres et les joues fardées d'un rose vif. Les essayages débutèrent. Nos robes étaient presque terminées, et il ne manquait que quelques dernières retouches pour qu'elles tombent parfaitement. Au-dessus, nous porterions chacune une longue cape bordée de fourrure blanche – j'avais rarement vu un vêtement aussi merveilleux, qui nous donnait un air de reines des neiges. Quand mon essayage s'acheva, je m'attardai dans le salon en attendant de pouvoir prendre Matty à part. Elle paraissait en tout cas pleine d'entrain et de gaieté, pouffant avec les autres jeunes filles tant et si bien que je me demandai si ses sautes d'humeur n'étaient pas plutôt à mettre sur le compte d'une drogue – et non de son éventuelle nature vampirique.

Elle finit par s'approcher de la cheminée et tendit les mains vers le feu pour les réchauffer.

— Cet endroit est glacial, n'est-ce pas ? Comme aux Oiseaux. Tu te rappelles le froid qui régnait dans les dortoirs ?

— C'était d'habitude la faute de Belinda, qui laissait la fenêtre ouverte pour pouvoir sortir la nuit et rendre visite à son moniteur de ski, répondis-je, souriant au souvenir de ses escapades.

Je me plaçai près elle et décidai de me jeter à l'eau.

— Il faut que nous parlions, Matty.

Vu mon haleine qui empestait, elle recula légèrement, sans pourtant s'effondrer, s'enfuir ou se volatiliser ainsi que tout vampire digne de ce nom l'aurait fait en humant de l'ail.

— À quel propos ? Que se passe-t-il ?

Son sourire s'était dissipé.

Je regardai autour de nous. Tout le monde semblait occupé.

— Je sais tout, dis-je à voix basse. Je sais la vérité.

Elle sursauta, puis haussa les épaules.

— Naturellement. Il a été assez bête pour entrer dans ta chambre par erreur, et moi, j'ai été assez bête pour oublier son portrait accroché au mur. Il l'avait peint pour moi, tu sais. C'est un artiste merveilleux. Il a toujours eu du talent, même enfant.

Tout en parlant, elle glissa son bras sous le mien et m'entraîna à l'écart des autres filles et des cliquetis des machines à coudre. Au début, je ne compris pas un mot de ce qu'elle racontait, puis la vérité commença à se faire jour. Elle avait déjà laissé entendre qu'elle n'éprouvait rien pour Nicholas et qu'elle aurait voulu vivre à Paris. Elle en aimait donc un autre. Toutefois, sa dernière remarque me dérouta.

— Tu l'as donc connu enfant ?
— Bien sûr. Il a grandi dans ce château.
— À Bran ?
Elle opina du chef.
— Son père est l'un de nos employés. Vlad et moi, nous jouions ensemble quand je venais passer l'été ici. Nous nous entendions si bien à cette époque. On m'a ensuite envoyée à Paris, et j'ai découvert qu'il s'y trouvait lui aussi, qu'il y faisait des études d'art. Cette fois, nous sommes tombés amoureux fous l'un de l'autre – un amour passionnel, merveilleux. Puis mon père m'a appris que je devais épouser Nicholas. Je l'ai supplié de changer d'avis. Il a refusé de m'écouter. Pour une princesse, c'est le devoir qui compte avant tout, m'a-t-il dit. Et quand je lui ai avoué que j'aimais un autre homme, il m'a interdit de le revoir.
Elle posa sa main froide sur la mienne.
— On finit tous par accomplir son devoir, continua-t-elle. Comme toi et Siegfried. Je suis certaine que tu n'as aucun sentiment pour lui. C'est impensable. Mais tu fais ce que ta famille attend de toi.
— Ce doit être affreusement difficile, compatis-je. Je ne suis cependant pas sûre de pouvoir épouser quelqu'un que je n'aime pas.
— Vlad voulait que je m'enfuie avec lui, chuchota Matty en levant les yeux afin de s'assurer que les autres personnes présentes dans la pièce étaient occupées plus loin. Nous aurions vécu heureux, à Paris. Pourtant, depuis l'enfance, on n'a cessé de me faire entrer dans la tête qu'il est impossible de se soustraire à son devoir. Et je n'ai pas été capable de suivre Vlad.
— Tu as donc demandé à ce que le mariage se déroule dans ce château, où tu avais de bons souvenirs ?
— C'est Vlad qui me l'a suggéré, afin que nous puissions être ensemble une dernière fois. Il a promis de trouver un moyen de venir. Il connaît si bien cette demeure. Tu l'as vu gravir la muraille, n'est-ce pas ? Il a

toujours été du genre à prendre des risques affreux. Mais sans cela, comment aurait-il pu s'introduire dans le château à l'insu de tous ?

— Est-ce toi qui as fixé une corde aux remparts ?

— Non, pas tout de suite. Je n'avais pas la moindre idée de ce qu'il comptait entreprendre. Nous l'avons attachée plus tard, depuis la chambre de ma bonne, au cas où il serait obligé de s'en aller à la hâte.

— Et je dors dans ton ancienne chambre, me rappelai-je. Il s'attendait à t'y trouver. Rien d'étonnant à ce qu'il ait été aussi choqué quand il m'a vue.

— Oui, il m'a raconté votre brève rencontre. À la dernière minute, mes parents m'ont annoncé que je devais dormir aussi loin que possible de mon futur époux et dans la chambre voisine de celle de mon chaperon, la comtesse von Durnstein, jusqu'au jour du mariage. Mon père est très à cheval sur les traditions, vois-tu.

— Vlad est-il encore là ? m'enquis-je.

— Oh oui. Heureusement, il y a dans cette demeure plusieurs pièces secrètes. Il se cache dans l'une d'elles et ma bonne, Estelle, est d'une loyauté à toute épreuve. Elle lui apporte à manger. Justement, en parlant de nourriture… tu as aussi découvert mon autre secret honteux, n'est-ce pas ?

— C'est-à-dire ?

— Dans le couloir de l'office, murmura-t-elle en embrassant de nouveau le salon du regard. Je n'ai pas pu résister, tu sais.

— Que faisais-tu, exactement ? demandai-je avec circonspection, peu désireuse de connaître la vérité.

Elle se pencha plus près de moi.

— Je dévorais des tartes à la cerise confectionnées par notre cuisinière. Cette confiture gluante est délicieuse. J'étais descendue à la cuisine et j'en ai volé deux qui sortaient du four. Ces derniers temps, il a fallu que je suive un régime strict, vois-tu, afin de pouvoir rentrer dans ma robe de mariée. J'ai toujours eu des problèmes de poids, et j'aime manger. Justement, quand j'étais rondelette, Vlad s'en moquait. Il m'aimait telle que j'étais, précisa-t-elle en se mordillant la lèvre. À présent, j'ai peur que Nicholas ne m'apprécie plus si je reprends de l'embonpoint : il me verra alors telle que je suis quand je mange normalement.

Je la regardai avec compassion. Ce devait être affreux de devoir renoncer à l'homme qu'on aimait et d'épouser un individu pour lequel on n'avait aucun sentiment. Et de se priver ainsi de manger. Mais je n'en oubliai pas la question essentielle qui exigeait une réponse.

— Matty, à propos de la mort de Pirin... Sais-tu qui a empoisonné son vin ?

— C'est forcément quelqu'un d'extérieur au château, assura-t-elle. Un assassin. Qui ici aurait pu vouloir sa mort ?

— Tu ne crois pas que Vlad aurait peut-être...

— Tué un maréchal étranger ? m'interrompit-elle avec colère. Pourquoi aurait-il fait une chose pareille ?

— Matty, j'ai quelque chose à te confier, dis-je, consciente que je prenais un risque. Le verre empoisonné était destiné à Nicholas.

— Quoi ?

— Pirin était de souche paysanne, il n'avait jamais appris les bonnes manières à table. Et il était vraiment ivre. J'étais assise en face de lui. De sa main gauche, il s'est emparé du premier verre de vin qui se trouvait à sa portée. C'était celui de Nicholas, mais ce dernier s'était mis à boire du champagne dès le début des toasts, tu te souviens ?

— Non, répliqua-t-elle d'une voix si forte que les autres jeunes filles se tournèrent vers nous.

Puis Matty secoua la tête avec véhémence.

— Non, reprit-elle en baissant le ton. C'est absurde. Impensable. Vlad ne ferait jamais une chose pareille. C'est quelqu'un de doux. De gentil. Si tu savais à quel point il prenait soin de moi, à Paris. Il me traitait comme une princesse devrait l'être. Je te fais confiance, tu es une amie d'école, ajouta-t-elle en me prenant la main. Viens donc faire sa connaissance, et tu verras. Tu lui poseras toi-même la question, et tu comprendras qu'il est innocent. Je lui ai parlé de toi, et tu seras prochainement ma très chère sœur.

— D'accord, acquiesçai-je.

Elle me conduisit hors du salon, puis ouvrit une porte aménagée dans un mur lambrissé ; celle-ci donnait sur un escalier de pierre.

— C'est mon petit raccourci vers une pièce secrète, m'annonça-t-elle. Le château en regorge. Nous nous amusions tant, enfants, quand nous jouions à cache-cache. Sauf Siegfried. Il était déjà guindé, même à l'époque. Prends garde, les marches sont étroites, et il fait sombre.

Elle se mit à monter devant moi. Je m'engageai à mon tour dans l'escalier. Soudain, le sol dallé s'inclina vers l'avant, et je chutai dans les ténèbres.

30.

Dans une oubliette – un lieu plutôt déplaisant.
Samedi 19 novembre 1932

Je glissais et dégringolais à moitié le long d'une pente de pierre rugueuse, incapable de m'arrêter ou de ralentir ma chute, attendant le moment inévitable où je m'écraserais violemment en contrebas. L'image absurde d'Alice au pays des merveilles tombant dans le terrier du lapin me traversa brièvement l'esprit, à l'instant où mes pieds touchaient un panneau qui s'ouvrit aussitôt sous moi. Je basculai ensuite dans le néant ; j'eus la sensation étrange que des bras se tendaient vers moi, puis j'atterris sur une surface plus moelleuse que ce à quoi je m'étais attendue ; là, je perdis connaissance.

Je revins à moi avec aux oreilles un bruit atroce – une sorte de lamentation surnaturelle. J'ouvris les yeux. J'étais étendue sur des dalles froides. Le noir était presque total. Je discernais cependant une forme blanche qui flottait au-dessus de moi : un visage rond et pâle, qui me dévisageait ; de sa bouche ouverte jaillissait un chant monstrueux. Puis je distinguai quelques mots :

— Oh, pardieu, oh, merde alors, oh, mam'zelle !

— Queenie ? murmurai-je.

Je tâchai de me rasseoir, mais tout se mit à tourner autour de moi d'une très alarmante manière, et une douleur lancinante me traversa le crâne.

— Désolée, mam'zelle ! J'ai essayé de vous rattraper, mais vous êtes arrivée si vite. Au moins, j'ai un peu amorti votre chute.

— C'est sur vous que j'ai atterri ?

— Ben oui.

— Bonté divine. C'est très courageux de votre part. Vous ai-je fait mal ?

— Non, pas trop. J'suis bien rembourrée. Mais vous êtes descendue à toute vitesse et…

— Ma foi, c'est ce qui vous arriverait si le sol s'ouvrait brusquement sous vos pieds.

— Je sais. C'est ce qui s'est passé avec moi aussi. Par chance, j'suis tombée sur le derrière… Si vous m'pardonnez l'expression, mam'zelle. Et comme je vous l'ai déjà dit, j'suis rembourrée. Mais c'était pas pire que quand j'étais petite et que mon vieux papa me punissait à coups de ceinture.

Elle m'aida à m'asseoir.

— J'suis vachement contente de vous voir. Vous êtes trop chic d'être venue à mon secours. J'savais que je pouvais compter sur vous.

— Je ne voudrais pas vous décevoir, Queenie, mais je suis maintenant une prisonnière, comme vous, pas votre sauveteuse.

— Où est-ce qu'on est, mam'zelle ? Cet endroit me file les chocottes.

Je regardai autour de moi. Nous étions dans une chambre arrondie. Un mince faisceau de lumière grise filtrait par une grille aménagée dans le mur, près du sol. Il n'y avait aucune porte.

— J'ai bien peur que nous ne soyons dans l'oubliette à propos de laquelle certaines personnes plaisantaient.

— Une oubli-quoi ?

— Un endroit où l'on jette les visiteurs indésirables, expliquai-je. Je savais qu'il y a en avait dans les vieux châteaux, mais c'est la première fois que j'en découvre une. Il suffit de poser le pied sur la mauvaise dalle, elle bascule, et vous dégringolez dans un cachot où personne ne vous retrouvera jamais.
— Oooh, dites pas ça, mam'zelle ! s'exclama Queenie en s'agrippant à ma manche. Quelqu'un va bien partir à notre recherche, hein ?
— Je l'espère.
Pourtant, alors même que je prononçais ces mots, je m'interrogeai : qui était informé de l'existence de ce lieu ? Matty, sans nul doute, puisque Vlad avait grandi à Bran et en connaissait tous les recoins. Mais qui d'autre ? Des domestiques ? Le comte Dragomir ? J'eus une vision horrible : tout le monde se mettait à fouiller le château sans jamais découvrir cette oubliette, tandis que Queenie et moi mourrions de faim. Ce n'était pas le sort pour lequel j'aurais opté ; à vrai dire, si on m'en avait laissé le choix, je crois que j'aurais de loin préféré épouser le prince Siegfried – preuve de l'ampleur de mon désespoir.
— Ne vous inquiétez pas, dis-je. Nous allons sortir de là, d'une façon ou d'autre autre. Je vous le promets. Au fait, comment êtes-vous arrivée ici ?
— Je sais pas trop. J'ai vu un homme qui prenait une sorte de raccourci pour aller à la cuisine ; c'est du moins ce que j'ai pensé. Je l'ai vu descendre un escalier, et j'ai voulu le suivre. Deux secondes plus tard, je suis tombée dans un trou et j'ai atterri là.
— Et cet homme… à quoi ressemblait-il ?
— Je peux pas vraiment vous dire. Il était habillé de noir. C'était un des valets, je crois.
— Avait-il les cheveux blonds ?
— Maintenant que vous le dites, j'm'en souviens, oui.
— Il a cru que vous le suiviez pour une raison précise. Voilà pourquoi vous vous êtes retrouvée dans cette oubliette.

— C'est qui, mam'zelle ? Un criminel ?

— C'est le jeune inconnu que vous avez aperçu l'autre nuit sur le seuil de votre chambre, et il est possible que ce soit aussi un meurtrier. Une fois que nous serons sorties d'ici, il faudra nous montrer prudentes.

— Et comment on va faire ? demanda-t-elle. Il y a même pas de porte.

— Ma foi, nous sommes bien entrées, dis-je en m'efforçant d'adopter un ton faussement enjoué. Pourquoi ne pas essayer de sortir par le même chemin ? Si vous êtes capable de me soutenir sur vos épaules, je devrais pouvoir atteindre le plafond. J'arriverai peut-être à faire pivoter l'un de ces blocs de pierre.

Queenie s'accroupit, et je grimpai sur son dos ; puis, lentement, elle alla se placer directement au-dessous de la partie la plus haute du plafond voûté. Je reconnus la dalle qui avait basculé pour me laisser entrer, mais elle était si bien encastrée que j'eus le plus grand mal à trouver une prise. Je me cassai les ongles en tentant vainement de la tirer vers moi.

— C'est peine perdue, dis-je.

Une fois que je fus redescendue du dos de Queenie, nous nous assîmes, pantelantes, et j'examinai de nouveau le cachot.

— Et cette petite grille ? suggérai-je en la désignant. Je suis plutôt mince, et j'arriverais peut-être à me glisser dans le passage qui est derrière.

— Faites pas ça, mam'zelle, c'est forcément dangereux.

— Nous n'allons pas rester là à nous tourner les pouces en priant pour que quelqu'un nous découvre. J'ai déjà demandé au comte Dragomir de lancer des recherches dans tout le château à la suite de votre disparition ; et si ses serviteurs ne vous ont pas retrouvée, je pense qu'il y a peu d'espoir pour qu'ils finissent par tomber sur nous.

Je m'allongeai devant la petite ouverture. Ce que je vis n'était guère encourageant : un autre mur de pierre, à trois mètres environ. Je tirai sur la grille, puis la poussai. Elle ne bougea pas. En vérité, je me doutais que rien n'y ferait, étant donné qu'elle devait être en place depuis plusieurs siècles. Je ne pouvais pourtant pas renoncer.

— Aidez-moi, Queenie.

Elle unit ses efforts aux miens, mais nous eûmes du mal à glisser nos doigts entre les petits trous cerclés de métal. Nous nous relevâmes et donnâmes des coups de pied dedans. En pure perte.

— Nous avons besoin de quelque chose qui ressemble à une corde, déclarai-je. Mon jupon est en soie. Le vôtre est-il en coton ?

— Mon jupon ? Oui, mam'zelle.

— Dans ce cas, ôtez-le.

Elle obéit, puis m'observa curieusement tandis que tâchais de le déchirer. Finalement, des ongles et des dents, nous aidant des épingles à cheveux de Queenie et de ma broche, nous parvînmes à obtenir deux longues bandes de tissu ; nous les attachâmes à la grille et chacune de nous en saisit une.

— Placez vos pieds en appui contre le mur et, quand je vous le dirai, tirez de toutes vos forces, ordonnai-je.

Nous tirâmes donc. Un craquement retentit, et la grille fut arrachée au mur qui s'effritait. Nous échangeâmes un coup d'œil et un signe de tête satisfait.

— J'vois pas comment vous allez bouger là-dedans, mam'zelle. Vous resterez coincée, c'est presque sûr.

Je ne lui donnais pas tort, il fallait bien l'avouer. L'ouverture ne devait pas mesurer plus de quarante centimètres de hauteur et soixante de largeur.

— Par chance, je ne suis pas grosse, et je sais que j'ai une petite tête, du moins d'après les modistes.

— J'irais à votre place, mam'zelle, si je le pouvais. Mais j'crois pas que même mon gros orteil y entrerait – sans parler du reste de mon corps.

Je la regardai avec une affection sincère. Queenie était sans doute la pire femme de chambre au monde ; pourtant, même captive, dans une situation désespérée, elle n'en faisait pas toute une histoire.

— Allez, j'y vais, annonçai-je en passant la tête dans le trou.

Cette fois encore, ce n'était guère prometteur. Je me trouvais non loin du fond d'une sorte de long conduit. Probablement un puits, car je vis de la glace en contrebas et, loin au-dessus de moi, une autre grille. Je ne remarquai aucune ouverture sur les côtés.

— Si nous appelons, quelqu'un nous entendra peut-être, proposai-je. Criez « À l'aide ! » avec moi, Queenie.

Ce que nous fîmes. Je répétai également ces mots en français. En vain.

— Il me semble qu'il y a des vestiges de barreaux de fer sur le mur opposé. Je peux tenter de les rejoindre, à condition que la glace tienne.

— Et si elle se brise, mam'zelle ?

— Au pire, je serai mouillée et glacée. Cela vaut la peine d'essayer. Je vais y aller à reculons.

Je m'étendis sur le ventre, dos à l'ouverture, et y passai d'abord les pieds. Je glissai lentement sur le sol jusqu'à ce que mes jambes soient suspendues dans le vide ; vint ensuite le tour de ma taille, puis celui de mes épaules.

— Tenez-moi par les mains et ne me lâchez pas avant que je vous le dise, ordonnai-je à Queenie.

J'inclinai alors la tête d'un côté pour la faire entrer dans le trou. Une soixantaine de centimètres me séparaient encore de la couche de glace.

— C'est bon, lâchez-moi. Je vais essayer de descendre le long de la paroi.

Je ne m'étais pas attendue à ce que la roche soit glissante, et je dérapai ; j'atterris brutalement sur la surface gelée du puits, qui laissa échapper un grincement inquiétant. Je me mis immédiatement à genoux et entrepris d'avancer, tandis que la plaque de glace oscillait sous moi. J'atteignis cependant l'autre mur, trouvai l'un des barreaux et commençai à grimper. Ces échelons à moitié brisés glissaient sous mes mains, et mon ascension se révéla ardue. Un barreau se détacha de la paroi et bascula sur la glace avec un bruit sourd et creux qui se répercuta dans le puits. « Tu peux y arriver, me dis-je. En Écosse, tu as escaladé des montagnes. Ce n'est pas plus difficile. »

Au bout de ce qui me parut être une éternité, j'atteignis le sommet.

— Je suis en haut, Queenie ! lançai-je. Je vais m'efforcer de pousser la grille vers l'extérieur.

Dès que je l'examinai, je compris que la tâche serait impossible. Ladite grille était trop éloignée du dernier barreau, et je pouvais tout juste en toucher le rebord de la main. Jamais je ne réussirais à exercer la moindre pression, même en m'étirant. Je ravalai des larmes de frustration. Je tapotai alors la grille pour en ôter autant de neige que possible, et regardai au-dehors. Je n'aperçus que des murs de pierre blanche. Aucune porte ni fenêtre accueillante en vue. Quelqu'un finirait bien par s'aventurer de ce côté, tout de même. Cependant, combien de temps pourrais-je tenir avant que mes mains glacées cessent de m'obéir ?

— À l'aide ! appelai-je de nouveau. *Au secours** !

Diable. Si seulement j'avais su comment le dire en allemand – dans cette région, longtemps sous la domination de l'empire des Habsbourg, de nombreux paysans parlaient encore cette langue.

J'entendis soudain une respiration bruyante, et un visage se pencha vers moi. Je l'étudiai, pleine d'espoir, avant de découvrir qu'il était pourvu d'un long museau couvert de fourrure grise. Depuis ma position, j'avais du mal à dire s'il s'agissait d'un loup ou d'un chien.

— Gentil toutou, murmurai-je.

L'animal retroussa ses babines et gronda. J'eus tout à coup une idée.

— Oui, c'est ça, repris-je. Vas-y, aboie. *Ouaf, ouaf* !

Je lui jetai une poignée de neige, ce qui le fit reculer. Imprudemment, je glissai même mes doigts à travers la grille et les remuai. Il inclina la tête, comme méfiant, mais ne jappa pas. En désespoir de cause, j'entonnai une chanson. Je ne suis pas la plus douée qui soit dans ce domaine – un jour que j'avais donné de la voix chez moi, à Rannoch, les chiens s'étaient mis à hurler. Je chantai donc la « Skye Boat Song[1] », l'un de mes airs préférés.

— Est-ce que ça va, mam'zelle ? cria Queenie depuis le cachot.

— Oui ! Chantez avec moi !

— J'connais pas cette chanson.

— Chantez quelque chose que vous connaissez, dans ce cas.

— En même temps que vous ?

— Oui, ça n'a pas d'importance.

Et nous chantâmes donc. Moi reprenant la « Skye Boat Song », Queenie « If You Were the Only Girl in the World[2] ». Autant dire que c'était une affreuse cacophonie. Mais le chien (car ce devait en être un) finit par lever la tête vers le ciel et par aboyer. Nos voix mêlées se répercutèrent contre les parois du puits et les murs du château.

J'entendis bientôt une autre voix, qui semblait réprimander l'animal.

— Au secours ! appelai-je. Sortez-moi de là !

Un visage apparut près du rebord du puits. C'était une femme. Elle lâcha une exclamation, se signa et recula vivement.

1. Chanson populaire écossaise évoquant la fuite de Charles Édouard Stuart (1720-1788), prétendant aux couronnes anglaise et écossaise, après sa défaite par les Anglais lors de la bataille de Culloden en avril 1746. (*N.d.T.*)

2. Chanson tirée de *The Bing Boys are Here*, spectacle de music-hall londonien présenté en 1916 et qui devint un succès international pendant la Première Guerre mondiale. *(N.d.T.)*

— Allez chercher de l'aide ! criai-je en anglais, puis en français. Je suis une princesse !

C'était une légère exagération, mais je savais que le mot était le même dans plusieurs langues différentes.

Elle s'en alla. L'animal aussi. Je restai accrochée aux barreaux à ravaler ma déception. Elle s'était enfuie, s'imaginant que j'étais un esprit maléfique ou quelque chose de ce genre. Désormais, les gens du coin éviteraient de s'aventurer près de ce puits, songeai-je. Puis je distinguai plusieurs voix sonores qui approchaient, et je bénis le ciel. Des hommes se tenaient maintenant au-dessus de moi ; l'un d'eux était armé d'un vieux fusil de chasse, les autres de bâtons. Leurs visages étaient crispés par la peur.

— Aidez-moi, s'il vous plaît. Allez chercher le comte Dragomir. Je suis une princesse.

Ils se mirent à discuter avec frénésie. Tout à coup, l'un d'entre eux revint avec un pied-de-biche ; la grille fut soulevée et des mains me hissèrent hors du puits. À cet instant, le comte Dragomir entra dans la cour à grands pas. À ma vue, il afficha une expression scandalisée.

— *Mon Dieu**, lady Georgiana ! Que vous est-il arrivé ?

— J'ai basculé dans votre fameuse oubliette.

— Mais c'est une légende. Personne ne l'a jamais découverte.

— Elle existe bel et bien, croyez-moi. Ma femme de chambre y est encore enfermée, et l'ouverture par laquelle j'ai pu me faufiler est trop étroite pour elle. Faites-lui envoyer du thé, de la soupe ou tout autre chose, et nous tâcherons de trouver un moyen de la faire sortir depuis l'intérieur du château.

Dragomir lançait déjà des ordres.

— Nous allons bientôt vous tirer de là, Queenie ! criai-je au-dessus du puits. Les secours arrivent, ne vous inquiétez pas.

Ma voix résonna de si étrange manière dans le conduit que je ne fus pas tout à fait certaine qu'elle m'avait comprise.

— Venez donc vous réchauffer, chère lady Georgiana, reprit le régisseur en ouvrant la porte d'une dépendance. Nous allons vous apporter du café et des couvertures.

— Je tiens d'abord à ce qu'on tire ma bonne d'affaire, répliquai-je. Reconduisez-moi sur-le-champ au château, je vous prie.

— Très bien, comme vous voudrez.

Nous traversâmes deux autres cours, franchîmes une porte et, après avoir gravi quelques marches, nous fûmes de nouveau dans la demeure.

— Comment avez-vous pu tomber dans cette oubliette, Votre Altesse ? s'enquit Dragomir.

— Je suivais la princesse Maria Theresa dans un escalier et…

Je ne pus me résoudre à lui dévoiler qu'elle m'avait conduite dans cet escalier exprès, afin que je pose le pied sur la dalle et bascule dans le cachot. Cela ne faisait maintenant plus aucun doute : Matty et Vlad avaient projeté de tuer le prince Nicholas. J'ignorais qui avait administré le poison, mais c'était forcément l'un d'eux. Je ne pouvais cependant pas l'accuser ainsi : nous étions tous assemblés ici pour son mariage – deux familles royales étaient présentes, ainsi que quantité de personnages importants ; il était possible que cela provoque un incident diplomatique. Si seulement je pouvais trouver Darcy, il saurait quoi faire. Mais je devais avant toute chose secourir Queenie.

— Je vais vous montrer, dis-je au comte.

Il m'emboîta le pas, et nous longeâmes quelques couloirs avant d'atteindre le mur lambrissé de bois où Matty avait ouvert la porte. J'étais en train de la chercher quand j'entendis des gens arriver. Je me retournai. Trois des hommes de Patrascu se dirigeaient vers moi.

— S'il vous plaît, venir avec nous, dit l'un d'eux dans un français atroce avant de me saisir par le bras.

— Attendez ! protestai-je en essayant de me dégager. Où m'emmenez-vous ? Nous devons d'abord aider ma femme de chambre.

Mais un deuxième agent s'empara de mon autre bras, et je fus entraînée à vive allure dans le corridor.

— Attendez une seconde. Ralentissez et écoutez-moi ! criai-je, en pure perte.

Le troisième homme ouvrit grand une porte. On me fit entrer de force et là, je découvris un vrai tableau vivant : le roi de Roumanie et Siegfried étaient assis dans des fauteuils à haut dossier d'un côté de la cheminée. Le roi de Bulgarie, Nicholas et Anton étaient installés en face. Devant eux se tenait Darcy, retenu par deux agents. Et près de lui se dressait Patrascu.

31.

Château de Bran
Samedi 19 novembre 1932

Dès que je pénétrai dans la pièce, le tableau se mit en mouvement, et des visages horrifiés se tournèrent vers moi.

— Que signifie tout ceci ? s'enquit le père de Siegfried en se levant. Ma chère, que vous est-il arrivé ?

— Elle essayait de fuir, à l'évidence, et mes hommes l'ont attrapée, affirma Patrascu sans me laisser répondre. Nous avons maintenant appréhendé les deux suspects. Cette affaire est réglée. Vous pouvez reprendre les préparatifs du mariage en toute confiance et sérénité.

— Des suspects ? De quoi voulez-vous parler ? demandai-je.

Darcy me décocha un coup d'œil lourd de sous-entendus, comme pour m'avertir de ne pas trop en dire.

— Cet imbécile a raconté à Leurs Majestés que le maréchal était mort empoisonné, expliqua-t-il. De surcroît, il s'est mis dans la tête que vous et moi avions été payés pour commettre ce meurtre.

— C'est incontestable, du point de vue de quelqu'un d'aussi expérimenté et talentueux que moi, déclara le chef de la police secrète. M. O'Mara a ingénieusement fait croire qu'il était parti avec le cadavre avant que j'aie l'occasion de l'examiner. Je suppose qu'il tentait de dissimuler des preuves. Quant à lady Georgiana, elle nie avoir caché la fiole de poison dans le coffre de sa chambre. Mais ils ne parviendront pas à duper Patrascu. Je me suis interrogé sur les véritables raisons de leur présence ici. Pourquoi est-elle venue à ce mariage, plutôt qu'un membre de la famille royale britannique ?

— J'en fais partie, fis-je observer. Le roi est mon cousin.

— Mais pour quelle raison envoyer une simple cousine alors qu'il aurait pu se faire représenter par l'un de ses enfants ?

— Parce que j'ai demandé à ma fille d'inviter lady Georgiana, intervint le père de Matty d'une voix teintée d'agacement. Mon fils m'avait fait savoir qu'il l'avait choisie afin qu'elle soit sa future femme, et nous tenions à ce qu'elle ait l'occasion de mieux nous connaître. J'exige donc que vous la traitiez avec le même respect qui nous est dû, est-ce clair ?

— Bien entendu, Votre Majesté, répondit Patrascu avec un signe de tête à peine perceptible. Mais si lady Georgiana est mêlée au meurtre cruel d'un homme important, je suppose que votre fils souhaite que toute la vérité soit faite avant d'épouser une femme pareille, n'est-ce pas ?

— Je n'ai rien à voir avec cette affaire, précisai-je.

Siegfried s'approcha de moi.

— Ces hommes vous ont-ils fait du mal, Georgiana ? Vous êtes dans un drôle d'état.

— Parce que je suis tombée dans une oubliette. Le comte Dragomir n'en était pas convaincu, mais il y en a bel et bien une dans ce château. Ma femme de chambre s'y trouve encore.

— Une oubliette à Bran ? s'étonna Siegfried. Mais ce n'est qu'une légende.

— Je vous assure que non.

— Et comment avez-vous pu y basculer ? s'enquit le roi.

J'hésitai. J'étais dans un pays étranger, sur le point d'accuser la fille du souverain. Et si personne ne me croyait ? Le roi n'aurait aucune difficulté à se ranger dans le camp de Patrascu et à nous accuser du meurtre, Darcy et moi. Cependant, à la place du père de Matty, j'aurais voulu connaître la vérité. Peut-être arriverais-je à inciter la principale intéressée à tout avouer.

— Pourriez-vous demander à Maria Theresa de se joindre à nous, Votre Majesté ? Je pense qu'elle peut m'aider à prouver mon innocence.

— Naturellement. Veuillez faire savoir à la princesse que je l'attends dans mon salon privé, ordonna-t-il à l'un des agents, qui s'inclina avant de quitter la pièce.

— Vous êtes sans doute innocente, lady Georgiana, déclara Patrascu. Et c'est peut-être M. O'Mara qui a caché le poison dans votre chambre afin de vous incriminer pendant qu'il s'enfuyait avec le corps du maréchal. Nous avons eu vent des méfaits de ce monsieur. Il est impitoyable et cherche toujours à se faire de l'argent. N'est-ce pas ? ajouta-t-il en se tournant vers l'intéressé. Vous rappelez-vous un certain scandale qui s'est déroulé dans un casino ?

Darcy éclata de rire.

— J'ai été mis dehors car je n'arrêtais pas de gagner ! Scandaleux, en effet. Ils ont cru que je trichais, alors que j'étais diablement chanceux ce jour-là, voilà tout. Avez-vous entendu parler de la chance des Irlandais ? Sachez toutefois que je suis le fils d'un lord irlandais fort respecté. Jamais je ne tuerais qui que ce soit pour de l'argent. En revanche, si quelqu'un m'irritait suffisamment, je n'hésiterais sans doute pas, précisa-t-il en dévisageant Patrascu avec dureté.

Si la situation n'avait pas été si grave, j'aurais ri. De son côté, Darcy ne semblait pas particulièrement inquiet.

— Dans ce cas, pour quelle raison êtes-vous ici, monsieur O'Mara ? En interrogeant les autres garçons d'honneur, j'ai cru comprendre que vous n'étiez pas un ami proche du prince.

— Nous étions de bons camarades d'école, répliqua Nicholas, furieux. Le reste ne vous concerne pas.

Je devinai soudain que le prince s'était probablement attendu à ce qu'il y ait des ennuis lors de son mariage – auquel cas Darcy avait été convié pour le protéger.

— Sachez simplement que M. O'Mara est ici parce que je l'ai personnellement invité, poursuivit Nicholas. Et je suis absolument convaincu qu'il n'a rien à voir avec la mort du maréchal Pirin. Cette insinuation est parfaitement ridicule. Vous feriez mieux de vous mettre en quête du…

Il s'interrompit, car Matty venait d'entrer, la mine perplexe et préoccupée. À ma vue, un sourire de soulagement apparut sur ses lèvres.

— Te voilà, Georgie ! Je me demandais où tu avais disparu. Nous étions toutes à ta recherche.

— Oh, je crois que tu sais très bien ce qui m'est arrivé.

— Que veux-tu dire ? Tu m'as suivie dans l'escalier, mais tu n'étais plus derrière moi quand je me suis retournée.

— Parce que j'étais sans doute en train de tomber dans une oubliette, répliquai-je.

Elle lâcha un rire tendu, nerveux.

— Une oubliette ? De quoi veux-tu parler ? Il n'y en a aucune ici. Crois-moi, nous l'avons longuement cherchée quand nous étions enfants, Siegfried et moi.

— Dans ce cas, permets-moi de te montrer où elle se trouve. Ma femme de chambre y est encore enfermée, et il est grand temps qu'elle soit secourue.

Tout le monde m'emboîta le pas, et je les conduisis jusqu'au mur lambrissé de bois.

— Aurais-tu l'amabilité d'ouvrir cette porte, Matty ?

Elle haussa les épaules, s'avança et poussa le battant.

— Voyez l'escalier qui part de cette ouverture, repris-je. L'une des dalles pivote vers le bas et fait basculer une victime innocente dans l'oubliette. Je ne sais pas exactement laquelle.

— J'emprunte pourtant régulièrement cette montée d'escalier, dit Matty. C'est un raccourci qui mène à ma chambre.

— Dans ce cas, pourrais-tu la gravir devant nous ? suggérai-je.

— Bien sûr.

Elle s'engagea sur la première marche d'un pas assuré, puis grimpa la deuxième avant de se tourner vers nous en souriant.

— Tu vois ? Cet escalier est tout ce qu'il y a de plus ordinaire.

— Un levier ou un bouton doit actionner le mécanisme, répliquai-je. Vérifions les murs. La princesse était devant moi et…

Matty me regarda vivement.

— Une petite minute. Tu es donc réellement convaincue que je t'ai envoyée dans cette oubliette ? Que je t'ai amenée jusqu'ici pour te tendre un piège ?

— Oui, c'est exact. Je suis navrée, Matty, mais tu n'avais pas vraiment l'intention de me présenter Vlad, n'est-ce pas ? Tu ne voulais pas que quiconque découvre sa cachette.

— Quoi ? mugit le roi de Roumanie. Vladimir ? Ce garçon est donc dans le château ? Alors que je vous avais formellement interdit de le revoir ?

— Non, père, bien sûr que non, se défendit Matty. Il n'est pas là. J'ignore de qui Georgiana veut parler.

— Descendez, jeune fille, ordonna-t-il. Descendez donc que je voie votre visage. Je sais toujours si vous me mentez ou pas.

— Père, je vous en prie, pas devant tous ces gens, supplia-t-elle en obéissant malgré tout.

Les hommes de Patrascu, qui s'étaient engouffrés dans l'escalier étroit, s'écartèrent pour la laisser passer, avec force bousculades et déplacements ; alors qu'elle posait le pied sur la première marche, le sol bascula soudain sous Matty. Elle poussa un cri et commença à tomber. Des mains se tendirent pour la rattraper et la hisser jusqu'à nous.

— Me croyez-vous, à présent ? demandai-je en indiquant la cavité sombre qui s'était ouverte sous elle. Queenie ? appelai-je. Pouvez-vous m'entendre ?

— C'est vous, mam'zelle ? répondit-elle, sa voix paraissant creuse, lointaine. J'suis toujours là.

— Nous allons vous faire sortir d'ici un instant.

— Que se passe-t-il, Votre Majesté ? s'enquit le comte Dragomir, qui venait d'apparaître derrière nous. Voici la fameuse oubliette, après toutes ces années ! Je pensais qu'il s'agissait d'une légende.

— Je tiens à vous rappeler que ma bonne y est encore enfermée.

— Toutes mes excuses, lady Georgiana. Nous allons nous occuper d'elle sans plus attendre.

— Saviez-vous que Vladimir était au château, Dragomir ? lui demanda alors le roi.

— Non, Votre Majesté ! s'emporta le régisseur. Je lui avais pourtant fait clairement entendre de ne pas venir.

— Je tiens à ce que les lieux soient fouillés. Que tous les hommes disponibles se consacrent à cette tâche, est-ce compris ?

— Oui, Votre Majesté, répondit le comte d'une voix neutre. Mais Vlad m'a donné sa parole que…

— Il n'est pas ici, père ! s'emporta Matty.

— Que tous les hommes disponibles s'en chargent ! tonna le roi. Quant à vous, mademoiselle, poursuivit-il en fusillant sa fille du regard, j'exige de connaître la vérité. Retournez immédiatement dans mon salon privé. Nous ne pouvons continuer de nous expliquer et de crier ainsi au vu et su de toute la maisonnée.

Nous repartîmes derrière le roi de Roumanie, qui marchait en tête avec Matty. Une fois que la porte fut refermée derrière nous, il reprit froidement :

— J'exige la vérité, Maria. Ce garçon est-il au château ? Avez-vous eu l'audace de le revoir ?

— Non, père. Georgiana m'a mal comprise.

— Je l'ai vu, intervins-je. Je suis navrée, Matty. Je n'aurais pas trahi ton secret si un meurtre n'avait pas été commis. Du reste, ton fiancé a le droit de savoir que tu as tenté de l'assassiner.

— Quoi ? hurla-t-elle d'une voix stridente. Non, tu te trompes ! Quant à Vlad, je te l'ai dit, c'est quelqu'un de gentil. Jamais il ne tuerait qui que ce soit.

— Et toi ? insistai-je. Tu m'as assez souvent fait entendre que tu n'avais pas envie d'épouser Nicholas, qu'on t'avait forcée à accepter de devenir sa femme alors que tu en aimais un autre.

— Tu crois que j'ai empoisonné le verre de Nicholas ?

— Un instant, je vous prie, s'interposa Patrascu. Je ne comprends pas. C'est un maréchal bulgare qui a été assassiné. C'est ce qu'on m'a dit. C'est donc faux ?

— Le poison m'était destiné, déclara Nicholas, qui dévisageait Matty d'un air incrédule, horrifié. Pirin était un rustre. Il ne savait pas se tenir à table. Il s'est emparé du premier verre de vin à sa portée. C'était le mien. Je ne peux croire cela de votre part, Maria, poursuivit-il en se tournant vers elle. Si l'idée de devenir ma femme vous était si odieuse, pourquoi ne pas me l'avoir dit ? Je n'aurais jamais pensé que vous étiez prête à vous imposer une existence malheureuse.

— Non, Nicholas, répondit-elle en s'approchant de lui pour placer gentiment sa main sur son bras. Vous ne m'êtes pas odieux. Vous êtes quelqu'un de bon, d'honnête, et je ne devrais pas me plaindre à l'idée de passer ma vie auprès de vous. Seulement, j'étais tombée amoureuse d'un autre. Un homme indigne de mon rang et que je ne pouvais pas épouser. Je jure cependant que je n'ai pas cherché à vous tuer. Et Vlad non plus.

— Vous reconnaissez donc qu'il était au château ? s'exclama Patrascu, intervenant de nouveau.

J'avais presque l'impression d'être au théâtre.

— Très bien : je l'avoue. Mais il était juste venu me faire ses adieux, rien d'autre.

— Où est-il, maintenant ?

— Il est parti. Depuis un moment.

— Comment a-t-il pu quitter le château avec toute cette neige ?

— À ski, précisa Matty. Il a fui avant le meurtre du maréchal.

Je ne la crus absolument pas, et Patrascu non plus.

— Vous avez affirmé l'avoir vu, lady Georgiana, n'est-ce pas ? demanda-t-il en pivotant vivement vers moi. Quand était-ce ?

— La nuit de mon arrivée ici, il est entré par erreur dans ma chambre. Il pensait que c'était celle de la princesse. Quelqu'un d'autre l'avait remarqué, alors qu'il épiait les convives dans la salle des banquets – Mlle Bickett, la dame anglaise qui est morte à présent. J'en conclus qu'elle a certainement été poussée dans l'escalier pendant qu'elle furetait dans les couloirs.

— Deux meurtres ont donc été commis, si je comprends bien ? dit Patrascu.

— Cette dame a pu faire une chute accidentelle, suggéra Siegfried.

— Jamais elle n'aurait emprunté cet escalier si elle n'avait pas pris quelqu'un en filature. Elle était déterminée à démasquer l'individu qu'elle avait aperçu.

— Je peux prouver que Vlad n'a rien à voir avec cette mort, déclara Matty. Bon, c'est vrai, il est encore au château. Il a passé la nuit avec moi. Il ne m'a pas quittée un seul instant.

Sur ces mots, elle releva la tête avec un air de défi.

— Maria ! s'écria son père, outré. Ne vous vantez pas de cette conduite honteuse en public ! Croyez-vous que votre fiancé voudra encore de vous, maintenant que vous avez annoncé à tout le monde que vous n'étiez plus vierge ?

— Je suis navrée, Nicholas, reprit-elle. Je n'ai jamais eu l'intention de vous causer de l'embarras ou de vous mettre dans cette situation délicate. Mais je ne peux pas laisser l'homme que j'aime être accusé d'un meurtre qu'il n'a pas commis.

L'intéressé opina du chef.

— Votre bravoure est louable, Maria.

— Dans ce cas, comment savoir si M. O'Mara n'est pas l'homme aperçu par Mlle Bickett ? demanda Patrascu. Je crains que nous ne fassions fausse route, en définitive, puisque c'est lady Georgiana qui a lancé des accusations contre la princesse. Je pense qu'elle a intentionnellement essayé de nous mettre sur une mauvaise piste.

— À ce propos, l'alibi que j'ai à vous offrir est, j'en ai peur, semblable à celui du compagnon de la princesse Maria, affirma Darcy. Lorsque cette pauvre femme a été poussée dans l'escalier, j'étais au lit avec lady Georgiana.

Tous les yeux convergèrent vers moi, et mon visage vira évidemment au cramoisi.

— Est-ce vrai ? me demanda Siegfried. Vous ne le niez pas ?

— C'est vrai, je le crains, répondis-je. Darcy était auprès de moi quand nous avons entendu des cris venir du vestibule.

— Si tous ces gens étaient occupés ailleurs, qui a donc commis le second meurtre ? reprit Patrascu. J'aimerais pouvoir écarter l'un de ces alibis, mais, à en juger les mines coupables de ces jeunes demoiselles, elles disent la vérité. Se pourrait-il que l'assassin soit quelqu'un que nous n'avons pas encore considéré comme suspect ?

Derrière moi, quelqu'un se racla la gorge, et le comte Dragomir, dont je n'avais jusqu'alors pas remarqué la présence, s'avança. Sa cape virevolta autour de lui d'une manière impressionnante.

— Votre Majesté, cela a assez duré. Je souhaite épargner davantage de peine à votre fille. Et j'aimerais plaider coupable pour les meurtres.

Le roi s'approcha de lui.

— Vous, mon vieil ami ? Vous avez tenté de tuer le prince Nicholas ? Mais pourquoi ? Pourquoi auriez-vous agi de la sorte ?

— J'ai mes raisons. Disons simplement que Bran est la demeure de ma famille, et que je venge les fantômes de mes ancêtres pour les torts qui leur ont été faits.

La porte de la pièce s'ouvrit brutalement, laissant entrer une bourrasque de vent glacial.

— Ne soyez pas ridicule, père ! lança une voix.

Le très insaisissable Vlad franchit le seuil. De jour, il était plus beau encore que son portrait ; une lueur de folie brillait cependant dans ses yeux, et il tenait un pistolet à la main.

— Père ? Il vous a appelé père ? bafouilla le roi en observant Dragomir.

— C'est exact. Vladimir est mon fils. Je n'ai pu épouser sa mère en raison de sa basse extraction, mais je me suis acquitté de mon devoir envers lui. J'ai payé sa scolarité et l'ai envoyé faire ses études à Paris. Je l'aime comme n'importe quel père aime son fils unique.

— Et il essaie à présent de montrer sa grandeur d'âme en s'accusant de crimes qu'il n'a pas commis, rétorqua Vlad, en s'avançant après avoir refermé la porte derrière lui. C'est moi qui ai tenté d'empoisonner le prince Nicholas. J'ai placé une capsule de gélatine contenant du cyanure dans son verre de vin rouge au début du repas. J'avais prévu d'être parti depuis longtemps quand le poison agirait. Je n'avais pas l'intention de le laisser épouser la femme que j'aimais. Je suis furieux d'avoir échoué, et cela n'arrivera pas une seconde fois.

— Vlad ! s'écria Matty en courant vers lui. Comment as-tu pu faire une chose pareille ? Tu avais toute ma confiance. Je t'aimais. Je n'ai pas cru un seul instant…

— Pour toi, Maria. Je l'ai fait pour toi. Je ne voulais pas que tu sois condamnée à épouser un homme pour lequel tu n'avais aucun sentiment, alors que tu m'aimais, moi.

— Nous en avons déjà parlé, répliqua Matty. Je t'ai dit que mon devoir envers ma famille prévalait, et qu'il en serait toujours ainsi. À présent, lâche ce pistolet. Il est hors de question que tu t'en serves contre qui que ce soit.

— Écarte-toi, Maria, ordonna Vlad en la poussant avec le canon de l'arme.

— Tu devras d'abord m'abattre, déclara-t-elle en le regardant calmement, avec un air de défi.

— Je n'ai pas envie de te faire du mal, prévint-il en haussant dangereusement le ton.

— Je t'interdis de tirer sur Nicholas ou sur qui que ce soit d'autre, insista-t-elle.

— Bon Dieu, pourquoi tiens-tu toujours à te comporter avec tant de noblesse ? s'exclama Vlad.

— Parce que je suis née ainsi.

— Va au diable ! hurla-t-il. Allez tous au diable !

Sans prévenir, il saisit Matty par la gorge et la plaça devant lui.

— Elle vient avec moi, annonça-t-il. T'imaginais-tu que j'allais renoncer aussi facilement, Maria ?

— Tu as perdu la tête ! protesta-t-elle. Lâche-moi !

Elle eut un hoquet alors que le bras qui la retenait se resserrait autour de son cou.

Nicholas s'avança d'un pas.

— Arrière ! le prévint Vlad. Je n'hésiterai pas à la tuer, vous savez. Je n'ai plus rien à perdre à présent. Et puis, pourquoi pas ? Je pourrais la tuer avant de me tuer, moi. Au moins, nous serions ensemble dans la mort.

Il l'entraîna à reculons vers la sortie. Alors qu'il passait dans son dos sa main qui tenait l'arme afin d'atteindre la poignée de la porte, celle-ci s'ouvrit à toute volée, lui heurtant le côté de la tête et lui faisant perdre l'équilibre. Il vacilla, et Nicholas et Anton en profitèrent pour se ruer sur lui afin de le maîtriser pendant que Patrascu tirait Matty à l'écart. Vlad poussa un cri de douleur : Nicholas l'avait plaqué au sol, sur le ventre, et avait brutalement ramené ses bras dans son dos.

Sur le seuil se tenait une Queenie échevelée, crasseuse et abasourdie.

— Désolée, mam'zelle, j'ai pas voulu blesser ce monsieur, mais on m'a dit que vous étiez là. Il va bien, j'espère ?

— La princesse Maria va bien, et c'est tout ce qui importe, répondis-je.

32.

Mercredi 24 novembre 1932
Je rentre enfin chez moi. Suis impatiente.

Après quoi il ne se produisit qu'un seul événement étrange – ou deux, peut-être. On enferma Vlad dans l'un des anciens cachots du château en attendant la réouverture du col de montagne. Deux jours plus tard, lorsque la neige eut suffisamment fondu, on découvrit que sa cellule était vide. Matty et Dragomir jurèrent tous deux qu'ils ne l'avaient pas aidé à s'évader ; il était vrai en effet que lesdits cachots étaient situés derrière une porte gardée à toute heure du jour et de la nuit. À ma connaissance, Vlad n'a jamais été retrouvé. Du reste, au cours d'une des nuits suivantes, je fus réveillée par un bruit qui m'évoqua un puissant battement d'ailes derrière ma fenêtre. Le temps que je me lève et parvienne à ouvrir les volets, le silence était retombé, et je ne vis rien au dehors.

Lady Middlesex repartit pour l'Angleterre avec le corps de Mlle Bickett. Elle n'était plus la même : elle avait désormais perdu tout entrain et vous remerciait pour la moindre petite attention. Ses airs fanfarons l'avaient quittée, et elle me faisait penser à un ballon dégonflé.

Matty et Nicholas furent mariés comme prévu quelques jours plus tard. Le roi de Bulgarie avait décidé de ne pas reporter la cérémonie, décrétant que la période de deuil du maréchal Pirin ne débuterait qu'après ses funérailles nationales, lesquelles seraient conduites avec toute la pompe nécessaire afin d'apaiser les Macédoniens. Je trouvais Nicholas fort compréhensif, vu tout ce qui s'était passé, mais il semblait sincèrement attaché à Matty – et réciproquement. Alors que nous revêtions nos robes, juste avant le mariage, celle-ci me prit à part.

— Nous sommes de nouveau amies, je l'espère.

— Bien sûr, répondis-je.

— Tu as cessé de t'imaginer que je t'ai fait tomber dans l'oubliette ?

— Oui, j'en ai le cœur net, puisque tu as failli y dégringoler toi-même. Vlad a dû actionner la dalle au moyen d'un bouton juste après ton passage.

— Si tu n'avais pas réussi à sortir, ça aurait été affreux.

— Mais non, j'aurais mangé Queenie, dis-je en riant.

— La pauvre. Elle s'est montrée formidablement vaillante. Et elle nous a sauvées, chacune notre tour, sans même le vouloir.

Nous nous tûmes un instant.

— Tu sais, je ne pourrais pas jurer que Vlad est resté auprès de moi toute la nuit, reprit Matty. Il a très bien pu s'éclipser un moment pour aller pousser la dame anglaise dans l'escalier.

— À moins que son père ne l'ait fait pour le protéger. Je suppose que nous ne connaîtrons jamais le fin mot de l'histoire.

— Je ne sais pas ce qui m'a pris, ajouta-t-elle au bout d'un moment.

— Moi, si. Vlad était extrêmement beau.

Matty sourit tristement.

— Oui, en effet. J'étais seule à Paris, toute disposée à vivre une idylle, quand il est apparu. Mon camarade de jeux était devenu un garçon superbe. Sans compter qu'il n'était plus le fils d'un serviteur, mais un parfait homme du monde, sûr de lui. J'étais innocente, troublée, et c'était la première fois que quelqu'un me regardait de cette façon. Rien de surprenant à ce que je sois tombée follement amoureuse.

Elle me dévisagea comme pour me supplier de la comprendre, et je hochai la tête.

— J'aurais dû voir ses défauts. Il prenait trop de risques. Il allait au-devant du danger. Il avait hérité des traits de son terrible ancêtre, en définitive.

— À mon avis, tu seras heureuse avec Nicholas.

— Il s'est montré si indulgent, si gentil. Cela aurait pu être bien pire. À ce propos, je suis déçue d'apprendre tu ne seras pas ma belle-sœur, en définitive.

Je n'ai pas encore précisé que Siegfried et moi avions eu une petite discussion : comme il était à présent au courant de ma conduite dissolue avec Darcy, il ne pouvait plus envisager de me prendre pour femme, m'avait-il dit. J'avais essayé de garder mon sérieux lorsque j'avais répondu que je le comprenais parfaitement et lui souhaitais bonne continuation.

— Vous rendez-vous compte que ma réputation est ruinée pour toujours par votre faute ? dis-je ensuite à Darcy.

Il afficha un grand sourire.

— Que préférez-vous ? Une réputation entachée ou une vie aux côtés de Siegfried ?

— C'est donc pour cette seule raison que vous avez dévoilé notre relation, n'est-ce pas ? Vous ne pensiez pas réellement que nous serions considérés comme des suspects dans la mort de Mlle Bickett. Et vous saviez que Siegfried refuserait de m'épouser s'il apprenait que j'avais passé la nuit avec un autre homme.

— Oui, plus ou moins, reconnut Darcy. Mon seul regret, c'est que nous ayons seulement dormi, cette nuit-là.

— Et cela m'a plu. Il était si réconfortant de vous avoir près de moi.

Il glissa son bras autour de ma taille.

— Moi aussi, cela m'a plu. Mais sachez que je suis ouvert à d'autres poursuites nocturnes en votre compagnie, lorsque le lieu et l'heure s'y prêteront.

— Nous aurons d'autres occasions, assurai-je.

Le mariage royal eut donc lieu avec toute la pompe et le faste auxquels on peut s'attendre lors de ce genre d'événement. Je portai mon diadème et la splendide cape bordée de fourrure par-dessus ma robe parisienne. J'avais si belle allure que même maman fut impressionnée.

— Si tu n'étais pas si grande, tu pourrais faire carrière à Hollywood, ma chérie, me dit-elle. Tu as hérité de mon ossature. Les caméras nous adorent.

Des trompettes annoncèrent l'arrivée du cortège dans l'allée centrale de la chapelle du château. L'orgue retentit avec fracas. Un chœur chantait depuis la galerie, et l'assistance resplendissait de têtes couronnées et de messieurs en uniforme qui avaient fière allure. Nicholas et Matty formaient un beau couple. Seul un petit détail me tracassait : la princesse portait plusieurs rangs de perles, et je n'eus pas l'occasion d'examiner son cou de près. J'imagine que je ne saurai jamais vraiment avec certitude si Vlad était réellement un vampire. Il y avait cependant une chose dont j'étais sûre : pour une fois, j'étais heureuse de rentrer chez moi.

★

Alors que nous étions sur le pont du bateau à vapeur qui approchait du quai de Douvres, Queenie se fit l'écho de ces sentiments.

— J'suis vachement contente de revoir la côte de cette bonne vieille Angleterre, pas vous, mam'zelle ?

— Si, Queenie, moi aussi.

Belinda, qui avait eu vent d'une partie de campagne dans le sud de la France, était en route pour Nice. Elle avait l'intention d'employer encore une fois son stratagème (« Navrée, mon automobile est tombée en panne juste devant votre demeure... »), et m'avait suppliée de l'accompagner – « Imagine un peu ! avait-elle dit. Du soleil, de bons repas, des hommes superbes. » C'était tentant, mais j'avais finalement refusé, car je n'étais pas du genre à jouer les parasites chez les gens ; par ailleurs, je devinais que Queenie en avait assez d'être à l'étranger, et j'estimais qu'il était de mon devoir de la ramener saine et sauve en Angleterre. Sans compter que j'aspirais moi aussi à retrouver l'existence londonienne qui m'était familière, même s'il me faudrait de nouveau cohabiter avec Fig et Binky. Au moins, je savais à quoi m'en tenir avec eux. Il ne leur pousserait pas de longues canines au beau milieu de la nuit. Du reste, Darcy avait promis de revenir prochainement à Londres après un saut à Belgrade pour y régler une petite affaire.

J'observai le visage arrondi et ahuri de Queenie. Grâce à mes gains à la roulette, j'avais en poche une coquette somme. J'avais donc les moyens de payer une femme de chambre pendant quelque temps, sachant que mon frère et sa femme se chargeaient désormais des frais de bouche à Rannoch House. Je pris une profonde inspiration, consciente que je regretterais sans doute ce que je m'apprêtais à annoncer.

— Queenie, je suis désireuse de vous garder à mon service, si vous êtes disposée à apprendre comment une femme de chambre est censée se comporter.

— Vraiment, mam'zelle ? s'exclama-t-elle, aux anges. Ça veut dire que j'm'en suis bien tirée, hein ?

— Non, vous avez été un désastre sur toute la ligne, mais vous vous êtes montrée courageuse, vous ne vous êtes pas plainte sans cesse et je me suis mystérieusement prise d'affection pour vous. Je peux vous proposer cinquante livres sterling par an, logée et nourrie. Je sais que c'est peu, mais…

— C'est d'accord, mam'zelle. Moi, la femme de chambre d'une aristo ! Attendez un peu que j'boive un verre avec Nellie Huxtable au pub des Trois Cloches, elle qui s'donne de grands airs simplement parce qu'elle a passé une journée en France et qu'elle en a rapporté une paire de jarretières à fanfreluches !

— Queenie, vous ne devez plus m'appeler « mam'zelle », lui dis-je. Je suis « lady Georgiana ».

— Pas d'problème, mam'zelle.

Remerciements

Comme toujours, je remercie ma formidable équipe à Berkley : mon éditrice, Jackie Cantor, et mon attachée de presse, Megan Swartz ; je remercie également mes agents, Meg Ruley et Christina Hogrebe, de même que mes relecteurs et conseillers maison : Clare, Jane et John.

PARUS DANS

LA BÊTE NOIRE

Tu tueras le Père
(Finaliste du prix Le Point du polar européen 2016)
Sandrone Dazieri

Les Fauves
Ingrid Desjours

Tout le monde te haïra
Alexis Aubenque

Cœur de lapin
Annette Wieners

Serre-moi fort
(Prix Griffe noire du meilleur polar français 2016)
Claire Favan

Maestra
L. S. Hilton

Baad
(Prix du Meilleur Polar des lecteurs de Points 2017)
Cédric Bannel

Les Adeptes
Ingar Johnsrud

L'Affaire Léon Sadorski
(Prix Libr'à Nous 2017, catégorie polar)
Romain Slocombe

Une forêt obscure
Fabio M. Mitchelli

La Prunelle de ses yeux
Ingrid Desjours

Chacun sa vérité
(Grand Prix de littérature policière 2017,
domaine étranger
Prix Nouvelles voix du polar 2018,
roman étranger)
Sara Lövestam

Aurore de sang
Alexis Aubenque

Brutale
Jacques-Olivier Bosco

Les Filles des autres
Amy Gentry

Dompteur d'anges
Claire Favan

Ragdoll
(Prix Griffe noire du polar de l'année 2017)
Daniel Cole

Kaboul Express
Cédric Bannel

Domina
L. S. Hilton

Tu tueras l'ange
Sandrone Dazieri

Les Survivants
Ingar Johnsrud

L'Étoile jaune de l'inspecteur Sadorski
Romain Slocombe

Le Zoo
(Prix Transfuge du meilleur polar étranger 2017)
Gin Phillips

Le Tueur au miroir
Fabio M. Mitchelli

Sous son toit
Nicole Neubauer

La Griffe du diable
Lara Dearman

Ça ne coûte rien de demander
Sara Lövestam

Toute la vérité
Karen Cleveland

Coupable
Jacques-Olivier Bosco

Là où rien ne meurt
Franck Calderon, Hervé de Moras

L'Appât
Ragdoll, tome 2
(Prix Bête noire des libraires 2018)
Daniel Cole

Rendez-vous avec le crime
Les Détectives du Yorkshire, tome 1
Julia Chapman

Ultima
L. S. Hilton

L'Échange
Rebecca Fleet

Rendez-vous avec le mal
Les Détectives du Yorkshire, tome 2
Julia Chapman

Sadorski et l'ange du péché
Romain Slocombe

Sur le toit de l'enfer
(Prix Bête noire des libraires 2019)
Ilaria Tuti

Inexorable
Claire Favan

L'Île au ciel noir
Lara Dearman

Rendez-vous avec le mystère
Les Détectives du Yorkshire, tome 3
Julia Chapman

L'Empathie
Antoine Renand

Blood Orange
Harriet Tyce

Libre comme l'air
Sara Lövestam

De si bonnes amies
Amy Gentry

Rendez-vous avec le poison
Les Détectives du Yorkshire, tome 4
Julia Chapman

Le Bûcher de Moorea
Patrice Guirao

Tu tueras le roi
Sandrone Dazieri

Son Espionne royale mène l'enquête
Son Espionne royale, tome 1
Rhys Bowen

Son Espionne royale et le mystère bavarois
Son Espionne royale, tome 2
Rhys Bowen

Coups de vieux
Dominique Forma

Pour seul refuge
(Grand Prix des Enquêteurs 2019)
Vincent Ortis

Les Loups
Ragdoll, tome 3
Daniel Cole

La Nymphe endormie
Ilaria Tuti

Rendez-vous avec le danger
Les Détectives du Yorkshire, tome 5
Julia Chapman

Tel père, telle fille
Fabrice Rose

Son Espionne royale et la partie de chasse
Son Espionne royale, tome 3
Rhys Bowen

Les Disparus de Pukatapu
Patrice Guirao

Là où se trouve le cœur
Sara Lövestam

Fermer les yeux
Antoine Renand

À PARAÎTRE DANS

LA BÊTE NOIRE

La Seconde Épouse
Rebecca Fleet
(avril 2020)

Sept Mensonges
Elizabeth Kay
(mai 2020)

Son Espionne royale et le collier de la reine
Son Espionne royale, tome 5
Rhys Bowen
(juin 2020)

L'Ombre de l'autre
Fabio M. Mitchelli
(juin 2020)

Imprimé en France par CPI
en mars 2020

*Cet ouvrage a été composé et mis en pages
par Étianne Composition
à Montrouge.*

MIXTE
Papier issu de
sources responsables
FSC® C003309

L'Éditeur de cet ouvrage s'engage
pour la préservation de l'environnement
et utilise du papier issu de forêts gérées de manière responsable.

N° d'édition : 59690/01
N° d'impression : 157259